嘉兴学院学术著作出版基金资助

英美中狄更斯学术史研究

赵炎秋　主编

当代英美狄更斯学术史研究（1940—2015年）

蔡　熙　著

中国社会科学出版社

图书在版编目(CIP)数据

当代英美狄更斯学术史研究:1940—2015年/蔡熙著. —北京: 中国社会科学出版社, 2016.12

(英美中狄更斯学术史研究)

ISBN 978-7-5161-9553-6

Ⅰ.①当… Ⅱ.①蔡… Ⅲ.①狄更斯(Dickens, Charles 1812-1870)—文学研究 Ⅳ.①I561.064

中国版本图书馆CIP数据核字(2016)第304648号

出 版 人 赵剑英
选题策划 郭晓鸿
责任编辑 武兴芳
责任校对 韩海超
责任印制 戴 宽

出 版 中国社会科学出版社
社 址 北京鼓楼西大街甲158号
邮 编 100720
网 址 http://www.csspw.cn
发 行 部 010-84083685
门 市 部 010-84029450
经 销 新华书店及其他书店

印 刷 北京君升印刷有限公司
装 订 廊坊市广阳区广增装订厂
版 次 2016年12月第1版
印 次 2016年12月第1次印刷

开 本 710×1000 1/16
印 张 21.5
插 页 2
字 数 325千字
定 价 78.00元

总 序

一

从创作的角度看，狄更斯是一个幸运儿。他不像有的作家，一生默默无闻，直到死后才声名卓著；不像有的作家，虽然生前就得到社会的公认，但在成名前，不知经历了多少痛苦、绝望和挣扎；也不像有的作家，出了一部或几部轰动一时的作品之后，创作便一蟹不如一蟹，声名日衰地了其余生。他的第一部长篇小说便轰动了英国文坛，杰作一部连着一部。直到逝世，案头上还摆着一部正在赶写的小说。

1870 年去世之后，狄更斯的家人准备把他葬在罗彻斯特，但举国上下都要求将他的遗体葬在英国专葬伟人的威斯敏斯特教堂。在那里，他与乔叟、莎士比亚、斯宾塞、德莱顿、弥尔顿等伟人为伴。

狄更斯生前，围绕他的创作，批评界有过一些争议。逝世之后，其声名也经过了几次沉浮。然而，“尔曹身与名俱灭，不废江河万古流”，他成功地经受了时间的检验——这对作家们来说是最为严峻的。1902 年，英国的狄更斯爱好者成立了狄更斯协会（Dickens Fellowship）。1905 年，协会创办了专门研究狄更斯的杂志——《狄更斯研究者》（*The Dickensian*），后又将狄更斯在伦敦道提街（Doughty Street）上住过的房子，辟为狄更斯博物馆。在英国作家中，能够享受如此殊荣的，并不很多。1985 年，欧洲《泰晤士报》《时代》《新闻报》等五家报刊通过公民投票，评选出欧洲十人作家，狄更斯就名列其中。1980 年 6 月，英国皇家莎士比亚戏剧公司上演根据狄更斯小说《尼古拉斯·尼克尔贝》改编的同名话剧，获得空前成功。老作家宗璞曾回忆，一位英国友人曾向她抱怨中国人仍用狄更斯的眼光观察英国，说现在的英国已不是狄更斯笔下的英国了，英国文学应该有另外一个代表人物来代替狄更斯。但他想了半天，还是没有想出来。[①] 这说明了狄更斯在英国文学中无可替代的地位。

二

关于狄更斯的创作成就，国内外研究者进行了多方面的研究。笔者也曾在拙著《狄更斯长篇小说研究》中作了一个比较系统的分析。笔者认为，从内容看，对资本主义社会的批判，对道德的弘扬和对人性的探索，这三者构成了狄更斯小说思想内容的三个基本侧面，形成了其小说思想内容的主体，但是这三个方面不是互相孤立、互相绝缘的，而是既各自独立，又互相联系、配合，共同形成一部复杂而又和谐的三重奏。而贯穿着三重奏的一个主旋律，则是他的人道主义思想。从人物看，人物在狄更斯长篇小说中占据着重要的位置，它是整个小说的中心，小说的整个系统基本上是围绕这个中心构建的。狄更斯喜欢就某一类人物进行反复描写，由此在其小说中形成了不同的人物系列。狄更斯笔下的人物具有性格的单层次、本质的确定化、形象的基调化、形象的明晰性和深厚的人性内涵等特点。从艺术看，狄更斯的小说形成了自己独有的特点，狄更斯的创作方法是感受型的现实主义，人物塑造的基本原则是二元对立，长篇小说的结构特点是多元整一，狄更斯的小说充满了幽默，他用外化的方法揭示人物的内心世界，在叙事方法上，他也进行了多种新的尝试，如将第一人称和第三人称在同一部小说中结合起来进行运用，等等。

但是，我们还应注意狄更斯在小说发展史特别是英国小说发展史上的作用和地位。正是狄更斯，使小说成为真正大众化的艺术形式。18世纪中叶，约翰逊博士的《致切斯特菲尔德伯爵的信》，宣告了文人依靠恩主的时代的结束，文学开始走向普通群众。但是在书籍的价钱与公众的收入之

① 参看宗璞《独创性作家的魅力》，《外国文学评论》1990年第1期。

间始终存在着一定的距离，阻碍了文学作品的完全大众化。朱虹写道：“18 世纪以来，小说传统的出版形式是三卷本，定价一个半吉尼，属奢侈品。19 世纪初，租赁小说的图书馆在城市广泛设立，对普及小说起了重要作用。当时最大的一家穆迪图书馆以‘一个吉尼、一本书、一年为期’的口号招揽了许多主顾。而对于作家来说，被穆迪选中，意味着可以得到最广大的读者，用一位通俗小说作者奥利奋特的话说，‘无异于得到上帝的承认’。”① 租赁图书馆垄断了大部分文学书刊市场，广大读者花钱租书阅读。与 18 世纪相比，这种方式虽然普及了小说，但同时又阻碍了小说的进一步普及与发展。而狄更斯则创造性地运用并发展了久被废置的分期连载的形式，把一本书的价值化整为零，使广大低收入阶层的读者能够在自己经济条件许可的范围内读到那个时代最优秀的作品，使小说真正走进千家万户。

法国传记作家莫洛亚则从另一个方面指出了狄更斯在小说发展史上的意义。莫洛亚认为，“理查森对心理描写作出了贡献，菲尔丁对叙述故事作出了贡献。在菲尔丁之前，在英国，从来没有一个当代的故事用间接的形式讲清楚过。菲尔丁成为材料的主人，创立了一种非常自由、十分简单的小说形式。此后，英国人一直忠实于这种形式。沃尔特·司各特用历史小说、哥德史密斯和斯特恩用幽默小说和感伤小说稍拓宽了这条英国小说的康庄大道。就在这个时候走来了狄更斯，他面对的是孩提时代的小说，要求不高的读者，广阔无边的未被描写的素材”②。狄更斯以菲尔丁的传统为主，融合理查生、歌德、史密斯、斯特恩等人的长处，通过自己的创作将英国小说特别是长篇小说提高到成熟的高度，并为它的继续发展打下坚实的基础。在英国小说乃至世界小说发展史上，他的地位是无法撼动的。

三

中国读者接触狄更斯，始于 20 世纪初。1907—1909 年，当时的商务印书馆连续出版了著名翻译家林纾和他的合作者魏易合译的五部狄更斯长

① 参见朱虹《市场上的作家——另一个狄更斯》，《外国文学评论》1989 年第 4 期。

② ［法］安德烈·莫洛亚：《狄更斯评传》，朱延生译，山西人民出版社 1984 年版，第 93 页。

篇小说《滑稽外史》（1907年，现译《尼古拉斯·尼克尔贝》）、《孝女耐儿传》（1907年，现译《老古玩店》）、《块肉余生述》（1908年，现译《大卫·科波菲尔》）、《贼史》（1908年，现译《奥立弗·退斯特》或《雾都孤儿》）、《冰雪因缘》（1909年，现译《董贝父子》），并作了一定的评论。这可以看作我国狄更斯研究的滥觞。从那时开始到现在，中国狄更斯学术史可以分为晚清与民国、新中国成立到20世纪70年代、20世纪80年代以后三个时期。后一个时期又可以分为20世纪八九十年代和21世纪初两个阶段。一百多年的中国狄更斯研究，成果不菲。迄今为止，狄更斯所有的作品，基本上都有了中译本，有的重要作品如《双城记》，中译本竟达23种之多，如果加上改写本、英汉对照本以及同一译者翻译不同出版社出版的译本，数量则更多。研究方面，据不完全统计，研究论文（包括硕士、博士论文）已达2000多篇，研究专著、学术性译著40多部。

应该说，这样的研究成果还是比较可观的。然而这些研究也存在一些不足。不足之一便是对狄更斯学术史的研究不够。诚如陈众议所说："不具备一定的学术史视野，哪怕是潜在的学术史视野，任何经典作家作品研究几乎都是不能想象的。"[①] 对相关研究成果的详尽把握，是成功的学术研究的前提。因为它不仅可以使研究者知道国内外研究现状，避免与已有研究成果的重复，得到研究的启示和相关的资料，而且，"站在世纪的高度和民族立场上重新审视外国文学，梳理其经典，展开研究之研究，将不仅有助于我们把握世界文明的律动和了解不同民族的个性，而且有利于深化中外文化交流，从而为我们借鉴和吸收优秀文明成果、为中国文学及文化的发展提供有益的'他山之石'"[②]。对于狄更斯这样的经典作家，就更是如此。光是中国的狄更斯研究成果，就已汗牛充栋，如果再加上西方的相关成果，就更是浩如烟海。这就迫切需要有狄更斯学术史研究方面的著作为狄更斯研究者和读者提供狄更斯研究方面的主要成果、提供相关的研究资料和研究线索。《英美中狄更斯学术史研究》丛书的写作正是这方面的

---

① 陈众议：《外国文学学术史研究·总序》，赵炎秋等《狄更斯学术史研究》，译林出版社2014年版，第2页。

② 同上书，第4—5页。

一个初步尝试。

四

《英美中狄更斯学术史研究》丛书第一次对英美中狄更斯学术史进行系统研究，不仅为中国的狄更斯研究提供了坚实的基础和有益的借鉴，也为国外的狄更斯研究者提供了一个有益的参照系。丛书共分三卷。第一卷："近现代英美狄更斯学术史研究"（1836—1939 年），由刘白撰写，主要研究第二次世界大战前英美狄更斯学术史，有四章正文和附录；第二卷："当代英美狄更斯学术史研究"（1940—2015 年），由蔡熙撰写，主要研究第二次世界大战后包括第二次世界大战的英美狄更斯学术史，有四章正文和附录；第三卷："中国狄更斯学术史研究"，由赵炎秋撰写，主要研究中国一百余年的狄更斯学术史，有五章正文和附录，此外，每卷都附有赵炎秋写的序和本卷作者写的后记。

狄更斯是英国作家，对他的研究最为深入广泛的应该是英国。但同时，狄更斯又是英语作家，作为最大的英语国家，美国以其雄厚的经济、文化与学术实力，在狄更斯研究中后来居上，逐渐取得了与英国并驾齐驱的地位。英美两国的狄更斯研究，代表了世界狄更斯研究的最高水平。另外，作为中国学者，我们研究狄更斯的最终目的，还是与世界各国进行文化交流，了解狄更斯生活的时代与国度，发展我们自己的文学与文化。因此，中国的立场与方法不可或缺，中国的狄更斯研究必须纳入视野。这也是我们选择英、美、中三国的狄更斯学术史作为我们这套丛书研究对象的主要原因。我们相信，我们的选择是正确的，也是有价值的。

丛书的写作缘起于中国社会科学院外国文学研究所于 2004 年启动的"外国文学学术史研究工程"。2008 年，他们开始工程的第二期时，将"狄更斯学术史研究"列入子课题。我与当时在湖南师范大学文学院攻读比较文学专业博士学位的蔡熙和刘白共同承担了这个课题。在研究过程中，我们又申报了教育部一般课题"英美中狄更斯学术史研究"，并获得批准，这给我们的研究增添了新的动力。经过近四年的研究，课题在 2012 年完成。研究的截止时间原定为 2010 年，但研究完成后，因为各种原因，丛书一直未能出版，我们的修改也一直没有停止。特别是蔡熙，就在2016年，他还花了几个月时间阅读了大量新的资料，对其撰写的第二卷作了大量补充。因此，整个研究的截止时间又往后推迟了。但因最后定稿的时间不同，各卷研究的截止时间也有一定区别，大致第一卷的截止时间是2014年，第二卷的截止时间是2015年，第三卷的截止时间是2015年上半年。这可以从一个侧面证明我们对丛书写作的认真程度。

文章千古事，得失寸心知。丛书的写作我们尽了自己的努力，但由于水平、资料搜集等方面的限制，丛书肯定还有很多缺点与不足，期待专家与读者不吝指正。

赵炎秋

2016年6月18日

目　录

第一章 1940—1959年:狄更斯研究的第一次转向

第二次世界大战以来70年的狄更斯研究可以划分为两个时期，20世纪40—70年代是其转型期，80年代之后，则是狄更斯研究的繁荣期。这种繁荣趋势一直持续到21世纪。20世纪40—60年代末，是狄更斯研究的第一次转向。本章对1940—1959年英美重要批评家的狄更斯研究进行梳理和探讨。

第一节 狄更斯声誉的复苏

1870年狄更斯逝世后，文艺潮流发生转向，狄更斯的声望直下。自然主义贬抑狄更斯的艺术过分夸张、不真实，唯美主义者认为他不是自觉的艺术家。19世纪末20世纪初，由于乔治·吉辛与G. K. 杰斯特顿的研究成果问世，狄更斯的声誉才有了转机，由此重新确立了狄更斯在文学史上的崇高地位。第二次世界大战后，在特殊的时代氛围，由于乔治·奥威尔（George Orwell）与艾德蒙德·威尔逊（Edmund Wilson）的开拓，经过狄更斯协会（The Dickens Fellowship）以及哈姆雷·豪斯（Humphry House）、多萝西·凡·根特（Dorothy Van Ghent）、爱德华·瓦根内克特（Edward Wagenknecht）、埃尔默·艾德加·斯托尔（Elmer Stroll）等批评家的评论，狄更斯的声誉得以复苏。

一 乔治·奥威尔的批评

乔治·奥威尔，原名埃里克·阿瑟·布莱尔，英国左翼作家、新闻记者和社会评论家，他创作的《一九八四》和《动物庄园》是传世的经典作品，其影响远远超出文学界。奥威尔对狄更斯的评论产生了巨大的影响，被评论界称为“一场宫廷革命”①。奥威尔论狄更斯的文章最初见于1940年出版的集子《在鲸鱼里》（*Inside the Whale*，1940），1946年收入《狄更斯，达利及其他》（*Dickens*，*Dali and Others*，1946）。

如何对狄更斯的创作进行定位，历来众说纷纭。杰斯特顿认为，狄更斯具有独特的中世纪精神（medievalism），马克思主义批评家T. A. 杰克逊把狄更斯看作革命者，天主教宣称狄更斯是天主教徒，马克思主义者将狄更斯看作无产阶级的卫士。有人宣称狄更斯是颠覆性的作家、激进主义者、社会的反叛者。奥威尔旗帜鲜明地指出：

狄更斯不是无产阶级作家。“首先，他（指狄更斯——笔者注）像过去和现在的绝大多数小说家一样，他不描写无产阶级……狄更斯小说的中心情节总是在中产阶级的环境中发生。如果详细考察他的小说，我们就会发现，他的小说的真正主题是伦敦的商业资产阶级及其趋炎附势的人——律师、职员、商人、旅馆主人、不知名的工匠与仆人。他没有描写农业工人，只描写了一个工业工人，如《艰难时世》中的斯蒂芬·布莱克普尔，《小杜丽》中的普洛利什一家也许是他对工人阶级家庭最出色的描绘，但辟果提一家不能算是工人阶级。总的来说，他描写这类人物并不成功。如果问问一般读者记得狄更斯笔下的那些无产者，他肯定会提到的大概有以下三人：比尔·赛克斯，山姆·韦勒以及甘普太太。他们一个是窃贼，另一个是仆人，最后一个是醉醺醺的接生婆，都不是英国工人阶级的典型代表。”②

狄更斯也不是革命作家。“事实上，狄更斯对社会的批评几乎全是道

① John Gross and Gabriel Pearson, eds. *Dickens and the Twentieth Century*. London: Routledge and Kegan Paul, 1962, p. 1.

② George Orwell, “Charles Dickens.” Michael Hollington, *Charles Dickens Critical Assessment* (Volume I), Robertsbridge, Helm Information Ltd, 1995, p. 718.

德的。因此，他的作品没有提出任何建设性的建议。他抨击了法律、议会政府、教育制度等，但是从未提出过改正方案。诚然，提出建设性的建议不是小说家或者讽刺家最重要的事情，但关键在于，狄更斯对社会的态度从根本上来说也不是毁灭性的。没有任何迹象表明他要推翻现在的社会制度。他的目标与其说是社会倒不如说是人性。我们很难在他的作品中指出一段，表明经济制度出了毛病。例如，他从未抨击私人企业和私人财产。"①

狄更斯更不是社会主义作家。"在他（指狄更斯——笔者注）的作品中没有一行可以称之为社会主义的。确实，其倾向是拥护资本家。因为其全部道德不是工人应当反抗，而在于资本家应当仁慈。……他的全部要旨在于：如果人人行为正派，那么这个世界就会美好起来。"②

在经过上面三重否定后，奥威尔认为，狄更斯不相信政治，也反对暴力革命。从社会出身看，狄更斯是城市小资产阶级的完美的标本，他一心一意迎合的是中产阶级读者，甚至于在他最激进的时候也是如此。"他（指狄更斯——笔者注）更倾向于把自己看作中产阶级而不是无产阶级。"③"他将世界看成中产阶级的世界，这个世界之外的一切或者是可笑的，或者是邪恶的。一方面，他与工业或者土地没有接触；另一方面，又与统治阶级没有联系。"④

奥威尔认为，狄更斯的作品值得阅读，不是因为其信息，而是因为它的艺术方法。狄更斯是创造刻骨铭心的人物和环境的大师。当他跑题时，才写得最为出色。奥威尔特别强调狄更斯的独创性，这种独创性是无法模仿的。"狄更斯是人们感到值得剽窃的作家之一。他被马克思主义者、天主教徒以及保守主义剽窃过。"⑤"被剽窃的东西只不过是狄更斯从以前的小说家那里继承下来并加以发展的'文学传统'——对'人物性格'，对怪癖的狂热崇拜。但是，他那丰富多彩的创造是人们无法剽窃的，这不是

---

① George Orwell, "Charles Dickens." Michael Hollington, *Charles Dickens Critical Assessment* (Volume I), Robertsbridge, Helm Information Ltd, 1995, p. 719.

② Ibid., p. 720.

③ Ibid., p. 736.

④ Ibid., p. 729.

⑤ Ibid., p. 745.

人物的创造，更不是情节的创造，而是用词的特色和具体的细节。狄更斯著作的显著的、毫无误解余地的标志便是他那毫无必要的细节。”①

由此，奥威尔提出了一个概念——典型的狄更斯式的细节，强调细节在狄更斯作品中的意义。“狄更斯的小说的各个部分比小说的整体要伟大得多。他总是支离破碎，细节繁多——活像一座风化了的建筑物，却仍然是一个非常美妙的、千奇百怪的雕塑——他创造的某种人物，到后来总是被迫行动，前后矛盾，他就是这样，从来没有比这更胜一筹。”②“一样东西上面又堆上另一样东西，一个细节上面又加上一个细节，绣花装饰上面又来一层装饰。人们提出异议说，这就像欧洲18世纪洛可可式建筑那样一种纤巧、烦琐的文体。”③归根到底，“小说的写作并无一定规则，而且对于任何一项艺术，只有一种考验值得一提——那就是经过一段时间而依然存在下来。拿这个考验检查，狄更斯的人物成功了”④。狄更斯逝世后，人们依然在阅读其作品，评论其作品，这就充分证明了他的伟大。

奥威尔认为，狄更斯是比托尔斯泰更伟大的作家。因为比起托尔斯泰的人物来，“狄更斯的人物更经常、更生动地出现在他的眼前，但是他们的神态总是一成不变，就像绘画或木器那样”⑤。在托尔斯泰的一则寓言中，村民根据手掌的状态来判断每一个陌生人。如果他的手因为劳作而变得粗糙，他们就让他进门；如果他的手掌柔嫩，他们就让他出去。这对狄更斯来说，简直是不可理解的。他笔下的所有主人公都有着柔嫩的手，如尼古拉斯·尼克尔贝、马丁·朱述尔维特、爱德华·切斯特、大卫·科波菲尔、约翰·哈蒙等。他喜欢资产阶级的外表和资产阶级的腔调。其表征之一是，他不会让说话像工人阶级一般的人扮演主角。像萨姆·韦勒之类的滑稽主角、斯蒂芬·布莱克普尔之类的次要角色说话带有浓重的乡音。小匹普是由有着浓重的威塞克斯乡音的人抚养长大的，但从童年起，他就

---

① George Orwell, “Charles Dickens.” Michael Hollington, *Charles Dickens Critical Assessment* (Volume I), Robertsbridge, Helm Information Ltd, 1995, p. 747.

② Ibid., p. 750.

③ Ibid., p. 748.

④ Ibid., p. 751.

⑤ Ibid., p. 751.

说上流社会的英语。实际上，他与加哲里太太说同样的方言，比迪、肥普斯尔、丽齐·赫克萨姆、西丝·朱浦、奥列佛·退斯特等莫不如此。原因在于，狄更斯能接触到一般老百姓，托尔斯泰则做不到这一点。“托尔斯泰的人物能越出国境，狄更斯的人物则可以印在香烟盒上。”①

在狄更斯时代，童工问题是一个普遍存在的社会弊病，他的作品中有大量受难儿童的描绘，如自传体小说《大卫·科波菲尔》对小大卫在摩得斯通和格林比货栈涮瓶子场面的详细叙述。奥威尔对狄更斯的童年叙事作了充分的肯定。“对童年的书写没有哪位英国作家比狄更斯更优秀的了。……没有哪位作家进入儿童视角表现出如此巨大的力量。……狄更斯既能出入儿童的心灵之内，又能出乎其外，以至于同一场景既可以是令人开怀大笑的滑稽讽刺作品，也可以是险恶的现实，随读者的年龄而产生不同的理解。”②

有人指责狄更斯仅仅是个漫画家，奥威尔反驳说，“这恰恰是他的天才的标志。他所创造的那些奇形怪状的东西，人们仍把它当作奇形怪状的东西记在心里，尽管这些东西跟可能成为情节剧的成分混杂在一起”③。狄更斯之所以在他那个时代以及我们这个时代还为大众所欢迎，“主要是因为他能用一种简单、滑稽、大家都能接受的形式表达普通人民的正派体面、合乎礼仪的行径”④。故而，狄更斯成了西方大众文化的标志之一。在英国大多数家庭里总放着他的一两本书。许多孩子在他们学会读书以前就读到过他的人物，而且熟悉这些人物了。“不管你是否赞成他，他却在那里，就如纳尔逊纪念柱总是在那里一样。任何时候总有一段情景或某个人物从某一本你连书名都记不起的小说里出现在你的脑子里。……尽管二十个观众不会有一个人曾经把狄更斯的一本小说读完。甚至那些总说瞧不起狄更斯的人却不知不觉地在引用他的话。”⑤

---

① George Orwell, “Charles Dickens.” Michael Hollington, *Charles Dickens Critical Assessment* (Volume I), Robertsbridge, Helm Information Ltd, 1995, p. 752.

② Ibid., p. 725.

③ Ibid., p. 750.

④ Ibid., p. 753.

⑤ Ibid., p. 746.

但是，奥威尔也注意到了狄更斯作为城市小资产阶级的局限性和缺陷。在他看来，狄更斯是中产阶级的产儿，因此，他不了解贵族和穷人。狄更斯对社会的抨击总是指出精神的改变而没有改变社会结构的意识。虽然狄更斯常常描写罪犯，但是他没有真正认识到这些弃儿。虽然他敬仰劳苦大众，但是他没有真正了解劳苦大众的生活。作为一个小说家，他那天生的丰富情感大大地妨碍了他。因为那些他无法抗拒的滑稽笑料总是闯进本来应该十分严肃的情景中来。狄更斯只能叙述一定心境。人类心灵的广大领域，他是从来不曾触及的。他的小说没有任何地方有诗意，没有真正的悲剧，甚至性爱也几乎不在他的笔触范围之内。奥威尔批评狄更斯小说的情节布局平庸而拙劣，但是他不像爱·莫·福斯特和亨利·詹姆斯那样因狄更斯的作品不讲究布局而暴怒。

二　爱德蒙·威尔逊的批评

如果说奥威尔在英国肯定了狄更斯的声誉，那么爱德蒙·威尔逊则在美国肯定了狄更斯的声誉。

“爱德蒙·威尔逊，是唯一在欧洲遐迩闻名，同时拥有广泛读者的美国批评家。在美国他是一言九鼎的人物，一代文豪，一位首席批评家。”① 他于 1931 年出版的《阿克塞尔的城堡》是较早系统研究现代主义文学②的专著。专著深刻地分析了现代主义文学同法国象征主义之间的渊源并重点讨论了叶芝、普鲁斯特、艾略特、乔伊斯、斯特恩等现代主义的代表诗人和作家。1940 年，他在《新共和国》（*New Republic*，1940）杂志发表的三篇短文被公认为开创了狄更斯研究的革命。1941 年，他出版的《创伤与弓》（*The Wound and the Bow*，1941）是弗洛伊德精神分析理论在文学批评中的成功运用，其中的《狄更斯：两个斯克露奇③》（*Dickens*：*The Two Scrooges*，1941）用大量证据证明，狄更斯受到了现代批评家不公正的评

① ［美］雷纳·韦勒克：《近代文学批评史》第六卷，杨自武译，上海译文出版社 2009 年版，第 182 页。

② 威尔逊在书中称之为“象征主义”。

③ 斯克露奇是狄更斯的小说《圣诞欢歌》中的人物，老吝啬鬼的化身。

论，甚至于最虔诚的崇拜者也误解了他。威尔逊指出，欣赏狄更斯的小说，关键在于了解狄更斯的生活——他的一生与众不同之处在于被拒绝、失望和焦虑。他的小说正是因为表达了这些特色，结果他才蜚声世界。

威尔逊的心理批评揭示了狄更斯晚年的恋情对其小说创作的影响，对后来的传记作家影响甚大。他指出：

> 狄更斯和艾伦·特南的风流韵事，保密工作做得周密而谨慎，有关它的材料至今依然不多，我们很难定评艾伦·特南。不过狄更斯最后几部作品里的女主人公都是以她为原型的，从她们身上，我们确实可以窥测到狄更斯对她的看法。艾斯黛拉无情无义，一味折磨匹普，尽管他爱她，“违反理智，违背诺言，违反心地平静，不顾幸福，不顾一切可能的挫折和障碍”；而她为了钱财嫁给一个她并不爱的男人。贝拉·维尔弗在被波芬先生感化以前，也一味追求金钱——当然钱财是艾伦从与狄更斯私通中得到的一种好处。艾斯黛拉和贝拉都爱闹别扭，十分任性和傲慢。她们好像是与艾迪丝·董贝——达德洛克夫人一类的人，另外加上朵拉的反复无常——她们具备狄更斯笔下各种女人的特点，不过以新的方式重新组合而已。《小杜丽》结局的基调还比较平和忍让。相比之下，狄更斯映射艾伦的几部小说，可能更真实地反映了他的绝望情绪。①

威尔逊强调狄更斯与公众的密切关系，狄更斯极端依赖他的读者，以至于“他的情绪随着作品的销售情况上下波动。……一旦他按月连载的故事不太流行了，他马上焦躁不安，失意消沉。他精心塑造山姆·维勒，因为他看到这个人物很受欢迎；他把马丁·朱述尔维特送往美国，因为他发现读者对这个故事的兴趣日渐淡薄。他只能在幻想世界里生活……在这个世界上他的唯一伴侣真的只是他的读者。他定期举行公开朗诵会，这使他能更生动地再现小说中的情节，并直接感受他们对读者的影响，他同读者

① Edmund Wilson, “Dickens: The Two Scrooges.” *The New Republic*, March 1940, p. 298.

的关系更加密切了。……比起给他生了十个孩子的妻子来，这些读者更加亲密。狄更斯爱上特南以后，他的第一个念头不是在她身上找到归宿，使他摆脱他的小说中永无休止的化装舞会，相反，狄更斯把她放逐到幻想世界和他居住在一起，使她成为小说或戏剧中的人物，在读者大众面前公开向她求爱"①。

威尔逊最关键的观点是，"在所有维多利亚时代的伟大作家中，他（指狄更斯——笔者注）也许是对那个时代对抗情绪最深的人"②。其原因在于，狄更斯的童年给他造成了终生的精神创伤。"一个人童年的精神被残酷的有组织的社会所毁灭，两种处世态度必选其一：犯罪或反叛。查尔斯·狄更斯在想象中扮演了双重角色。"③ 有时犯罪或反叛两个主题以独特的方式结合在一起。对罪犯和造反者，小偷和杀人犯，纽盖特监狱里的绞刑或者火刑，威尔逊都作了巧妙的说明。

同奥威尔一样，威尔逊也强调狄更斯艺术的独创性，"狄更斯从来不重弹老调；在35年的创作生涯中，随着思想的不断进步，他的艺术也日臻完善，题材不断翻新，效果日益新奇；所以他的作品作为一个整体，有它自己的趣味及意义"④。狄更斯创造了一种新的文类——社会群体小说（the novel of social group）。"年轻的狄更斯总结、发展并最终超越了英国的两大小说传统：笛福、菲尔丁和斯莫莱特的流浪汉小说传统和戈尔德·史密斯、斯特恩的感伤主义传统。乔治·亨利·刘易斯抱怨狄更斯没有阅读多少文学书籍，但是，没有哪位艺术家像狄更斯从前辈那里吸收如此多的营养。早在童年时期，他就阅读了不少，在狄更斯的作品中有着上述作家的影子，他利用并超越了他们。他的历史小说《巴纳比·拉奇》吸取了斯科特的精华，《艰难时世》从盖斯凯尔夫人的工业研究中受益不少。但是

---

① Edmund Wilson, "Dickens: The Two Scrooges." Michael Hollington, *Charles Dickens Critical Assessment* (Volume I), Robertsbridge, Helm Information Ltd, 1995, p. 791.

② Ibid., p. 770.

③ Ibid., p. 763.

④ *sessment* (Volume I), Robertsbridge, Helm Information Ltd, 1995, p. 791.

Edmund Wilson, "Dickens: The Two Scrooges." Michael Hollington, *Charles Dickens Critical Assessment* (Volume I), Robertsbridge, Helm Information Ltd, 1995, p. 793.

创造新的传统是狄更斯的头等大事。”①

人们喜欢谈论卡夫卡、托马斯·曼和乔伊斯作品中的象征主义，却没有在狄更斯的作品中寻找象征意义，为此，威尔逊建议我们在狄更斯的作品中寻找象征主义、诗意以及实验小说家的艺术方法。“浓雾是《荒凉山庄》的象征，监狱是《小杜丽》的象征，《我们共同的朋友》则以垃圾山为象征。它甚至支配整个伦敦的风景。”②《远大前程》的象征意义从匹普和艾斯特拉身上表现出来：他们是维多利亚中期乐观主义的重要代表。

威尔逊对《我们共同的朋友》作了极高的评价。他认为，《我们共同的朋友》“展示了一种旺盛的智力，狄更斯的作品历来都富有这种智力，但在《我们共同的朋友》中，这种智力发展到高度紧张的状态，像肌肉经过锻炼而变得紧张有力……狄更斯在这本书里抒发了晚年的思想感情，生动形象地再现了他性格中的悲剧性矛盾，并且表达了他对整个维多利亚时代功绩的看法，他的表现手法新颖特别，使我们认识到生活的错遇丝毫不能影响他实现毕生为之奋斗的宏愿：严肃地履行他的艺术”③。

威尔逊也指出了狄更斯的不足之处。“狄更斯的一些缺点是永远不能克服的：他的性格中有些蹩脚演员的成分，在晚年绝望的岁月里，他更是向这种老朽的蹩脚演员的成分妥协，任其自由发展。”④

“在论狄更斯的全部现代论文中，爱德蒙·威尔逊的《狄更斯：两个斯克露奇》最具戏剧性。”⑤威尔逊才华横溢地证明狄更斯是陀思妥耶夫斯基的老师，而不仅仅是儿童经典。因为陀思妥耶夫斯基的两部小说《罪与罚》和《卡拉马佐夫兄弟》对杀人犯和社会叛逆者的描写从狄更斯那里受益匪浅。他笔下的狄更斯是一位颠覆性的、令人不安的作家，在心灵深处对给予他高度评价的时代持敌视的态度，并试图在犯罪与暴力的幻想中摆

---

① Edmund Wilson, “Dickens: The Two Scrooges.” Michael Hollington, *Charles Dickens Critical Assessment* (Volume I), Robertsbridge, Helm Information Ltd, 1995, p. 773.

② Ibid., p. 794.

③ Ibid., p. 793.

④ Ibid., p. 790.

⑤ Gross, John and Gabriel Pearson, eds. *Dickens and the Twentieth Century*. London: Routledge and Kegan Paul, 1962, p. 1.

脱双重生活的焦虑。威尔逊比以前的评论家更强调狄更斯作品中的恐怖元素，这样狄更斯的最后一部小说《艾德温·德鲁德疑案》便成了杰作，而同时使他免除了夸张、廉价的情节剧指责。传记材料，尤其是爱伦·特南的插曲，不是被当作丑闻来处理，而是用来阐明狄更斯的人物形象，成为狄更斯调和心理状态和社会见解的手段，将狄更斯视为受挫的反叛者，同时又是一个不愉快的丈夫。

威尔逊强调狄更斯的生活与艺术的关系，展示了狄更斯作为作家的真相：他那备受折磨的灵魂与社会和自身发生了冲突，但这种冲突对于他的创作却是有利的。“在一个等级森严的社会陷于两个社会阶级之间，犹如詹姆斯一样陷入两种文明之间，或者如同普鲁斯特那样陷入两个种族群体之间。从艺术的角度看，这对小说家是极好不过的事情。因为这使得作家能够戏剧性地表现对立，研究居住在单一世界的居民所无法知道的相互关系。……他在中产阶级这种令人感到不舒适的社会地位中长大，对无产阶级和贵族不了解，但是这种社会地位对他成为作家却非常有利：使得他在英国社会中孤零零的。”[①] 威尔逊在狄更斯的生平经历中洞悉到了狄更斯因为见证周围人的伪善和实利主义而变得越来越沮丧。但是，威尔逊称颂的狄更斯是一个社会批评家而不是社会主义者，他拒绝丑化狄更斯。在他看来，写作小说成了狄更斯宣泄痛苦的渠道。狄更斯是心理描写大师。狄更斯晚期的悲观小说比早期的小说要出色，在很大程度上是因为晚期小说多层次地反映了社会生活。

《狄更斯：两个斯克露奇》表明，在维多利亚时代最杰出的小说家狄更斯的作品中可以发现其现代意义。后来的狄更斯研究专家艾德加·约翰逊、希利斯·米勒、杰克·林赛、K. J. 菲尔丁、门罗·恩格尔等学者在解释狄更斯的天才时都受到了威尔逊的影响。

三　哈姆雷·豪斯的批评

哈姆雷·豪斯是牛津大学教授。第二次世界大战后，他对狄更斯研究

---

① Edmund Wilson, “Dickens: The Two Scrooges.” Michael Hollington, *Charles Dickens Critical Assessment* (Volume I), Robertsbridge, Helm Information Ltd, 1995, p. 781.

显示出浓郁的兴趣。在将狄更斯的作品当作消遣作品来阅读而认为没有学术价值的时代氛围中，豪斯不遗余力地研究狄更斯及其他所生活的时代。他于 1941 年出版的《狄更斯世界》（*The DickensWorld*，1941）是牛津大学出版的第一部专门研究狄更斯的学术专著，这部常被其他学者引用并且受到狄更斯研究专家希利斯·米勒挑战的《狄更斯世界》后来成了社会批评的经典著作，为现代的狄更斯批评指明了方向。

豪斯不是把狄更斯看作创造性艺术家而是看作时代的记者。他指出，“狄更斯的作品充斥了如此丰富的现实世界的经验，以至于可以当作文献来运用——也许是最重要的文献——可以理解英国 19 世纪的社会历史”[①]。豪斯注意到，一方面，近几年几乎所有狄更斯研究有价值的著作皆为传记，因此，他着力关注的是另一方面。他的主要目的是“显示狄更斯所写的以及他所反映的时代，他的作品所显示的态度与他生活的社会之间的关联”[②]。豪斯挑战了流行的观念：狄更斯不是成熟的思想家或社会改革家，他运用自己的经验尤其是童年经验来构思小说情节，暴露社会罪恶。在豪斯看来，狄更斯受到了杰里米·边沁思想的影响，但是没有受到他的追随者的影响。奥威尔宣称狄更斯对作坊知之不多，但豪斯与之截然相反，他认为狄更斯对作坊是多么着迷，在狄更斯的小说中，“作坊对人物的生活态度起着不可或缺的作用”[③]。尽管这一说法后来受到批评家的质疑，但是豪斯最早注意到“不太关注生活中的大事赋予狄更斯的小说以极大的可信性”[④]。

豪斯是最早注意到狄更斯运用宗教的研究专家。他认为狄更斯的作品千方百计表达一种宗教观，“作为广受欢迎的道德家与改革者，他成功的主要原因之一是他掌握着一种技巧——表现出浓厚的宗教情调而不必迫使自己超出基督教的基本词汇。一方面，他尽量避免采用任何神学派别的语气和习语；另一方面，与罗伯特·欧文不同，他回避了更大的危险，不让人觉得他在倡导‘与宗教信仰无关的’慈善”[⑤]。狄更斯的环境描写也少不

① Humphry House, *The Dickens World*. London: Oxford Up, 1941, p. 4.

② Ibid.

③ Ibid., p. 55.

④ Ibid., p. 5.

⑤ Ibid., p. 110.

了英国国教的因素。阿瑟·克伦南姆听到礼拜日的钟声让他想起童年时期糟糕的礼拜日；大卫·科波菲尔从其卧室的窗子就能看到教堂的墓地，以此反衬邪恶的摩德斯通的“虔诚”；小耐儿最后变成了一只教堂老鼠。豪斯认为，狄更斯的实用人文主义基督教，缺乏真正的宗教体验，他的作品没有显示出任何与真正的宗教主题有关的强烈情感。他批判宗教的阴暗面但不否定宗教本身，要求宗教促进社会的美好，强调行动而不是信仰。但他“运用宗教想象来描写自己深有所感的事物的时候，很难不使人感到这只是一个面具，用来掩盖在情感的控制或表达方面的某些不足。这不是故意虚伪的问题；他接受了一定的宗教观念，认为它们在描写情感危机时是合适的帮手；但是情感比信仰更有力量，而且二者永远无法结合起来”①。

豪斯的社会批评尤其反对吉克·杰斯特顿描绘的狄更斯形象。他说：“关于狄更斯作为人民的作家已经写得够多了。但是他的主要读者大众是中产阶级而不是无产阶级。”② 豪斯认为，在布鲁姆斯伯里文社的成员看来，狄更斯既不是农民起义的领袖，也不是致力于团结全世界的工人。狄更斯虽然怒斥那个制度滥用权力，但是他对英国的阶级制度尤其感到满足。狄更斯抨击了在他看来执迷不悟的政治方案并批判了政客，他推动的是改革但不是革命。豪斯的批评以小说的内容、虚构事件与现实世界的人、事件和观念为中心，狄更斯的作品更像新闻而不是小说。在他看来，狄更斯终其一生是个记者。

自从出版《狄更斯世界》以来，豪斯一直是一位忙碌而多产的学者，在学术论坛和公共聚会中发表关于狄更斯的研究成果。他收录了系列随笔和谈话录，汇集成《到期的一切》(*All in Due Time*，1955)。这个兼收并蓄的集子表明了豪斯对狄更斯研究兴趣的广度，并为20世纪40—50年代英国学者研究狄更斯启迪了新的方法。豪斯的演讲“恐怖的狄更斯”解释狄更斯为了效果如何使用恐怖，这一技巧如何让狄更斯利用敏锐的心理洞察力。豪斯还将萧伯纳论《远大前程》的论文收录其中，他发现萧伯纳对《远大前程》的评论虽然富于启迪意义，但绝对是政治性的。豪斯争论说，

① Humphry House, *The Dickens World*. London: Oxford Up, 1941, p. 58.

② Humphry House, *All in Due Time*. London: Hart-Davis, 1955, p. 216.

“关于狄更斯的政治学已经说得够多了”①，收录其中的还有 T. A. 杰克逊的马克思主义批评。豪斯喜欢温和的人文主义方法，但是对这一卷的辛辣讽刺起源于 BBC 节目文本，在这个节目文本中，豪斯概述了狄更斯书信版本的方案，为这一工程他花费了不少时间和精力。他对书信这一完整可靠的工作自始至终抱以强烈的热情。可惜，豪斯没有亲睹第一卷的出版就于 1955 年逝世了。格雷厄姆·斯托雷（Graham Storey）、凯瑟琳·蒂洛森（Kathleen Tillotson）、马德莱恩·豪斯（Madeline House）等接任了这一任务。

四 多萝西·凡·根特的批评

多萝西·凡·根特是英国著名的狄更斯研究专家，其研究综述《英国小说：形式与功能》以狄更斯的语言运用为重点，其中对《远大前程》的批评新颖独到。其论文《从托杰斯公寓看到的狄更斯世界》发表后被多次转载重印，文章认为，孤独是人类生存的境况，狄更斯为了强调其笔下人物的非人性使用了情感误置和具体化原则（the principle of reification），从而将阴郁的世界观颠倒过来。“怪诞的移置是对失去连贯性的现实的连贯的想象，是喜剧，因为它们构成了一种图案，把互不相关的东西融为一体，并且跨越了未经想象的现实。”②

凡·根特提出了狄更斯作品中呈现出来的人与物之间的相互转化的原则。“以邪恶的方式拥有东西的过程是模仿人，而人拥有物品的过程是模仿非人。通过互相转换所创造的世界……是狄更斯小说中人与物之间关系的准则。在这世界中，面具、姿态与强烈的节奏等皆具有喜剧性，它们用来作为视角的风格是正在经历可怕的精神转换的世界的风格。”③凡·根特认为，在狄更斯的作品中，一方面，物品采纳其主人的气质与表情，如一个守财奴的旧衣柜有一个打破了的秘密额头，这说明物品皆

① Humphry House, *All in Due Time*. London: Hart-Davis, 1955, p. 217.

② Dorothy Van Ghent, “The Dickens World: A View from Todgers”, Sewanee Review, LVIII, Summer 1950, pp. 419 – 38.

③ Ibid.

像魔鬼一样有生命，无生命之物成了活物；另一方面，对人的描绘使用了以物喻人的情感误置的拟人手法。所谓“‘以物喻人’就是将有生命之物当作物来处理，似乎物品汲取的生命是从表现不出人性的人身上抽取出来的”①。像操纵物品一样操纵同伙的人本身发展了物的特性，如暴发户波茨纳普头上以梳子取代头发，小特温姆洛被东道主当成可折叠的餐桌，在赛拉斯·威格身上，木腿男人的人性已经降格为他那条木腿的物性，有机体中的无生命肢体表明精神已经坏死，事实上，赛拉斯把自己等同于已经死去的肢体，他实际上是一具行尸走肉而已。在《荒凉山庄》中大法官庭将对生命之物的控制制度化，仿佛它们不是人而是物，霍尔士先生只不过是这个法庭机件上的一个齿轮。相互转化的原则影响着狄更斯人物复杂的内心生活特殊的层次，如霉菌性的郝薇香小姐或者含有酒精成分的克鲁克居然拥有道德意义上复杂的内心生活，从而具有“怪诞”的特征。

凡·根特认为，“从托杰斯公寓看到的景象是绝对确定的物体的相对意义已经崩溃，托杰斯公寓屋顶的观察者突然感到恶心，几乎想自杀，原因是他看到了世界的一个短暂的景象，在这个世界中，意义已经不复存在，只有赤裸裸的逼人的存在”②。人们在狄更斯的街道“迷宫”和“荒原”可以体验到普遍的焦虑。这个世界充满了令人困惑的迷宫、能活动的烟囱、充满了杆菌非法入侵与癌变组织的种种迹象，赫克萨姆老头的小窝涂抹着红铅，到处是潮气，外观腐烂不堪，乔纳斯·朱述尔维特的污迹斑斑的发霉的房子像一个墓穴。“在某种意义上，托杰斯公寓的迷宫就是伦敦，犹如伦敦就是整个世界一样。”③ 因此，托杰斯公寓这个世界需要一次救赎行动。“这样一种象征性行为由受遗弃或伤害的孩子宽宏大量地对待失职甚至犯罪的父亲一再暗示出来——这可以称为浪荡父亲主题，通常是狄更斯从浪荡儿子主题变换而来的。”④ 但是，这种行为应当不仅救赎单个

---

① Dorothy Van Ghent, “The Dickens World: A View from Todgers”, Sewanee Review, LVIII, Summer 1950, pp. 419 - 438.

② Ibid.

③ Ibid.

④ Ibid.

的父亲，而且应当救赎整个社会。

凡·根特认为，“两种犯罪构成狄更斯的两个重要的主题，即针对儿童的犯罪和蓄意的社会犯罪。它们在形式上相似，其形式就是把人当作物品看待。但是，根据在这里适用的通常的内在性原则，它们是相互内在的，要么是认为个人意志被公共机构的运行败坏了，要么认为公共机构就是个人堕落的大合奏。二者之间的关联不断得到暗示”①。在《荒凉山庄》中，公共犯罪是大法官庭的运作，但大法官庭是理查·卡斯通的“父亲”，正如“汤姆独院”是弃儿乔的“父亲”一样。在狄更斯的小说中，公共犯罪和私人犯罪是无限地连续的。因此，犯罪实际上是无止境的，如阿瑟·克伦南姆的父亲的犯罪和国家机关的犯罪是无止境地互相转化的。他父亲犯罪的秘密隐藏在桌子抽屉的角落里或者隐藏在相片镜框的后面，整个社区皆因此而受到玷污。

五　其他批评

爱德华·瓦根内克特是狄更斯的辩护者，他于 1929 年出版的《狄更斯其人》（*The Man Charles Dickens*, 1929）关注发现狄更斯天才的源头。1943 年出版的《英国小说的行列》（*Cavalcade of the English Novel*, 1943）对狄更斯的辩护可谓犀利。瓦根内克特感兴趣的是文学而不是调节文学的因素。他称狄更斯在作家中的地位类似于“福音中犯罪的女子”。“人们对他已经够宽恕了，因为他爱得太多。他的缺点足以使整个次要作家的船队沉没。”② 自从出版《狄更斯其人》以来，虽然狄更斯批评的情况发生了变化，但他对狄更斯小说的评价几乎没有变化。瓦根内克特认为有必要对 1929—1943 年的批评成果进行研究反思。乔治·萧伯纳认为《小杜丽》是狄更斯最优秀的小说，有助于更多的读者了解小说的发展脉络，但瓦根内克特在回顾狄更斯批评史时，不赞同这一观点，“对文学的宣传价值感兴趣的人”自然会

① Dorothy Van Ghent, “The Dickens World: A View from Todgers”, Sewanee Review, LVIII, Summer 1950, pp. 419 - 438.

② Edward Wagenknech, “White Magic.” *Cavalcade of the English Novel*, 173 - 268. New York: Holt, Rinehart and Winston, 1943, p. 213.

得出这一结论。同时他认为，爱德蒙·威尔逊1940年发表的论文《狄更斯：两个斯克露奇》是“完全不负责任的批评之作”[1]。

狄更斯早就被誉为“活着的莎士比亚”[2]，爱德华·菲茨杰拉德(Edward Fitzgerald)称狄更斯为“小莎士比亚”，“伦敦佬莎士比亚”[3]，随便你怎么叫都行。但很少批评家推进这种具有启发性的比较研究，即狄更斯以创造令人难忘的人物的数量与莎士比亚相媲美。他们都是伟大的、富于想象力的作家而不是现实主义作家。小说之于维多利亚时代，犹如戏剧之于伊丽莎白时代。

埃尔默·艾德加·斯托尔（Elmer Stroll，1874—1959）是美国著名的莎士比亚研究专家，其《主人公与反面人物》一文通过比较探讨了狄更斯与莎士比亚之间的相似点。斯托尔认为，狄更斯的艺术中有许多戏剧和情节剧的特点，“整个19世纪，在现实主义和喜剧性方面，没有人比狄更斯更接近于莎士比亚”。[4] 狄更斯与莎士比亚作品中的成功人物，如狄更斯笔下的俾克史涅夫或葛吉瑞，莎士比亚笔下的福斯塔夫等，他们的成功在于其言语风格而不在于性格描写，“他们的生命力主要寓于各自的言谈之中……通过词汇、口音、顿挫和韵律，通过‘嗓音高低，吐词习惯’来相互区分”[5]。

虽然狄更斯用散文写作，而莎士比亚主要是写戏剧，但二者有着共同之处。“他们最大的共同点就是他们与英国人的共同点。那就是幻想而怪诞的抒情，抒愚钝而非才智之情，抒胡闹而非理性之情。一方面有莎士比亚笔下自吹自擂的福斯塔夫，趾高气扬的皮斯托尔，还有那些有趣的傻瓜，‘浅薄’与‘沉默’，多格伯利和魏格斯，艾格契克，劳恩斯，克洛顿，特林克罗；另一方面有狄更斯笔下的莎利和贝特西，狄克·斯威夫勒和侯爵夫人，图茨和苏珊·尼普，卡特尔和庞斯比，俾克史涅夫和恰得班德，老维勒特，米考

---

① Edward Wagenknech, “White Magic.” *Cavalcade of the English Novel*, 173 - 268. New York: Holt, Rinehart and Winston, 1943, p. 218.

② *Peter Parley's Penny Library* (1841), quoted in Dickensian, xix (1923), p. 130.

③ *Letters of Edward Fitzgerald*, ed. J. M. Cohen (1960), p. 232.

④ Elmer Edgar Stoll, From Shakespeare to Joyce, New York, 1944, pp. 316 - 323.

⑤ Ibid.

伯一家，小贝利，丧事承办人莫尔德，以及不胜枚举的其他言行各异的狂士莽夫等。”[①] 二者笔下的反面人物也多有相似之处：他们都是独创的，虽然一无是处却吸引人，“他们机灵而精力充沛，机智而幽默，语言独具特色，不会相互混淆。而且，与莎士比亚的反面人物一样，他们很快活”[②]。

狄更斯协会的成员阿尔弗雷德·诺耶斯（Alfred Noyes）一向对狄更斯怀有崇拜之情，他大力弘扬狄更斯研究，千方百计提高狄更斯在学术界的声誉。诺耶斯于1940年出版的《丰富多彩的书信》（*Pageant of Letters*，1940）收录了最初在狄更斯协会发表的演说，这些演说强调狄更斯的现代性。诺耶斯认为，“世界从来没有悲剧性地需要狄更斯那富于正义而温柔的心，他那宽广而深沉的仁慈，对弱者的慈爱”[③]。在法西斯蹂躏欧洲大陆，人性沦丧的危险时刻，“狄更斯以沙哑的声音呼唤疯人院，狄更斯像很多神志清醒的救世者那样光临人世”[④]。诺耶斯说，狄更斯是有现实意义的，因为他向读者表达了他所珍爱的价值观，“狄更斯的艺术技巧更值得深入的研究”[⑤]。诺耶斯呼唤严肃的学术研究引起了美国学界的注意。

雷克斯·华纳（Rex Warner）在《权力崇拜》（*The Cult of Power*，1946）挑战了形式主义者和心理批评家，认为他们在重新评价狄更斯的作品时，或者蔑视或者误解狄更斯。在评判狄更斯的小说价值时，他极少涉及爱·莫·福斯特的范畴。他认为，首先，虽然狄更斯没有塞缪尔·理查森那样复杂的心理描写，但他同菲尔丁、斯摩莱特一样伟大。其次，虽然狄更斯为维多利亚时代的读者而写作，但是“认为狄更斯感染了那个时代四处泛滥的罪恶确实是一派胡言。狄更斯擅长于揭露那个时代的伪善。最后，他的乐观主义不是错误，而是承认信仰人类本性的方式，同时又看到了人类不可避免地会犯错误”[⑥]。虽然雷克斯·华纳声称自己的著作为弱势报告，但是到20世纪40年代晚期，他的观点在学术界得到了大部分学者的赞同。

---

① Elmer Edgar Stoll, From Shakespeare to Joyce, New York, 1944, pp. 316 - 323.

② Ibid.

③ Alfred Noyes, “The Value of Dickens, Here and There.” Dickensian 35 (June 1939), p. 162.

④ Ibid., p. 184.

⑤ Ibid., p. 180.

⑥ Rex Warner, *The Cult of Power*. London: J. Lane, 1946, pp. 21 - 38.

六 利维斯夫妇的负面批评

第二次世界大战前后，虽然乔治·奥威尔、艾德蒙德·威尔逊、哈姆雷·豪斯、多萝西·凡·根特以及爱德华·瓦根内克特等批评家的评论，使狄更斯的声誉得以复苏，但这并不表明狄更斯在评论界的声誉已经固若金汤。对狄更斯的负面批评仍然不时出现，其中影响较大的是剑桥大学教授夫妇F. R. 利维斯和Q. D. 利维斯的批评。

在剑桥教授夫妇F. R. 利维斯和Q. D. 利维斯[①]漫长的学术生涯中，狄更斯一直是他们关注的主要对象。早在20世纪30年代，Q. D. 利维斯就开始了对狄更斯的贬抑，将狄更斯深受读者大众喜欢等同于艺术的拙劣而进行恶意揶揄。她的专著《小说与读者大众》（*Fiction and the Reading Public*, 1932）不是用心理批评方法去发现小说中的创作个性与心理线索，而是以小说的社会语境为中心肆意对狄更斯进行指责，蔑视狄更斯小说的大众化传统。在她看来，狄更斯深受大众喜欢是因为19世纪30年代读者群的变化，读者群的变化对小说的创作产生了重大影响，狄更斯的小说为幼稚的大众和产业工人而生产，他依赖感伤情绪和夸张渲染来博得读者的眼泪，因为这两种手法易于取悦读者。Q. D. 利维斯断然说，“无论是谁，只要用批判的眼光看看狄更斯的一两部小说，立即就会发现他的原创性仅仅局限于重温儿童时代对成人世界的看法。他不仅未受过教育，而且不成熟”[②]。狄更斯满足于以连载形式取得廉价效果，因为通过这种方法让读者期待下一期。她不无讥讽地恭维说，“狄更斯有自己的世界观和典型风格，这种世界观和典型风格在别处只是零星地呈现，在《大卫·科波菲尔》和《远大前程》中却占据支配地位，这样他的小说才足以称之为文学”[③]。

F. R. 利维斯撰写了好几部文学和文化批评著作，1932年创办杂志《细察》（*Scrutiny*）。到20世纪40年代末，他被公认为保守派文学批评家

---

① F. R. 利维斯到20世纪40年代末就被公认为保守派文学批评家的领袖。Q. D. 利维斯是F. R. 利维斯的妻子，《细察》的主笔之一，20世纪英国杰出的女性学者、文学批评家。

② Q. D. Leavis, *Fiction and the Reading Public*. London: Chattox Windus, 1932, p. 57.

③ Ibid., p. 58.

的领袖。他将文本细读法与一个世纪前马修·阿诺德所开创的人文主义批评传统结合起来。1947年F. R. 利维斯为《细察》撰写了一篇论《艰难时世》的随笔，从而开创了作为戏剧诗的小说系列。一年后，他出版了影响深远的著作《伟大的传统》（*The Great Tradition*，1948）。

F. R. 利维斯的《伟大的传统》奠定了英语小说的"伟大传统"，因而被公认为引发了英语小说研究的革命。乔治·斯坦纳（George Steiner）认为，"小说作为形式的意识是由F. R. 利维斯的论述界定的。史诗和诗剧衰落之后，散文小说成了西方文学的主要文类"①。《伟大的传统》问世两年后有一段逸事，这里不能不提及。1950年BBC广播信息报《广播时代》宣称杰弗里·格里森（Geoffrey Grigson）将举行有关英语小说的专题系列演讲时，F. R. 利维斯认为这是一件骇人听闻的事，甚至于未及亲临讲座，他就宣布格里森剽窃了他于1948年出版的著作《伟大的传统》。为捍卫其著作权，F. R. 利维斯将其告上法庭。

利维斯之所以将格里森告上法庭，因为在他看来，"英语小说"是他的知识产权，是他的发现。在《细察》一文，他自信地说，他建立了——重要的小说——"严肃的艺术所要求的批评方法意识——英语小说传统的新理念。"② 事实的确如此。在《伟大的传统》之前，除了极少数之外，绝大多数小说批评是由小说家本人撰写的，如亨利·詹姆斯、珀西·拉伯克（Percy Lubbock）等。第二次世界大战之后的一段时间，小说研究尚未得到充分发展，是《伟大的传统》把小说提升到艺术的高度，将小说研究提升到如今的学术宝座，是利维斯开创了小说研究，并使之成为一门学科。

但是，这部引发了英语小说研究革命的《伟大的传统》却极尽贬低狄更斯之能事。该著开门见山地指出，"简·奥斯汀、乔治·艾略特、亨利·詹姆斯、约瑟夫·康纳德……都是英国小说里堪称大家之人"③。《伟大的传统》对文学传统开创者的褒扬是以狄更斯为衬托的。F. R. 利维斯虽然

---

① George Steiner, "F. R. Leavis" (1962) in his Language and Science: Essays on Language, Literature, and the Inhuman. New York: Atheneum, 1967, p. 230.

② F. R. Leavis, " 'Scrutiny' Retrospect", in*Scrutiny XX*: "*Retrospect*", *Index*, *Errata* (London: Cambridge University Press, 1963, p. 13.

③ ［英］F. R. 利维斯：《伟大的传统》，袁伟译，生活·读书·新知三联书店2002年版，第1页。

也指出了狄更斯对他们的影响，但是这种影响是以谐谑、挖苦的笔调来陈述的，下面试举几例。

一是“康纳德在某些方面极像狄更斯，以至于我们难以说出狄更斯的影响到底有多大呢。康纳德的《特务》所描写的伦敦里无疑就有狄更斯的身影在。”① 康纳德的技巧精湛老到，但是这种影响“来自一个手法远远谈不上精湛考究的作家——狄更斯”②。在评论康纳德的《胜利》时，利维斯说：“他们属于康纳德的艺术中让人想起狄更斯的那一面——一个被一种完全非狄更斯的成熟所限定的狄更斯：他们的存在严格地服从于康纳德那完全非狄更斯式的主题。”③

二是F.R. 利维斯摘引《罗德里克·赫德森》的三段，证明狄更斯对亨利·詹姆斯的影响时说：“狄更斯的影响在这里是很明显的。不是见于《卡萨玛西玛公主》里写《小杜丽》的那个狄更斯，而是写《马丁·朱述尔维特》的那个狄更斯。当然《罗德里克·赫德森》的这一段不可能是狄更斯所写：作者出手给了狄更斯风格一道令人倍感钦佩的智慧锋芒。”④ “一个具有独创性的艺术大家是如何向另一个学习的。詹姆斯在原则标准方面的成熟虽然令狄更斯无法比拟，但狄更斯施惠于他的还不只是个风格。他帮詹姆斯从外面看自己周围的生活并以批判的眼光加以评定。”⑤ 利维斯引用《波士顿人》中的一段后指出：“詹姆斯让我们看到的，乃是《马丁·朱述尔维特》，经过一个大大更富才智也大大更有教养的头脑重写之后而呈现出来的面貌。”⑥ “詹姆斯对此表现的力度大大超过了狄更斯的笔力（我们还记得《马丁·朱述尔维特》的主题），原因即在詹姆斯的艺术要精湛细腻得多，也在于整个背景所生发出的那种意义。”⑦

---

① ［英］F.R. 利维斯：《伟大的传统》，袁伟译，生活·读书·新知三联书店2002年版，第29页。
② 同上。
③ 同上书，第347页。
④ 同上书，第218页。
⑤ 同上书，第219页。
⑥ 同上书，第222页。
⑦ 同上书，第227—228页。

三是劳伦斯的《迷途的姑娘》明显见出狄更斯的影响，“只不过要无可比拟地更加成熟，构成了一个完整严肃意义的一部分”①。

F. R. 利维斯为什么将狄更斯排除在伟大的英国文学传统之外？他遵循的是阿诺德、亨利·詹姆斯、爱·莫·福斯特、珀西·拉伯克（Percy Lubbock）和新人文主义者如保罗·埃尔默（Paul Elmer）等人开创的人文主义批评传统，以道德为立足点，将生活的严肃性作为评判标准。他称狄更斯仅仅是个广受欢迎的娱乐高手，津津乐道于“伤感煽情”，他的全部作品中值得称道的只有一部《艰难时世》。

“《伟大的传统》出版后几乎引起了公愤。”② 这不仅是因为英国文学传统中的四位开创者中有两个异族人③，最根本的原因在于将狄更斯排除在英国的文学传统之外。瓦尔特·艾伦（Walter Allen）在《英国小说》（*English Novel*，1954）中挑战了 F. R. 利维斯对狄更斯的谴责，他将狄更斯与莎士比亚比肩，认为狄更斯笔下的人物不是漫画人物而是源于孩子般的世界观。韦勒克的《近代文学批评史》对于《伟大的传统》贬抑菲尔丁、斯特恩、萨克雷、特罗洛普、梅瑞狄思、哈代、艾米莉·勃朗特，把乔伊斯斥为死胡同都不置评价，但对于排斥狄更斯他感到“令人最为惊讶”④。罗伯特·波默斯（Robert Polhemus）的《滑稽的信仰：从奥斯丁到乔伊斯的伟大传统》（*Comic Faith*：*The Great Tradition from Austen to Joyce*，1980）在断然反驳利维斯的同时，指出 19 世纪的滑稽小说履行了宗教功能。他将 19 世纪的滑稽小说与乔叟、莎士比亚以及 18 世纪的作家联系起来，提出大众对幽默和传统的大团圆结局的要求并不妨碍小说家狄更斯写出具有严肃道德价值的小说。

但是，F. R. 利维斯对狄更斯的贬抑也得到了不少批评家的附和，如 R. C. 丘吉尔（R. C. Churchill）和索美列斯特·毛姆（Somerest Maugham）。

---

① ［英］F. R. 利维斯：《伟大的传统》，袁伟译，生活·读书·新知三联书店 2002 年版，第 33 页。

② L. Johnson Claudia，F. R. Leavis：The Great Tradition *of the English Novel and the Jewish Partin* Nineteenth-Century Literature? 2001，University of California Press，p. 199.

③ 指美国血统的亨利·詹姆斯、波兰血统的康纳德。

④ ［美］雷纳·韦勒克：《近代文学批评史》第五卷，杨自武译，译文出版社 2002 年版，第 375 页。

R. C. 丘吉尔发表在《细察》的文章认为狄更斯是一个“典型的维多利亚人，马克思主义者，保皇主义者”[①]。狄更斯是一个风格不稳定的作家，其原因在于他总是迎合读者大众。1948年索美列斯特·毛姆发表在《大西洋季刊》论狄更斯的文章，后来结集在《十小说及其作者》（*Ten Novels and Their Authors*，1954）一书中，他认为狄更斯缺乏“高度的严肃性”。毛姆指出，“我发现自己因狄更斯的幽默而受到极大的娱乐”，但是“他的感染力让人变得冷淡”[②]。毛姆的结论是，狄更斯对现实的描写并不出色，他的作品只是为读者提供娱乐。理查德·阿尔丁顿（Richard Aldington）在《青年狄更斯的阴曹地府》（*The Underworld of Young Dickens.*）一文中认为“狄更斯无法以严肃小说家的身份与巴尔扎克、福楼拜比肩，一般将狄更斯置于没有缺陷也没有价值的作家之列”[③]。

第二节　形式主义批评

在英美学界，20世纪40—50年代的狄更斯批评，形式主义居于主导地位，甚至文学的历史研究也倾向于以探讨艺术技巧为中心。形式主义批评、新批评以及结构主义批评高举“作品本体论”。形式主义着力于揭示文学中的语言形式和结构，即文学之为文学的“文学性”。新批评将研究的重点从作家的心理、社会、历史等方面转移到文学作品本身的形式、语言、语义等“内部研究”方面。结构主义及其相关的符号学、叙事学强调研究文学文本本身及其构造和相互关系，以揭示文学文本表层结构之下的深层意义或结构。可以说，形式主义批评、新批评以及结构主义主导了20世纪中期的狄更斯研究。马里奥·普拉兹（Mario Praz）贬低狄更斯的艺术技巧，

---

① R. C, Churchill, “Dickens, Drama and Tradition.” Scrutiny10 (April 1942): 358 – 375. Reprinted in *The Importance of Scrutiny*, edited by Eric Bentley. New York: Stewart, 1948, p. 182.

② W. Somerest Maugham, “Charles Dickens.” *Atlantic Monthly*182 (July 1948): 50 – 56. Reprinted as “Preface.” *David Copperfield*. London: J. C. Winston, 1948. Reprinted as “Charles Dickens and *David Copperfield*.” *Ten Novels and Their Authors*. London: Heinemann, 1954, p. 144.

③ Richard Aldington, “The Underworld of Young Dickens.” Four English Portaits, 1801 – 1851, 147 – 89. London: Evans, 1948, p. 177.

特里林和约翰·巴特则称道狄更斯是完美的艺术家，道格拉斯·布什激赏狄更斯的幽默艺术，希利斯·米勒的意识批评通过语言分析，运用细读法去寻绎作品的本意。纳博科夫对《荒凉山庄》的品评则完全着眼于形式。

马里奥·普拉兹对狄更斯的艺术一贯持负面评价的态度，他的《维多利亚小说黯然失色的英雄》（*The Hero in Eclipse in Victorian Fiction*，1956）的第一章以狄更斯为研究对象，其标题是“英雄的衰退”（“The Decline of Hero”）。普拉兹反对T. A. 杰克逊的观点：狄更斯是激进主义者；也反对豪斯、蒲柏·轩尼诗所描绘的英雄肖像。普拉兹指出：“狄更斯在本质上是资产阶级，他对道德问题的看法是保守的，通常回避性描写。”[①] 普拉兹认为狄更斯回避性描写不仅迎合了那个时代的传统，而且因为他暗示了自己与特南关系的真相，他感到犹豫不决。他发现狄更斯的作品中存在着很多矛盾和不一致的地方，因而谴责狄更斯以施虐狂为乐，为钱所役。狄更斯小说中的现实主义“仅仅是生动描写所带来的快感”，“不能将狄更斯纳入真正的现实主义作家之列，部分原因在于他的戏剧化倾向，部分原因在于维多利亚人讨厌一切粗俗的内容”[②]。一方面，对于狄更斯的艺术技巧，普拉兹几乎没有好评。他认为狄更斯运用的技巧在那个时代已经司空见惯，尤其是他对感伤主义手法的依赖。他说：“就改革风俗的道德结构而论，从根本上来说，狄更斯是小说机械传统的奴隶，不能让自己的表达方式适应时代的本质。”[③] 他认为，爱德华七世时代的人（Edwardians）批评狄更斯依赖感伤主义、过分的感染力是正确的；另一方面，他不止一次地暗示，让现代人感兴趣的狄更斯是“具有原创性的狄更斯，狄更斯是一流的作家——不是不太重要的狄更斯——如果连载小说的风尚和英国社会演化的进程没有将他的活动引导到除了随笔和文类图片之外的道路”[④]。普拉兹认为，当狄更斯扭曲现实呈现一个真正恐怖的世界时，真正杰出的狄更斯诞生了。因为这些场景在供资产阶级读者阅读的没有价值的读物中极为罕见。

① Mario Praz, “Charles Dickens.” In *The Hero in Eclipse in Victorian Fiction*, translated by Angus Davidson, 140 - 88. London, New York: Oxford UP, 1956, p. 148.

② Ibid., p. 149.

③ Ibid., p. 163.

④ Ibid., p. 169.

如同林赛一样，普拉兹注定成为狄更斯批评史的注脚。到20世纪50年代晚期，狄更斯产业在英美的高等院校开始启动。牛津、剑桥、哈佛、耶鲁及数百所高等教育机构的学者开始像对待莎士比亚、弥尔顿、乔叟、里查逊、菲尔丁、奥斯汀等作家一样对待狄更斯。例如，1957年凯瑟琳·蒂洛森（Kathleen Tilotson）和巴特（John Butt）在他们重要的研究著作《起作用的狄更斯》（*Dickens at Work*，1957）中提出狄更斯是有意识的工匠、完美的艺术家这样一些观念，凯瑟琳·蒂洛森和巴特以狄更斯的创作方法为中心，根据狄更斯作为伟大的创造性艺术家的信念而着手展开研究。二者阐明出版条件，尤其是连载如何影响狄更斯的作品，解释狄更斯如何利用每周或每月的期数为读者准备将来的内容。他们详细介绍了狄更斯如何写作，小说如何从手稿到出版物，描述了狄更斯如何在种种版本中修订自己的作品。他们也关注在狄更斯的历史小说中使用外部研究的方法。这一特别的学术研究著作影响了一代又一代对狄更斯的艺术感兴趣的学者。

莫顿·道文·萨贝尔（Morton Dauwen Zabel）对狄更斯的艺术形式表现出浓厚的兴趣，他的论文集《技巧及人物：现代小说的文本，方法和职业》（*Craft and Character*：*Text*，*Methods*，*and Vocation in Modern Fiction*，1957）收录了三篇论狄更斯的论文。这些论文皆是早先出版物的变体，一直可以追溯到1942年。第一篇研究狄更斯的声誉，综述了前半个世纪的批评，揭示传记如何有助于阐明艺术家创造力的源泉。在此基础上，萨贝尔极具批判性地论述了狄更斯逝世以后“声誉的衰微及反维多利亚偏见”[①]。他对格拉德·斯托雷（Glad Storey）的批评尤其苛刻。斯托雷的著作《狄更斯与女儿》（*Dickens and Daughter*，1939）是一部研究狄更斯与特南关系的著作。萨贝尔认为这部著作“写作质量差，文件资料不翔实，只是业余水平”，同时他还批评了爱德蒙·威尔逊、豪斯、F. R. 利维斯，因为他们皆否认“民间的研究方法”[②]，他批判T. A. 杰克逊、杰克·林赛轻率地坚持马克思主义和弗洛伊德式的意识形态。萨贝尔认为蒲柏·轩尼诗、赫斯

---

① Morton D. Zabel, *Craft and Character*: *Text*, *Methods*, *and Vocation in Modern Fiction*. 1New York: Viking, 1957, p. 5.

② Ibid.

基斯·皮尔逊（Hesketh Pearson）、阿达·尼斯贝特、艾德加·约翰逊是当代最可信的批评家。他认为，“传记研究有助于恢复伟大的狄更斯的本来面目，它对于批评、理解现代小说真正艺术的源头有着突出的贡献。他呼吁理智的学术研究，以早期的发现为基础，重新掌握狄更斯的生平和声誉”①。因此，传记在小说批评中仍然很重要。

在形式主义主宰批评实践的 50 年代，对狄更斯小说的评论常常是研究批评家共同关注的主题。整个 20 世纪 50—60 年代的研究表明，学者们一致认为狄更斯是工艺大师。例如，彼得·科夫尼（Peter Coveney）在《可怜的猴子：文学中的儿童》（*Poor Monkey*：*The Child in Literature*，1957）中认为，“在英国除狄更斯以外，其他小说家的艺术成就没有受到儿童感情的约束”。他解释对儿童的移情意识如何影响狄更斯的全部作品。但科夫尼认为，早期批评家谴责狄更斯依恋童年，在小说中利用儿童创造感染力过度的场景是错误的。狄更斯将儿童作为入木三分的社会批评的手段。在另一主题研究中，埃伦·摩尔斯（Ellen Moers）的《花花公子：从布鲁梅尔到比尔博姆》（*The Dandy*：*Brummel to Beerbohm*，1960）中，狄更斯被列入反花花公子一类，尽管他迷恋花花公子的服饰和举止，但摩尔斯暗示狄更斯在其晚期小说中有意识地抨击花花公子所代表的势利、对社会不公麻木不仁、支持毫无作为的政府、缺乏热情等。

虽然美国著名的批评家道格拉斯·布什（Douglas Bush）从未出版过论狄更斯的著作，但是他的《狄更斯的幽默注》（*A Note on Dickens' Humour*）起初发表在罗伯特·拉斯本（Robert Rathburn）的集子《从简·奥斯丁到约瑟夫·康纳德》（*From Jane Austen to Joseph Conard*，1958）并在布什自己的集子《英国与自由》（*England and Disengaged*，1966）重印，对狄更斯产业做出了一点不俗的贡献。布什认为，虽然普拉兹持对立态度的评价“已经过时”，但是心怀敬意地研究早几代批评家崇拜的狄更斯是有价值的，“一个纯朴的、不稳定的、优秀的天才为大众奉献他们所需要的东西”。人们称赞狄更斯为幽默家，布什欣赏他的多面性格，将狄更斯

① Morton D. Zabel, *Craft and Character*: *Text*, *Methods*, *and Vocation in Modern Fiction*. New York: Viking, 1957, p. 13.

看成“具有强烈意识、正在发展的艺术家，内行的象征模式铸造师，野蛮社会的分析家”[①]。

艾德加·约翰逊的传记面世以后，论狄更斯最有影响的著作是希利斯·米勒的《狄更斯：他的小说世界》（*Charles Dickens*：*The World of His Novels*，1958），这部被誉为开辟了狄更斯研究新纪元的现象学意识批评巨著运用的是新批评的文本细读法。详细讨论请见《意识批评：希利斯·米勒的狄更斯研究》。

C. B. 考格斯（C. B. Cox）在《为狄更斯辩护》（*In Defense of Dickens*，1958）中指出，“现代批评家通常没有公正评价狄更斯”[②]，因为他们沿着先人之见的意识形态思路而精心组织批评。考格斯尤其哀叹他们没有欣赏到“狄更斯幽默的潜在影响”[③]。在某种程度上，他赞同回到杰斯特顿的观点。因为他揭示了“狄更斯喜欢人类经验的多样性，盛情地享受人物的愚蠢行为”[④]。考格斯认为，希利斯·米勒的《狄更斯：他的小说世界》影响了狄更斯研究的进程，没有几部书能与之匹敌，更没有哪部书能够超越它。

但是，明显没有参考希利斯·米勒提倡的新的阅读理论的“传记批评”继续面世。亚瑟·威尔逊（Authur Wilson）在《狄更斯的伟大主题》（*The Great Theme in Charles Dickens*，1959）中宣称，像所有伟大的作家一样，狄更斯“提出了影响其创作的生命哲学”。这种哲学源于狄更斯对18世纪纯朴生活怀旧式地渴望，并在他的小说中表现出来，这种哲学指的是“爱将使人类征服世界上的罪恶，只有人与人之间的相互尊重才能保持每个个体与生俱来的人的身体与灵魂的尊严”[⑤]。

理查德·斯唐（Richard Stang）在《英国的小说理论》（*The Theory of*

---

① Douglas Bush, “A Note on Dickens’ Humour.” In *From Jane Austen to Joseph Conard*; *Essays Collected in Memory of James T. Hillhouse*, edited byRobert C. Rathburn and Martin Steinmann, Jr., 82 - 91, 1958, p. 82.

② C. B. Cox, “In Defense of Dickens”, *Essays and Studies* 11 (1958), p. 86.

③ Ibid., p. 87.

④ Ibid., p. 99.

⑤ Authur H. Wilson, “The Great Theme in Charles Dickens.” Susquehanna University Studies 6 (April-June 1959): pp. 422 - 457.

Novel in England，1959）中以亨利·詹姆斯和爱·莫·福斯特的小说理论为依据，引用狄更斯的书信以及作品中的段落来解释小说家怎样提出自己的小说理论。斯唐的结论是，狄更斯认为小说家应当有一种社会观，并再现这种社会观。在读者看来，把当前的世界转变为一个更美好的世界是可能的。斯唐称赞狄更斯是一个深思熟虑的有意识的艺术家，而不仅仅是一个迎合读者大众的平庸的作家。

1959年，门罗·恩格尔（Monroe Engel）在《狄更斯的成熟》（*The Mature of Dickens*，1959）中认为，批评家在宣称狄更斯伟大之前常常重复他的缺点和局限性，狄更斯尚未获得批评家“持久的尊敬”。他承认他批评的靶子是普拉兹，因为他的否定性评价在狄更斯批评史上是一种反常现象。

作为爱德蒙·威尔逊的崇拜者，恩格尔认为，“狄更斯的成就主要体现在全身心的投入和材料的连贯性，令人惊讶的范围和连贯性的发展”[①]。恩格尔依时间顺序研究了狄更斯的小说，强调狄更斯对多情节小说的把握以及驾驭公共和私人生活等主题的能力。恩格尔以狄更斯的晚期小说为中心，将狄更斯描绘成有悲观观念、富于远见卓识的人。一旦他取得成功，他便千方百计调和自己的私人生活和公共生活，发现社会弊端的根源比他所想象的更为深刻、更加难以克服。中年时期的狄更斯提出了一种“连贯的、极不愉快的社会观”。因此，恩格尔认为，尽管狄更斯的早期作品流露出乐观的基调，相信社会弊端有朝一日是可以根除的，但他最终全心全意地抨击社会不公。因为他认识到，“人的根本痛苦超越了金钱和立法的力量，这是一种普遍的令人困扰的精神错乱”[②]。

在恩格尔看来，阅读狄更斯方法的多样性越来越明显。到世纪末，威尔逊在世纪之交的怀旧式批评完全过时了。像考格斯一类的批评家他们呼吁颠覆批评关注点却正在发扬光大。斯唐和恩格尔正在实践一种新的批评形式，这种批评形式在不到20年的时间内一定会过时，成为传统。而希利

① Monroe Engel, *The Mature of Dicken* s. Cambridge, MA: Harvard UP; London: Oxford UP, 1959, p. x.

② Ibid., p. 119.

斯·米勒解读狄更斯的方法会成为以后几代学者的基本范式。

俄裔美国小说家弗拉基米尔·纳博科夫（Vladimir Nabokov）在其《文学演讲录》（*Lectures on Literature*，1980）中将狄更斯与简·奥斯丁并列为最伟大的英国小说家。在论狄更斯的一章，重点考察了《荒凉山庄》的结构与风格。详细讨论请见本书第四章第二节内容“结构与风格：纳博科夫的‘形式论’狄更斯批评”。

值得注意的是，形式主义只关注文学作品本身的语言形式和结构，把文学文本与社会语境割裂开来。新批评只孤立地研究文学作品本身，结构主义更是把文学文本作为唯一的研究对象，因而不能充分研究作者或者意图，否认文学文本的特异性。这些批评方法因为过分强调体系皆切断了文学与生活的诗意联系，忽视了文学的社会历史维度，抹杀了历史的作用。

第三节 传记研究

文学作品首先起因于它的创造者，即作者。因此，从作者的个性和生平方面来解释艺术作品，是一种最古老也是最基本的文学研究方法。萨贝尔（Morton Zabel）认为，“传记批评有助于恢复伟大的狄更斯的本来面目，它对于理解现代小说真正的艺术源头有着极大的贡献。他呼吁理智的学术研究，以早期的发现为基础，重新理解和评价狄更斯的生平和声誉”①。因此，传记在狄更斯批评史中占据着非常重要的地位，每一个时期都有不少传记问世。

第二次世界大战后十年间，狄更斯研究最重要的发展在传记领域。约翰·福斯特的《狄更斯传》（*Life of Charles Dickens*，1872—1874）问世70年来成了狄更斯生平的经典叙事，可以说后来的每一部传记几乎都是对福斯特详尽叙事的因袭，如赖特的传记只是增加了狄更斯与特南的关系。赫·皮尔逊（Hesketh Pearson）因袭前人的传记《狄更斯：他的人物、喜剧和事业》（*Dickens*：*His Character*，*Comedy and Career*，1949）呈现了更为公正

① Morton D. Zabel，*Craft and Character*：*Text*，*Methods*，*and Vocation in Modern Fiction*. New York：Viking，1957，p. 13.

但有点得意扬扬的狄更斯肖像。

1945年乌纳·蒲柏·轩尼诗（Una Pope-Hennessy）出版的《狄更斯》以当时出版的三卷本狄更斯书信《最佳丛书》为基础。她称许约翰·福斯特的传记为“第一部也是最重要的著作”①。与福斯特一样，蒲柏·轩尼诗也为传主狄更斯所倾倒，她称赞狄更斯为“伟大的预言家，伟大的小说家。”② 蒲柏·轩尼诗运用大量的文献材料，翔实地证明狄更斯不仅是一位天才，而且是一位殉道者，他从黑鞋油作坊的耻辱经历中崛起，实现了没有哪位作家能与之匹敌的社会地位。通过反驳早期传记作家的观点，蒲柏·轩尼诗认为，狄更斯担任议会记者的工作经历不仅使他熟悉了上层阶级的生活，同时也给他灌输了改革的热情。

蒲柏·轩尼诗将凯瑟琳·霍加斯视为狄更斯婚姻关系破裂的主要责任人，狄更斯的事业日益成功，社会地位蒸蒸日上，为他们的婚姻敲响了丧钟，但蒲柏·轩尼诗找到了狄更斯与妻子关系的瓶颈。同时，蒲柏·轩尼诗宽恕了狄更斯与出版商交易中的行为，将困难归于无谓的忠诚，或归于只要事情令人失望，他就变得神经质或者喜怒无常。她承认狄更斯性格的多变有时使得人际关系极为紧张。她认为“虽然不能用性格来说明一切，但可以说气质起了作用。即使到现在，人们也没有普遍公认狄更斯为胜利和成功所付出的巨大代价”。虽然狄更斯天性浪漫，但是他经历了黑鞋油作坊的耻辱经历、玛丽亚·比德内尔拒绝他的求婚、玛丽·霍加斯夭折等重大事件。“狄更斯在极端的程度上所拥有的能力，我们在某种程度上就可以拥有。正因为如此，尽管他拥有温情的友谊，精神焕发，他的表演，他的巨大成功，但他绝不是一个快乐的人。”③ 后来的传记作家不惜耗费大量的时间和精力来证明这一观点。

对于狄更斯不安的精神状态，福斯特等传记作家往往语焉不详，但是在蒲柏·轩尼诗那里却成了叙事的主题。蒲柏·轩尼诗最为坦诚地讨论了狄更斯与特南的关系。她认为，“在福斯特那里，特南几乎不存在，与夫

① Una Pope-Hennessy, *Charles Dickens*, 1812 – 70. London: Chyatto and Windus, 1945, p. x.

② Ibid., p. xii.

③ Ibid., p. 276.

妻的分居没有关系”[①]。她将狄更斯描述为这一风流韵事不情愿的参与者，称他的小姨子乔治娜为狄更斯婚姻破裂的“共同密谋者”，千方百计将凯瑟琳逐出这个家庭，而同时维持她在这个家庭中的地位。

蒲柏·轩尼诗笔下的狄更斯肖像是拜伦式的英雄，他的生平与小说基本相吻合，受到了狄更斯批评家的欢迎。因此可以说，她的传记捍卫了狄更斯免受反维多利亚情绪的影响。反维多利亚情绪是休·金斯迈（Hugh Kingsmile）和赖特等传记作家的共同特征，蒲柏·轩尼诗的传记将狄更斯从一大堆乱七八糟的反维多利亚情绪中拯救出来。但是在证明狄更斯的性格缺陷时，她走得太远。1952年艾德加·约翰具有里程碑意义的传记出版之后，蒲柏·轩尼诗的传记便降格到二流的地位。

由于心理批评的发展，到20世纪中期，以狄更斯为传主的心理传记也应运而生。马克思主义批评家杰克·林赛（Jack Lindsay）的《狄更斯：传记与批评研究》（*Dickens*：*A Biographical and Critical Study*，1950）是第一部“设法解决狄更斯创造过程”[②] 的心理传记。林赛认为，狄更斯结婚的强烈冲动，导致了他与霍格斯不般配的结合。经济上的压力困扰着狄更斯的全部成年生活，他担心这种压力会削弱他的创造力，这种恐惧呈现在他的小说之中。有了这种幻想和噩梦，他的大脑成了意象的储存库，在小说中实现了象征维度。林赛在梦幻、时钟和火车意象中发现了深刻的心理意义。这反映了狄更斯对复仇、因果报应和魔鬼的力量以及对谋杀的着迷。

在林赛之后，作家朱利安·西蒙斯（Julian Symons）也出版了心理传记《查尔斯·狄更斯》（1951）。西蒙斯在前半部分概述了狄更斯的生平，认为狄更斯的一些活动是“不理智的”，在本质上，他是喜怒无常的，受压抑的。因此，狄更斯所写的大部分作品是无情的心理冲动所激发的情感表达。幸运的是，批评家可以将其小说中的意识成分与无意识成分区别开

---

① Una Pope-Hennessy，*Charles Dickens*，1812 – 70. London：Chyatto and Windus，1945，p. 401.

② Jack Lindsay，*Dickens*：*A Biographical and Critical Study. London*：*Dakers*；New York：Philosophical Society，1950，p. 5.

来，表现出狄更斯作为一个艺术家“努力从自己充满激情的、明显的兴奋和抑郁中构建一个理性世界”[①]。西蒙斯的批评分析从狄更斯的喜怒无常或抑郁中挖掘小说证据。他将狄更斯看作一个对世界持反抗态度的人，不断地与维多利亚主流社会发生冲突的激进分子。尤其在其晚期小说中，狄更斯洞悉了自己的苦涩：官僚体制将他作为改革者而指斥他的作品，贵族阶层将他作为社会身份平等的人而排斥他，朋友和情人没有生活在他的幻想世界之中而排斥他。在西蒙斯看来，狄更斯作为一个艺术家从来没有成功，因为他不得不遵循他“那个阶级所要求的枯燥乏味的文学传统”[②]。唯有维多利亚时代的读者才接受狄更斯这种“可悲的创造”。在西蒙斯看来，“其他任何一个时代不会接受狄更斯的作品，也不会写这样的作品”。西蒙斯不是将狄更斯看作一个伟大的激进分子，“狄更斯的愿望只不过是成为日益上升的维多利亚资产阶级的代言人”。[③] 只有在他的无意识中他才是现代主义者所希望的反叛者。

狄更斯研究者对林赛和西蒙斯著作的评价可谓毁誉参半。林赛的传记在两年期间确实引人瞩目，备受关注。但是，1952年德加·约翰逊的传记《狄更斯——他的悲剧与胜利》（*Charles Dickens*：*His Tragedy and Triumph*，1952）出版时，林赛的著作只是偶尔被引用而没有继续保持学者的关注度。

自从约翰·福斯特的传记问世以来，虽然传记不少，但是没有产生赢得广泛喝彩的狄更斯传记。20世纪中期，艾德加·约翰逊的《狄更斯——他的悲剧与胜利》问世之后赢得了广泛赞誉，甚至有人称之为狄更斯的最佳传记。希利斯·米勒在《狄更斯：他的小说世界》中指出：“狄更斯的传记研究，以艾德加·约翰逊的传记为顶峰。”[④] 劳伦斯W.麦泽诺（Laurence W. Mazzeno）认为“艾德加·约翰逊的《狄更斯——他的悲剧与胜

---

① Julian Symons, *Charles Dickens*. New York: Roy; London: Barker; Toronto: McClelland and Stewart, 1951, p. 29.

② Ibid., p. 82.

③ Pope-Hennessy, Una. *Charles Dickens*, 1812 – 70. London: Chyatto and Windus, 1945, p. 91.

④ J. Hillis Miller, *Charles Dickens*: *The World of His Novels*. London: Oxford University Press, 1958, p. vii.

利》不仅仅是狄更斯研究的经典，而且也是20世纪中期传记的极品”。[①]

艾德加·约翰逊的传记依照时间顺序，从狄更斯的出生和家庭背景开始叙事，直到他去世为止。传记的重点不是对作品的评价，而在于展示狄更斯的奋斗史，从童工到职员到速记员再到记者，最后成为一名成功的作家。约翰逊笔下的狄更斯是从“悲剧”抵达“胜利”的狄更斯，他的一生如同其作品中的人物匹克威克先生、大卫·科波菲尔和匹普一样，历尽坎坷跌宕、悲欢离合。他指出：

> 查尔斯·狄更斯属于全世界。他是一颗文坛巨星。他那风云变幻的一生中，回响着欢歌笑语，闪烁着天才的光芒，也有黯淡失意的时刻。即便是受到举世的欢呼和称赞，他的一生也是悲喜交织的人生斗争的缩影；其坎坷程度不亚于他小说中主人公的遭遇。人生既充实而丰富多彩，又有艰辛劳顿，正是这样，才使生命本身具有魅力。[②]

传记的叙事自始至终贯穿着标题所暗示的对立隐喻——悲剧与胜利。约翰逊认为：

> 一方面是功成名就，一方面又对这个给予了他大量肯定与酬劳的社会具有根深蒂固的不满；这两种因素的斗争构成了他一生的悲喜剧。悲剧的由来是，他用以克服前进中障碍的力量本身也是他不幸的根源；而喜剧，也就是他的胜利，则是由于内心的忧伤激励他产生了巨大的力量，从而达到写作成功的顶峰。[③]

与20世纪中期的文学批评家一样，约翰逊的传记将狄更斯的家庭和事

---

① Laurence W. Mazzeno, *The Dickens Industry*: *Critical Perspectives* 1836 – 2005. Camden House, 2009, p. 103.

② Edgar Johnson, *Charles Dickens*: *His Tragedy and Triumph*. New York: Simon and Schuster; Toronto: Musson, 1952, preface.

③ ［美］德加·约翰逊：《狄更斯——他的悲剧与胜利》，林筠因、石幼珊译，天津人民出版社1992年版，第7页。

业两种表面看来截然不同的事件统一起来。一方面，狄更斯的事业在挣扎和拼搏中蒸蒸日上；另一方面，他的家庭生活却十分不幸。在“批评分析现代社会时”，约翰逊找到了统一狄更斯一生的线索，那就是“狄更斯的重要性远不止于他浓缩了自身的生活经历，他以锐利的目光透视现代生活。贯穿他全部作品始终的一条线索，就是对于19世纪社会所作的批判性分析。其广度和深度是没有任何一位小说家能够超越的”①。另外，约翰逊的重要论文将狄更斯视为一个社会批评家，在狄更斯早期的滑稽作品中找到了证据，证明早期小说具有严肃的特点。他宣称在《匹克威克外传》《奥列佛·退斯特》《尼古拉斯·尼克尔贝》等作品中“已经存在社会批评的风格，这在狄更斯的写作生涯中居于主导地位”。在“社会解剖”等章节中，他提出狄更斯的《荒凉山庄》创造了“社会群体小说，并以之作为批评社会的工具”②。约翰逊运用客观冷静的笔调来描述狄更斯，并且将这种方法运用到小说批评中。

约翰逊的传记具有科学的精确，有着对真实的无畏的追求。这种真实性主要在于占有并运用第一手材料。两卷本《狄更斯——他的悲剧与胜利》长达1200页，是约翰逊多年辛勤研究的结晶。该传记是以数千份信札为素材撰写而成的。这些信件曾经刊登在《最佳丛书》（Nonesuch Edition）以及新出版的三册《朝圣者丛书中》。其余的素材多出自未出版的信札以及其他的第一手资料。另外约翰逊还引用了狄更斯写给各家报纸的书信以及发表在各家杂志上的文章，引用了《家常话》和《一年四季》两本周刊上的文章。因为在长达二十年的时间里，《家常话》和《一年四季》一直是在狄更斯的严格控制之下出版发行的，所发表的文章都要经过狄更斯的同意。可靠的第一手资料为传记的真实性打下了基础。

除了运用第一手资料外，约翰逊的叙事还利用了其他的资料来源，如约翰·福斯特和蒲柏·轩尼诗的传记等。

约翰逊的传记无疑受到了爱德蒙·威尔逊的心理批评的影响。狄更斯的

---

① Edgar Johnson, *Charles Dickens*: *His Tragedy and Triumph*. New York: Simon and Schuster; Toronto: Musson, 1952, preface.

② Ibid., p. 764.

一生永远不安于现状，永远不满于自己和社会。在揭示狄更斯的奋斗人生时，对他成功和受挫的心理描写十分精辟传神，有着极大的艺术感染力。例如，叙述狄更斯在《国会镜报》担任速记员获得成功之后，约翰逊说："这种情形同十年前在黑鞋油作坊做苦工和在监狱里的悲惨局面相比，何啻天壤之别呀！狄更斯以他那天生的闯劲和激情，无比坚决地排除了前进中的一切困难和障碍。"① 再如，玛丽亚·比德内尔（Maria Beadnell）拒绝狄更斯的求婚之后，约翰逊对狄更斯当时的心理分析精当而又恰切。"他失意后治疗心灵创伤每每有两个最好的办法。这种方法加深了他自我怜惜的感觉，从而凝成了他的心理特征。他发现，有了痛苦或是烦恼，可以把它夸大到奇怪的程度。这样一来，痛苦和烦恼便可以膨胀成滑稽无比的喜剧样子而在一阵大笑中消失了。还有一种办法就是，可以用自己的痛苦去理解及同情别的生灵，把他们的欢乐、悲愁和自己融为一体，这样便可以从自己的隐痛中解脱出来。这种升华、纯洁自身痛苦的办法，他在自己的生活和文学创作中，都是一用再用的。"② 这种心理分析表明了约翰逊在狄更斯的生活与小说中所采用的方法。尽管他没有将狄更斯的全部小说和故事当作虚构传记来阅读，但是他将爱德蒙·威尔逊深刻的洞见纳入狄更斯的人物和创作方法之中。因此，约翰逊的著作明显地表明了生活与艺术不可分割的关系。

该传记的前几章像霍雷肖·阿尔及尔（Horatio Alger）的小说一样，将狄更斯解读为蒙受穷困和羞辱的男孩成长为英国众口称誉的文人。约翰逊也探索了狄更斯人物的不安，他认为这种不安迫使狄更斯在商业交易中丧失了同情心，对妻子残忍，甚至于一心想重拾童年时代的天真。但约翰逊有时又为狄更斯辩护，这从他对《圣诞欢歌》的批评中可以看出。有的读者认为斯克露奇的转变太突然、太激进，在心理上不可信。约翰逊认为，"这是将准严肃的幻想错当平庸的现实主义""真正持怀疑态度的人应当认真考虑的是斯克露奇成了欢快的福音"。③

---

① Edgar Johnson, *Charles Dickens: His Tragedy and Triumph*. New York: Simon and Schuster, Toronto: Musson, 1952, p. 66.

② Ibid., p. 81.

③ Ibid., p. 488.

约翰逊的传记在叙事中往往插入大量评论，展开阐释，这种阐释不仅有助于揭示狄更斯的艺术创造力的源泉，而且可以丰富传记的内涵，加深读者的理解。在《将逝和永存的声音》中，约翰逊叙述狄更斯的仁爱和同情心之后，评论说：狄更斯“对人爱憎分明，从来不持漠不关心的态度。他有爱，有笑，有嘲弄，有藐视，有怨恨。他从来不以施恩的态度对人，不以轻蔑的口吻说话。他不挑剔，不推诿，不谄上欺下，不武断地拒听不同意见”[①]。在谈到狄更斯的奋斗人生时，约翰逊评论说：“从他（指狄更斯——笔者注）自己奋斗和受挫的一生，他创造出一个慷慨豪迈的人生哲学，使他在为人类战斗和挥拳猛击的时候，能够谈笑自如。他是一个艺术的英雄，不仅与生活的浪费现象搏斗，而且充实和创造一个世界。”[②] 在最后一段约翰逊对狄更斯作了总结：“自从狄更斯逝世 80 多年来，他那颗充满激情的心早已化为尘埃，但他创造的生命闪烁着不朽的生命，人们的心随着他的怒、他的爱、他的泪、他的笑、他对人类尊严的信仰而颤抖。”[③] 这些话仿佛出自狄更斯本人之手，十分传神地概括了狄更斯的一生。

《狄更斯——他的悲剧与胜利》出版后产生了广泛而深远的影响，不仅学术杂志，而且报纸和非学术期刊也在评论他的传记。尽管一些人如约翰·巴特（John Butt）警告说，称《狄更斯——他的悲剧与胜利》为狄更斯研究的最佳传记要慎重。但是多数人对它的问世表示称许。《狄更斯——他的悲剧与胜利》出版后，约翰逊的狄更斯评论散见于学术杂志之中，在读者大众中广泛流传。他的《〈圣诞欢歌〉和经济的人》（*The Christmas Carol and the Economic Man*，1952）认为，狄更斯在《圣诞欢歌》中一方面倾注了欢笑、温情和快乐，另一方面抨击了工业主义的基本原理及其对社会组织的主张，批判了 19 世纪商人的经济行为及这种行为的理论基础——功利主义理论。1967 年他为《维多利亚随笔：研讨会》撰写了

---

① ［美］德加·约翰逊：《狄更斯——他的悲剧与胜利》，林筠因、石幼珊译，天津人民出版社 1992 年版，第 734 页。

② 同上书，第 744 页。

③ Edgar Johnson, *Charles Dickens: His Tragedy and Triumph.* New York: Simon and Schuster, Toronto: Musson, 1952, p. 1158.

《狄更斯与时代精神》(*Dickens and the Spirit of the Age.*),认为狄更斯的作品是“反映种种新兴的力量和维多利亚时代重大问题的镜子”[①],同时指责了将文学与社会历史割裂开来的批评家。

《狄更斯——他的悲剧与胜利》的出版让约翰逊跻身与乔治·福特、J. 希利斯·米勒、希尔维瑞·莫诺德(Sylvere Monod)齐名的四大狄更斯研究专家之一。

本章小结

20 世纪 40 年代至 60 年代末,狄更斯研究发生第一次转向。这种“转向”有两方面的含义,一是指学术界对待狄更斯的态度发生明显变化。第二次世界大战爆发前,学术界认为狄更斯爱好者对他的评价太高,没有看到狄更斯艺术风格的重大缺陷。也就是说,学术界主流的观点认为对小说家狄更斯的欣赏和赞扬应当有一定的限度。但是,第二次世界大战后,学术界对狄更斯的评价立场为之一变。这一转变是由英国作家乔治·奥威尔和美国记者爱德蒙·威尔逊开创的;二是指狄更斯研究从业余批评走向职业批评。狄更斯批评有个特点,即从1836—1940 年一百年间大部分早期研究成果是非专业人士和非学院派批评家撰写的,甚至于开拓狄更斯研究新潮流的乔治·奥威尔与爱德蒙·威尔逊也不是学院派批评家,但是他们对狄更斯研究的影响却是不可估量的。

转向的原因有两方面。

一方面,是在那战火纷飞的时代,英国鼓励大众在狄更斯的小说中寻找慰藉。伯纳德·达尔文(Bernard Darwin)1940 年在《圣马丁评论》(*St. Martin's Review*)发表论文《回归狄更斯》(“Return to Dickens”),认为阅读狄更斯的作品可以将人们从残酷的战争现实中摆脱出来,他称狄更斯为“熟悉的老朋友”。他认为狄更斯是逃避现实的小说家,狄更斯从来不写战士或战争。他鼓励人们阅读狄更斯的小说,因为阅读狄更斯的小说

① Edgar Johnson, “Dickens and the Spirit of the Age.” Bibliotheca Bucnellensis 4 (1966): Anderson and Thomas D. Clareson, 28 -42. Kent, OH: Kent State UP, 1967, p. 288.

有利于人们打发漫漫长夜。达尔文说，狄更斯是“舒适的使徒”，人们在熊熊大火前开怀大笑地欣赏他的作品。此前，R. H. 莫特勒姆（R. H. Mottram）发表的《时代的主音》（“A Tonic for the Times”），积极鼓励阅读英国伟大作家的作品，以之为对抗疯狂战争的手段。因此，狄更斯又一次成为与毁灭英国的生活方式作斗争的工具。

另一方面，是学院派批评的重大影响。狄更斯逝世后不久，“专业研究开始出现”，如查尔斯·肯特（Charles Kent）的《作为读者的查尔斯·狄更斯》（*Charles Dickens as a Reader*，1872），但是学院派批评经历了一个极其缓慢的发展过程，直到第二次世界大战后，由于新批评的影响才渐成气候。新批评可以视为20世纪初期形式主义批评传统的一部分。形式主义批评肇始于俄国形式主义批评家，但在英美增加了不少实用主义、经验主义以及宗教和道德意义。强调文本的语言、言语结构的新批评对狄更斯研究的主要贡献之一是建立了公认的职业批评模式和文学批评学科。到20世纪50年代晚期，狄更斯产业在英美的高等院校启动。牛津、剑桥、哈佛、耶鲁及数百所高等教育机构的学者开始像对待莎士比亚、弥尔顿、乔叟、里查逊、菲尔丁、奥斯汀等一样对待狄更斯。

第二章　1960—1979年："狄更斯产业"的健康发展

第一节　狄更斯批评方法开始多元化

20世纪60年代英美的狄更斯批评方法多种多样。菲利普·柯林斯(Philip Collins)、阿奇博尔德·柯立芝、弗兰克·多诺万、西尔维亚·耶慕斯和罗斯·达布尼的主题研究，马克·斯皮亚克的影响研究，泰勒·斯托汉弗的心理批评，赫伯特·苏斯曼、W. F. 阿克斯顿、加里斯、大卫·洛奇的审美批评，弗莱的原型批评等。此外，种种批评方法呈现交织融合的趋势。如，A. O. J. 科克香将将心理分析、社会批评、形式主义批评熔于一炉，格雷厄姆·史密斯的《狄更斯、货币与社会》是社会批评与审美批评的结合等。

70年代是狄更斯研究硕果累累的十年。一方面，1970年狄更斯逝世一百周年，大量有关狄更斯研究成果问世，狄更斯的声誉上升到了无以复加的程度；另一方面，狄更斯研究队伍不断壮大，批评家们运用多种批评理论，从不同层面对狄更斯的生平、小说、非小说进行阐释，狄更斯研究开始趋向多元化。传统批评与后现代批评共存。

一　主题研究

首先必须明白的是，比较文学所指的主题研究与主题学是两个截然不同的范畴。主题学指的是研究同一主题在不同民族文学中的不同表现形态及其生成原因和演进过程，它包括题材、人物、母题的比较研究，其目的是探寻文学的共性、发展规律及其本体价值。在文学作品中，"主题就是对事件的归纳、概括和抽象"[①]。主题研究则是对作品个别主题的抽象和概括，它探讨某一作品或者某个人物形象所体现的主要思想，找到贯穿作品整个形象体系的核心观念。

菲利普·柯林斯（Philip Collins），是英国最杰出的狄更斯研究专家之一，出版了专著《狄更斯与犯罪》及《狄更斯与教育》，他编辑的《狄更斯批评遗产》成了研究狄更斯的珍贵资料。

1962年菲利普·柯林斯出版他的第一部研究著作《狄更斯与犯罪》（*Dickens and Crime*，1962），40年来他一直是"狄更斯产业"最杰出的人物之一。柯林斯在剑桥大学完成博士论文，他对狄更斯的看法是在F. R. 利维斯的影响下形成的。因此，他决定专攻狄更斯研究确实是非常勇敢的挑战。1947年柯林斯获得大学教职，并于20世纪50年代开始发表有关狄更斯的研究论文。他于1961年发表的论文《狄更斯期刊的意义》（*The significance of Dickens's Periodicals*）昭示了一丝不苟的学术态度。在《狄更斯与犯罪》序言中，柯林斯宣称，迄今为止，除了豪斯的《狄更斯世界》以外，将狄更斯定位于维多利亚时代几乎是一片空白。柯林斯认为，目前亟须这一研究方法，但是从最近出版的专著来看，这种研究方法却极为罕见。希利斯·米勒的《狄更斯：他的小说世界》（1958），在某种程度上，是对豪斯著作针锋相对的驳斥。柯林斯批评了希利斯·米勒，宣称他随意"误解小说中的段落，他提出的历史意识没有控制自己对小说的反映"[②]。柯林斯将以下观念作为自己的中心前提，即"狄更斯终其一生对罪犯有着非同寻常的兴趣，这是维多利亚时代的热门话题，对狄更斯个性的形成起着决定作用"[③]。柯林斯考察了狄更斯在世时的刑罚制度及其这一制度所经历的变化，尤其是对刑罚和监禁的改革，以阐释狄更斯终其一生如何在其

---

① 杨乃乔：《比较文学概论》，北京大学出版社2002年版，第87页。

② Philip A. W. Collins, *Dickens and Crime*. Macmillian; New York: St. Martin's Press, 1962, p. viii.

③ Philip A. W. Collins, *Dickens and Education*. New York: St. Martin's; London: Macmillian, 1963, p. 2.

小说中使用这一资料。

继这一广受好评的研究著作之后，柯林斯推出了他的姊妹篇《狄更斯与教育》（*Dickens and Education*, 1963）。这本专著旨在表明“狄更斯在教育方面的言行，他不仅是个小说家，而且是个记者，编辑，公共人物，慈善家，尽职尽责的父母。一方面，他叙述了那个时代的学校和教育理念，另一方面又叙述了那个时代的道德观和小说品味”①。首先，书写狄更斯对教育有着持久不衰的兴趣，柯林斯不是最早的。约翰·曼宁（John Manning）的《狄更斯论教育》（*Dickens on Education*，1959）以社会学方法讨论了这一话题，但是，在全面评价狄更斯小说中的教育方法之前，他首先讨论了19世纪的教育实践，试图全面评价狄更斯的教育观。柯林斯感兴趣的是展示狄更斯如何将其所见所阅读的内容变成艺术。其次，柯林斯将狄更斯的局限性当作教育改革者，并承认他对这一话题知之不多。最后，柯林斯坦承，在现实改革方面狄更斯没有多大成就，但是狄更斯将对教育问题的了解用于小说创作之中，从而才华横溢地发现了他所关注的社会问题。

柯林斯于 1971 年编辑的《狄更斯批评遗产》（*Dickens*：*The Critical Heritage*，1971）辑录了 168 篇文章，这些文章大多数是狄更斯在世时发表的或者逝世十年前后所发表的评论、随笔、书信或日记，真实地反映了狄更斯在世时或者逝世前后读者的接受情况和批评观点。历史证明，同辈人对某一作家的接受对文学研究者具有极大的价值。一方面，它让我们对某一作家的批评观点的总体发展状态及特定批评状态有所了解；另一方面，通过书信、日记或者边注等富于个性色彩的评论，我们可以洞悉这一时期个别读者的品位和文学思想。因此，《狄更斯批评遗产》成了研究狄更斯的珍贵资料。柯林斯的狄更斯批评秉承了英国的批评传统，考察了作者与其所生活的世界的关系。柯林斯在晚年为《新剑桥英语文学书目》（*New Cambridge Bibliography of English Literature*，1969）撰写了新的条目，并为威廉·夏普（William Sharpe）与伦纳德·沃洛克（Leonard Wallock）合编的论文集《现代城市观》（*Vision of the Modern City*，1987）撰写文章，讨

① Philip A. W. Collins，*Dickens and Education*. New York：St. Martin's；London：Macmillian，1963，p. vi.

论狄更斯对伦敦的依恋情结，并考察了狄更斯的城市观随着伦敦的变化而变化。柯林斯认为，狄更斯以自己的名字为自己所处的时代命名，人们可以说“狄更斯的英国”，而说“丁尼生的英国”“萨克雷的英国”或者“乔治·艾略特的英国”则毫无意义，因为狄更斯的小说为英国，尤其是为伦敦“向后世提供了可耻的证据”。“狄更斯是那个时代拥有足够的经验、记忆和心理冲动，书写城市主题唯一的文学天才。”[①] 伦敦是狄更斯小说最主要的场景，他是写伦敦的大师，“令人厌恶的景象的吸引力”使得他的想象性艺术忠实地反映这个城市。但“狄更斯对伦敦的感情一如《呼啸山庄》中的凯瑟琳·萧恩对希斯克利夫的感情”。[②] “他的小说中的伦敦绝大多数是大家耳熟能详，鲜有异国情调。城里有司法区、商业区、新门监狱和史密斯菲尔德区，在白厅和其他地方的政府机关，他经常光顾的修道院花园区，商业贵族生活的地主绅士也拥有城里房产的大居民区，贫民窟，内外郊区，其范围从衣着破旧，到斯文，到富裕豪华，河流和船坞。连狄更斯也不可能了解与描写伦敦的全部，但是他传达了伦敦的广阔与多元性，生活中诸多特殊方面的外观、感觉、气味和氛围——住宅（有高楼有矮房）、工作地点、机构、娱乐场所、街道和商店。”[③] 因此，狄更斯赢得了“为后代描写城市的特派记者”“伦敦的但丁”“富于想象力的摄影师”等诸多称号。

弗雷德里克·卡尔（Frederick Karl）在《小说时代：19世纪的英国小说》（*The Age of Fiction*：*The Nineteenth Century British Novel*，1964）称赞狄更斯的巨大成就，并提出几十年前对狄更斯的贬低现在需要纠正过来，但是目前对维多利亚时代的过分褒奖也有必要节制。卡尔认为，为了满足更多的读者对文学的特殊要求，狄更斯自愿在他的社会观和人类关系之间达成妥协是错误的。狄更斯最伟大的天赋在于将英国小说的两股主流趋势——“卢梭的感伤人文主义”和“现实主义趋势”[④] 统一起来。因此，

---

① Philip A. W. Collins，“Dickens and the City”，in William Sharp and Leonard Wallock（eds.），*Vision of the Modern City*，Baltimore and London，1987，pp. 325 – 326.

② Ibid.，p. 333.

③ Ibid.，p. 336.

④ Frederick R. Karl，*The Age of Fiction*：*The Nineteenth Century British Novel*. New York：Noonday Press of Farrar，Straus and Giroux，1964，p. 12.

与其说狄更斯是“一个社会或政治批评家，不如说是一个道德家”①。卡尔认为，不能将狄更斯看成一个马克思主义者，因为他“没有从根本上显示对公众生活的远见卓识”②。相反，他在其早期作品中成了一个堂·吉诃德式的人物，怒斥想象的而不是现实的社会罪恶。随着狄更斯的成熟，他越来越关注“权力”，这意味着在一个声称民主和正义的社会却是反其道而行之。卡尔与认为狄更斯的伟大在于晚期作品的批评家结盟，“《大卫·科波菲尔》之后的小说，阴郁的狄更斯预示了对维多利亚时代乐观主义的反抗”。但是卡尔同时也看到了狄更斯的早期小说的意义：狄更斯能够继续写出“更有分量的作品，奠定他的声誉，只有通过早期迎合大众的娱乐作品获得广泛的读者群之后才能实现”③。

史蒂芬·马库斯（Steven Marcus）的《狄更斯：从匹克威克到董贝》（*Dickens*：*From pickwick To Dombey*，1965）是 20 世纪 60 年代一部比较重要的狄更斯研究著作。在某种程度上，马库斯的研究方法与常规背道而驰。虽然这一时期的大多数批评家以狄更斯的晚期作品为重点，但马库斯试图通过早期的小说来阐释狄更斯作为小说家的发展历程。马库斯认为，如果不考虑狄更斯的一生，人们就不能理解狄更斯的小说，“因为这种生活总是存在于他的小说之中，并且随着狄更斯面临的挑战而不断发生变化”④。马库斯通过考察《匹克威克外传》现象而开始狄更斯的研究，他认为狄更斯在《匹克威克外传》中实现了“超越”，对“生活的再现超越了人类意识的限度”⑤，马库斯以这部小说为重点不仅是因为它对于展示狄更斯的艺术和人生观非常重要，而且因为，“它挑战了对伟大文学的条件和可能性的先入之见而使现代批评家感到困惑不解”⑥。马库斯强调了《匹克威克外传》的历史意义，注意到它在处理社会事件、社会和道德态度方面

① Frederick R. Karl, *The Age of Fiction*: *The Nineteenth Century British Novel*. New York: Noonday Press of Farrar, Straus and Giroux, 1964, p. iii.

② Ibid., p. 113.

③ Ibid., p. 174.

④ Steven Marcus, *Dickens*: *From pickwick To Dombey*. New York: Basic Books; London: Chyatto and Windus, 1965, p. 10.

⑤ Ibid., p. 17.

⑥ Ibid., p. 20.

的原创性。但是他同时认为，狄更斯在创作小说时，不是如后来的批评家所说的那样，有意识地与文学传统决裂，只不过是对其文学传统知之不多，因此能够自成一格。

虽然狄更斯在《奥列佛·退斯特》中对《贫民法》所引发的社会问题颇感兴趣，但在马库斯看来，这部小说的最大价值在于展示了作者的想象力，这种想象力主要在“抽象观念的象征化、戏剧化时使用”。在《尼古拉斯·尼克尔贝》中，狄更斯千方百计地将第二部小说表现出来的严肃的道德目的与第一部小说的幽默和生机结合起来。然而，马库斯认为《老古玩店》是狄更斯最不成功的小说，这是因为狄更斯在很大程度上对已死的小姨子玛丽·霍格斯的迷恋，对材料没有理性驾驭。相反，他认为《巴纳比·拉奇》“无论在何种程度上，都是比其声誉更好的一部小说”，称之为狄更斯“从学徒到艺术家之间的最后一部小说”。在这部受到极大毁谤的小说中，狄更斯间接地探索了现代生活中的诸多问题。但是，《马丁·朱述尔维特》对于批评家来说是一道难题，这是“狄更斯第一部成熟的小说”。因为《马丁·朱述尔维特》之后的小说狄更斯设法将“广度与简洁”结合到一个文本之中。这部小说既具喜剧性，又具严肃性，“精确而冷静地再现了社会”，围绕自私这一基本主题来安排情节。后来的《董贝父子》虽然更为收敛，但同样有力度。马库斯争论说，在《董贝父子》中，狄更斯明确地以他要解决的问题为中心，因而娴熟地运用了两个基本意象：大海和铁路，来体现对立的价值观。马库斯的评论表明，即使对狄更斯的晚期作品特别看重近20年之后，成熟的批评家和细心的读者仍然发现狄更斯的早期作品具有诸多值得称道的地方。马库斯细心地解释了狄更斯生活中的事件，尤其是他那与日俱增的不安的意识，如何影响到他的事业。马库斯以《董贝父子》为例，提出小说成了狄更斯表达个人生活和整个社会变化发展观点的方式。马库斯不是简单地认同狄更斯的早期作品。相反，他以语言的敏锐对狄更斯早期六部作品的解读是与固执的主体观相伴进行的。他认为，“在英国，没有哪位作家的声名显赫与风格的虚弱以及心态之间的差异如此具有戏剧性，如此偏激”。[1] 然

① Steven Marcus, *Dickens*: *From pickwick To Dombey*. New York: Basic Books; London: Chyatto and Windus, 1965, p. 139.

而，他的结论是，甚至于在他的辉煌事业的初期，狄更斯就表现出天才的萌芽，使他成了一个不容忽视的作家，尽管形式主义者发现他的作品中有不少缺点，现实主义者在他对日常生活的描绘中也会发现不少缺点。

20 世纪 60 年代的主题研究倾向于看重狄更斯后期比较悲观的小说，将狄更斯的后期小说作为伟大的艺术成就。有几部著作概括性地梳理了狄更斯研究，解释他的艺术技巧的某些方面或者探索纵贯小说的主题。例如，阿奇博尔德·柯立芝（Archibald Coolidge）的《作为连载小说家的狄更斯》（*Charles Dickens as a Serial Novelist*，1967）在解释狄更斯的种种技巧时，宣称拓展了凯瑟琳·蒂洛森和约翰·巴特的工作，将这些技巧解释为连载出版的副产品。虽然阿奇博尔德·柯立芝的方法没有开辟新的研究路径，但是这一著作洞悉了肯尼思·菲尔丁（Kenneth Fielding）在《狄更斯研究者》对狄更斯的高度赞扬。弗兰克·多诺万（Frank Donovan）在《狄更斯与青年》（*Dickens and the Youth*，1968）也回到了经常讨论的主题。多诺万声称“其他作家没有如此全面地书写青年”，多诺万摘录小说中的片断，证明狄更斯通过儿童视角观察世界，使得维多利亚时代的善恶品质成为关注的焦点问题。西尔维亚·耶慕斯（Sylvia Jarmuth）的《狄更斯小说中妇女的运用》（*Dickens's Use of Woman in His Novels*，1967）尤其奇特。他的方法更接近于威廉·迪安·豪威尔斯（William Dean Howells）而不同于这时出现的女性主义批评。在对狄更斯女主角的全面论述中，耶慕斯似乎满足于接受这样一种观念：应当适度将她们置于从属角色。罗斯·达布尼（Ross Dabney）的《狄更斯小说中的爱情和财产》（*Love and Property in the Novels of Dickens*，1967），这一没有导言的小说批评著作揭示了狄更斯对爱情、财产的态度成为一生的支配原则。罗斯·达布尼注意到这二者如何被视为人的行为对立的冲动，从而创造作品的戏剧冲突。但是，达布尼没有参考其他批评家的观点，导致人们怀疑他有意识地反对学术研究方法，并以之为抗议的手段。

赫伯特·苏斯曼（Herbert Sussman）的《维多利亚时代与机器：文学对技术的回应》（*Victorians and the Machine: The Literary Response to Technology*，1968）探索了维多利亚时代的杰出人物感知并适应生活在技术主宰的社会的知识和情感生活变化。苏斯曼宣称，狄更斯理解了变化的本质并千方百计地使自己同化到艺术意识之中。他运用"复杂的技术作为将工业机械化和机械思想结合起来的符号，并将它看作维多利亚时代生活的建构原则"[①]。苏斯曼从狄更斯的小说中搜集符号以及对技术的使用，但他主要关注的是狄更斯以象征方式使用这些符号。与其他书写机械罪恶的作家相比，狄更斯的卓越之处在于他是以潮流的心理效应而不是物理效应为中心。苏斯曼的结论是，狄更斯作品的中心是"人类注定与机械共存的意识，但必须从抑制性的规律中保持情感生活"[②]。

二 形式主义批评

厄尔·戴维斯（Earle Davis）的《燧石和火焰：狄更斯的艺术》（*The Flint and the Flame*：*The Artistry of Charles Dickens*，1963）探索了狄更斯如何借鉴文学传统，尤其是闹剧，情节剧，感伤主义，哥特式小说。狄更斯在晚年也受惠于维基·柯林斯。戴维斯争论说，狄更斯对文学的最大贡献在于他发展了"全景小说"（the panoramic novel）[③]，这是一种与亨利·詹姆斯所倡导的截然不同的小说模式。戴维斯认为，狄更斯在其晚年充其量只是"围绕某一中心目的（社会批评形式）来建构他的晚期悲观小说，他的艺术技巧推动了小说的发展"[④]。狄更斯的"小说艺术的新概念"是"由某一中心目的统一起来的全景小说景观，因大量相关的情节而发展，因弥漫象征主义而与众不同"[⑤]。这种新的艺术形式为作家"评论世界以及维多利亚之后的时代提供手段"。戴维斯的最终结论是，狄更斯不仅仅是一位社会评论家，他还是一位社会预言家。

关于狄更斯是悲观的象征主义者还是幽默家、漫画家，学界一直争

---

① Herbert L. Sussman, "The Industrial Novel and the Machine: Charles Dickens." *Victorians and the Machine*: *The Literary Response to Technology*, 41 – 76. Cambridge, MA: Harvard UP, 1968, pp. 41 – 42.

② Ibid., p. 75.

③ Earle R. Davis, *The Flint and the Flame*: *The Artistry of Charles Dickens*. Columbia: U of Missouri P, 1963, p. vii.

④ Ibid., p. 16

⑤ Ibid.

论不休，其中最为尖锐的莫过于罗伯特·加里斯（Robert Garis）的《狄更斯戏剧：小说重估》（*The Dickens Theatre*：*A Reassessment of the Novels*，1966）。加里斯旗帜鲜明地宣称狄更斯是幽默家、漫画家，立即成了将狄更斯看作经典象征主义者的倡导者的抨击目标。加里斯提出的正面命题是，狄更斯主要是一个在小说中运用舞台技巧的伟大的表演者。加里斯说，狄更斯的本意是夸张的，显而易见的是，他是要“以语言为手段”来征服读者，因此，不管故事的结局怎么样，读者总是喜欢作家的表演。狄更斯的小说根本不需要连续性，不需要连贯的谋篇布局——因为读者以作家的表演而不是以故事或意义为中心。小说家的戏剧性使得他“在很大程度上摆脱了文学程式的羁绊”，“在很大程度上对我们接受为正常的道德的、知识的、情感的约束和习惯持敌对态度”。[①] 狄更斯“从未关注人物的内在生活，他也没有发展适合自我拷问的小说模式”[②]。加里斯表明，当狄更斯试图描绘人物的内在心里时，如《小杜丽》和《我们共同的朋友》，他尤其不成功。加里斯指出，随着人生的成熟，狄更斯逐渐形成了一种观点，即“维多利亚社会为一个巨大的阴谋所掌控”[③]，人们情愿屈服于这种制度。在文章的开头部分，加里斯抨击了几乎所有形式主义批评的权威人士。对于将狄更斯变成现代象征主义运动小说先驱的观点，加里斯予以肯定。在第一部分加里斯提出，狄更斯研究中存在不少问题，这些问题严重扭曲了对狄更斯小说的阐释，由此导致了被权威[④]所认同的“普遍观点，即狄更斯的作品最有趣、最重要的部分是那些可以当作象征的或预言的作品”[⑤]。加里斯认为自己的著作可以纠正这些严重误导的观点，同时他担心这种观点将这位伟大而神奇的作家变成新的正统观点。一些批评家认为在狄更斯的作品中发现了象征模式而轻视作为现实主义的狄更斯，加里斯十

① Robert E. Garis, *The Dickens Theatre*: *A Reassessment of the Novels*. Oxford: Clarendon P, 1966, p. 40.

② Ibid., p. 95.

③ Ibid., p. 97.

④ 在此语境，“权威”一词含有讽刺味道。

⑤ Robert E. Garis, *The Dickens Theatre*: *A Reassessment of the Novels*. Oxford: Clarendon P, 1966, p. 3.

分轻蔑地评价了这类批评家。加里斯指出，这些批评家声称自己的水平高，试图将自己与普通读者划清界限，实际上，"他们扭曲了艾德蒙·威尔逊、特里林、希利斯·米勒等人的思想，而只是以乐观主义方式理解和宽恕自己的扭曲"①。

W. F. 阿克斯顿（W. F. Axton）的《火圈：狄更斯的想象、风格和维多利亚通俗戏剧》（*Circle of Fire*：*Dickens's Vision and Style and the Popular Victorian Theater*，1966）与加里斯的著作属于同一类，也研究了狄更斯为了使自己的小说适合大众口味而使用通俗戏剧技巧。与加里斯不一样的是，阿克斯顿更加强调狄更斯的艺术风格。阿克斯顿的研究推进了60年前J. B. 梵·阿梅龙根（J. B. Van Amerongen）在《狄更斯作品中的演员》（*The Actor in Dickens*，1926）所涉及的研究领域。《狄更斯作品中的演员》在很大程度上是为小说场景编写的目录，展示乡音成分。阿克斯顿认为维多利亚时代的戏剧为狄更斯的小说提供了源头，因为戏剧的总体精神、习语、风格在狄更斯笔下变成了白话散文小说。

英国小说家兼文学评论家大卫·洛奇的《小说语言：英国小说批评与语言分析随笔》（*Language of Fiction*：*Essays in Criticism and Verb Analysis of the English Novel*，1966）对狄更斯的作品看法与一般人迥然不同。虽然他的标题颇为令人反感，但是洛奇以流畅的语言解读了狄更斯运用语言的方式，其目的在于构建与新批评家的诗歌理论相一致的小说理论。在解读《艰难时世》时，他仔细考察了狄更斯运用的修辞策略，洛奇称之为针对功利主义的论战，宣称这一作品的成功是好坏参半的。它的成功与狄更斯对语言的驾驭成比例。另外，洛奇饶有兴趣地阐释了狄更斯对童话故事主题的运用，注意到小说家如何在焦煤镇残酷的生活现实背景下对照童话故事的生活品质。狄更斯运用童话故事在短短十年间成了两个重大研究主题之一。大卫·洛奇在《小说的艺术》中认为，狄更斯大量使用了"情感误置"这种修辞手法。他以《荒凉山庄》开头一段为例加以说明。"无情的十一月天气"这一表达暗示着天怒，与《圣经·旧约》里的典故密切相

① Robert E. Garis, *The Dickens Theatre*：*A Reassessment of the Novels*. Oxford：Clarendon P, 1966, p. 4.

关。"'就好像大洪水最近才刚从大地表面消退'这句话不但呼应着《创世纪》里开天辟地的典故，也让人想起大洪水的故事。狄更斯以一种维多利亚式的手法描写天气，在提到斑龙和太阳系宇宙能量退降这类现象时，他把出自圣经的典故与更为现代、后达尔文主义宇宙观的想法结合起来，这造成的是绝对的'陌生化效果。'"[①] 在一定程度上，《荒凉山庄》开头一段是"19世纪坏天气下的伦敦街景的写实呈现，利用蒙太奇混叠手法把典型的细节简单直白地表现出来：从烟囱管道上弥漫而降的烟雾，淤泥里形状不明的狗，眼罩上覆满泥浆的马，推搡前行的雨伞。但狄更斯的想象把寻常景象化为大英帝国傲慢的首都末世启示图景：辉煌帝国倒退为原始沼泽，似乎地球上所有生灵都将灭绝"[②]。

"情感误置"是约翰·罗斯金（1819—1900）的美学术语，意指把人类的感情色彩投射于自然现象之上。在大卫·洛奇看来，"情感误置"的效果是天气诱发的，机敏有度地使用情感误置这种修辞手法能够营造出动人的艺术效果，从而大大丰富小说的艺术风貌。

三　影响研究

马克·斯皮亚克（Mark Spilka）是英国著名的狄更斯研究专家，其专著《狄更斯与卡夫卡：相互阐释》（*Dickens and Kafka: A Mutual Interpretation*，1963）共分四部分，即从儿童视角看世界；怪诞的技巧；《大卫·科波菲尔》与《美国》之比较；《荒凉山庄》与《审判》之比较。这本书的纲要部分发表在《比较文学》《批评季刊》《明尼苏达评论》等刊物上。

《狄更斯与卡夫卡：相互阐释》一书用比较的方法探讨了狄更斯与卡夫卡的作品，研究的出发点是，假定狄更斯和卡夫卡在家庭以及更大的社会环境中对儿童问题的着迷。儿童视角支配着二者最优秀的小说，从而使读者洞悉了生活在官僚主义的社会心理和社会的复杂性。"主题、情境和视点有助于形成卡夫卡与狄更斯共同的怪诞喜剧，在早期故事中尤其如此。这些喜剧的方法颇为简单：从婴儿的视角反映内外困境的恐怖与怪

① ［英］大卫·洛奇：《小说的艺术》，卢安丽译，上海译文出版社2010年版，第101页。
② 同上书，第102页。

诞，但仍然容许清醒意识的情感作用。这个视角是作者本人所持的视角，也是匹普这种天真人物和格雷戈尔·萨姆沙这种智力退化的人物所持的视角。内在困境是心理问题，如乱伦之爱、性缺陷、排斥所引起的不安全感。这些困境通常用外部形式和客体来代表，如箱子、帽子、衣服、雨伞甚至于动物。外在困境包括家本身和家外面的世界。在这里，社会、经济和宗教处境为父母所主宰。这两种喜剧都涉及精神之物与物质之物之间、生命之物与机械之物之间的张力，这种张力令人发笑。"①

斯皮亚克认为，比较的过程即相互昭示的过程。狄更斯在《大卫·科波菲尔》中所运用的方法在《美国》中作了更明晰的界定，因为两部小说讲述的故事都涉及无家可归的男孩，他们都承受着反复出现的有罪意识的重压，都经历了一系列由父母支配的困境，都在寻找心灵的宁静。比较的过程还表明《大卫·科波菲尔》是卡夫卡类型的投射性小说。"投射模式创造了精彩的心理小说。通过卡夫卡的借用以及对狄更斯的'方法'的模仿，我们能够更明白地认识到童年的恐惧、影响性格形成的排斥，将小说统一起来并保障其感染力的间接体验的爱情和死亡。"②

在斯皮亚克看来，狄更斯用小说来控制自己的存在并使生活有序，他的怪诞喜剧成了对抗非人性化社会的手段。狄更斯是一个悲观的小说家，更具梅尔维尔、霍桑、福克纳的气质，而不是菲尔丁或斯摩莱特的气质。通过比较昭示两位艺术大师的艺术能力，阐明在其他方面被人误解的主题。显然这种比较属于影响研究，影响的直接证据出自卡夫卡的日记，卡夫卡读过《大卫·科波菲尔》和福斯特的《狄更斯传》，他熟谙狄更斯的作品，如《荒凉山庄》《远大前程》《小杜丽》《马丁·朱述尔维特》《游美札记》《董贝父子》和《奥列佛·退斯特》等。卡夫卡读过狄更斯的很多作品是确凿无疑的。

卡夫卡的第一次创造性突破始于1912年，这年他际遇费利斯·鲍尔（Felice Bauer），《美国》完成两章，随后写了《审判》和《变形记》。他

① Mark Spilka, *Dickens and Kafka: A Mutual Interpretation*. Bloomingon: Indiana UP, 1963, p. 243.

② Ibid., p. 248.

的城市幻想技巧来自陀思妥耶夫斯基，但是狄更斯的生活与作品，尤其是艺术方法影响到卡夫卡的内容与形式，使得卡夫卡以梦幻般的风格为中心。狄更斯对卡夫卡的影响是巨大的，远远大于福楼拜、陀思妥耶夫斯基、歌德和克莱斯特。“就影响的范围而言，我们知道《美国》明显奠基于狄更斯的《大卫·科波菲尔》和其他作品，《审判》来源于《荒凉山庄》的法律隐喻，《城堡》让读者想起《小杜丽》的官僚机构，《变形记》暗示了《大卫·科波菲尔》中受到排斥的场景以及福斯特的《狄更斯传》中的事件。最后是几篇短篇小说——卡夫卡的短篇小说《乡村婚礼》《一条狗的研究》《地洞》甚至《饥饿艺术家》简单地谈及了狄更斯的生活与作品。”①

四 心理批评

泰勒·斯托汉弗（Taylor Stoehr）的心理批评著作《狄更斯：梦幻者的立场》（*Dickens*：*The Dreamer's Stance*，1965）评价了狄更斯的“文学方法”，他认为狄更斯的文学方法采用的是一种“超自然主义”形式，为了效应而依赖于现实主义传统之外的品格。斯托汉弗对语言和修辞策略的分析揭示了狄更斯以一种类似于弗洛伊德释梦的方式进行写作。他以狄更斯的后期小说为重点，部分原因在于他认为狄更斯的后期小说是最优秀的，还有部分原因在于这些小说就像梦幻一样在发挥作用，象征性地昭示梦幻者不能直接表达的内容。从《荒凉山庄》到《艾德温·德鲁德疑案》，斯托汉弗看到了表面情节背后的潜在立场。他争论说，狄更斯每部小说的主人公都遭遇了必须为之赎罪的愧疚形式。在释梦方法之后，狄更斯反映了维多利亚时代的一种普遍现象。斯托汉弗的研究极大地依赖于心理机器（psychological apparatus）和术语，他的专业解读似乎没有迎合其他的批评家（甚至于从事心理批评的批评家也是如此），因为后来的狄更斯小说研究很少引用他的成果。

---

① Mark Spilka, *Dickens and Kafka*: *A Mutual Interpretation*. Bloomingon: Indiana UP, 1963, p. 241.

五　原型批评

弗莱（Northrop Frye）是加拿大多伦多大学的神学家和文学批评家，其《批评的剖析》被誉为神话原型批评的巅峰之作，他的论文《狄更斯与幽默喜剧》（*Dickens and the Comedy of Humors*）以狄更斯的小说为例证阐释和构建原型理论在英美学界产生了重大影响。

弗莱的原型结构存在四种基本叙事程式，即传奇、喜剧、悲剧、反讽，它们分别对应于自然界的春、夏、秋、冬。他认为，"狄更斯的每部小说都是喜剧"[①]。弗莱所谓的"喜剧"指的是语境词，而不是本质词。其意思是说，对于狄更斯的小说来说，明显的语境是喜剧。"中心人物之死不能使故事变成悲剧。"[②]

弗莱认为，"狄更斯的小说结构是新喜剧结构（New Comedy Structure）"[③]，这种新喜剧结构是从普劳图斯和特伦斯留传下来的，中间经过本·琼森和莫里哀的发展。主要情节是两种传统社会之间的冲突，即自我囚禁的社会（obstructing society）和适意的社会（congenial society）之间的冲突。自我囚禁的社会以人物（通常为父母）为中心，父母试图拆散儿女的爱情，而适意的社会通常以男女主人公之间的爱情为中心。大多数情节，自我囚禁的人物日益得势，但到最后关头，情节发生突转，适意的社会支配大团圆结局。情节扭转的常见形式是发现一个中心人物，通常是女主人公的社会门第比原先想象的要好。神秘的血统主题在后来的希腊罗曼史中得到了发展。神秘血统主题很像米南德的情节。出身高贵的婴儿被出身卑贱的养父母偷走并抚养成人，最后又回到最初的门第。

弗莱认为，"在狄更斯的作品中，自我囚禁的社会有两个特征，即寄生与迂腐。所谓'寄生'即树立虚假的价值观和忠诚，它不仅毁灭接受这一价值观的人的自由，而且专横地对待不接受这一价值观的人。狄更斯

① Northrop Frye, "*Dickens and the Comedy of Humors.*" In *Experience in the Novel*, edited by Roy H. Pearce, New York: Columbia UP, 1968, pp. 49 – 81.

② Ibid.

③ Ibid.

将社会上的人分作劳动者与懒汉两类，在悠闲阶层中看到了社会对寄生的认同，因此，狄更斯的社会观是激进的。所谓‘迂腐’即是说在新喜剧传统中，在经验的基础上，树立实用的标准，并将它与生活的理论方法对立起来”①。

“在狄更斯的作品中，虽然社会对立的两个方面都存在幽默，但只有在自我囚禁的社会中，幽默才是社会的幽默……在大多数优秀的维多利亚时代的小说中，社会是由机构来组织的：教堂、政府、乡村的地主阶级、商业和贸易工会等。那是一个高度结构性的社会，人物在结构内部发挥作用。但在狄更斯的作品中有一种更加自由放纵的、无政府主义的社会观。对他来说，社会结构几乎完全属于荒诞的、邪恶的一面，只有喜剧情节才能克服或者抹除。喜剧情节本身围绕唯一的社会单元——家庭对社会进行重组。狄更斯认为这是真实可信的。在维多利亚时代的其他小说家中，人物在社会结构的内部进行重组，而在狄更斯的小说中，喜剧情节产生了打破社会结构的意识。”②

弗莱认为，幽默喜剧植根于社会而不仅仅是从一个事件延伸到另一个事件，它与道德剧有着密切的关系。“如果幽默与适意的社会的观点一致，那么它是‘善’的；如果幽默与自我囚禁的社会的观点一致，那么它是‘荒唐’的。因此，幽默喜剧与道德剧有着密切的关系。”③ 这从狄更斯对弱势人物具有讽喻的命名可见一斑，如在《小杜丽》中墨尔德家晚宴中出现的律师、主教、医生。狄更斯习惯于在道德配对中安排幽默，如《荒凉山庄》中有一个“善”的少校，在《董贝父子》中有一个“恶”的少校，他们以不同的名字出现在不同的小说中。在《奥列佛·退斯特》中有一个邪恶的犹太人，在《我们共同的朋友》中有一个圣洁善良的犹太人。

弗莱认为，“狄更斯的文学生涯在处理喜剧情节结构时注重坚持传统。古希腊时代所有传统的手法，如行为规范（laws）、宣誓（oaths）、契约

---

① Northrop Frye, “*Dickens and the Comedy of Humors.*” In *Experience in the Novel*, edited by Roy H. Pearce, New York: Columbia UP, 1968, pp. 49 – 81.

② Ibid.

③ Ibid.

(cpmpacts)、见证人 (witnesses) 和苦难的经历在狄更斯的小说中都有迹可循"[①]。如《奥列佛·退斯特》和《艾德温·德鲁德疑案》充斥宣誓、军事会议和阴谋。

喜剧通常描写年轻人战胜老年人，但狄更斯与其他的喜剧作家不同。因为他的不少男女主人公都是儿童，几乎所有的儿童命中注定属于适意的社会，他们只能受到自我囚禁的社会的伤害。"描写在一个由令人厌烦的、犯了错误的成年人掌控的世界中敏感的儿童的反应没有谁比狄更斯描绘得更加逼真。"[②]

弗莱认为，"狄更斯的作品不是现实主义小说而是童话故事"[③]。狄更斯的作品对于故事的内在逻辑有着强烈的冲动，因为狄更斯具有敏锐的社会洞察力，人物逼真，情节突兀巧合，渲染大众情绪，迎合大众的审美趣味。"狄更斯的描写具有荒诞天才，因此他的情节也是荒诞的，这种天才源自真正的创造性本能。"[④] 不难看出，《狄更斯与幽默喜剧》着重关注的是文学理论问题，反对用"现实主义"与"浪漫主义"简单的二分法来评判狄更斯的小说。

六 其他批评

60年代还出现了综合运用诸种批评方法的狄更斯研究成果。

早在1929年爱德华·瓦根内克特出版的《狄更斯其人》(*The Man Charles Dickens*, 1929) 就奠定了他在狄更斯研究领域的杰出地位。该著关注的不是将狄更斯的生平细节编年，而是发现其天才的源头。瓦根内克特驳斥了对狄更斯的种种指责，认为"狄更斯的想象力和幽默是值得称道的。"[⑤]《狄更斯其人》详细探讨了狄更斯的个性特点：宽宏大量 (generosity)，以

---

① Northrop Frye, "*Dickens and the Comedy of Humors.*" In *Experience in the Novel*, edited by Roy H. Pearce, New York: Columbia UP, 1968, pp. 49 – 81.

② Ibid.

③ Northrop Frye, "*Dickens and the Comedy of Humors.*" In *Charles Dickens Critical Assessments*, edited by Hollington, Michael. Helm Information Ltd, p. 89.

④ Ibid., p. 91.

⑤ Edward Wagenknecht, *The Man Charles Dickens: A Victorian Portrait.* Boston: Houghton Mifflin, 1929, Rev. Ed. Norman: UP of Oklahoma, 1966, p. 182.

及他对儿童的态度，与仆人、朋友的关系等。1956 年，瓦根内克特重申了理智地解读狄更斯生活和事业的理由，从而摆脱了现代主义批评的空话。他将 1929 年的研究材料与 30 年前出版的其他著作结合起来，推出了《狄更斯与丑闻传播者》（*Dickens and the Scandalmongers*，1956），该书的目的在于从狄更斯与爱伦·特南的传闻中精选事实进行评论。瓦根内克特将那些散布狄更斯与年轻演员朋友爱伦·特南的传闻并使之永久留传的批评者指责为“反狄更斯”，认为这一关系的证据完全是柏拉图式的，纯粹的主观臆断。除了猛烈抨击文学史家以外，瓦根内克特还抨击了不少批评家，尤其是爱德蒙·威尔逊，认为他的弗洛伊德式的研究“无论是作为批评还是作为历史研究都是不负责任的”。[①] 他也蔑视以马克思主义方法解读狄更斯，责备 T. A. 杰克逊暗示狄更斯的小说存在无产阶级倾向。

A. O. J. 科克香（A. O. J. Cockshut）出版的《狄更斯的想象》（*The Imagination of Charles Dickens*，1961）将心理分析、社会批评、形式主义批评熔于一炉，提出了饶有兴趣的观点，但长时间没有得到批评家的公认。早在四年前科克香在《狄更斯在 20 世纪》（*Dickens in Twentieth Century*，1957）中评价狄更斯的成就时，就提出这样一个问题，“一个思想粗俗的人怎样成为艺术大师？他的作品在 19 世纪怎么既是畅销书，同时又是经典？”[②] 科克香指出“狄更斯偏爱情节剧，迎合大众品味”[③]，这实际上是他的天才必不可少的一部分。他宣称，传记阐释在他的著作中没有地位。但是当他考察狄更斯作为社会改革家的作品时，他认为这是狄更斯“愤怒”的个性特征。科克香揭示了狄更斯对监狱的着迷，监狱成了全部痛苦的象征，对于人群而言，部分原因在于，狄更斯是一个喜欢为大众表演的天才演员，部分原因在于他看到了监狱对司法制度的影响和意义。

在艺术技巧方面，科克香将小说既看作艺术作品，又看作社会批评，以狄更斯使用幽默和过多的细节为主题中心。他对狄更斯使用象征主义

---

① Edward Wagenknecht, *Dickens and the Scandalmongers*: *Essays in Defense and Criticism*. Norman: UP of Oklahoma, 1965, p. 9.

② A. O. J. Cockshut, “Sentimantality in Fiction.” *Twentieth Century* 161 (April 1957), p. 11.

③ Ibid., p. 9.

技巧的能力尤其感兴趣，但是他对狄更斯掌握这一技巧的结论暴露了科克香拒绝承认狄更斯作为小说家的复杂高妙。科克香说，狄更斯只是在字面意义上迷恋社会制度和现象。因此，他发展了作为小说家的能力，监狱、人群、货币、肮脏、暴力等事物"自动地成了符号"。因此，科克香的结论是，狄更斯的优势是下里巴人，因为说不完的狄更斯已经是老生常谈的观念。如果他的着迷不那么寻常，他的想象力的发展就不可能如此惊人地完善。

格雷厄姆·史密斯（Graham Smith）的《狄更斯，货币与社会》（*Dickens*，*Money and Society*，1968）是一部极具学术价值和真知灼见的研究著作，更具批评意识。史密斯研究了一些批评家认为不兼容的两个方面：狄更斯在小说中促进社会改革日程的兴趣以及他对"总体小说形式的关注——情节的复杂性，描写，象征主义，语言运用等"。[①] 史密斯既反对心理批评家不假思索地将狄更斯的文学成就归因于悲观主义形式，也挑战了豪斯等坚持社会历史批评的解读。在史密斯看来，豪斯的解读将狄更斯变成了一个称职的记者。相反，史密斯认为狄更斯如何运用社会批评作为"以统一的存在来了解人物、情节和语言的主题力量"。在史密斯看来，在狄更斯最优秀的作品中，"审美的、社会的、心理的因子完美地融合在一起"。[②]

史密斯毫不迟疑地将自己置于象征主义批评家的行列，围绕狄更斯小说的中心意象——货币来展开研究。史密斯在文学批评与文学史之间徘徊，将狄更斯的一生与维多利亚时代联系起来，以揭示小说家狄更斯如何理解那个时代的社会弊端。他在狄更斯小说中所发现的矛盾在后来几十年得到了极大的关注。"狄更斯最艰巨的问题之一是将革命的创造性艺术家与欣赏并同情自己文化的诸多方面的人区别开来。"[③]

史密斯认为狄更斯的一生遵循这样的发展轨迹：从过度的乐观主义——认为世界的一切问题都是可以解决的，到日益明显的社会悲观意识。在结论

① Graham Smith, *Dickens*, *Money and Society*. Berkley: UP of California, 1968, p. 7.

② Ibid., pp. 9 – 10.

③ Ibid., p. 56.

部分，史密斯发现自己不得不设法解决困扰英国批评家几十年的问题：“狄更斯在英国文学传统中处于怎样的地位?”史密斯认为乔治·艾略特的《米德尔马契》（*Middlemarch*）是维多利亚时代具有里程碑意义的小说。但他同时认为，狄更斯是维多利亚时代最优秀的创造人物的小说家。另外，“狄更斯晚期的伟大小说世界是象征主义的，他的小说改革了维多利亚的社会弊端；在其全部小说中，人物、环境和情节总是充盈着象征意义”①。狄更斯最优秀的小说自然发端于他的个人经验，这一倾向要求“一种囊括公共的与私人的、教诲的与诗意的形式”②。史密斯的专著出版之后，立即获得了批评家的赞扬，轻视形式主义批评、在传统的人文主义研究中发现价值的批评家尤其表示称道。

第二节　传记与批评综述

60 年代法国传记作家希尔维瑞·莫诺德的传记《小说家狄更斯》（*Dickens the Novelist*）被译成英语后在英美学界产生了巨大影响。另外，这一时期不少重要的狄更斯研究专家辑录已经发表的重要论文和研究综述也颇具影响力。

希尔维瑞·莫诺德是 20 世纪狄更斯研究领域法国最杰出的批评家，被誉为与乔治·福特、艾德加·约翰逊、J. 希利斯·米勒齐名的四大狄更斯研究专家之一。1953 年莫诺德出版了狄更斯传记，但是起初十几年只是在法国流传，虽然能用法语阅读的人对这一著作颇感兴趣，但直到 1968 年瓦根内克特用英语翻译《小说家狄更斯》之后，莫诺德的著作才进入英语读者的视野。莫诺德不是“传统的狄更斯研究者”，也不是瓦根内克特在其论狄更斯的著作中所抨击的业余批评者，在狄更斯批评领域他不坚持“后威尔逊正统（Post-Wilsonian orthodoxy）”。③

① Graham Smith, *Dickens, Money and Society*. Berkley: U of California P, 1968, p. 206.

② Ibid., p. 213.

③ Sylvere Monod, *Dickens the Novelist*. With an Introduction by Edward Wagenknecht. Norman: U of Oklahoma P, 1968, p. viii.

莫诺德反对"一种公认的观点，即狄更斯是一位微不足道的工匠"[①]。早在凯瑟琳·蒂洛森、约翰·巴特开始出版狄更斯的研究著作之前，莫诺德研究了收藏在伦敦维多利亚和阿尔贝博物馆福斯特全集中的小说手稿，他对狄更斯写作方法的描述归因于他对各种草稿及定稿小说的细心比较。莫诺德认为，即使在被迫修订作品以满足连载出版要求的情况下，狄更斯的小说总是在功利与审美之间达成平衡。莫诺德仔细研究了狄更斯为小说大众起草的摘要和提纲，评论了小说家狄更斯为了艺术效应而构思情境的能力。这两个方面使得莫诺德的研究成为理解狄更斯的创作过程最有价值的研究之一。

1968年莫诺德的英文版著作面世时，回答了法国批评家对早年批评家的指责，因为形式主义批评开始认识到狄更斯小说背后的艺术。他认为，狄更斯总是把"自己的职业当作艺术"，这与"道德和社会责任有关"。[②]莫诺德运用狄更斯的书信、小说以及传记作家约翰·福斯特的《狄更斯传》为原材料，创造了小说家狄更斯的肖像，当狄更斯成熟时，他是一个娴熟的工匠，完善了自己的艺术。

因为莫诺德重要的主题之一是反驳将狄更斯当作一个漫不经心的作家的批评传统，因此，他对约翰·福斯特的要求尤其严格，他认为约翰·福斯特的《狄更斯传》"虽然富于传记信息，但不是有效的批评"[③]。莫诺德自己的批评偏见是将狄更斯自己的生活内容纳入小说之中的著作视为最优秀的狄更斯研究著作。这就是他以五分之一的篇幅考察《大卫·科波菲尔》的原因，他称《大卫·科波菲尔》为"心理传记式"的杰作。《大卫·科波菲尔》之后的作品被视为试图更新指导狄更斯进行创作的灵感。他认为《荒凉山庄》《小杜丽》《我们共同的朋友》的成就都在《大卫·科波菲尔》之下。在详细考察了狄更斯的创作过程之后，他宣称《艰难时世》和《双城记》是"最不具狄更斯式特点的小说"[④]，从而对这两部作

---

① Sylvere Monod, *Dickens the Novelist*. With an Introduction by Edward Wagenknecht. Norman: U of Oklahoma P, 1968, p. xiii.

② Ibid., p. 65.

③ Ibid., p. 217.

④ Ibid., p. 448.

品持蔑视态度：尽管狄更斯是“伟大的小说家”，但他“既不是伟大的社会学家，也不是伟大的历史学家”。[①] 相反，《远大前程》在狄更斯经典中几乎达到了《大卫·科波菲尔》那样的水平，因为在这部小说中，狄更斯重新捕捉到了他的心理传记取得巨大成功的灵感。

雷蒙德·查普曼（Raymond Chapman）于 1968 年出版的研究综述《维多利亚人的争论：1832—1901 年的英国文学与社会》（*The Victorian Debate: English Literature and Society* 1832 - 1901，1968）主要关注维多利亚文学如何强调重大的社会政治问题。查普曼指出，“在深受大众喜欢和学术界的声誉方面，维多利亚时代的作家无人堪与狄更斯比肩”[②]，这一地位在 30 年前几乎是不容置疑的。查普曼笔下的狄更斯是一幅可爱的肖像，“在狄更斯临终时，他对伦敦的爱倾向于否定以理性的方式接受自他开始写作以来伦敦三十年间所发生的变化”[③]。查普曼论证了狄更斯对感伤主义技巧的运用，声称狄更斯“不是正在兴起的现实主义崇拜的真正爱好者”[④]。他认为，虽然狄更斯确实憎恨压迫和非正义，但他在本质上是一个保守主义者。

20 世纪 60 年代狄更斯研究的一大特色是，一些批评家辑录了以前发表的优秀论文，诞生了好几部具有重大影响的狄更斯批评集。

乔治·福特和洛里亚·烂（Lauriat Lane）合编的《狄更斯批评家》（*The Dickens Critics*，1961）第一次以一卷本的形式选择迄当时为止最有影响的狄更斯研究论文。两位学者皆是狄更斯研究领域的权威，乔治·福特在 1955 年出版了《狄更斯与读者》，1958 年洛里亚·烂在 PML 发表《狄更斯的原型犹太人》（“Dickens’ Archetypal Jew”）。但由于版面的限制和版权问题，福特和洛里亚·烂没有将真正一流的文章选入其中。例如，爱德蒙·威尔逊的《狄更斯：两个斯克露奇》被删节了，很多当代评论只是

① Sylvere Monod, *Dickens the Novelist.* With an Introduction by Edward Wagenknecht. Norman: U of Oklahoma P, 1968, p. 456.

② Raymond Chapman, *The Victorian Debate: English Literature and Society* 1832 - 1901. London: Weidenfeld and Nicolson, New York: Basic Books, 1968, p. 101.

③ Ibid., p. 102.

④ Ibid., p. 124.

节录。洛里亚·烂的长篇导言为读者进入狄更斯批评迷宫提供了指南，对批评家的真知灼见及其动机进行了合理的评价。

马丁·普莱斯（Martin Price）辑录的《狄更斯：批评论集》（*Dickens: A Collection of Critical Essays*，1967）重印了过去几十年的评论，囊括了重要的批评家如多萝西·凡·根特、芭芭拉·哈代、乔治·福特、约翰·贝利（John Bayley）、W. J. 哈维（W. J. Harvey）、史蒂芬·马库斯（Steven Marcus）、希利斯·米勒、凯瑟琳·蒂洛森（Kathleen Tillotson）、W. H. 奥登（W. H. Auden）和莱昂内尔·特里林的论文。普莱斯选辑的论文，研究范围广泛，批评方法多样。

A. E. 戴森（Dyson）辑录的《狄更斯：现代评价》（*Dickens: Modern Judgement*，1968）汇编了20世纪40—60年代英美最重要的批评家的16篇论文，其中包括安格斯·威尔逊、史蒂芬·马库斯、希利斯·米勒、凯瑟琳·蒂洛森、艾德加·约翰逊、豪斯、门罗·恩格尔（Monroe Engel）、马克·斯皮亚克（Mark Spilka）、莱昂内尔·特里林、格雷厄姆·格林（Graham Greene）的评论。这一集子的作者都坚持认为：狄更斯是伟大的小说家。戴森总结了狄更斯评论占主导地位的观点，这是对20世纪60年代以及未来的批评家的挑战。"狄更斯是对我们的文学品味的最高检验，如果读者的文学理论不适合他，这对他们的理论是十分糟糕的，如果他们的生活观被冒犯，对他们本身是十分糟糕的。"①

约翰·格劳斯（John Gross）和加布里埃尔·皮尔逊（Gabriel Pearson）合编的论文集《狄更斯与20世纪》（Dickens and the *Twentieth Century*，1962）勾勒了20世纪40—50年代近20年的狄更斯批评状况，表明20多年前开始的狄更斯研究的革命最终为大家所接受。正如肯尼思·菲尔丁（Kenneth Fielding）的评论所表明的那样，它真正显示了普通读者把狄更斯看作最伟大的小说家的立场，这一立场如今终于为当代的批评家们所接受。约翰·格劳斯和加布里埃尔·皮尔逊二位都撰写了导言，探讨了狄更斯声誉沉浮的原因，指出狄更斯研究的两位开拓者对于评价狄更斯的最终

① A. E. Dyson, *Dickens; Modern Judgements* Toronto; Macmillian, 1968, p. 27.

立场没有达成一致——奥威尔称狄更斯为“过时的激进分子，不十分有才智”[①]，但对非正义所显现出来的愤怒具有价值，而爱德蒙·威尔逊则认为狄更斯“自始至终是颠覆性的，处于不安的焦虑心境之中”[②]。格劳斯认为狄更斯是“表现主义最伟大的大师”[③]。皮尔逊指出20世纪60年代的狄更斯不再是“大众喜爱的杰斯特顿式的狄更斯”[④]，但是他抱怨很多现代评价没有把握复杂的本质以及狄更斯对文类的驾驭。认为没有必要证明狄更斯作为重要小说家的地位，格劳斯和加布里埃尔·皮尔逊虽然没有提出新的让人震惊的研究观点，但是他们汇编的论文集非常典型地体现了20世纪中期的观点。也就是说，这些论文旨在“提出狄更斯的心态问题”以确定狄更斯的思想如何影响他的艺术，并试图“将狄更斯牢牢地定位于他所生活的世界”[⑤]。这恰好是皮尔逊1957年在其论文《狄更斯与读者》所涉及的内容。皮尔逊在文章中宣称狄更斯能够“使其私人冲突和欲望公开化”，唤起“英国大众想象的深度”。[⑥] 在这一卷中有两篇论文挑战了人们日益接受狄更斯的艺术能力。一是安格斯·威尔逊的常被引用的评论“狄更斯的弱点与失败”。威尔逊的大部分观点虽然因袭了过去几十年的批评观点，但是这些观点仍然清楚地表明狄更斯产业尚有很多未达成一致的地方；二是威廉·燕卜荪（William Empson）等批评家对于将狄更斯视为象征主义者的观点提出了质疑。威廉·燕卜荪在《狄更斯的象征主义》（The Symbolism of Dickens）中认为，“批评家习惯于因一种有价值的冲动而唤起对象征主义的回忆，这时他们知道故事的经历是荒唐的，但感觉到其全部影响是善的”[⑦]。他认为，当代批评家把狄更斯当作象征主义者，其实他的小

---

① John Gross and Gabriel Pearson, eds., *Dickens and the Twentieth Century*. London: Routledge and Kegan Paul, 1962, p. x.

② Ibid., p. ix.

③ Ibid., p. xiv.

④ Ibid.

⑤ Ibid., pp. xxiii - xxiv.

⑥ Gabriel Pearson, "Dickens and His readers." Universities and Left Review 1 (Spring 1957), p. 52.

⑦ William Empson, "The Symbolism of Dickens." In *Dickens and the Twentieth Century*, edited by John Gross and Gabriel Pearson 13 - 15. London: Routledge and Kegan Paul, 1962, p. 14.

说仅仅是戏剧性的，这一技巧在维多利亚文学中极为寻常，在现代文学中却极为罕见。

梅纳德·麦克（Maynard Mack）和伊恩·格雷戈尔（Ian Gregor）汇编的《想象世界：为了纪念约翰·巴特的英国小说和小说家随笔》（*Imagined Worlds*：*Essays on Some English Novels and Novelist in Honor of John Butt*，1968），其中有两篇论狄更斯的文章，凯瑟琳·蒂洛森（Kathleen Tillotson）详细研究了《董贝父子》连载出版物的第四集，肯尼思·菲尔丁（Kenneth Fielding）将《艰难时世》解读为展示狄更斯对教育改革感兴趣的试金石。

1968年印第安大学出版社发行了哈里·斯通（Harry Stone）的一套二卷本著作《未收录的狄更斯作品：家常话1850—1859》（*Uncollected Writings of Charles Dickens*：*Houshold Words* 1850－1859，1968）。早在10年前，哈里·斯通在《狄更斯与内心独白》（*Dickens and Interior Monologue*，1959）一书中宣称他崇拜狄更斯的创造力，认为狄更斯启迪了后来的现代主义小说家如乔伊斯和福克纳等，正是他们"将再现现实和经验的新模式汇成英国小说的主流"[①]。斯通还是狄更斯的纪念物和手稿的狂热收藏家。2003年，他将自己收藏的材料捐赠给加利福尼亚大学，被认为是世界上最优秀的私人收藏品之一。斯通的二卷本著作不仅重印了几十篇随笔，而且囊括了包含集注版文本的附录、狄更斯合作伙伴的传记素描，以及狄更斯为杂志特刊所写的投稿须知、标明日期的索引等。斯通的导言实际上是一部小专论，概述了狄更斯的记者生涯——这与他作为小说家的事业有着不可分割的联系。斯通描绘了狄更斯的管理风格，并概述了他编辑《家常话》的工作理念。这种文本细读是他一以贯之的写作风格。斯通笔下的狄更斯是意识到使命和方法的作家，一个致力于实验，启迪了20世纪先锋派作家的艺术家，同时又是一个社会改革家，时刻不忘读者需要一点想象力，以改善枯燥乏味的生活。

E. D. H. 约翰逊的《查尔斯·狄更斯：小说阅读导论》（*Charles Dick-*

---

① Harry Stone，"Dickens and Interior Monologue." Philological Quarterly 38（January 1959），p. 65.

ens: *An Introduction to the Reading of His Novels*, 1969) 一书，作为普林斯顿语言和文学研究系列之一，其目的在于为学生提供指南，简明扼要地介绍狄更斯的背景知识以对小说进行阐释。约翰逊概述了狄更斯与读者的关系，分析了他在叙事、描写、使用环境等方面的技巧。马丁·菲多（Martin Fido）的《查尔斯·狄更斯》(*Charles Dickens*, 1968) 一书在小说的摘要之后，也简明地概述了狄更斯的一生，解释狄更斯如何解决喜剧情节、喜剧对话、结构、象征主义、社会讽刺等问题。菲多以狄更斯的早期作品为中心，认为晚期的悲观小说发端于早期的喜剧小说。同样，乔治·荣(George Wing) 的《狄更斯》(1969) 一书囊括了当时对狄更斯批评带有偏见的概述。乔治·荣从批评格劳斯和皮尔逊的著作开始，他称之为“不同的现代批评家从不同的角度所写的流行的选集之一”。乔治·荣指出，不幸的是，“杰斯特顿不再是狄更斯小说流行的分析家”[1]，相反，他的荣膺尊敬的方法被罗伯特·格雷夫斯（Robert Graves)、奥尔德斯·赫胥黎(Aldous Huxley)、F. R. 利维斯等人的批评所取代，他们对狄更斯的作品明确地持“怀疑和祛魅的立场”[2]。乔治·荣甚至批评了奥威尔和威尔逊，他认为奥威尔和威尔逊以牺牲狄更斯作品中的幽默为代价，因此，他呼吁远离战后批评家悲观的研究方法。

1963 年专门研究狄更斯的新杂志《狄更斯研究》(*Dickens Studies*) 在美国创刊，狄更斯研究者又多了一个交流平台，从而进一步促进了狄更斯产业的发展。编辑诺埃尔·佩鲁东（Noel Peyrouton）在发刊词《流浪者之路的里程碑》(“Milestones Along the Rover Road”) 中赞扬《狄更斯研究者》(*The Dickensian*) 多年来甘做人梯，推进了狄更斯研究，但是还有诸多需要完善的地方。佩鲁东认为，新杂志《狄更斯研究》的目的在于成为“容器（Vessel）和工具（Vehicle)”，以进一步深化狄更斯研究。《狄更斯研究》的目标还在于“满足美国期刊的需要，致力于服务国际学界越来越多的狄更斯研究者”。这一期刊适度保持并重视当代批评，同时鼓励跨学科研究。狄更斯学术界将这本杂志经营得很好，其编辑委员会包括菲利

① George D. Wing, *Dickens*. Writers and Critics Series. Edinburgh: Oliver and Boyd, 1969, p. 93.
② Ibid.

普·柯林斯、K.J. 菲尔丁、艾德加·约翰逊、希利斯·米勒、希尔维瑞·莫诺德、凯瑟琳·蒂洛森、爱德华·瓦根内克特等。

第三节 批评方法的又一转向:从传统批评到后现代批评

20世纪70年代以后，狄更斯研究发生第二次转向，这种转向主要表现在从传统批评走向后现代批评，狄更斯研究的主流倾向是从“理论”中获取灵感。“理论”一词指的是一系列特定的文学、语言、哲学理论。解构主义、接受理论、新历史主义、女性主义、文化批评、后殖民主义批评等种种方法进入狄更斯研究领域，批评方法和视角呈现多元互动的特色。

70年代是狄更斯研究硕果累累的十年。一方面，1970年狄更斯逝世一百周年，大量有关狄更斯研究的成果问世，狄更斯的声誉上升到了无以复加的程度。另一方面，狄更斯研究队伍不断壮大，批评家们运用多种批评理论，从不同层面对狄更斯的生平、小说和非小说进行阐释，狄更斯研究开始趋向多元化。传统批评与后现代批评共存。

一 狄更斯逝世一百周年前后的批评

1970年是狄更斯逝世一百周年，英美各界用公共仪式、学术研讨会、出版物等多种方式隆重进行纪念。一方面，大量有关狄更斯的研究成果问世；另一方面，狄更斯的声誉上升到了无以复加的程度。菲利普·霍布斯鲍姆（Pillip Hobsbaum）写道：“狄更斯的声誉已经安然无恙。”①

1969年夏，《小说研究》编辑出版了狄更斯研究特刊，汇集了当代名家的狄更斯研究文章。E. W. F. 汤姆林（E. W. F. Tomlin）的《狄更斯1812—1870：一百周年纪念卷》（*Charles Dickens* 1812 - 1870：*A Centennial Volume*，1969）囊括了E. D. H. 约翰逊（E. D. H. Johnson）、埃姆林·威廉

① Pillip Hobsbaum, *A Reader's Guide to Charles Dickens*. New York: Farrar, Straus, and Giroux, 1972, p. 1.

姆斯(Emlyn Williams)、艾弗·布朗(Ivor Brown)、哈里·斯通以及J. B. 普里斯特利(J. B. Priestley)等批评家的论文。汤姆林在论文《狄更斯的声誉“重估”》中指出，20世纪50年代以前读者大众是狄更斯研究的批评主体，当批评家认为狄更斯不值得认真关注时，读者大众保持了对狄更斯的兴趣。汤姆林认为，“狄更斯在当今的批评家看来是有成就、有意识的艺术家，其地位今非昔比”①。不仅如此，他还将狄更斯拔高到了与莎士比亚并肩的高度：“在下一个世纪，只要人们阅读，就不能不阅读狄更斯。”②

罗伯特·帕特洛(Robert Partlow)主编的《工匠狄更斯：再现策略》(*Dickens the Craftsman*: *Strategies of Presentation*, 1970)是又一部狄更斯逝世一百周年的纪念颂词。该集子所收录的论文以狄更斯处理小说的技术细节为中心。哈里·斯通考察了小说的意识形态，菲利普·柯林斯探索了狄更斯作为艺术家的自我意识，罗伯特·派特恩(Robert Patten)讨论了构思故事的技巧，理查德·斯唐(Richard Stang)分析了环境的作用。帕特洛在导言中指出，1950—1970年狄更斯批评家的著作“还没有把狄更斯的艺术作为事实来证明，而只是记录现象而已”③。同样，米歇尔·斯莱特在《狄更斯》(*Dickens*, 1970)的序言中指出，狄更斯最终在小说家族中被赋予合法的地位。

狄更斯逝世一百周年纪念大大促进了狄更斯研究材料的出版，甚至于当狄更斯的声誉处于最低谷时，读者也喜欢上了狄更斯。在更具商业导向的出版物中，马丁·菲多(Martin Fido)的《查尔斯·狄更斯：他的生平与时代的真实叙述》(*Charles Dickens*: *An Authentic Account of His Life and Times*, 1970)，其价值在于复制了高质量的图片和文本，尽管这些复制的图片和文本是因袭他人的，但是精确解读了狄更斯传记。A. h. 戈姆(A. h. Gomme)的《狄更斯》(1971)其目的在于将狄更斯置于文

① Eric. W. F. Tomlin ed., *Charles Dickens* 1812 - 1870: *A Centennial Volume*. London: Weidenfeld and Nicolson, 1969, p. 263.

② Ibid.

③ B. Jr Robert Partlow ed, *Dickens the Craftsman*: *Strategies of Presentation*. Carbondale and Edwardsville: Southern Illinois UP, 1970, p. xviii.

化语境中来介绍狄更斯，安格斯·威尔逊的《查尔斯·狄更斯世界》（*The World of Charles Dickens*，1970）跨越了通俗读物和严肃的学术研究之间的边界，因为它的版式超大，且包含很多插图。十年前威尔逊的《狄更斯：一个挥之不去的人》（Charles Dickens：A Hunting，1960）暗示"业余人士"闯入狄更斯批评，只有在试图解释狄更斯对现代小说家的意义时才有价值。但显而易见，《查尔斯·狄更斯世界》的目的是吸引更多读者的关注。但是，威尔逊对狄更斯生平的概述是有见地的，他对小说的分析沿着以前探索的批评思路，公正地评判了狄更斯小说的优点和缺点。

1970年是出版狄更斯研究重大成果的丰收年景。英国研究维多利亚时代文学与文化的批评大家芭芭拉·哈代（Barbara Hardy）将她论狄更斯的论文汇集成《狄更斯的道德艺术》（*The Moral Art of Dickens*，1970）。二十多年来，哈代一直在狄更斯研究领域辛勤耕耘，发表了大量研究文章，并为朗文作家及其作品系列撰写了《狄更斯：晚期小说》（*Dickens：the Later Novels*，1968）。后来哈代将原先发表的论狄更斯的文章收录在《维多利亚小说的情感形式》（*Forms of Feeling in Victorian Fiction*，1985），这一集子研究了人物表达情感的方式，并出版了简明扼要的导论性研究著作《查尔斯·狄更斯：作家与作品》（*Charles Dickens：The Writer and His Work*，1983）。但是《狄更斯的道德艺术》（1970）无疑是她对狄更斯研究的重大贡献。哈代自始至终把狄更斯当作一位社会批评家来看待，她认为，"道德问题在小说家狄更斯的作品中尤其引人瞩目"，甚至于"话语侵入艺术创造的虚拟经验之中"。[①] "狄更斯将引人注目的讽刺与万物有灵论的描写结合起来，促使我们认为，他一定有更连贯的道德体系。他试图将道德情节与强烈的、静态的社会描写结合起来。"[②] 但她同时认为狄更斯对社会的批判尤其是对妇女的评价是有缺陷的。

约翰·福斯特、吉辛等批评家认为，《马丁·朱述尔维特》是一部结

① Barbara Hardy, *The Moral Art of Dickens*. London：Athlone，1970，p. xi.

② Barbara Hardy，"*Martin Chuzzlwit*"，From *Dickens and The Twentieth Century*，London：Routledge and Kegan Paul，1962，p. 109.

构混乱的小说。詹姆士认为,《马丁·朱述尔维特》是一个松松垮垮、鼓鼓囊囊的大怪物。哈代与他们的看法不同,“狄更斯的目的在于创造喜剧气氛,从而促成了一定的形式上的松散,这样繁衍出不少快活的细节,但并非所有的细节都跟中心主题有关”①。“喜剧与情节剧一道并且在多样性和具体性上超越了情节剧,构成了《马丁·朱述尔维特》的生机与活力的主要源泉……喜剧提供了独特的紧张气氛的源泉——我们等待回到自成一体的喜剧、情节剧和连续的招法,并以其作为小说中唯一牢固的兴趣线索……一方面是情节剧、精彩的语言冲突、滑稽模仿和小丑的古怪;另一方面是对美国人尖刻、过分、出色的讽刺,二者显示了情节的其他部分效果不佳时所急需的不动声色与滔滔不绝。”②

现代批评倾向于通过强调大多数作品所共有的形式和理论品格从而模糊艺术家和艺术作品的个性,哈代对此感到失望。她认为,多萝西·凡·根特和米勒等批评家以牺牲狄更斯作品的社会评判为代价而强调其象征品格,这样偏离得太远。

约翰·卢卡斯的《忧郁的人:狄更斯小说研究》(*The Melancholy Man: A Study of Dickens Novels*, 1970)是1970年出版的另一重要的研究成果。卢卡斯将狄更斯描述为伊曼纽尔·康德(Immanuel Kant)忧郁的人的变体,伊曼纽尔·康德忧郁的人根据自己的本能呼吸“崇高的自由的空气”③。卢卡斯认为,狄更斯由于对维多利亚社会越来越感到灰心丧气,于是便千方百计地去寻找他所渴望的自由,起初关注过去,然后关注田园传统,最后提出“日益复杂的自然自由观”④。他认为,狄更斯是比乔治·艾略特更伟大的模仿小说家,由此,他鄙视 G. H. 刘易斯(G. H. Lewes)和亨利·詹姆斯的负面评价,宣称狄更斯“展示人类可能性的方法”只不过与“他们自己对可能性的估计和判断”发生了冲突。他宣称“对社会发展进程的理解,乔治·艾略特不如狄更斯,犹如乔治·艾略特对社会关系和身份本质

① Barbara Hardy, "*Martin Chuzzlwit*", From *Dickens and The Twentieth Century*, London: Routledge and Kegan Paul, 1962, p. 107.

② Ibid., p. 109.

③ John Lucas, *The Melancholy Man: A Study of Dickens Novels*. London: Methuen, 1970, p. xi.

④ Ibid.

的理解不如狄更斯一样"[①]。卢卡斯承认，虽然狄更斯也有缺点，但他很少出现重大失误。卢卡斯从歌德对席勒的批评中摘录一页表达对狄更斯的崇敬之情，他认为"在如此伟大的人物面前读者应当跪着进行批评"[②]，"为了对狄更斯作出公正的评判，弄清楚他到底有多伟大，我们不能将为其他小说家杜撰出来的术语拿到狄更斯的小说批评中来"[③]，他的这一说法附和了杰斯特顿和吉辛的观点。

哈维·彼得·萨克史密斯（Harvey Peter Sucksmith）的《查尔斯·狄更斯的叙事艺术》（*The Narrative Art of Charles Dickens*，1970）以技巧和结构问题为中心。广义的"叙事"指的是"与讲故事有关的所有的小说艺术"[④]，萨克斯密斯以手稿资料来证明狄更斯构建作品所表现出来的意识问题。他研究了狄更斯小说的修辞策略、语言运用、小说家对读者批评意见的关注，尤其是运用反讽以及想方设法诱发同情。他还研究了狄更斯千方百计构建作品，并运用修辞策略创造的令人难忘的人物。

狄更斯逝世一百周年纪念期间最重要的著作是 F. R. 利维斯和 Q. D. 利维斯夫妇合著的《小说家狄更斯》（*Dickens the Novelist*，1970）。众所周知，剑桥夫妇教授 F. R. 利维斯和 Q. D. 利维斯是 20 世纪具有重大影响的狄更斯研究专家。二者都写过狄更斯的著作，Q. D. 利维斯在《小说与读者大众》（*Fiction and the Reading Public*，1932）轻蔑地评价狄更斯，而 F. R. 利维斯在《伟大的传统》（1948）将狄更斯降格为英国二流的小说家。在其他文章中二者也有对狄更斯的评论，F. R. 利维斯 1962 年在《塞瓦尼评论》（*Sewanee Review*）发表了《论〈董贝父子〉》。这对剑桥夫妇教授一直坚持新批评的文本细读法。他们认为，高度严肃的意识或道德诚实是判断作家作品价值的主要标准。他们的这一观点受到了当代批评家的反对。不少狄更斯研究者对于 F. R. 利维斯将狄更斯排斥在英国小说的"伟

---

① John Lucas, *The Melancholy Man: A Study of Dickens Novels*. London: Methuen, 1970, p. 344.

② Ibid., p. 345.

③ Ibid., p. 344.

④ Harvey Peter Sucksmith, *The Narrative Art of Charles Dickens: The Rhetoric of Sympathy and Irony in His Novels*. London: Oxford UP, 1970, p. xii.

大传统”之外的做法极为愤慨。

在狄更斯逝世一百周年纪念时，利维斯夫妇合著的《小说家狄更斯》对狄更斯的评价来了一个一百八十度的大转弯。这部研究狄更斯的专著修正了以前对狄更斯的负面评价，同时辛辣地驳斥了 20 世纪发展起来的批评传统。在他们看来，这一批评传统严重扭曲了狄更斯天才的起源。因此，他们力图消除一种错误的观念：狄更斯的天才仅仅是一位“娱乐高手”。他们在《序言》中明确指出，“狄更斯是最伟大的创造性艺术家之一，他以其创造性天才全面发展了忠诚于艺术的意识，成了一位既多产，又让大众喜欢，既深刻又严肃，既机敏又训练有素的小说家，他是一位艺术大师”①。

《小说家狄更斯》共分为七章。F. R. 利维斯撰写了论《艰难时世》《董贝父子》和《小杜丽》三章，而 Q. D. 利维斯将《大卫·科波菲尔》《荒凉山庄》和《远大前程》作为 19 世纪小说发展的重要环节进行比较研究，另外还撰写了《狄更斯的插图及其功能》。基本观点如下。

第一章将《董贝父子》当作狄更斯写作生涯的转折点，认为它再现了重大的主题，是一部精心构思的维多利亚时代的小说。“感伤的情节剧不是影响狄更斯唯一重要的因素。”② 他所发展的艺术不完全来自斯摩莱特、菲尔丁或本·琼森或者他那个时代的戏剧，狄更斯的天才深受莎士比亚的影响。在他的创造性思维中有着莎士比亚的特质。第二章《狄更斯与托尔斯泰——以〈大卫·科波菲尔〉为例》驳斥了罗伯特·加里斯（Robert Garis）和罗斯·达布尼（Ross Dabney）对《大卫·科波菲尔》的贬评，并在《战争与和平》和《安娜·卡列尼娜》中寻找《大卫·科波菲尔》影响托尔斯泰的证据，详细论述狄更斯对 19 世纪伟大的现实主义作家托尔斯泰的影响。“托尔斯泰确实一直在阅读狄更斯，从一看到《大卫·科波菲尔》的俄文译本，他就选择了这本书。为了对它作出公正的评价，他借助英语词典努力读懂它。从托尔斯泰漫长的一生的谈话的很多独立的资料以及书面颂词，我们可以看出《大卫·科波菲尔》对其作为小说

① F. R. Leavis & Q. D. Leavis, *Dickens, the Novelist*. London: Chatto & Windus, 1970, p. ix.
② Ibid., p. 29.

家的作品确实产生了根本性的影响。"① "托尔斯泰的自传《童年，少年和青年》中的行为特征，甚至人物分类与事实选择等方面都带有《大卫·科波菲尔》明显的痕迹。"② "我们必须承认，在《大卫·科波菲尔》中，狄更斯对于他着手解决的维多利亚时代男人的幸福问题不能提供充分的解答。然而，他全面地、细腻地、严肃地向我们展示了与这一问题相关的方面，并拒绝使这一问题简单化……如果我们将《大卫·科波菲尔》与受到狄更斯启迪的托尔斯泰的作品进行比较之后，我们没有必要贬低狄更斯的小说……托尔斯泰能够向前推进一步，对狄更斯最先提出、托尔斯泰反过来在他的第一部大型小说中着手突出描述的这些问题提出有益的解答。"③

第三章《〈荒凉山庄〉：大法官庭世界》驳斥了G. H. 刘易斯和加里斯对狄更斯的讥嘲和贬抑，进而指出狄更斯通过小说来表明自己的观念和复杂的主题，并且"这些观念完全是拟人化的，消融在情节、对话和典型的生活形式的情感之中，从而构成一个整体"④。第四章一字不易地重刊了论《艰难时世》一文，以证明狄更斯的公认地位。该论文称道《艰难时世》中的"完善的严肃性"，被公认为开创了狄更斯小说研究的新方法，引起了狄更斯批评的革命。第五章《狄更斯与布莱克：〈小杜丽〉》认为狄更斯不屈不挠地追求通俗小说畅销书作家的事业，他才成为一流的创造性作家、最优秀的原创艺术家。《小杜丽》是"狄更斯作为大师的主要成就之一，它是最伟大的小说之一，将它排除在伟大的欧洲小说名录之外是站不住脚的"⑤。狄更斯与布莱克一样，是一位"精神——生命的守护者"⑥。狄更斯与布莱克同为伟大的作家，并且将狄更斯与劳伦斯、布莱克联系起来，这样我们应有"一条脉络持续进入20世纪"⑦。由于Q. D. 利维斯认

① F. R. Leavis & Q. D. Leavis, *Dickens, the Novelist*. London：Chatto & Windus, 1970, p. 36.
② Ibid., p. 37.
③ Ibid., p. 68.
④ Ibid., p. 118.
⑤ Ibid., p. 213.
⑥ Ibid., p. 274.
⑦ Ibid., p. 275.

为狄更斯批评家的误导妨碍了读者对狄更斯的接受，从而撰写了第六章《我们如何阅读〈远大前程〉》。在学生们与生产自我成才的狄更斯及阅读狄更斯的传统文化失去联系的背景下，以《远大前程》为例，告诉人们阅读狄更斯小说的具体方法。第七章《狄更斯的插图及其功能》研究插图作为艺术的附属部分向读者传达文本意义，它与本书的批评主题有着直接的关系。Q. D. 利维斯认为狄更斯自从创作生涯伊始，就对小说插图显示了极大的兴趣。她强调了插图以及大众理解插图的传统对于狄更斯的意义，并表明由维多利亚道德观的根本变化导致这一传统消失。因此，狄更斯的逝世标志这一时代的终结。

利维斯夫妇以批评家而不是以学者的身份走近狄更斯的小说，将人文主义传统与新批评结合起来，将文本细读与社会历史语境结合起来。他们审视狄更斯的小说以发现道德诚实的证据。他们不是概述狄更斯的全部小说，而是以六部重要的小说为中心，阐释狄更斯如何发展自己的艺术。但利维斯夫妇特别强调他们欣赏狄更斯的艺术技巧和远见卓识。

Q. D. 利维斯指出，批评家罗伯特·加里斯和罗斯·达布尼轻视《大卫·科波菲尔》是完全错误的。F. R. 利维斯重新评价了《艰难时世》，并将它视为杰作。同时 F. R. 利维斯驳斥了自从他出版《伟大的传统》以来与其观点不一致的批评家。他认为，狄更斯在《小杜丽》中再一次展示了“作为小说家的天才，具有深刻的思想”。他宣称，乔治·艾略特和亨利·詹姆斯的小说创作都受惠于狄更斯的影响，对维多利亚势利的描写无人超越狄更斯。Q. D. 利维斯在分析《远大前程》时注意到 20 世纪读者接受这部小说是多么困难，“因为当代狄更斯研究专家的误导而妨碍了读者的接受”[①]。她尤其反对将小说当作童话故事形式的批评家。之外，她认为《远大前程》是“一部伟大的小说，以典型化的方式，严肃地讨论了人类经验的基本现实”[②]。她指出，人们误读这部小说的部分原因在于他们完全不理解维多利亚时代的文化与传统。一旦他们理解这种文化与传统，他们就会明白狄更斯是多么关心人与社会以及伦理问题。她对匹普性格的解读暗示

① F. R. Leavis & Q. D. Leavis, *Dickens, the Novelist*. London: Chatto & Windus, 1970, p. 277.

② Ibid., p. 278.

了心理分析。

然而，使《小说家狄更斯》最具争议的不是对六部小说的细读，而是对20世纪40年代以来批评界权威人士的抨击。他们将狄更斯从杰斯特顿式的对人人友好的幽默家，变成了忧思的、忧心忡忡的异化的社会批评家，到70年代狄更斯又成了当代文学权威人士的宝贝。《小说家狄更斯》的序言，因为引起了对狄更斯批评史感兴趣的学者的关注，从而成为最辛辣地控告出版过狄更斯研究著作的其他科研人员的檄文之一。利维斯夫妇宣称，他们研究的主要目的是对爱德蒙·威尔逊以来的美国批评潮流提出抗议。由于利维斯夫妇一直与早期的学术研究传统保持一致，从而导致他们更喜欢约翰·福斯特的《狄更斯传》，而不是现代的传记，他们认为艾德加·约翰逊的传记"无法取代福斯特的传记"①。

然而，利维斯夫妇对威尔逊的抨击却显得有点倒退。因为1962年F. R. 利维斯在《细察》评论《创伤与弓》时指出，威尔逊"坚持按照心理冲突来阐释狄更斯艺术的发展"，"这是一部值得推荐的书"，威尔逊阐释狄更斯处理维多利亚社会结构的方式是"有才智的、富于启迪的"，威尔逊是"受过教育的人，对文学与文明真正感兴趣"②。但是利维斯夫妇对于附和爱德蒙·威尔逊所提出的有关狄更斯的艺术理论感到恼火。他们认为，这种评价最后将狄更斯的艺术归结为"狂躁—压抑的火山喷发"。他们激怒了那些自诩为文学批评家但实际上只不过是"业余心理学家"之类的批评家，他们滔滔不绝地发表没有根据的假设和理论，他们"自我放纵的自夸只会让作恶者感到满意"，③ 利维斯夫妇断然坚持从狄更斯的生活、习惯及生活环境中可资利用的事实来揭穿这些谎言。他们希望用文学研究而不是其他学科的术语，用经过仔细论证的分析来纠正狄更斯研究中的缺陷。

H. M. 达勒斯基（H. M. Daleski）受到史蒂芬·马库斯的《从〈匹克威克外传〉到〈董贝父子〉》（1965）一书的启发，撰写了专著《狄更

① F. R. Leavis & Q. D. Leavis, *Dickens, the Novelist*. London: Chatto & Windus, 1970, p. xi.

② Ibid., p. 72.

③ Ibid., p. xiii.

斯与类比艺术》（*Dickens and the Art of Analogy*，1970）。该书追溯了狄更斯作为小说家的发展历程，重点审视了能够代表狄更斯的艺术发展阶段的小说，阐释这种品格如何有助于描述他那爱恨交加的社会。达勒斯基用隐喻来研究小说，将狄更斯的职业等同于熟练的工匠：在学徒期间，他创作了《匹克威克外传》《奥列佛·退斯特》之类的小说；在成熟期，他创作了《马丁·朱述尔维特》《董贝父子》之类的小说；作为艺术大师，在创作晚期他创作了《荒凉山庄》《远大前程》《小杜丽》《我们共同的朋友》等小说。

达勒斯基对《我们共同的朋友》中的一句话“一小群顽童正在水里掷石块，注视着一圈圈的细浪向四周扩展”[①] 所展开的类比分析具有深刻的认识。他认为，狄更斯运用象征意象的方法与顽童将石块掷进泰晤士河有着异曲同工之妙。“顽童掷出的石块是小说开头赫克萨姆老头在泰晤士河发现的尸体。我们看到的是情节的发展，它将越来越多的人物的行动联系起来。而且，情节的发展类似于泰晤士河中向四周扩展的一圈圈细浪。因为与情节有关的人物根据其在社会中的地位而区别开来。换言之，情节的发展方法为我们提供了19世纪60年代英国的横截面。”[②] “石块与向四周扩展的一圈圈细浪不仅让人想起构成情节的事件模式，而且让人想起构成赋予小说以独特神韵的意象模式……在这里，意象的功能在于唤起对富于想象力的背景的回忆。诗剧便在这一背景下表演，主要人物的关系如尤金与丽齐，约翰·哈蒙与贝拉的关系等便在这一背景下成功地发展。这些意象在对伦敦的描写中集束式地呈现出来。它们如同一圈圈的细浪从中心向四周扩散开来，改变线条与形式，包含着越来越多的意义域。”[③]

达勒斯基的主要目的是要表明狄更斯对艺术有着敏锐的意识，善于发现作品的焦点和内在结构。从根本上来说，达勒斯基笔下的狄更斯形

---

① ［英］查尔斯·狄更斯：《我们共同的朋友》下卷，智量译，上海译文出版社1986年版，第401页。

② H. M Daleski, *Dickens and the Art of Analogy*. New York: Sckocken, 1970, p. 271.

③ Ibid.

象是"特别关注货币与爱的传统的狄更斯"[①]。虽然他喜欢象征主义在狄更斯研究中发挥关键作用之前的批评家，但达勒斯基确实表达了喜欢爱德蒙·威尔逊的著作。他认为，爱德蒙·威尔逊开辟了狄更斯现代批评的新纪元。

A. E. 戴森（A. E. Dyson）在狄更斯逝世一百周年的纪念颂词《天下无双的狄更斯：小说接受》（*The Inimitable Dickens*：*A Reception of the Novels*，1970）是一部颇为怪异的研究著作，它强化了美国人对英国学术研究的偏见，没有注释也没有参考文献，有的只是隐晦的典故。虽然戴森是一位知识渊博的学者，但他的著作在受人欣赏的同时也屡遭诟病。该著的写作风格更接近于 19 世纪晚期批评家的著作或杰斯特顿的评论。事实上，戴森挑战了认为文学话语是非个人的批评家。他的前提是：狄更斯的作品高于生活并向读者传达了特殊的观点和要旨。他宣称"歌颂生活是狄更斯的特点"[②]，但是很多现代批评家忽视了这一事实。他断然蔑视爱德蒙·威尔逊所赞同的观点，即狄更斯是狂躁—压抑个性的牺牲品。戴森以形式主义者自居，他通过表达对每部小说有机结构以及阅读术语的关注来评估狄更斯的小说。他说，"我确信每一部小说都是用意象和格调有机布局的。"[③] 虽然戴森声称他是形式主义者，但他以考察狄更斯作品中的人物为中心。从根本上来说，戴森的个性化解读易于受到没有他那种热情的批评家的挑战。

在狄更斯逝世一百周年纪念时，激进人士狄更斯这一观念仍在流传，且在极具影响的马克思主义批评家雷蒙·威廉斯的著作中扮演了极其重要的角色。1970 年威廉斯出版了《英国小说：从狄更斯到劳伦斯》（*The English Novel*：*From Dickens to Lawrence*，1970），从城市主题的角度探索了狄更斯小说的特质，详细讨论见《城市主题：雷蒙·威廉斯的狄更斯批评》，此处不赘。

---

① H. M Daleski，*Dickens and the Art of Analogy*. New York：Sckocken，1970，p. 14.

② A. E. Dyson，*The Inimitable Dickens*：*A Reception of the Novels*. London：Macmillian，1970，p. 10.

③ Ibid.，p. 12.

在狄更斯逝世一百周年纪念时，创办了两种专门研究狄更斯的新杂志。在罗伯特·帕特洛（Robert Partlow）的指导下，创办了《狄更斯研究年鉴》（*Dickens Studies Annual*），如《狄更斯研究》一样，创办《狄更斯研究年鉴》是《狄更斯研究》的美国同人。帕特洛在第一期的序言中提到，在创办《狄更斯研究年鉴》之前的二十年，学者们已经生产了一百多篇博士论文、二十本书、几百篇论狄更斯的文章。帕特洛认为，创办一种专门研究维多利亚小说的杂志还有发展空间。

同一年，美国学者在现代语言协会的一次会议上，研究者倡议创办《狄更斯研究年鉴》的附属出版物——《狄更斯研究通讯》（*Dickens Studies Newsletter*），以促进美国学者之间的狄更斯研究交流。正如帕特洛和巴顿（Patton）在《致读者》中所说的，创办通讯和季刊最初的目的在于补充《狄更斯研究者》而不是与之竞争，其注释和活动部分以英国的事件为中心，《狄更斯研究通讯》的目的是收集著作信息以及有关狄更斯出版物每季的参考文献，并提供新书通告。《致编辑的信》部分为维多利亚学者提供家政信息及岗位招聘。

莱斯大学（Rice University）的罗伯特·派特恩（Robert Patten）是第一任总编，路易斯维尔大学（the University of Louisville）的威廉·阿克斯顿（William Axton）负责处理评论，罗伯特·帕特洛负责指导生产，艾伦·科恩（Alan Cohen）编辑参考文献。如同其他的学术出版物一样，《狄更斯研究年鉴》与《狄更斯研究通讯》违背了最初的章程。《狄更斯研究年鉴》在帕特洛的编辑下继续了七年，但是1977年他将这一刊物交给了纽约大学的三个人：迈克尔·廷科（Michael Timko）、弗雷德·卡普兰（Fred Kaplan）、爱德华·朱利安诺（Edward Guiliano）。同时，杂志的重点拓宽了，并增加一个解释性的副标题“维多利亚小说论文集”（*Essays on Victorian Fiction*）。《狄更斯研究通讯》的变化是逐步进行的。到1972年开始发表短文，1984年这一杂志易名为《狄更斯季刊》。

二　70年代的传统批评：主题研究、影响研究与形式主义批评

20世纪70年代有关狄更斯研究的成果可谓硕果累累。传统批评主要

表现在三个方面，即主题批评、影响研究与形式主义批评。

（一）主题研究

20世纪70年代英美的狄更斯研究领域，主题研究的范围十分广泛，如亚历山大·威尔斯的城市主题，詹姆斯·金凯德的幽默主题，维亚·班克·曼宁的讽刺主题，伯特·霍恩巴克和杰弗里·瑟利的神话主题，约瑟夫·戈尔德的道德主题等。

70年代的主题研究最重要的收获是亚历山大·威尔斯的《狄更斯的城市》（*The City of Dickens*，1971）。威尔斯探索了狄更斯城市的意义（字面意义和隐喻意义）。他指出，在隐喻意义上，"城市为英国小说所表达的价值观和目的提供了语境"①。在他看来，狄更斯的作品是整个维多利亚时代的提喻（syncedoche），反映了对立的价值观。威尔斯对狄更斯的小说和班扬的《天路历程》进行了比较，他认为，狄更斯的全部小说再现了人类在城市中所取得的种种进步，最终走向他们希望的天国之城。威尔斯的解读对狄更斯的洞悉更具宗教色彩。他不仅对狄更斯感兴趣，而且全神贯注地阐释维多利亚大众如何看待他们在现实城市中的生活，并希望世世代代在城市生活下去。

詹姆斯·金凯德（James Kincaid）于1971年出版的《狄更斯与笑声修辞》（*Dickens and the Rhetoric of Laughter*，1971）是维多利亚研究系列中的杰作。他指出要重视狄更斯晚期的悲观小说。但他同时说，敏感的读者应该能够欣赏狄更斯的严肃与幽默。他的研究考察了"狄更斯用笑声强化与小说有关的主题"②。在他看来，因幽默的故事而引发的笑声不是小说意外的启示，而是启迪重要而严肃的主题必不可少的手段。虽然他研究的大多数小说是狄更斯的前期小说，但他收录了《大卫·科波菲尔》《小杜丽》《我们共同的朋友》等重要作品饶有兴趣的讨论。金凯德反对希利斯·米勒将狄更斯的一生划分为若干时期。他宣称，要欣赏狄更斯，必须将他看作一个连贯的发展过程。在金凯德看来，狄更斯是一个有意识的道德艺术家，他在揭露社会罪恶的同时，温和地影响着读者。狄更斯希望读者因幽

---

① Alexander Welsh, *The City of Dickens*. Oxford: Oxford UP, 1971, p. 4.

② James R. Kincaid, *Dickens and the Rhetoric of Laughter*. Oxford: Oxford UP, 1971, p. 1.

默的场景而发笑，正如他希望读者因感伤的段落而哭泣或因他所描写的社会不公而愤怒一样。

如果说金凯德探索了狄更斯的幽默，那么西尔维亚·班克·曼宁（Sylvia Bank Manning）在《作为讽刺作家的狄更斯》（*Dickens as Satirist*，1971）则研究了狄更斯小说的讽刺特点。曼宁感兴趣的是狄更斯对讽刺文类谙熟于心。

她认为，虽然狄更斯的作品不能真正归入讽刺类，但讽刺偏好是狄更斯写作的动力，狄更斯早期小说是讽刺技巧的实验。她解读了《荒凉山庄》《小杜丽》和《艰难时世》，阐释狄更斯在成熟时期如何运用讽刺形式。她进一步认为，在《小杜丽》之后，狄更斯的小说讽刺成了社会和道德问题的辅助成分。

作为希利斯·米勒的追随者，伯特·霍恩巴克（Bert Hornback）在《诺亚的建筑：狄更斯的神话研究》中（*Noah's Arkitecture*：*A Study of Dickens's Mythology*，1972）阐释了狄更斯的小说如何导致社会变革。霍恩巴克将狄更斯看作置身社会之外的革命者，他的小说观点既是现实的（虽然有夸张的成分），但同时又是神话的，在广阔的语境中阐释了这个世界。霍恩巴克首先在狄更斯对阶级制度罪恶的意识中找到了他对社会不满的根源。通过狄更斯的早期作品，他追踪了狄更斯意识中潜在问题的发展，以具体的社会罪恶为中心，在晚期的小说中对社会进行了全面的批判。霍恩巴克指出，他的标题——“神话学”是“一个新的开始，一个创世神话”[①]，狄更斯以之为建构社会批评的手段。他以这种方式，表达了积极的世界观，表明社会是可以通过爱来加以改变的。

杰弗里·瑟利（Geoffrey Thurley）在《狄更斯神话：起源与结构》（*The Dickens Myth*：*Its Genesis and Structure*，1976）的导言中带有偏见地简介了狄更斯批评现状。他指出：“狄更斯已经复活，但其仪式是病态的，不能摆脱与狄更斯无关的优秀小说的先入之见的批评家们试图表明狄更斯的作品是受人尊敬的现实主义之作。在对 20 世纪批评家赞扬的背后，存在

① Bert G. Hornback, *Noah's Arkitecture*: *A Study of Dickens's Mythology*. Athens: Ohio UP, 1972, p. 6.

一种激进的矛盾。"[①] 瑟利认为，狄更斯的艺术中现实主义成分很少，但在诸多方面，它的质量高于托尔斯泰或乔治·艾略特的心理现实主义。如此多的批评家误解了狄更斯的创作方法，扭曲了他的艺术，使他感到失望。他抨击泰勒·斯托尔（Taylor Stoehr）"创造了狄更斯怪物——基本上是一个非人性的生命物，具有讲述梦幻故事的杰出才华"[②]。他认为罗伯特·加里斯的研究著作中也存在类似的缺陷。"在《狄更斯戏剧》中决然看不到狄更斯被不近人情的、不了解自己也不了解他人的哑剧所取代。"[③] 他宣称，哈维·萨克史密斯（Harvey Sucksmith）的著作试图将狄更斯变成"荣格式的内向的人"[④] 是误导的。他指出，美国批评家的批评无益于狄更斯研究。他们简单地将阶级与金钱等同起来，忽视了狄更斯小说立足的复杂的社会制度，对于马克思主义批评家他也感到失望，因为他们要求狄更斯始终不懈地抨击资本主义制度。

虽然利维斯夫妇没有完全赏识狄更斯的天才，但是他们坚持"人文的狄更斯观念"[⑤]，瑟利对此表示赞同。他将利维斯夫妇与杰斯特顿并列为最优秀的狄更斯批评家，因为他们理解狄更斯的目的在于揭露阶级制度的罪恶。瑟利指出，"狄更斯作品的普适性在于他能够揭示争夺财富、地位而产生的焦虑"，"狄更斯小说一以贯之的幻想之源"，瑟利称之为"神话"，[⑥] 它直接反映了"现代社会的进步以及由此而生的精神上的不安"[⑦]。狄更斯最为卓越的地方在于他是最早揭示神经质的作家，他对资本主义的抨击在他逝世很久以后仍然具有价值。

在出版狄更斯传记以后，约瑟夫·戈尔德（Joseph Gold）的《狄更斯：激进的道德家》（*Dickens*：*Radical Moralist*，1972）加入了人文主义批评家的阵营之中。他的分析以哈姆雷·豪斯和乔治·奥威尔的著作为基

---

① Geoffrey Thurley，*The Dickens Myth*：*Its Genesis and Structure*. New York：St. Martin's，1976，p. 1.

② Ibid.，p. 3.

③ Ibid.，pp. 4 – 5.

④ Ibid.，p. 5.

⑤ Ibid.，p. 7.

⑥ Ibid.，p. 25.

⑦ Ibid.，p. 27.

础。他认为,“这两部著作是狄更斯研究中的杰作”[①]。戈尔德试图确定狄更斯是哪种类型的改革者。他认为狄更斯主要关注的是探索“行为心理”[②],由此他将狄更斯的创作生涯分为两个阶段,第一阶段,戈尔德称之为“解剖社会”,狄更斯试图明察个人如何融入更大的社区之中;因此,早期小说反复呼唤社会改革。第二阶段,戈尔德称之为“自我解剖”。狄更斯表明,不管社会如何罪大恶极,个人应当在社会中找到生活的意义和自由的答案。戈尔德认为,“狄更斯作品的根本倾向是千篇一律”,从早期到晚期的作品构成了“统一的观点”。[③] 在戈尔德看来,狄更斯在小说家中脱颖而出的原因在于他有“远见卓识的头脑,凭借想象力能够理解社会状况发生改变的可能性以及一系列更卓越的价值观”[④]。狄更斯作为道德哲学家的肖像是激进的。但戈尔德在思考狄更斯社会批评的宗教基础时走得更远,“批评家希望将宗教存在当作一种观点或者陈词滥调或者承认其社会品位”[⑤]。

1973 年约翰·凯里(John Carey)出版《暴力肖像:狄更斯的想象研究》(*The Violent Effigy*: *A Study of Dickens's Imagination*, 1973),一年后又以神气活现的标题《狄更斯来了:小说家的想象力》(*Here Comes Dickens*: *The Imagination of a Novelist*)重印。他开门见山地指出:“狄更斯比他的批评家伟大得多,他在本质上是一个喜剧作家。”[⑥] 在凯里看来,过去 20 年批评家非常重视狄更斯,把狄更斯弄得面目全非。利维斯夫妇及美国的一代批评家重视狄更斯作品的阴暗面,凯里与他们相反。他认为,如果我们将狄更斯主要当作社会批评家来看待,我们就发现不了他的真正伟大之处。狄更斯是非常奇特的,他不能认真对待社会制度。同样,批评狄更斯没有表现人物内在生活的心理现实主义倡导者对狄更斯的看法是片面的。

---

① Joseph Gold, *Dickens*: *Radical Moralist*. London: Oxford UP, 1972, p. 1.

② Ibid.

③ Ibid., p. 5.

④ Ibid., p. 276.

⑤ Ibid., p. 278.

⑥ John Carey, *The Violent Effigy*: *A Study of Dickens's Imagination*. London: Faber and Faber, 1973. Rev. Ed. London: Faber, 1991. Reprinted as *Here Comes Dickens*: *The Imagination of a Novelist*. New York: Schocken, 1974, p. 7.

凯里对于 A. E. 戴森《天下无双的狄更斯》（*The Inimitable Dickens*, 1970）之类的批评家尤其感到失望，戴森深入探讨隐藏在作品中的意义，认为这些方法存在缺陷的根本原因在于对文学伟大的等级排序中将悲剧凌驾于喜剧之上的传统。凯里试图在解读狄更斯经典时纠正这一缺陷。他以狄更斯的想象力为中心，因为它适用于暴力、秩序和幽默等主题。狄更斯一生迷恋于僵尸和模拟形象，并以其为作品结构的重要组织手段，他注意到小说家狄更斯如何在其小说中运用隐喻和象征以创造人物形象与社会肖像，展示人性。在凯里看来，至少在艺术技艺方面狄更斯不具有现代性。他是技艺高超的幽默大师，"他的想象力改变了世界，而他的笑声征服了世界"①。

戈尔德认为，狄更斯依赖造物主观念作为实现世界和平与和谐的潜在的观念。因此，他不仅称赞狄更斯的宗教倾向，而且认为，小说家狄更斯解决个人与社会问题的方法具有重大价值，其价值超越了维多利亚时代。在戈尔德看来，"我们比以往任何时候更加需要狄更斯"②。戈尔德的批评受到了学术界之外的观点的影响，如美国在越南发动的罪恶战争，冷战，整个西方传统道德价值的崩溃，因核战争而灭绝大众的威胁等，因此，他呼唤从狄更斯的作品中寻找慰藉。

道格拉斯·休伊特（Douglas Hewitt）饶有兴趣的指南《小说方法：好小说与坏小说》（*The Approach to Fiction*：*Good and Bad Novels*, 1972）将《小杜丽》与安东尼·特罗洛普的《我们现在的生活方式》（*The Way we Live Now*）、托马斯·皮科克（Thomas Love Peacock）的《科罗切特城堡》（*Crotchet Castle*）进行对比，阐释人们应当如何阅读小说。他将这三部小说分别归入象征小说、现实主义小说、观念小说。休伊特试图帮助读者独立欣赏每部小说。杰罗姆·巴克利（Jerome Buckley）在《青春季节：从狄更斯到戈尔丁的教育小说》（*Season of Youth*：*The Bildungsroman from*

---

① John Carey, *The Violent Effigy*：*A Study of Dickens's Imagination*. London：Faber and Faber, 1973. Rev. Ed. London：Faber, 1991. Reprinted as *Here Comes Dickens*：*The Imagination of a Novelist*. New York：Schocken, 1974, p. 175.

② Ibid., p. 7.

Dickens to Golding）提出了让人震惊的观点："《远大前程》比《大卫·科波菲尔》更接近于作者自己的肖像"[①]，他将《远大前程》视为教育小说的伟大榜样，"因为无论源头多么主观，敏锐的自知之明的产物已经同化到艺术作品之中"[②]。巴克利编辑的《维多利亚小说世界》（*The Worlds of Victorian Fiction*，1975）囊括了狄更斯作品的三种研究，其中最有趣的是芭芭拉·查尔斯沃思·格尔皮（Barbara Charlesworth Gelpi）对维多利亚自传的评价，她认为在《大卫·科波菲尔》中狄更斯复述生活的方式是很多维多利亚人现实生活自传的典范。

（二）影响研究

世界各国文学的演进和发展不是在相互隔绝的状态下孤立进行的，而是在相互影响、相互促进的状态下进行的。在狄更斯研究领域，影响研究很早就已经出现，20世纪70年代影响研究开始兴盛起来。

迈克尔·戈德堡（Michael Goldberg）1972年出版的《卡莱尔与狄更斯》（*Carlyle and Dickens*，1972）也将狄更斯视为道德家和社会改革者。研究这两位作家的关系，戈德堡不是最早的。早在1876年，塞缪尔·达韦（Samuel Davey）作了粗略的比较，詹姆斯·派克（James Pike）在1939年发表的文章《狄更斯，卡莱尔，托尼森》（*Dickens*，*Carlyle and Tennyson*）作了更详尽的研究。戈德堡的著作因他探索狄更斯着迷于切尔西的圣人（the Sage of Chelsea）以及卡莱尔对狄更斯小说创作生涯的影响而闻名。戈德堡指出，早期的《圣诞欢歌》就有卡莱尔思想的痕迹，并贯穿于其后创作的每一部作品之中，以至于狄更斯后来创作的七部小说无一不留下卡莱尔思想的烙印。戈德堡认为，狄更斯在卡莱尔的著作中找到了一种理解社会复杂性的方式并洞悉了单独的制度崩溃背后的关联模式。在戈德堡看来，卡莱尔不仅是塑造狄更斯社会观的力量，而且有助于狄更斯成为一名象征主义者。威尔逊之后对狄更斯的阐释以狄更斯与其时代的交战为代价而过度强调狄更斯的现代性和异化，戈德堡对此表示担忧。在狄更斯的作

① Jerome H. Buckley，"Dickens，David，and PiP." *Season of Youth*：*The Bildungsroman from Dickens to Golding*，28 - 62. Cambridge，MA：Harvard UP；1974，p. 45.

② Ibid.，p. 46.

品中，虽然无意识的力量发挥了作用，但戈德堡认为，狄更斯思想所发挥的作用是无意识地调节的，他的社会批评的主要思路直接受到卡莱尔的影响。他对维多利亚时代的想象也受到卡莱尔的影响。但奇怪的是，十三年后，戈德堡对这两位作者的观点进行了指责。在圣克鲁斯大学的演讲"对艺术一窍不通的伟人"（Gigantic Philistines）以及著作《关于卡莱尔及其时代的演讲》（*Lectures on Carlyle and His Era*）中，他指责狄更斯和卡莱尔对艺术的无知，因为他们缺乏对艺术的理解。

也许不知道戈德堡的著作已经出版，威廉·奥迪（William Oddie）在《狄更斯与卡莱尔：影响问题》（*Dickens and Carlyle*：*The Question of Influence*，1972）的导言中宣称，他的专著是最早整本书研究卡莱尔对狄更斯影响的著作。他认为，为了证明卡莱尔对狄更斯的影响，仅仅引用狄更斯对卡莱尔崇拜的言辞是远远不够的。他从概述卡莱尔在19世纪的声望开始，梳理了二者的私人关系，详细考察了卡莱尔对狄更斯影响最大的两部小说《艰难时世》和《双城记》，同时全面地考察了二者共同关心的问题：革命与激进主义，社会的日益机械化及历史观。奥迪的结论是，"卡莱尔对狄更斯思想的影响是建构性的"[①]，但它不是简单地从一个人的头脑中转移到另一个人的头脑中。对狄更斯而言，卡莱尔与其说是导师还不如说是催化剂。狄更斯有时误读卡莱尔以达到自己的目的，有时他"甚至无视卡莱尔信息中的本质部分"[②]。

20世纪70年代兴盛起来的影响研究不是直接展示影响，而是寻找某一作家的作品间接启迪其他作家的方式。阿尔伯特·杰拉尔德（Albert Guerard）在《小说的胜利：狄更斯、陀思妥耶夫斯基、福克纳》（*The Triumph of the Novel*：*Dickens*，*Dostoevsky*，*Faulker*，1976）开宗明义地指出，我无意于复兴美国学术研究一个世纪以来"对影响的迷恋"[③]。他强调三位小说家因丰沛的想象力而多产以及他们在文内范畴内的创新能力。他将狄

① William Oddie，*Dickens and Carlyle*：*The Question of Influence*. London：Centenary，1972，p. 154.

② Ibid.

③ Albert J. Guerard，*The Triumph of the Novel*：*Dickens*，*Dostoevsky*，*Faulker*. New York：Oxford UP，1976，p. 3.

更斯描述为“创造性的幻想家，滑稽的表演者，着魔于非凡的叙事能量和创造力”，而不是利维斯夫妇所称道的“严肃的思想家、尽职尽责的社会现实主义者”。杰拉尔德依赖心理批评技巧找到了狄更斯创造力的源头，而不是依赖美国批评的古老传统，即倾向于从作品中进行推论，对作家进行心理分析。

（三）形式主义批评

到20世纪70年代中后期，虽然斯图尔特、巴希、伊格尔顿之类的后现代研究者越来越多，但是在狄更斯研究领域，形式主义批评、新批评及人文主义批评仍然具有影响力。

巴里·韦斯特伯格（Barry Westburg）在其专著《查尔斯·狄更斯的自白小说》（*The Confession of Fictions of Charles Dickens*，1977）中提出，“狄更斯如同19世纪的其他作家一样，认同克尔凯郭尔的观念——人们需要在个体的生命中探寻统一性，一种结构的统一性，它以刻意的成长叙事的形式呈现出来，全面考虑到了时间与成长，相对于传承下来的文化真理，狄更斯更为关注的显然是‘个人真理’”①。

韦斯特伯格深入考察了狄更斯的三部自白小说《奥列佛·退斯特》(1838)、《大卫·科波菲尔》（1850）和《远大前程》（1861）。这三部自白小说大约完成于其文学生涯的早期、中期和晚期。它们探讨了时间、成长与生命结构，揭示了主人公每个人生阶段的意义以及各个阶段之间的联系，向读者坦陈了人生的真谛。韦斯特伯格发现，成长的观念以及对人类主体的影响是狄更斯作品的中心主题，而这恰恰是自白小说的模式。韦斯特伯格认为，这些“激进地探索成长、时间与生活的小说成了狄更斯创造力的主旨”②，他的细读表明“每当狄更斯将成长本身作为主题时，他作为作家的成长最为激进”③。

韦斯特伯格认为，“时间理论是自白小说的关键，起着重要的作用。

① Barry Westburg, *The Confession of Fictions of Charles Dickens.* Dekalb: Northern Illinois Up, 1977, p. xiii.

② Ibid., p. xiv.

③ Ibid., p. xvi.

它是差异化程序建构起来的。在《奥列佛·退斯特》中，儿童与罪犯之间的对立引出基本原理，但这一理论直到《大卫·科波菲尔》考察过去、现在和未来之后才明确地出现，二者相互依赖总体的生命一时间。在心理层面，总体的生命—时间即为回忆、认知与想象的时间。狄更斯的三个自白主人公即生活在这种时间当中。《奥列佛·退斯特》强调永恒，呈现了混乱的、非连续的认知；《大卫·科波菲尔》强调记忆问题；而《远大前程》强调想象问题。根据心理时间，狄更斯书写的自白叙事试图囊括时间的全部功能，并设法为整个系统提出相宜的规则。虽然在狄更斯的作品中，时间的整个系统是想象的理论，但尤其重要的是，它是一种记忆理论。这种记忆理论有助于我们理解狄更斯的全部自白——成长小说的意义"①。

狄更斯的自白策略包括对视点、描写或主题的处理，最终取决于逐步发展的差异化（progressive differentiation）技巧，在其文学生涯中产生了非常明显的效果。在写作《奥列佛·退斯特》和《远大前程》期间，关于时间、成长、小说与身份的问题，狄更斯保持了持续不衰的创造力。对狄更斯来说，时间和成长的问题与艺术创作和艺术消费活动的本质与意义等问题密切相关。

约翰·福斯特、艾德蒙·威尔逊、杰克·林赛一般从心理学的角度来解释狄更斯对公开朗读的着迷，荷兰文学批评家 M. J. M. 布朗兹韦尔（W. J. M. Bronzwaer，1936—1999）的论文《隐含作者、外叙事层叙事者与大众读者：杰拉德·热奈特的叙事模式和〈远大前程〉的朗读版》则别出心裁地用叙事理论对狄更斯的公开朗读作出阐释。布朗兹韦尔认为，当狄更斯在一个公共场所与读者群体面对面时，集合起来的读者便整体地成为他的作品所诉诸的隐含读者的体现者，"站在讲台上的狄更斯的身份也就是隐含作者的身份，在这种场合，隐含作者作为一个有血有肉的个体暂时地具体呈现出来。通过将读者如此热爱的自己作品中的隐含作者呈现在公众面前，狄更斯将自己的存在的至关重要的功能公开化了"②。他的公开

① Barry Westburg, *The Confession of Fictions of Charles Dickens*. Dekalb: Northern Illinois Up, 1977, p. xxii.

② W. J. M. Bronzwaer, Implied Author, Extradiegetic Narrator and Public Reader: Gérard Genette's Narratological Model and the Reading Version of Great Expectations, Neophilogus, LXII, January 1978, pp. 1 – 18.

朗读就像在大家的陪伴下写一本书。布朗兹韦尔认为，在公开朗读中狄更斯体现了隐含作者，“但他不能充当隐含作者，他能充当的，在叙事层面是故事中的人物，在外叙事层面，是外叙事层叙事者。隐含作者不能通过叙事文本直接对隐含读者说话：他只能通过关于故事的元话语做到这一点”①。布朗兹韦尔通过分析《远大前程》朗读版中的两个段落之后，得出的结论是，“《远大前程》的朗读文本强调了匹端普先生的角色，并在这样做的时候突出了朗读版采用的特殊的叙事结构，这个结构的最重要的特点就是外叙事层和叙事层之间的距离。匹端普先生作为外叙事层叙事者在朗读版中扮演的角色，在数量和质量两个方面都要比他在小说中扮演的角色重要得多……狄更斯想要在朗读文本中强调故事的教育与伦理意义，并降低情感方面的调子”②。

70 年代对小说的批评分析虽然仍是狄更斯学者关注的焦点，但是所出版的研究著作改变了方向，转向以狄更斯职业生涯的其他方面为中心。在《维多利亚时代的小说家和出版商》（*Victorian Novelist and Publishers*，1976）中，约翰·萨瑟兰（John Sutherland）讨论了狄更斯担任《一年四季》编辑期间编辑的作品，当时不少作家的作品在该杂志上连载，萨瑟兰探索了狄更斯与其他作家的关系，这时的狄更斯成了一丝不苟的读者和导师，同时他的编辑行为具有冷静的商业意识，以确保发行量不下降。狄更斯在创作一系列小说时，最有名的插图作者哈布洛特·奈特·布朗（Hablot Knight Browne）实际上是在与狄更斯合作，布朗是插图小说的最早阐释者，狄更斯的建议影响了同辈人更多小说的生产。

相比之下，罗伯特·派特恩（Robert Pattern）的《查尔斯·狄更斯与出版商》（*Charles Dickens and Publishers*，1978）不仅是一部更为详尽更富于洞见的研究著作，也是 20 世纪末最有特色的狄更斯研究著作。作为插图作者乔治·克鲁克香克的编辑和研究权威，派特恩最近撰写了一篇深思熟

① W. J. M. Bronzwaer，Implied Author，Extradiegetic Narrator and Public Reader：Gérard Genette's Narratological Model and the Reading Version of Great Expectations，Neophilogus，LXII，January 1978，pp. 1 – 18.

② Ibid.

虑的论文《令人诧异的改变：狄更斯与壁炉》（*A surprising Transformation*：*Dickens and the Hearth*）。在此文中，他挑战了传统的批评观："自然在狄更斯的小说中不起重要作用。" 在《查尔斯·狄更斯与出版商》中派特恩搜集了狄更斯主要作品出版的历史记录，包括销售量，以证明小说家狄更斯在同代人中的声誉，并展示了他一直深受大众喜欢的方方面面。文化批评家在文化语境中考察狄更斯的作品，认为文化语境导致其小说生产。在此背景下，派特恩坚持认为，"出版条件与狄更斯事业有着千丝万缕的联系"①。派特恩提出一个让 20 世纪中期的审美批评家振聋发聩的命题："一方面，狄更斯为钱而写作至少是一个客观事实；另一方面，狄更斯为钱而写作如何既是 19 世纪文化的核心，也是艺术家与时代互恩互惠紧密联系的标志。"② 通过仔细研读文件和相关证据，派特恩发现了既让早期的激进批评家公认又让他们顶礼膜拜的狄更斯："狄更斯与一系列有创业精神的出版商合作，从而使小说趋向民主化。"③

哈里·斯通（Harry Stone）的《狄更斯与隐形世界：童话故事、幻想与小说生产》（*Dickens and the Invisible World*：*Fairy Tales*，*Fantasy and Novel Making*，1979）是狄更斯运用童话故事题旨的主要研究成果。虽然斯通在序言中宣称，他不是最早书写狄更斯运用童话故事的研究者。米歇尔·克泽（Michael Kotzin）简明扼要的专著《狄更斯与童话故事》（*Dickens and the Fairy Tale*，1972）虽然在时间上比斯通的著作先出版，但是克泽大量援引斯通在 20 世纪 60 年代发表的文章作为其立论的依据。斯通的著作研究了狄更斯运用童话故事作为其小说的结构手段，不仅思考了传统的童话故事，而且考察了狄更斯年轻时激动不已的哥特小说。他认为狄更斯的全部小说都受惠于这一传统。传统的观点将狄更斯一生的发展轨迹视为现实主义者，斯通颠覆了这一说法。在他看来，狄更斯的早期小说将传统的故事和人物插入其中，使其小说更具现实主义特质。随着创作的发展，童

① Robert Pattern，"A Surprising Transformation：Dickens and the Hearth." In Nature and the Victorian Imagination，edited by U. C. Knoepflmacher and G. B. Tennyson，153—70. Berkeley：U of California P，1977，p. 343.

② Ibid.

③ Ibid.

话故事成了结构手段。他将童话故事和社会批评融为一体是显而易见的。斯通说，到“19 世纪 50 年代，狄更斯有意识地将童话故事与赢得公众喜欢的写作目的结合起来，童话故事以及相关的传奇文学成了伟大的工具和想象真理的具象化”[①]。随着艺术技巧的日臻成熟，狄更斯将幻想与日常生活结合起来的能力与日俱增，由此实现了更深沉的本质意识，创造了现实的奇迹。再者，这些文类通常与口头传统有着密切关系，即与戏剧有关。因此，引起了狄更斯的强烈兴趣，使他成了一名戏剧表演者。斯通争论说，狄更斯运用这种形式能够以现实的方式传达生活，同时又对导致误解的准确性进行评论，描写错综复杂的神秘事物。

三　批评方法的又一转向

20 世纪 70 年代以后，狄更斯研究发生第二次转向，这种转向主要表现在从传统批评走向后现代批评。

兴起于 60 年代末，盛行于 70 年代的解构主义（也称后结构主义）是法国哲学家德里达倡导的一种反传统的哲学思潮。由于这一理论广泛用于文学，解构主义旋即成了一种文学阅读和批评程式。德里达的解构主义首先从语言入手颠覆二元论的再现文学观。法国解构主义的另一主将罗兰·巴特提出的“作者死了”，认为不能将文本纯粹看作表现作者意图的手段，能指不生产所指，它们产生出更多的能指，结果意义失去稳定性。法国的解构主义传播到美国之后产生的“耶鲁学派”是解构主义理论在文学批评中的成功应用。保罗·德曼的修辞学阅读理论、德·布鲁姆的“影响即误读”理论、米勒和弗里·哈特曼的解构主义理论无一不强调文本与阅读不可分、文本意义的不确定性。福柯以话语理论和权力理论为要旨的后结构主义文论虽然十分强调文本与历史的关系，但同样突现西方文化基础中的裂隙、缺陷和不稳定性。克里斯蒂娃提出了一切文本都处在相互影响、交叉、重叠、转换之中的“互文性”观点。总之，70 年代晚期以来，强调文本语言意义的不确定性的后结构主义理论改变了狄更斯研究的景观。

---

① Harry Stone, Dickens and the Invisible World: Fairy Tales, Fantasy and Novel Making. Bloomington: Indiana UP, 1979, pp. 3 – 4.

新一代学者乔纳森·阿拉克（Jonathan Arac）的专著《胸怀一种社会使命感的精神：狄更斯、卡莱尔、梅尔维尔和霍桑社会运动的形成》（*Commissioned Spirits*：*The Shaping of Social Motion in Dickens*，*Carlyle*，*Melville*，*and Hawthorne*，1979）运用后结构主义理论研究19世纪文学，通过语言、文本、话语理论考察19世纪小说家，试图实现"社会叙事概观"（narrative overview of society）①。阿拉克以狄更斯以及其他小说家运用情节安排的技巧和语言策略来精心组织小说的复杂世界的方式为中心，同时还探讨了"文学制度在社会中的地位，作家在这种制度中的权力与责任"②。阿拉克认为狄更斯的作品与其生活的环境有着密切的关系，狄更斯的社会观与政府及其私人机构相类似，他的小说试图审视世界、诊断社会弊端并提出改良方法，只是在其晚期他才偏离宏大的社会主题，成了表达个人经验的作家。

迈尔·亚努斯·酷瑞克（Maire Jaanus Kurrik）在《文学与否定》（*Literature and Negation*，1979）中运用了"否定批评"的文本研究方法，他研究的不是文本中有什么，而是从"文本排斥什么的角度进行研究，并且在启迪被排斥在外的人或者事物的文化语境中进行研究"。③ 酷瑞克认为，亨利·詹姆斯、利维斯夫妇、大卫·塞西尔（David Cecil）要求结构和人物更有意识的通俗易懂不应当强加给天才作家。狄更斯具有生产"格式塔形式的能力，让读者看到整体性和统一性"④，格式塔远远超过部分之和，因为格式塔忽视了碎片性、多样性、不连续性和散布性。他的心理解读大量依赖黑格尔和弗洛伊德提出的相互对立的否定理论。最终他赞同早期批评家的观点：狄更斯创造的"松散的怪物"（loose and baggy monster）可以当作天才之作来接受，能够洞察人性。

F. S. 施瓦瑞巴克（F. S. Schwaribach）从社会历史的角度考察狄更斯小说的研究著作《狄更斯与城市》（*Dickens and the City*，1979）虽然与亚

---

① Jonathan Arac, *Commissioned Spirits*: *The Shaping of Social Motion in Dickens*, *Carlyle*, *Melville*, *and Hawthorne*. New brunswick, Nj: Rutgers UP, 1979, p. 2.

② Ibid., p. 4.

③ Maire Jaanus Kurrik, *Literature and Negation*. New York: Columbia UP, 1979, p. x.

④ Ibid., p. 164.

历山大·威尔斯的《狄更斯的城市》（*The City of Dickens*，1971）有不少共同点，但是他超越了文学批评的范畴，暗示了狄更斯在20世纪的意义。施瓦瑞巴克认为，城市化是现代生活最重要的现象，狄更斯对城市理念的理解是如此深刻。因此，“阅读狄更斯就是阅读时代意识的印迹”①。狄更斯由文化感受能力所塑造，反过来，他又有助于塑造文化感受力。他对小说的解读强调一个极其重要的观点：为了解决他与维多利亚时代的复杂的心理和虚构的冲突，狄更斯被创造力和想象力所驱使。施瓦瑞巴克认为狄更斯的真正价值在于他能够破译城市地狱景观的神秘，狄更斯的城市小说具有现代性因子。

70年代苏珊·霍顿（Susan Horton）的《阐释的阐释：对狄更斯的董贝的阐释》（*Interpreting Interpreting*：*Interpreting Dickens' Dombey*，1979）是一种新型的更具反思性的文学批评。霍顿用《董贝父子》作为文本依据考察了批评家阅读小说作品的诸多方法。她认为小说十分复杂，能够回避全面的、最完整可靠的阐释——小说的意义存在于阅读过程中，取决于阐释者的角度。她的真正目的不是批评狄更斯，而是抨击坚持宏大叙事的文学批评家。

罗伯特·卡西罗（Robert Caserio）在《情节、故事与小说》（*Plot*，*Story and the Novel*，1979）一书中对于那些“剥离文学与非文学关联”②、贬低讲述故事、拔高其他文学特质作为天赋与意义尺度的批评家进行了抨击。卡西罗认为，虽然狄更斯有时乖戾，但他是讲故事的大师。他承认，狄更斯用讲故事的方式来达到其道德目的时确实有瑕疵。在后结构主义理论支配批评界时，这种阿多诺式的批评方法影响了不少狄更斯产业的研究著作。

加勒特·斯图尔特（Garret Stewart）的《狄更斯与想象试验》（*Dickens and the Trials of Imagination*，1974）是新型批评研究的范例，改变了下一代的文学研究格局。该书用狄更斯男女主人公的语言全面分析了语言的风趣，详细考察了狄更斯小说中种种叙事模式的措辞、句法和隐喻。斯图尔特认为，狄更斯笔下的人物高于“依靠言词谋生，在晦涩精美的企望语言中掩盖其本质空洞”的人物。斯图尔特称狄更斯式的人物为“意象派”

---

① F. S. Schwaribach, *Dickens and the City*. London: Athlone, 1979, p. 4.

② Robert Caserio, *Plot*, *Story and the Novel*. Princeton, NJ: Princeton UP, 1979, p. xiv.

人物。斯图尔特尤其意识到他之前的批评家，贯穿其研究的主线是他试图从凯里和金凯德的解读中开始自己的解读。他对狄更斯喜剧的欣赏与承认社会批评是狄更斯艺术的内在组成部分之间达成平衡，斯图尔特对文本进行细读以显示狄更斯如何创造人物，“这些意象派人物的生活能力远离了以抨击想象力为核心的社会”[①]。斯图尔特的分析传递的信息是阅读狄更斯的作品以及欣赏他的喜剧天赋的真正快感——但又不以牺牲狄更斯晚期的悲观小说的重要性为代价。他指出，狄更斯的小说有四个独特的风格：喜剧的、讽刺的、抒情的、神经质的风格，并且狄更斯能够运用自如，这表明了想象力丰富的作家在无情的世界必须努力挣扎。

斯图尔特用新颖和开拓性的方法研究维多利亚时代的小说家狄更斯，受到了希利斯·米勒的称赞，他指出：“斯图尔特运用新的研究方法，以令人钦佩的洞察力实现了对狄更斯小说的解读……他对狄更斯喜剧的原始资料和界限的处理在我所见过的研究中是最优秀的。”[②]

因为斯图尔特是最早运用后结构主义的术语和方法来探讨狄更斯的研究专家，他的著作没有得到当时主流狄更斯批评家的青睐。罗宾·吉尔莫（Robin Gilmour）在《狄更斯研究者》中评价斯图尔特的著作时，不仅挑战了他的结论，而且质疑了《狄更斯与想象试验》的写作风格。因为在20世纪70年代初，以隐喻的方式自我意识鲜明地提出批评还不是公认的学术研究模式。但是随着这种模式越来越普遍，斯图尔特的著作常常成了未来的批评家检验自己解读小说以及维多利亚小说的总体模式的试金石。

瓦伦丁·坎宁安（Valentine Cunningham）的《到处毁谤：维多利亚小说中的异议》（*Everywhere Spoken Against*：*Dissent in the Victorian Novel*，1975）是类似斯图尔特的著作。坎宁安开门见山的有力表达是反对形式主义的。他认为，与其他文学模式相比，小说与社会有更密切的关系，借用马克思的术语来说，小说与经济、社会基础有更密切的关系，而在维多利亚时代的小说中，这种关联尤其鲜明。因此，坎宁安将维多利亚小说家创

---

① Garret Stewart, *Dickens and the Trials of Imagination*. Boston, MA: Harvard UP, 1974, p. 151.

② Ibid., p. 1.

造的独立于历史之外的世界称之为“异端邪说”①，他以狄更斯处理异议及异见人士的方法为中心。实际上，他批评了狄更斯以达观的方式处理这一主题，认为狄更斯讽刺异见人士是“不成熟”“缺乏严肃性”的标志。他发现狄更斯的作品存在诸多缺点，认为狄更斯是“最为声名狼藉的小说家，满足于异见人士的固定模式”②，常常将他们当成不敬的伪君子。然而，理解狄更斯如何看待异见人士对社会历史学家来说是非常重要的，因为他的影响是如此之大，以致扭曲了宗教团体的看法。

弗朗索瓦·巴希（Francois Basch）的《相对的生命物：维多利亚时代和小说中的妇女，1837—1867》（*Relative Creatures*：*Victorian Woman in Society and the Novel* 1837 - 1867，1974）是早期的女性主义批评著作。她认为，维多利亚小说中的多数女性人物或者是漫画化人物或者是理想化人物，作家创造女性人物只不过是大团圆结局的手段。她所提出的现实主义与伟大小说的关系在很大程度上以乔治·卢卡奇的理论为基础，她认为狄更斯没有达到伟大作家的标准，因为她不能以现实主义方法来描写妇女。巴希的女性主义批评诋毁狄更斯。她指出，“狄更斯笔下的妇女，无论是单身的还是已婚的，鲜有拯救的品格。她们既不能解释人的个性与复杂性，也不能解释某一特定条件或职业的具体问题”③。

70年代末，狄更斯批评的转向为80年代狄学研究的繁荣奠定了基础。

本章小结

英美的狄更斯研究在20世纪中期经历重大转向之后，到60年代，“狄更斯产业”走上健康发展的轨道，狄更斯在学术界的地位逐步上升。首先，重要的狄更斯研究专家菲利普·柯林斯、希尔维瑞·莫诺德、史蒂芬·马库斯、爱德华·瓦根内克特、格雷厄姆·史密斯耕耘不辍，且有重要研究成果

---

① Valentine Cunningham, *Everywhere Spoken Against*: *Dissent in the Victorian Novel*. Oxford: Oxford UP, 1975, p. 7.

② Ibid., p. 199.

③ Francois Basch, *Relative Creatures*: *Victorian Woman in Society and the Novel*, 1837 - 1867. Translated by Anthony Rudolf. London: Lane, 1974, p. 151.

问世。其次，讨论的话题非常广泛，批评方法开始多元化，并且种种批评方法交织融合。最后，还有好几部具有重大影响的狄更斯批评集问世。由于从不同角度赞扬狄更斯的创造性天才的学术研究著作不时问世，虽然还有人挑剔性地抨击狄更斯的艺术价值，但是到20世纪60年代，无论是作为社会艺术家还是作为编年史家，狄更斯在维多利亚作家群中被赋予了至高无上的地位。

70年代以后，狄更斯研究发生第二次转向，这种转向主要表现在从传统批评走向后现代批评，狄更斯研究的主流倾向是从理论话语中获取灵感。解构主义、接受理论、新历史主义、女性主义、文化批评、后殖民主义批评等种种方法进入狄更斯研究领域，批评方法和视角呈现多元互动的特色。

第三章 1980—2010年:后现代批评与传统批评的融合互渗

20世纪80年代之后的三十年，以解构主义为理论支撑，运用语言、文本、话语理论研究19世纪作家的新方法开始改变狄更斯研究的景观，显示出与传统批评的明显不同。林林总总的批评理论进入狄更斯研究领域，狄更斯研究流派纷呈，呈现“百家争鸣、百花齐放”的繁荣局面。

面对为数众多的批评家、浩如烟海的狄更斯批评资料，本书从后现代批评和传统批评两个方面梳理和探析主要批评流派的观点。必须指出的是，这样安排只是为了写作的便利，并不是说后现代批评和传统批评二者是截然分开、水火不容的。一方面，80年代以后虽然种种后现代批评大行其道，但是传记的、历史的、文本的、形式主义的、人文主义的等传统的研究著作继续出版，各种批评派别的狄更斯研究者保持生机勃勃的对话；另一方面，传统的人文主义研究与后现代批评一直是融合互渗的，呈现“你中有我，我中有你”的态势。比如说，马克思主义批评兼容了女性主义批评和心理批评，新历史主义批评则包容了马克思主义批评和社会历史批评。

第一节 后现代批评

一 解构主义批评

20世纪70年代末随着狄更斯研究的第二次转向，以强调文本语言意义的不确定性，进而颠覆逻各斯中心主义传统的解构主义（后结构主义）

理论极大地影响了80年代之后的狄更斯研究。解构主义颠覆作者的权威，突出文本语言意义的复杂多变和不确定性，实现了批评视角多元和价值的多元化，填平了“自我”与“世界”之间的鸿沟。

彼得·加勒特（Peter Garrett）的《维多利亚时代的多情节小说：对话形式研究》（*The Victorian Multiplot Novel*：*Studies in Dialogical Form*，1980）是以后结构主义为理论依据的批评研究。流行的批评观点认为多情节小说有一个中心，其他的情节围绕这个中心演化。彼得·加勒特的批评挑战了这一观点。加勒特运用俄国文论家巴赫金提出的理论概念，阐释了对话形式如何解释读者在阅读多情节小说（包括狄更斯的小说）所体验的未解决的冲突。加勒特强调狄更斯运用视角转换和多情节故事作为再现对立的、尚未得到解决的戏剧性的社会观。他以《荒凉山庄》《小杜丽》《我们共同的朋友》为重点，称赞狄更斯有意识的策略以避免准确找到其“意义”。“一个视角支配狄更斯的某一部小说，其意义基础就受到威胁。在对话形式中，视角没有独立的价值；它们只有在相对独立与冲突中才能获得意义。”[①] 照此看来，“狄更斯小说最重要的自由形式不是体现在人物的自我决定，而是体现在抵制独白的解决方案的视角的连续活动之中”。[②] 加勒特的著作是运用新的批评方法和批评术语解释困扰批评家几十年的问题最为优秀的著作之一。

苏珊·霍顿（Susan Horton）的著作《狄更斯世界的读者》（*The Reader in the Dickens World*，1981）清晰地反映了新的理论如何推动重新研究狄更斯的作品。霍顿考察了狄更斯的经典阐释，并以之来解释早先的批评家解读狄更斯作品所发现的“活力”。一方面，霍顿的解读具有极大的主观性，他受到读者反应批评理论的影响，这股潮流将“幼稚的欣赏者”和“学者—批评家”融为一体；另一方面，霍顿阐释了狄更斯作品中存在着多种再现模式，并将它们确定为“我们对狄更斯世界反应的起源和原因的一种手段”[③]。

---

① Peter Garrett, *The Victorian Multiplot Novel*: *Studies in Dialogical Form*. New Haven, CT and London: Yale UP, 1980, p. 94.

② Ibid.

③ Susan Horton, *The Reader in the Dickens World*. Pitsburgh, PA: UP of Pitsburgh, 1981, p. 3.

现实主义问题是后结构主义者尤其感兴趣的话题之一。1984年克里斯·布鲁克斯(Chris Brooks)的《时代的标志：维多利亚中期的象征现实主义》(*Signs for The Times*：*Symbolic Realism in the Mid-Victorian World*，1984)是一部研究"象征现实主义"的著作，试图"赋予有形的现实以语义含义"①。布鲁克斯研究了狄更斯的八部小说，表明作者如何千方百计填平"自我"与"世界"之间的鸿沟。同样，伊丽莎白·朗兰(Elizabeth Langland)在《小说中的社会》(*Society in the Novel*，1984)中提出："小说中的社会从来不是简单地复制外在的世界，相反，作家必须创造与作品的形式相一致的社会，因为虚构的社会与原初的世界之间的关系从根本上来说不是一种模仿关系，而是一种评价关系。"② 她指出，狄更斯"意识到了社会的不公正"，但他不是那种"让穷人满足于贫困的、愚蠢的感伤情绪的作者"。在描绘社会罪恶时，他让人物超越其所生活的社会，狄更斯既是"尖锐的社会批评家，同时又是人类生活和个人可能性的歌颂者"③。狄更斯在他所创造的虚拟社会中，总是让其笔下的人物挣脱社会的桎梏。乔治·艾略特、亨利·詹姆斯、托马斯·哈代等小说家坚持认为"妨碍社会螺纹般的纠缠"决定人物和道德，狄更斯与他们截然不同。

20世纪80年代好几部著作从新的角度展开对狄更斯的研究。托马斯·多彻蒂(Thomas Docherty)的《阅读缺席的人物：走向小说描述理论》(*Reading Absent Character*：*Towards a Theory of Characterization in Fiction*，1983)其目的在于驳斥W.J.哈维在《人物与小说》(*Character and the Novel*，1965)中所得出的结论："大多数小说家是揭示和探索人物。"④ 他认为人物创造是纯粹模仿的手段这一观点已经过时。为了证明这一点，多彻蒂从狄更斯的作品中摘录大量例子解释小说家如何以人物描写为手段来影响读者。这种人物描写虽然没有忠实于生活，但是具有控制功能，让小说家控制

---

① Chris Brooks, *Signs for The Times*: *Symbolic Realism in the Mid-Victorian World*. London: Allen and Unwin, 1984, p. 3.

② Langland Elizabeth, *Society in the Novel*. Chapel Hill: U of North carolina P, 1984, p. ix.

③ Ibid., p. 76.

④ Thomas Docherty, *Reading* (*Absent*) *Character*: *Towards a Theory of Characterization in Fiction*. Oxford: Clarendon P, 1983, p. 23.

其叙事。

米歇尔·霍灵顿（Michael Hollington）在《狄更斯与怪诞》（*Dickens and the Grotesque*，1984）中对狄更斯创造人物的方法也进行了评价。霍灵顿宣称他的专著是第一部广泛研究狄更斯用讽刺手法运用怪诞，从而“暗中破坏进步和乌托邦自鸣得意的幻想”[①]。霍灵顿不仅关注狄更斯的小说而且关注其次要作品。他以沃尔夫冈·凯瑟（Wolfgang Kayser）和巴赫金提出的怪诞理论为依据，阐明了狄更斯有意识地运用怪诞作为社会批评的手段。

罗伯特·希格比（Robert Higbie）的专著《英国小说的人物与结构》（*Character and Structure in the English Novel*，1984）以弗拉基米尔·普罗普（Vladimir Propp）、弗莱（Northrop Frye）、兹维坦·托多罗夫、A. J. 格雷马斯（A. J. Greimas）等人的理论为基点，研究小说家创造极其复杂的人物的方式。他的研究以狄更斯而告终。希格比认为，狄更斯的丰富多样和细节常常拒斥根据一种理论方法进行简单的分类。希格比挑战了E. M. 福斯特的观念：只有圆形人物才能让人感兴趣。在他看来，狄更斯的人物，即使是接近漫画的人物，也和现实主义小说家的人物一样具有魅力，狄更斯的人物尤其让人感兴趣的是人物的存在本身就是目的。“虽然他们作为有意识的人物经常发生冲突，但是没有表现出解决冲突的能力。”[②]

在《狄更斯与想象试验》（*Dickens and the Trials of Imagination*，1974）出版十年之后，加勒特·斯图尔特（Garrett Stewart）又出版了《死刑：英国小说的死亡风格》（*Death Sentences*：*Styles of Dying in British Fiction*，1984）并给威廉·该隐（William Cain）的《文学的哲学方法：19—20世纪文学的新随笔》（1984）撰稿《结束：狄更斯与萨克雷，沃尔夫和贝内特》（*Signing Off*：*Dickens and Thackeray Woolf and Bennett*）。斯图尔特假定死亡是终极的想象试验，称死亡为“散文小说中虚构的物质不可避免的死亡”[③]。他试图阐释小说家狄更斯如何处理这一主题，认为这要求“具体的

---

① Michael Hollington，*Dickens and the Grotesque*. London：Helm，1984，p. v.

② Robert Higbie，*Character and Structure in the English Novel*. Gainesville：UP of Florida，1984，p. 122.

③ Garrett Stewart，*Death Sentences*：*Styles of Dying in British Fiction*. Cambridge，MA：Harvard UP，1984，p. 4.

修辞和语法手段”[1]。他大量依赖狄更斯小说中的例子来界定研究这一现象的术语。他指出，在很大程度上是因为“狄更斯是那个时代的双面人物：既因死亡而着迷，也因表达的要求而着迷”[2]。斯图尔特暗示了“虚构的告别成了对创作冲动的考察，狄更斯小说中虚构人物真正的蜡像的程度与叙事者——作者‘我’的程度直接成比例——成了小说的一部分”[3]。

珍妮特·拉森（Janet Larson）在《狄更斯与破碎的圣经》（*Dickens and the Broken Scripture*，1985）中运用德里达和巴赫金的观点重新评价狄更斯在小说中运用圣经意象的方法，早在几年前，迈克尔·惠勒（Michael Wheeler）在《维多利亚小说的典故艺术》（*The Art of Allusion in Victorian Fiction*，1979）中指出，狄更斯如何在其小说中运用圣经意象以创造富于启迪的幻想，迫使读者去面对“末世论”的信仰者最不愿意看到的四件事：死亡、判断、天堂、地狱。但拉森在细读狄更斯的文本时超越了惠勒。她决定在虚构的历史语境中权衡狄更斯的圣经典故，表明狄更斯在写作其晚期小说时“圣经已经成了悖谬的准则：使得他对经验的阐释具有矛盾性”[4]。如同威廉·布莱克对圣经的解释一样，拉森认为“伟大的法典”已经被打成碎片，从而为作家和读者提供了很多变化了的意义。这种阐释是典型的后结构主义的。拉森运用符号学技巧，提出以精确的方法阐释狄更斯运用圣经文献的矛盾态度和策略。与世纪末的许多理论家不一样，拉森拒绝受某一方法的束缚。她指出在分析狄更斯的作品时，某一批评观点采用了多种角度，因为狄更斯的圣经典故有多种形式。因此，在吸引维多利亚时代的宗教争论方面拉森提出了富有见地的启示，并表明在对维多利亚时代的评价方面，狄更斯是一位时代的产儿。

在论狄更斯的著作中，凯特·弗林特（Kate Flint）特别娴熟地运用当代文学理论来重新评价狄更斯。她的《狄更斯》（*Dickens*，1986）从相当奇特的声明起笔，“阅读狄更斯的作品是一种奇特的享受，但评价其小说

---

① Garrett Stewart, *Death Sentences: Styles of Dying in British Fiction*. Cambridge, MA: Harvard UP, 1984, p. 7.

② Ibid., p. 56.

③ Ibid., p. 118.

④ Janet L. Larson, *Dickens and the Broken Scripture*, 1985. Athens: U of Georgia P, 1984, p. 3.

绝非易事"①。弗林特宣称，她希望介绍有助于启迪狄更斯经典的阅读策略。她不是分析某一部作品，而是考察读者与文本联系的方式，找到读者在理解和阐释时所发现的问题。她提出一种历时的阅读方法，以解决小说中出现的不一致的矛盾。她还解释了狄更斯如何运用种种叙事技巧，如何运用他的小说影响社会，对社会发挥作用。

杰里米·霍索恩（Jeremy Hawthron）的论文《论荒凉山庄》（*Bleak House*，1987）是运用不同的批评视角、畅所欲言地谈论某一文本的优秀范例。霍索恩概述了一些批评家的著作，如爱德蒙·威尔逊、希利斯·米勒、约翰·凯里、乔治·奥威尔、罗伯特·加里斯、马克·斯皮亚克（Mark Spilka）、Q. D. 利维斯、亚历山大·威尔斯、彼得·加勒特等，揭示了他们各自不同的、常常自相矛盾的小说观。在霍索恩看来，有两种方法支配着对《荒凉山庄》的解读，一种方法将《荒凉山庄》视为对维多利亚时代的解剖，另一种方法将《荒凉山庄》看作狄更斯能够超越历史边界的证据，二者都没有考虑到近年来兴起的女性主义批评，从而对狄更斯予以否定的评价。

费齐·哈拉（Fiichi Hara）和克里斯托弗·莫里斯（Christopher Morris）的随笔明显地表现出批评视角对文本意义的改变。哈拉的《〈远大前程〉中存在的和不存在的故事》（*Stories Present and Absent in Great Expectations*，1986）运用巴思的省略发音的作者定义（eliding definition of authorship）来界定作品中的人物，如马格韦契创造了匹普必须度过余生的故事。莫里斯在《匹普的坏信仰的坏信仰：解构〈远大前程〉》（*The Bad Faith of Pip's Bad Faith*：Deconstructing *Great Expectations*，1987）中运用解构主义的"没影"（vanishing）概念，证明"某些公认的以作者为中心的权威"因隐藏的证据而失败。这样，莫里斯揭示了"根本的矛盾性，逻辑调和似乎不可能表达的难题"②。

作为福柯的追随者，D. A. 米勒（D. A. Miller）的《小说与警察》

① Kate Flint, *Dickens*. London: Harvester, 1986, p. 1.

② Christopher D. Morris, "The Bad Faith of Pip's Bad Faith": Deconstructing *Great Expectations*. ELH 54. 4 (Winter 1987), p. 941.

(*The Novel and The Police*, 1988) 实际上是他在 1981—1986 年发表的论文汇编，其中包括两篇阐释狄更斯的文章：1981 年的随笔与书同名，发表在铭文（Glyph）上。1983 年的论文发表于《再现》(*Representation*)。D. A. 米勒研究了种种影响文学生产的社会控制形式。他根据福柯的理论探索了那些没有得到公认的监禁形式，这些监禁形式束缚了人的主体性，即使人们认为自我是最自由的也不过如此。他用狄更斯的《荒凉山庄》去证明维多利亚小说家如何千方百计地选择题材、主题和细节对读者施以社会约束。D. A. 米勒指出，狄更斯对监狱观念的再现远远超越了刑罚制度的界限，例如，大法官庭成了监禁和约束整个社会个人生活无所不在的力量。在最后一章，D. A. 米勒建议以《大卫·科波菲尔》为狄更斯的经典，因为在这部小说中狄更斯控制和约束了自己的生活经历。在这一极具理论色彩的研究中，D. A. 米勒表明，狄更斯与其同辈人一样是社会秩序的拥护者，表面看起来他的小说反对限制人的行为与思想，实际上却是加强了对人的思想和行为的约束和控制。

奥黛丽·贾菲（Audrey Jaffe）运用狄更斯的小说探索小说研究极为重要的主题：使用全知全能的叙事者。《没影点：狄更斯，叙事与全知全能的主体》（*Vanishing Points*: *Dickens*, *Narrative*, *and the Subject of Omniscience*, 1991）将德里达、拉康、福柯的理论运用到这一研究之中。贾菲争论说，为了洞察小说家所创造的小说世界的类型，就要理解他为什么使用、怎样使用全知全能的叙事者。狄更斯作为维多利亚时代的小说家喜欢使用这一技巧，因为它支持维多利亚时代的人对“科学客观性和积累知识”[①] 的强烈欲望。同时，因为全知全能的叙述者能够表达故事中的人物最为隐秘的内容，全知全能的叙事也是构建知识、形成维多利亚意识形态的头等大事。

贾菲通过狄更斯的五部小说《老古玩店》《董贝父子》《大卫·科波菲尔》《荒凉山庄》《我们共同的朋友》阐明了一个论点，即狄更斯向读者传达知识的方式。纵观贾菲见地高明且极易引起争议的研究，他千方百计地

① Audrey Jaff, *Vanishing Points*: *Dickens*, *Narrative*, *and the Subject of Omniscience*. Berkelry: U of California P, 1991, p. 8.

使叙事者概念“陌生化”[1]，并质疑虚构言说者的身份和观点背后的意识形态。他的结论不仅表明狄更斯确实是时代的产儿，而且证明20世纪对维多利亚时代流行的批评观：“全知全能的叙事属于一系列文化现象，通过这一现象，凝视（gaze）——知识本身——被编码为白色、男性和中产阶级”[2] 之后，贾菲在一篇简明但饶有兴味地名为《与众不同的同情：〈圣诞欢歌〉的视觉化与意识形态》（*Spectacular Sympathy*：*Visuality and ideology in Dickens's A Christmas Carol*）的文章中评价了狄更斯的意识形态，认为狄更斯的“意识形态工程是将同情与商业结合起来，由此支持他参与其中的商品文化”[3]。

在《秘密旅行：阅读狄更斯的理论与实践》（*Secretary Journeys*：*Theory and Practice in Reading Dickens*，1992）中尼古拉斯·摩根（Nicholas Morgan）以德里达的解构主义理论、女性主义理论以及新历史主义理论为基础，认为“批评家如果要阐释狄更斯的作品必须有充分的依据和前提条件，要能够灵活地处理小说家狄更斯多元化的世界”[4]。他宣称，他的著作使得狄更斯批评踏上了正确的轨道。如果人们认可这种带有倾向性的主张，那么就会发现，摩根在强调读者评价小说的意义时提出了很多看法，并提出了限制自由行动的方式。摩根是守旧派，坚持认为批评家的任务就是评价小说的价值。在他看来，狄更斯是一位提供了诸多线索的小说家，读者由此评判他的小说世界中的人物。通过帮助读者熟悉狄更斯所描绘的世界，摩根认为批评家可以帮助读者认识到狄更斯希望在其小说中进一步传达的教训。

娜塔莉·麦克奈特（Natalie Mcknight）的著作《狄更斯作品中的白痴，疯子与犯人》（*Idiots*，*Madmen*，*and Other Prisoners in Dickens*，1993）将福柯与女性主义的理论观点有机地结合在一起，考察了狄更斯作品中孤

---

① Audrey Jaff，*Vanishing Points*：*Dickens*，*Narrative*，*and the Subject of Omniscience*. Berkelry：U of California P，1991，p. 167.

② Ibid.，p. 169.

③ Ibid.，p. 255.

④ Nicholas H Morgan，*Secretary Journeys*：*Theory and Practice in Reading Dickens*. Granbury，NJ：Associated UP，1992，p. 21.

独、疯癫与监狱等意象。在认识现代社会倾向于将社会弃儿隔离起来并试图将他们恢复到正常社会的意义这一点上，麦克奈特认为狄更斯是福柯的先驱。如同福柯一样，狄更斯看到了主流社会的人和处于社会边缘的人之间潜在的权力关系，他理解了语言作为权力工具在维持现状方面的意义。但是，作为时代的产儿，他对妇女的被监禁却视而不见。关于妇女在社会中的地位，他强化了男性观念。通过追踪以下四部小说：《尼古拉斯·尼克尔贝》《巴纳比·拉奇》《董贝父子》《小杜丽》，她认为狄更斯对社会弃儿越来越同情，随着年岁的增长狄更斯变得越来越聪明，从而表达了“对工业化和常规化的越来越不信任，越来越倡导反常、混沌和非理性。同时，他似乎没有认识到维多利亚妇女所遭受的奇特的监禁，常常扮演女性人物的狱吏”①。

布赖恩·罗森堡（Brian Rosenberg）的著作《小杜丽的阴影》（*Little Dorrit's Shadows*，1996）研究了狄更斯作品中的描写。海伦·西苏（Helene Cixous）、罗兰·巴思、茨维坦·托多罗夫（Jzvetan Todorov）等理论家的著作质疑人物具有意义的传统观念，罗森堡挑战了上述理论家的观点，思考“狄更斯想象人物与再现人物的方式，确定标志人物发展的风格的、结构的、意象主义的习惯”②。关于狄更斯的人物对读者的影响，罗森堡也有着浓厚的兴趣。通过运用“修订的再现法”（revised representational approach）③，罗森堡认为现代这批批评家在狄更斯的作品中发现了优秀的人物典型，人物的复杂性拒斥小说家完整地再现他们，狄更斯的人物是真实的，不是因为他们与文本之外的人的关系，而是因为他们影响读者的方式。

多米尼克·雷恩斯福德（Dominic Rainsford）在《作者、伦理学和读者：布莱克，狄更斯和乔伊斯》（*Authorship*，*Ethics and the Reader*：*Blake*，

---

① Natalie Mcknight, *Idiots*, *Madmen*, *and Other Prisoners in Dickens*. New York: St. Martin's, 1993, pp. 129 - 130.

② Brian Rosenberg, *Little Dorrit's Shadows*: Character and Construction in Dickens. Columbia: U of Missouri P, 1996, p. 2.

③ Natalie Mcknight, *Idiots*, *Madmen*, *and Other Prisoners in Dickens*. New York: St. Martin's, 1993, p. 11.

Dickens，*Joyce*，1997）中讨论20世纪末理论家们极为关注的文学范畴。早在15年前，大卫·辛普森（David Simpson）在《恋物癖与想象：狄更斯，麦尔维尔和康拉德》（*Fetishism and Imagination*：*Dickens*，*Melville*，*Conrad*，1982）中就做了类似的研究，但是他对认知和再现伦理学的研究以麦尔维尔为中心，只是简明扼要地提及狄更斯的作品。在探索小说中的道德规范时，雷恩斯福德更是不偏不倚，展示了作者如何将自己的道德规范影响其所描写的人物和事件，将对自我的细察与对世界的分析联系起来，表达了文学文本作为伦理争论手段可靠性的关注。

雷恩斯福德以狄更斯作品中的主人公为重点，尤其是《远大前程》中的匹普。他认为匹普是狄更斯的人物中"描述最为详尽、最可信的人物"[①]，阐释了狄更斯如何履行"公共文本"作者所肩负的"伟大责任"。他的结论是，狄更斯是呈现"不愿欺骗的伦理动机以及来之不易的批评自我意识"[②]的罕见的小说家之一，这一品格将狄更斯与同一文类的其他作家区别开来。

德博拉·弗洛克（Deborah Vlock）的《狄更斯，小说阅读和维多利亚通俗戏剧》（*Dickens*，*Novel Reading and the Victorian Popular Theatre*，1998）回到了狄更斯批评家经常探索的话题，但是对于戏剧在维多利亚生活中的地位缺乏全面而深入的了解。她的著作呈现了福柯社会理论的影响。然而，有趣的是，弗洛克挑战了具有重大影响的法国历史学家及其美国追随者D. A. 米勒，他宣称狄更斯小说的目的不是19世纪人们开始珍视的个人体验的一部分。她坚持认为，维多利亚人"通过大众表演这一透镜"阅读小说、报纸以及其他个人交流方式。弗洛克展示了狄更斯如何大量依赖读者熟悉戏剧，并在戏剧中寻找慰藉，尤其是通俗戏剧，以创造令人刻骨铭心的人物为目的。弗洛克用事实证明，为了全面认识狄更斯，读者必须成为积极的参与者，熟悉他的话语模式和人物关系。她要求自己以这种方式阅读狄更斯，并且一直要这样坚持下去。唯有对观点的多样性有敏锐的感

---

① Dominic Rainsford, *Authorship*, *Ethics and the Reader*: *Blake*, *Dickens*, *Joyce*. London: Macmillian; New York: St. Martin's, 1997, p. 157.

② Ibid., p. 174

觉，读者才能全面感觉到狄更斯在其作品中所创造的经验。弗洛克对戏剧实践的概述以及她对于改编狄更斯作品中的人物进行舞台表演的分析不仅有助于证明她的论点：阅读时眼睛观看戏剧，而且清楚地表明她的一个重要看法："狄更斯比同时代的任何作家都要优秀，狄更斯是集体理念——绝对意义上的公共财产。"①

约翰·鲍恩（John Bowen）的《另外一个狄更斯：从匹克威克到马丁·朱述尔维特》（*Other Dickens*：*Pickwick to Chuzzlewit*，2000）是批评家运用新的研究方法修订旧作的优秀范例，该著重申了史蒂芬·马库斯1965年出版的《从匹克威克到董贝父子》中的观点。鲍恩回顾了马库斯一书中所涵盖的领域，并运用后结构主义文学理论分析为什么批评家发现难以解释狄更斯早期小说持久不衰的大众化魅力，到20世纪40年代又重新获得其特权地位。鲍恩感兴趣的不是发现狄更斯一生的艺术发展模式，而是揭示其早期作品中多样化的实验形式。他用20世纪晚期自我反省的批评风格进行写作，称赞而不是批判狄更斯作品中的悖谬和矛盾。

简·艾尔伯（Jan Alber）的《监狱叙事：狄更斯、20世纪小说和电影的作用和再现》（*Narrating The Prison*：*Role and Representation in Charles Dickens*，*Twentieth-Century Fiction and Film*，2007）探讨了狄更斯的小说②、20世纪的监狱小说和监狱电影中的叙事方法；从四个相互关联的视角研究监狱小说和电影以及监狱叙事的意识形态基础；对监狱经验的再现；监狱隐喻的运用；狄更斯的小说与20世纪的监狱小说和电影叙事的相似性、差异性和连续性；研究监狱小说和电影的意识形态基础，即它们对监狱合法性或非法性的文化理解问题。因为大多数人缺乏第一手的监狱经验，对监狱知识的了解一般都是间接的，为了理解监狱是如何进入文化无意识的，研究小说对监狱的表述就极为重要。无论如何，监狱叙事影响了接受者的认知范围以及大众对监狱的理解。艾尔伯认为，狄更斯的小说在诸多方面预示了20世纪的监狱叙事。《双城记》和《小杜丽》的全景敞视监狱预示

① Deborah M. Vlock, *Dickens*, *Novel Reading and the Victorian Popular Theatre*. Cambridge, 1998, p. 11.

② 主要是《双城记》《小杜丽》和《远大前程》。

了20世纪的监狱电影；狄更斯的小说与20世纪的监狱电影皆与第三人称叙事有关；《双城记》和《小杜丽》中的第一人称供词、书信和日记以及《远大前程》中的伪自传预示了20世纪第一人称的监狱小说日益狭窄的内在想象。艾尔伯认为，《远大前程》中的监狱被内在化了。“《远大前程》把监禁作为维多利亚社会的本质境况来呈现，读者会看到犯人、高大粗笨的人、新门监狱、罪犯流放地，监狱般的环境，监狱主题的隐喻拓展，但与《小杜丽》相比，监狱不是最主要的意象。在《远大前程》中，监狱是在花园和沃土中运作的，就环境而言，监禁也不是中心之所在，重要的是，监狱控制着各种人物的心理状态。换言之，小说聚集于被约束的感觉，即实际被约束的心理。监狱之外的人使监狱内在化。”①

苏西·安格尔（Suzy Anger）编辑的论文集《了解过去：维多利亚时期的文学与文化》（*Knowing the Past*：*Victorian Literature and Culture*，2001）围绕两个关键问题来展开：当代批评家能够理解维多利亚时代的人怎样看待自己和过去？从中可以吸取哪些教训？其中有三篇论文以狄更斯为中心。玛丽·普薇（Mary Poovey）以《艰难时世》为例来解释维多利亚人的认识论模式，暗示狄更斯在研究社会问题时领先于时代。布鲁斯·罗宾斯（Brace Robbins）将《远大前程》解读为“新兴社会福利国家的叙事”，并指出21世纪的批评家应当尽力理解这些问题，不仅因为狄更斯描写了这些问题，而且因为它们与现在密切相关。罗斯玛丽·博登海默（Rosemaire Bodenheimer）重新研究《大卫·科波菲尔》，表明后结构主义者对狄更斯的解读如何错误地假定20世纪末21世纪初的批评家能更深刻地理解过去。罗斯玛丽指出，20世纪批评家提及的被压抑的意义及观念，如阶级压迫等，在狄更斯同代人看来是显而易见的。她认为，后现代主义者应当给予狄更斯更崇高的赞誉，因为他意识到的社会问题在现在看来仍然十分重要。

解构主义的文本和阅读理论对新批评、形式主义和结构主义的文本阅读方法进行了彻底的消解，其价值在于看到了文学艺术作为“活动”的过

---

① Jan Alber, *Narrating The Prison*：*Role and Representation in Charles Dickens*, *Twentieth-Century Fiction and Film*, Cambria Press, 2007, p. 81

程性，看到了读者的参与性和创造性，冲破了长期以来束缚人们头脑的关于世界具有整体性、统一性、稳定性的结构主义观念，具有怀疑一切传统价值、消解一切“中心”结构的反叛精神。可以说，解构主义解读颠覆了对狄更斯的传统看法，使狄更斯及其作品的价值呈现出多元性、开放性和动态性，丰富了对狄更斯的解读。但是它的不足之处也是显而易见的，一方面，它割裂了文学与生活的诗意关联，另一方面，它过于强调不确定性，使文学阐释陷入了相对主义和虚无主义泥潭。

二　女性主义批评

20 世纪 60 年代末在欧美形成的女性主义文学批评以女性作家和文学作为研究对象，从女性的视角对文学作品进行全新的解读，猛烈批判被男性文学歪曲的妇女形象，着重探讨文学中的女性意识、女性特有的写作和表达方式，关注女作家的创作情况，声讨男性中心主义传统文化对女性创作的压抑。女性主义批评在发展过程中吸纳了新马克思主义、精神分析、解构主义和新历史主义等批评思路与方法，涉及广泛的文化领域。

20 世纪 70 年代以来，女性主义批评成了狄更斯研究领域的三大批评流派之一。事实上，从性别角度评论狄更斯，可以追溯到狄更斯生前。大卫·马森（David Masson）于 1851 年所写的论狄更斯的随笔，认为狄更斯有着“天才作家敏锐的女性感情”。托马斯·阿诺德认为轻浮举止增加，男子汉的深思熟虑减少是因为读者阅读了《匹克威克外传》《尼古拉斯·尼克尔贝》一类小说。法国的泰纳认为，狄更斯像一个癔症妇女，时而发出刺耳的笑声，接着又呜咽抽泣。但是对狄更斯作品最有趣最具影响的负面性别化评论是斯蒂芬一家人。1857 年詹姆斯·斯蒂芬将狄更斯描述为“具有暴躁的、喧闹的女性心灵”的作家。斯蒂芬一家人将《荒凉山庄》中的泰特·巴纳克尔（Tite Barnacle）看作斯蒂芬爵士、弗吉尼亚祖父的人物漫画，认为狄更斯没有代表妇女说话，因为他过度男性化。澳大利亚批评家圣约翰·托普（St. John Topp）认为，狄更斯如同司各特一样，在爱情中是失败的，因为“这个人的天才太男子气概”。吉辛认为，狄更斯主要为男性大众而写作。在这一点上，杰斯特顿的观点虽然更为复杂，但他在反对乐观主义及幽默的语境下也强调狄更斯作品中的男子气概，杰斯特顿认为这一品质是典型的狄更斯式的。乔治·莫尔虽然也强调狄更斯作品中的女性一面，但遭到杰斯特顿的坚决反对。20世纪20—30年代的批评家，又开始将狄更斯当作“女性”作家来看待。1928年施特劳斯（Straus）指出狄更斯身上存在女性特征。

凯特·米莱特（Kate Millett）的《性政治》（*Sexual Politics*，1970）是第一部抨击狄更斯对待妇女态度的著作。她称《董贝父子》“几乎全面地控告了父权制和资本主义。狄更斯这样做甚至没有放弃对妇女的伤感的描述，而伤感的描述是罗斯金《论女皇的庭院》的全部精神之所在”。[①] 米莱特将自己的著作看作维多利亚男性对女性态度的象征。“狄更斯的作品令人沮丧的缺陷之一，是他的小说中所有严肃的妇女仿佛都是按照罗斯金的女皇镌刻出来的天使。”[②] 米莱特从女性主义批评的角度认为，狄更斯最终会受到谴责。米莱特大胆向权威的名作家发起挑战，揭露狄更斯的小说中存在性歧视现象，发出了反抗父权制意识形态，必须重新审视文学史的呐喊。凯特·米莱特注重从研究社会政治与文化背景的角度来剖析文学传统中的性别形象差异，开女性主义文学批评之先河。

在为《英国小说史指南》（*Columbia History of the British Novel*，1949）书写狄更斯一节时，约翰·库斯克（John Kucich）指出，到20世纪80年代，“狄更斯对妇女的描写是批评家最为关注的方面”[③]。确实，对于狄更斯作品中的女性人物，批评家始终表现出浓厚的兴趣。在20世纪80—90年代，很多重要的女性主义研究强调描写男性作家笔下的妇女肖像背后的二分法，从而对狄更斯的女性人物重新进行严肃的评价。1986年凯特·弗林特（Kate Flint）指出：“狄更斯对妇女的态度受到了舆论界的批评。”[④]

一些批评家赞扬狄更斯，称他是妇女的支持者、男权制的激进反对者。理查德·巴瑞克曼（Richard Barickman）在《有缺陷的关系：狄更斯、

---

① Millett, Kate. *Sexual Politics.* Garden City, NY: Doubleday, 1970, p. 90.

② Ibid.

③ John Kucich, "Charles Dickens." In *Columbia History of the British Novel*, edited by John Richetti et al., 381-406. New York: Columbia UP, 1949, p. 392.

④ Kate Flint, *Dickens.* London: Harvester, 1986, p. 112.

萨克雷、特罗洛普、柯林斯及维多利亚性别系统》(*Corrupt Relations*: *Dickens*, *Thackeray*, *Trollope*, *Collins*, *and the Victorian Sexual System*, 1982)中认为，狄更斯“始终如一地、激进地批评了维多利亚时代的性别关系制度。狄更斯的个人生活对于妇女在社会中的角色是矛盾的，但在小说中，他揭示了妇女在维多利亚社会一贯遭受迫害，提出了身份、权力、自由和人的实现等问题，最终质疑了 19 世纪英国的整个性别关系制度”①。狄更斯设法创造在特定的角色范围内发展权力的妇女，这种情况可能威胁到男权制的稳固。卡罗尔·森夫（Carol Senf）在《〈荒凉山庄〉：狄更斯，埃斯特以及雌雄同体的心灵》（“*Bleak House*: *Dickens*, *Esther*, *and the Androgynous Mind*”, 1983）中也持类似的观点，他认为狄更斯所运用的叙事策略反映了维多利亚男女圈子分离的观点。“阅读行为实际上将这两个分离的圈子统一起来，使得狄更斯强调潜在于圈子分离的文化观念问题，并‘证明需要完整性。’”②

狄更斯如何处理现实和想象的女性形象是 20 世纪最有影响的狄更斯批评家米歇尔·斯莱特（Michael Slater）的重大研究主题。在牛津完成其学术著作之后，斯莱特在伦敦大学的伯贝克学院开始其讲师生涯，他还是不负众望的维多利亚学者杰弗里·蒂洛森（Geoffrey Tillotson）的研究助理。1968 年斯莱特担任《狄更斯研究者》的主编，并在这一岗位上干了九年。1970 年狄更斯逝世一百周年纪念时，他编辑了论文集，1978 年出版了《美国和美国人心中的狄更斯》（*Dickens on America and The Americans*, 1978），这是狄更斯书信、《游美札记》《马丁·朱述尔维特》的摘录集，反映了狄更斯对美国的印象。

斯莱特撰写的关于狄更斯的文章和注释散见于《狄更斯研究者》和其他杂志，1983 年他出版了一部狄更斯的研究著作《狄更斯与妇女》(*Dickens and Woman*, 1983)。他宣称，《狄更斯与妇女》是狄更斯对人类

---

① Richard Barickman, *Corrupt Relations*: *Dickens*, *Thackeray*, *Trollope*, *Collins*, *and the Victorian Sexual System*. New York: Columbia UP, 1982, p. viii.

② Carol A. Senf, “*Bleak House*. Dickens, Esther, and the Androgynous Mind.” Victorian Newsletter 64 (Fall 1983): 26-27.

存在——女性与男性的相互关系最为根本的一个方面最重大的研究。他将自己的研究分为三个主要部分：狄更斯一生与真实妇女的关系，狄更斯小说中的女性人物肖像，狄更斯的妇女观或理想化的女性本质。阅读斯莱特的著作犹如阅读小说家狄更斯详细的心理传记，因为全书以狄更斯与母亲、妻子、姐妹、演员爱伦·特南的关系为重点。狄更斯与上述妇女的关系不仅是其小说的肖像，而且反映了他的妇女观。

斯莱特认为凯特·米勒特在《性政治》中关于狄更斯对待妇女的评论"对于狄更斯对女性人物的再现以及对妇女的态度过于简单化了"[①]。斯莱特的批评思想似乎没有彰显女性主义批评背后的意识形态，相反，他采用了更为传统的方法，得出了直言不讳的结论。斯莱特在书末指出："女性的活力和妇女本质潜在的激情远远超过男性，使得狄更斯极其恐惧。"[②] 斯莱特指出，狄更斯由于害怕自己的性本质，从而将自己的忧虑转移到其小说中的妇女身上。只要人们接受斯莱特对个人关系的解读，斯莱特对于狄更斯在现实生活中际遇的妇女的阐释充分说明了这一现象。

虽然斯莱特不是英雄崇拜论者，但是他的传统的批评方法没有迎合更为激进的女性主义批评家，他们完全不接受对狄更斯心理危机的阐释。有时他们似乎是在捍卫狄更斯，在解释他与特南的关系时尤其如此。因此，一个不幸的结果便是，虽然斯莱特的《狄更斯与妇女》得到了后来的批评家们象征性的认可，但是大多数人在运用更激进的女性主义意识形态分析狄更斯及其作品时对斯莱特只是给予礼节性的肯定。

事实上，大多数女性主义批评家对于狄更斯处理性别问题不持肯定态度。玛丽·普薇（Mary Poovey）在《不平衡的发展：维多利亚时代的英国意识形态的性别作品》（*Uneven Developments*：*The Ideological Work of Gender in Mid-Victorian England*，1998）中考察《大卫·科波菲尔》，研究了维多利亚作家建构性别概念和性别差异的方法，揭示了 19 世纪英国期望他所履行的男性作家的角色。普薇考察了小说的结构模式以及安排故事情节的身份和性别观。在普薇看来，确定妇女有限的角色是男性作家作为民族性格

① Michael Slater, *Dickens and Woman*. London: Dent, 1983, p. 244.

② Ibid., p. 354.

和身份角色的塑造者和保持者的一个必不可少的功能。凯瑟琳·卡明斯（Katherine Cummings）的著作《讲故事：小说和理论中的癔症诱惑》（*Telling Tales*: *The Hysteric's Seduction in Fiction and Theory*）特别突出了《荒凉山庄》的重要意义，通过对叙事的心理解读“发现性别与政治事件如何相互作用”①。卡明斯认为，埃斯特的故事不仅仅表现出诱奸的心理模式，而且匿名的叙事者所讲述的故事本身是一个诱奸故事。普薇和卡明斯二者都将狄更斯描述为时代的产儿，支持压制妇女的男权制度。

帕特里夏·英厄姆（Patricia Ingham）的女性主义批评著作《狄更斯，妇女和语言》（*Dickens*，*Woman and Language*，1992）研究了狄更斯描绘女性人物所运用的语言。英厄姆认为，约翰·凯里的《暴力肖像》（1973）、米歇尔·斯莱特的《狄更斯与妇女》“将小说中的妇女与狄更斯生活中的人物原型联系起来，促进了狄更斯对妇女描写的虚假的统一”②。固定模式与原型从来不是恒定不变的，因为语言是动态的，意义代代发生变化。英厄姆运用维多利亚社会学家萨拉·斯蒂克尼·埃利斯（Sarah Stickney Ellis）的理论表明狄更斯的语言如何对维多利亚固定模式和传统进行编码。她从狄更斯的全部小说中找到了维多利亚人确定的几种女性类型：性感的姑娘，堕落的女子，“过分的女性”，充满激情的妇女，母亲。英厄姆指出，唯有用小说的语言，人们才能发现狄更斯笔下的妇女的真实肖像，找到他对妇女的态度。

有时女性主义批评与其他的批评方法相结合，进而提出了解读狄更斯小说的新方法。例如，迪尔德丽·大卫（Deirdre David）在其论文《帝国的儿童：狄更斯与吉卜琳的维多利亚帝国主义与性政治》（*Children of Empire*: *Victorian Imperialism and Sexual Politics in Dickens and Kipling*）收录在安东尼·哈里森（Antony Harrison）和贝弗莉·泰勒（Beverly Taylor）合编的集子《维多利亚时代文学和艺术的性别与话语》（*Gender and Discourse in Victorian Literature and Art*，1992），她的著作《三部维多利亚小说中的分

① Katherine Cummings, *Telling Tales*: *The Hysteric's Seduction in Fiction and Theory*. Stanford, CA: Stanford UP, 1991, p. 5.

② Patricia Ingham, *Dickens*, *Woman and Language*. London: Harvester, 1992, p. 2.

析小说》（*Fictions of Resolution in Three Victorian Novels*，1981）运用社会学方法研究了《我们共同的朋友》，揭示了这部小说如何提出社会现实与占主导地位的中产阶级读者的欲望之间的调解。在《帝国的儿童》一文中，大卫解释了狄更斯怎样与当时的帝国主义有着千丝万缕的瓜葛。她的阐释揭示了性别及性别差异的固定模式如何强化英国殖民的土著人观念，在维多利亚人看来，土著人只不过是野蛮人。

将女性主义与心理解读结合起来的研究在20世纪最后几年尤其受到女性主义学者的青睐。玛格丽特·迈尔斯（Margaret Myers）在《迷惘的自我：女性主义批评视野中〈大卫·科波菲尔〉的性》（*The Lost Self*：*Gender in David Copperfield in Feminist Criticism.*）中运用心理学理论探究小说主要是一种自我建构的文类。她认为人们总是将大卫等同于女性，但不能把他作为两种性别的结晶来看待。琳达·茨威格（Lynda Zwinger）1958年的论文《害怕父亲：董贝与女儿》（*The Fear of the Father*：*Dombey and Daughter*）也运用了类似的研究方法。她的专著《女儿，父亲与小说》（*Daughters*，*Fathers and the Novel*，1991）研究了"虚构的女儿的地位是文学想象中的地位"①。茨威格探索了维多利亚社会制度对女儿根深蒂固的偏见。另外，她认为《董贝父子》揭示了一条十分重要的真理："男人不爱女人，但女人似乎很爱男人"，为了生存，她们不得不用爱作为手段获取社会地位和安全的手段。茨威格的结论是，从根本上来说："爱就是力量，在我们的文化中男人们掌握权力，而妇女们则乞求权力，以不同的方式看待这个世界，近于对安逸的激进的再现。"②

六年之后，希拉里·施尔（Hilary Schor）在《狄更斯与望族的女儿》（*Dickens and the Daughter of the House*，1999）中也研究了女儿意象。施尔擅长于狄更斯批评、当代女性主义和性别批评，研究了狄更斯小说的女儿意象，认为狄更斯小说中的女儿意象反映了维多利亚社会女儿的地位问题，为将小说当作进入世界的窗口来解读提供了发人深省的新角度。这与

① Lynda Zwinger，*Daughters*，*Fathers and the Novel*：*The Sentimental Romance of Heterosexuality*. Madison，WI and London：UP of Wisconsin，1991，p. 5.

② Ibid.，p. 45.

豪斯 1941 年所描述的狄更斯世界迥然有别。

到 20 世纪 80 年代末，女性主义批评家已经习惯于揭示狄更斯以男权制的堕落的观点来看待妇女。例如，在《〈远大前程〉：男子气概与现代性》（“*Great Expectations*”：*Masculinity and Modernity*，1987）中卡罗琳·布朗（Carolyn Brown）运用尤金·哈贝马斯（Jurgen Habermas）著作中的现代性概念来解释“建构身份历史的方方面面”，尤其是“建构表达的主体”。她发现，虽然《远大前程》叙述了现代世界身份的发展，但是她认为，“这是一个非同寻常的男性世界”。沿着同一思路，在“痛苦者为谁?《荒凉山庄》《我们共同的朋友》中的疤痕，毁容与女性身份”（“*Who is this in pain?*”：*Scarring*，*Disfigurement*，*and Female Identity in Bleak House and Our Mutual friend*，1989）中海伦娜·米奇（Helena Michie）宣称，“狄更斯的主人公以幻想而闻名，栖居于维多利亚现实主义的裂隙之中”。后来，她在一篇随笔中继续说，狄更斯作品中的“女性自我生成于疾病、疤痕和残疾”[①]。他对狄更斯两部小说的解读将女性主义心理批评与文本细读巧妙地结合起来，以阐释狄更斯如何赋予女性人物以重要的作用，虽然社会指责倾向于使妇女边缘化。

然而，很多女性主义者抨击狄更斯的对立情绪开始受到其他女性主义者的挑战。她们认为这样对待狄更斯很不公平。编辑莎莉·米洛（Sally Minogue）的《女性主义批评问题》（*Problems of Feminist Criticism*，1990）就持这种观点。她在《批评论集》的导言中指出，没有遵循女性主义固定模式的男女作家，他们的作品为男女读者都能提供快感。米洛收录了两篇论狄更斯的论文。巴巴拉·哈代（Barbar Hardy）的《莎士比亚，狄更斯和乔治·艾略特作品中健谈的妇女》（*The Talkative Women in Shakespeare*，*Dickens and George Eliot*）表明狄更斯如何运用健谈的妇女意象，使妇女们挣脱男权社会强加于他们的束缚。桑德拉·霍普金斯（Sandra Hopkins）的《妇女，可爱的妇女：狄更斯的四位女主人公和批评家》（*Woman*，*Lovely Woman*：*Four Dickens Heroines and the Critics*）则解释了 20 世纪 70 年代和

---

① Helena Michie，“‘Who is this in Pain?’：Scarring，Disfigurement，and Female identity in *Bleak House* and *Our Mutual Friend*.” *Novel* 22，1989：199.

80年代的女性主义批评对小说家狄更斯的抨击，认为狄更斯的小说倾向于使经验同质化。具有讽刺意义的是，她发现米歇尔·斯莱特等非女性主义者却赞同狄更斯的观点：女性主义者在女性作家中受到欢迎但拒绝承认狄更斯的作品。她的分析表明，狄更斯符合女性主义观念的程度远远超出一些批评家的认可度。

海伦·摩根（Helene Moglen）富于洞见的著作《理论化的小说/小说化的理论：以〈董贝父子〉为例》（*Theorizing Fiction/Fictionalizing Theory*：*The Case of Dombey and Son*，1992）也表明狄更斯能够洞悉维多利亚时代对妇女的不公正，称其小说"以性别为基础全面分析了资产阶级理想主义的虔诚的假设"，表明了"社会不成功人士已经成了董贝所再现的社会认识论和本体论结构的一部分"①。

同样，艾莉森·米尔班克（Alison Milbank）在《望族的女儿：维多利亚小说的哥特模式》（*Daughter of the House*：*Modes of the Gothic in Victorian Fiction*，1992）中宣称，由于违背常规地考察"维多利亚小说女性主义批评的精确性，女性主义批评家往往误解了狄更斯"②。他挑战了女性主义观念：在维多利亚男权社会中只有妇女没有权力。米尔班克指出狄更斯敏锐地意识到"女人同男人一样中断了权力源泉及社会的主流话语"③。她发现狄更斯运用"女性的哥特式情节，而在女性哥特式情节中，男权等级成了社会毒瘤，需要替换"④。米尔班克指出，当狄更斯与公共问题发生直接冲突时，他"全面遵循'女性哥特式传统'，他的主人公是必须逃离的监禁者与社会观的调解人的混合体"⑤。

20世纪末并非所有的女性研究都以女性主义意识形态为理论依据。大卫·霍尔布鲁克（David Holbrook）的《狄更斯与妇女意象》（*Charles Dick-*

---

① Helena Michie，"Theorizing Fiction/Fictionalizing Theory：The Case of *Dombey and Son*." *Victorian Studies* 35（1992）：159.

② Alison Milbank，*Daughter of the House*：*Modes of the Gothic in Victorian Fiction*. New York：St. Martin's，1992，p. 1.

③ Ibid.，p. 4.

④ Ibid.，p. 11.

⑤ Ibid.，p. 16.

ens and the Image of Woman，1993）是一部心理研究著作。布鲁克在狄更斯的作品中寻找有关妇女的象征。在他看来，狄更斯是被弗洛伊德的“原始景观”（primal scene）排斥在外的优秀的维多利亚作家，因此，在他的小说中反复出现了与谋杀有关的妇女意象。这一现象强调“小说家狄更斯需要重新体验童年幻想的强度”①。霍尔布鲁克指出，狄更斯在其小说中对妇女的态度是矛盾的，有时尊重，甚至敬重，但有时却将妇女与死亡、毁灭联系在一起。霍尔布鲁克的结论是，狄更斯对妇女根深蒂固的恐惧，其根本原因在于童年时期他的母亲给他造成的精神创伤，这种创伤无法用文件来证实。这暗示了在20世纪20—30年代弗洛伊德式的意识形态支配着批评实践。

80年代末出版的两部著作以更为传统的女性主义方法解读狄更斯的经典。丽塔·卢比茨（Rita Lubitz）在《狄更斯小说的婚姻力量》（*Marital Power in Dickens's Fiction*，1996）中分析了狄更斯小说中一系列典型的婚姻关系，以阐释权力关系的功能化。卢比茨倾向于坚持文本细读而力避得出全面的结论，表明了当爱情和尊敬战胜居支配地位的权力关系时，婚姻才会成功。莫妮卡·科恩（Monica Cohen）在《维多利亚小说的职业家庭生活：妇女，工作和家庭》(*Professional Domesticity in the Victorian Novel*：*Woman*，*Work*，*and Home*，1998）论《远大前程》和《小杜丽》的章节中挑战了把家庭当作港湾的传统观念，认为“家”和“公共空间”的两极化实际上是错误的二分法。按照重要的女性主义批评家玛丽·普薇和伊泽贝尔·阿姆斯特朗(Isobel Armstrong）的观点，他们将家庭理解为“职业工作”，科恩声称狄更斯和其他男性小说家误解并贬低了妇女在社会中的角色及其意义。

布伦达·艾尔（Brenda Ayres）在《狄更斯小说持异议的妇女》(*Dissenting Women in Dickens's Novels*，1998）中雄辩地为狄更斯辩护。他以艾莉森·米尔班克（Alison Milbank）和芭芭拉·哈代的理论为依据，从女性主义视角走近小说家狄更斯，挑战了其他女性主义的解读。艾尔指出，维多利亚小说“通常成了意识形态改良的工具”，向人们灌输并接受理想化的

① David Holbrook，*Charles Dickens and the Image of Woman*. London：New York UP，1993，p. 4.

妇女的男权观念。但狄更斯的小说与之不同，艾尔发现了他的妇女观有着内在矛盾，明显支持主流的意识形态，却又不断改变并扭曲主流的意识形态。因此，她指出，“狄更斯的妇女形象根本没有固定模式”[①]，她对文本的细读强调了狄更斯作品的颠覆性。结论部分概述了批评家对狄更斯女性人物的种种看法。

玛丽·莱纳德（Mary Lenard）在《布道怜悯：狄更斯，盖斯凯尔和维多利亚文化的感伤主义》（*Preaching Pity*：*Dickens*，*Gaskell*，*and Sentimentalism in Victorian Culture*，1999）中也挑战了女性主义批评家对狄更斯的看法。她对狄更斯作品的探索将作者与19世纪的感伤主义作家联系起来，认为狄更斯的感伤情绪实际上是更为宏大的设计的一部分，其目的在于改变公共舆论。她将狄更斯描述为一个小心翼翼的战略家，“用女性化的语言以及与女性作家相关的情绪去反对维多利亚功利主义、自由的资本主义的男性化话语”[②]。但莱纳德宣称，狄更斯与这些妇女联系太紧密，总是感到不舒服，并采取了不少防御策略，以远远疏离她们。在莱纳德看来，“狄更斯坚持原创性是让他自己占领文化空间的策略”[③]。

专攻“酷儿理论”（queer theory）的批评家也涉足狄更斯批评领域。伊芙·克索夫斯凯·塞其威克（Eve Kosofsky Sedgwick）对小说中的男性关系的突破性研究著作《男人之间——英国文学与社会倾向的男性欲望》（*Between Men-English Literature and Male Homosocial Desire*，1985），论述了《我们共同的朋友》和《艾德温·德鲁德疑案》的个别章节，强调了维多利亚社会的权力关系，她以揭示维多利亚人的同性恋恐惧症以及他们对阶级、种族、性别的态度之间的关系为重点。她对狄更斯两部小说的细读表明，在文本的背后，狄更斯专注于男同性恋恐惧症及同性恋。借用心理批评家的术语，她将《我们共同的朋友》描述为关于肛门的英国小说，因为它以垃圾堆——一堆又一堆的排泄物为重点。她认为《艾德温·德鲁德疑

① Brenda Ayres, *Dissenting Women in Dickens's Novels*: *The Subversion of Domestic Ideology*. Westport, Ct: Greenwood, 1998, p. 7.

② Mary Lenard, *Preaching Pity*: *Dickens*, *Gaskell*, *and Sentimentalism in Victorian Culture*. New York: Peter Lang, 1999, p. 77.

③ Ibid., p. 93.

案》是“一部关于不轨的男人同性恋恐惧症的小说”①，在他的晚期小说中尤其如此。这些解读也许会引起争议，但是它们成了考验狄更斯文本复杂性的令人信服的证据。

进入 21 世纪之后，在狄更斯研究领域，女性主义批评仍然具有广泛的影响力，并且产生了不少理论成果。卡伦·切丝（Karen Chase）和迈克尔·李文森（Michael Levenson）以传统的历史与文学理论、新历史主义、女性主义理论为基础，在《隐私曝光：维多利亚生活的公共生活》（*A Spectacle of Intimacy*：*A Public Life for the Victorian Life*，2000）中解释狄更斯在其早期作品中如何创造恬静宜人的家庭生活幻想，而这种田园诗般的家庭生活幻想总是受到挑战，被碾得粉碎。他们将传记资料与小说中的细节进行对比来说明其他学者所争论的观点：“狄更斯对家庭生活持肯定的态度，因缺乏安全感而笼罩在阴影之中。”②

凯瑟琳·罗布森（Catherine Robson）的《仙境中的男人：维多利亚时代绅士的不为人知的少女们》（*Men in Wonderland*：*The Lost Girlhood of the Victorian Gentleman*，2001）从女性主义视角来研究狄更斯，运用近来对童年和男子汉气概的研究追溯“19 世纪文化中产阶级和少女们之间的密切关系”③。她指出，在《老古玩店》中，小耐尔对于理解男性作者如何“构思少女”是极端重要的人物形象，狄更斯从“资产阶级家庭的特权”中取代小耐尔对人物施加了特别沉重的象征重负。以小耐尔与她所接触的形形色色的成年男人的关系为重点，罗布森揭示了男人世界乐于利用这个女孩。

安德鲁·道林（Andrew Dowling）的《维多利亚文学中的男子气概和男性小说家》（*Manliness and the Male Novelist in Victorian Literature*，2001）中研究狄更斯努力创造具有男子汉气概小说家的肖像。虽然男子气概的正面特性对于维多利亚人来说是“自然的”“显而易见的”，但是道林认为，

---

① Eve Kosofsky Sedgwick, *Between Men-English Literature and Male Homosocial Desire*, 180—200. New York: Columbia UP, 1985, p. 199.

② Karen Chase and Michael Levenson, *A Spectacle of Intimacy*: *A Public Life for the Victorian Life*. Princeton, NJ: Princeton UP, 2000, p. 86.

③ Catherine Robson, *Men in Wonderland*: *The Lost Girlhood of the Victorian Gentleman*. Princeton, NJ: Princeton UP, 2001, p. 3.

“这一概念在正面的代表秩序（和权力）的强大的、道德的人物肖像和威胁社会妖魔化的男性他者的恐怖状况之间波动”①。

伊丽莎白·坎贝尔（Elizabeth Campbell）的《命运之轮：狄更斯和妇女的时间肖像》（*Fortune's Wheel：Dickens and the Iconography of Women's Time*，2003）既研究大众文化的经典意象，也研究未得到19世纪认可的中世纪意象，并从女性主义视角分析了狄更斯的小说。坎贝尔以朱莉娅·克里斯特娃和格尔达·勒纳的理论为基础，解释命运之轮意象与狄更斯描写妇女和“妇女的时间”有着不可分割的联系，“妇女的时间”（women's time）不同于“男人的时间”（men's time），前者是循环的，而后者是线性的。坎贝尔指出，如何为维多利亚时代的同代人恢复意象，表明命运之轮意象如何在“狄更斯的人生中增加其悲剧意义”，并在“其成熟的小说中成了居于支配地位的观点”。再者，她认为车轮意象成了狄更斯重要小说结构的描述符（descriptor），并且与维多利亚中期主流的“进步观”（认为时间是进步的尺度）相对立。她对《老古玩店》《荒凉山庄》《远大前程》挑战性的解读表明狄更斯对妇女地位的关注如何在其小说中居支配地位。坎贝尔指出，狄更斯发现他自己的生活日益被妇女所支配，他的小说越来越反映了这样一种认识：“男人时间的时代已经结束，妇女已经全面控制了公共和私人领域。说到底，狄更斯是一个厌恶女人的男人。”②

三　心理批评

严格说来，对狄更斯的心理批评始于弗洛伊德。但弗洛伊德对狄更斯的评论不是很多，直到20世纪40年代爱德蒙·威尔逊的著名论文《两个斯克路奇》发表以来，对狄更斯的心理批评才广泛流行开来。对狄更斯的心理批评存在两个独立的但又是相关的倾向。一是以传记为中心，自威尔逊以来，大多数传记作者意欲以心理方法思考狄更斯独特的精神创伤——在沃伦黑鞋

① Andrew Dowling, *Manliness and the Male Novelist in Victorian Literature*. Aldershot, England; Ashgate, 2001, p. 3.

② Elizabeth Campbell, *Fortune's Wheel：Dickens and the Iconography of Women's Time*. Athens：Ohio UP, 2003, p. 203.

油作坊的经历，玛丽·霍格斯之死，婚姻的失败以及与艾伦·特南的坎坷关系。批评家与传记作家倾向于在文本中寻找并反映狄更斯本人的心理问题。因此，小说《老古玩店》尤其为这些研究者所钟爱。另一传统倾向于在小说中寻找的不是传记所诱发的启示，而是寻找作者启示某一特定人物类型和心理状态的能力。这一方法通常与社会学方法相结合，例如，批评家对再现维多利亚社会的心理影响颇感兴趣。狄更斯的小说通常对极端的心理状态，尤其是犯罪心理感兴趣。人们通常认为，在狄更斯的作品中最具穿透力的心理分析的对象往往是约那斯·朱述伟、布拉德利·海德斯通和约翰·贾斯泼。

20世纪80年代，研究狄更斯的心理批评家开始用后弗洛伊德主义者（如拉康）的理论和方法取代弗洛伊德的精神分析。拉康接受了弗洛伊德的发展结构理论，并通过对结构主义的批评性阅读，重新阐释了发展结构理论，从而提出了后结构主义精神分析学。

托马斯·汉佐（Thomas Hanzo）的《〈荒凉山庄〉的父亲身份和主题》（*Paternity and the Subject in Bleak House*）［收录在《虚构的父亲：文本的拉康式解读》（*The Fictional Father: Lacanian Readings of the Text*, 1981）］是心理批评的优秀范例。由于对拉康的“叙事的父亲理论”（the theory of the father in narrative）感兴趣，汉佐运用拉康对弗洛伊德俄狄浦斯理论的重新阐释提出了发人深省的心理解读，在潜意识层面，埃斯特和约翰·庄迪斯之间乱伦的刺激与兴奋。虽然汉佐的分析前后一致，但是他使用了大量的理论术语，导致他的论证有时难以为非专业人士所理解，值得指出的是，与他同时代的、模仿拉康的研究者都有这一特点。

戴安娜·赛道弗（Diane Sadoff）的著作与汉佐不一样，在《情感怪物：狄更斯、艾略特和勃朗特论父亲身份》（*Monsters of Affection: Dickens, Eliot, and Bronte on Fatherhood*, 1982）一书中运用弗洛伊德的方法研究狄更斯，这本书拼凑了早先发表的文章，其中包括《讲故事和〈小杜丽〉的父亲意象》（*Storytelling and the Figure of the Father in "Little Dorrit"*）。赛道弗认为，狄更斯的“叙事工程”将“原始景观”（primal scene）作为其中心隐喻。他的小说追踪父亲的性与暴力强奸，否认主人公是邪恶的人物所构思的，暗中杀害自己的父亲，并继续产生作为语言主体的主人公。

凯瑟琳·贝纳德（Catherine Benard）的《狄更斯与维多利亚的梦幻理论》（*Dickens and Victorian Dream Theory*）是一部饶有兴趣的研究著作，它分析了狄更斯的梦幻本质及其源起。贝纳德令人信服地证明谙熟19世纪超自然理论和心理学的狄更斯比弗洛伊德更早认识到梦幻反复出现的重要性。贝纳德的随笔被收入詹姆斯·帕拉迪（James Paradis）和托马斯·珀斯特维特（Thomas Postlewait）合编的《维多利亚时代的科学与维多利亚价值观：文学视角》（*Victorian Science and Victorian Values: Literary Perspectives*, 1981），这一令人振奋的迹象表明研究学科之间的边界已经被跨越。

同其他弗洛伊德批评家一样，卡伦·切丝（Karen Chase）在《生本能心理：夏洛蒂·勃朗特，查尔斯·狄更斯和乔治·艾略特作品中的人格再现》（*Eros Psyche: The Representation of Personality in Charlotte Bronte, Charles Dickens, and George Eliot*, 1984）中表达了对狄更斯及其"虚构地再现个性"，尤其是再现"人物内在生活"的作家的兴趣。卡伦·切丝以解释维多利亚小说家的情感结构为重点。她对狄更斯的研究概述了再现复杂个性的方法。早期批评家指责狄更斯的人物缺乏复杂性和深度，卡伦·切丝为狄更斯辩护，她认为狄更斯为了效果而压缩人物，满足于"压缩虚构的男女的表现范围，让他们戏剧性地表现方方面面而不是戏剧性地表现总体"①。这种有意识的策略让他将"自我再现为受到严重束缚的部分，通过进入关系模式而取得意义"②。切丝表明狄更斯理解自我只有在与他者的相互关系中才能得到肯定，显示出比其他批评家更具现代性的心理洞察力。

劳伦斯·弗兰克（Lawrence Frank）也对自我观感兴趣，他在《查尔斯·狄更斯与浪漫自我》（*Charles Dickens and the Romantic Self*, 1984）中

---

① Karen Chase, *Eros Psyche: The Representation of Personality in Charlotte Bronte, Charles Dickens, and George Eliot*. New York: Methuen, 1984, p. 135.

② Ibid.

表明狄更斯如何运用"新兴的浪漫自我观，对大卫·休姆的解构怀疑论和新兴的生命科学、生物科学作了评价"[①]。弗兰克的长篇序言概述了他分析狄更斯小说的理论前提。在该著中，弗兰克认为狄更斯受到了浪漫自我观的影响。他指出，自我是"建构，是引人入胜的小说"，小说和自传之间的界限模糊了（正如弗洛伊德发现小说和案例史之间的界限模糊了一样）。这种自我观，现实中的男女——浪漫小说的虚构人物——"通过想象创造自我，他们本身成了小说家"[②]，其目的在于"探索狄更斯人物的朝圣"[③]。弗兰克细读了狄更斯的六部小说以表明弗洛伊德的心理学、福柯关于构建自我的理论有助于阐释狄更斯的主要人物所经历的事情。

奈德·卢卡奇（Ned Lukacher）的《原始景观：文学、哲学，心理分析》（*Primal Scene*：*Literature*，*Philosophy*，*Psychoanalysis*，1986）的鲜明特色是将种种心理批评方法结合起来，如弗洛伊德、海德格尔、瓦尔特·本雅明的理论，从而具有很浓的理论色彩。卢卡奇如同拉康、德里达一样，希望探索"解构历史理论的可能性问题"[④]。他在回忆与想象、历史知识与隐喻建构、哲学真理与阐释自由的间隙中找到了原始景观（primal scene）这一概念，并以之为一种阐释策略。卢卡奇认为，原始景观这一概念有其重要的优势，它使得我们可以同时兼顾两个方面，既关注文本强加于我们的内在局限性，同时又不固执己见，坚持阐释的多义性。从内容上来看，"原始景观"不仅仅指性，而且指涉童年以来的任何景观，对狄更斯而言，"原始景观"是狄更斯童年在伦敦街道的经验，它暗示小说家狄更斯在每一部作品中表演并重新表演回忆/建构起来的童年经验。对狄更斯而言，写小说的艺术在很多方面类似于终生从事自我分析的心理分析师。卢卡奇的结论是：历史不是"人类主体，无论界定为个人还是阶级与种族，而只是文本间性过程本身"[⑤]。他对狄更斯的评价前提是作者的文学文本在弗洛

---

① Lawrence Frank，*Charles Dickens and the Romantic Self*. Lincoln：U of Nebraska P，1984，p. 4.

② Ibid.，p. 16

③ Ibid.，p. 29.

④ Ned Lukacher，"Dialectical Images：Benjamin/Dickens/Freud." *Primal Scene*：*Literature*，*Philosophy*，*Psychoanalysis*，275 - 336. Ithaca，NY and London：Cornell UP，1986，p. 13.

⑤ Ibid.

伊德追求“绝对知识之精神时，或者被遗忘，或者被误解”[1]。

在最后一章，卢卡奇明确指出：“本雅明的闲逛理论有助于我们理解闲逛和艺术创新之间的关系。本雅明将狄更斯、波德莱尔的闲逛以及对街道闲逛的描写视为一种释放精神压抑的活动。这种情不自禁的精神释放既使作家负荷过重，同时又消耗其体力，仿佛艺术家是按照创新的要求而走上街头，在阻遏其创新潜力的同时而取得成功。”[2] 这一点尤其适用于狄更斯。狄更斯辉煌的文学成就得益于街道闲逛。儿童时的狄更斯被迫进入过度生产的焦虑的循环，成年的狄更斯不得不再度娱乐人群，再度回到他一直认同为危机情感的大街。狄更斯漫游街道是在真实的世界闲逛，而写作则是在虚构的艺术世界闲逛。他对新奇事物的渴求如此不可抗拒，唯一的办法便是走上大街。对于狄更斯来说，街道经验不仅是他痛苦回忆的场景，也是其创造的源泉。狄更斯不但直接面对观众创造，而且不听劝告，违背常识，超负荷地在一个又一个演讲大厅，一条又一条大街朗读自己的小说，到19世纪60年代已经到了令他着魔的程度。因此，他几乎不能摆脱过度生产的负荷，也不能摆脱时代的焦虑。他陷入了恶性循环：难以释怀的夜间闲逛和对艺术创新的着迷耗尽了他的生命，最后在街道的公共阅读中加速了他的早逝。

值得指出的是，20世纪80年代用来分析狄更斯作品的另一心理理论是第三势力心理学（Third Force Psychology）。这一概念由德国心理学家克伦·霍尼（Karen Horney）提出，但是美国心理学家亚伯拉罕·马斯洛（Abraham Maslow）创造了这一朗朗上口的名字。霍尼提出了另一种弗洛伊德的个性理论，他认为，为了理解成年人的行为，没有必要回到童年。伯纳德·J. 帕瑞斯（Bernard J. Paris）是将第三势力心理学运用于文学研究的热心的倡导者，他在《第三势力心理学与文学研究》的序言中写道，运用霍尼的心理方法有助于读者洞悉这些人物。帕瑞斯（Paris）在《想象的人类：文学人物冲突的心理方法》（*Imagined Human Beings: A Psychological Ap-*

① Ned Lukacher, "Dialectical Images: Benjamin/Dickens/Freud." *Primal Scene: Literature, Philosophy, Psychoanalysis*, 275 - 336. Ithaca, NY and London: Cornell UP, 1986, p. 14.

② Ibid., pp. 218 - 219.

proach to Character and Conflict in Literature，1997）中将霍尼的理论运用到狄更斯作品的分析之中。他的分析以匹普的个性为重点。帕瑞斯指出，匹普不是记录过去的越轨而被救赎的成年人，而是一个陷于困境的个体，对他的看法需要具体分析。帕瑞斯的解读挑战了过去的解读。与大多数心理批评家一样，他的重点是心理分析而不是主题分析，但是帕瑞斯解释了匹普揭示了狄更斯最感兴趣的社会主题。另一研究著作是克里斯蒂·凡·博赫曼（Christine Van Boheemen）的《作为家庭罗曼史的小说：从菲尔丁到乔伊斯的语言、性别与权威》（*The Novel as Family Romance*：*Language*，*Gender*，*and Authority from Fielding to Joyce*，1987）。她将拉康与弗洛伊德的心理分析理论与德里达、福柯的解构主义理论结合起来，将再现的小说当作“确认的主体性的镜子”（a confirming mirror of subjectivity）[①] 来考察。她认为自我观念受到唯物主义和科学概念的挑战，二者都质疑了主体（人）的永恒观念。克里斯蒂·凡·博赫曼以《荒凉山庄》为重点，在狄更斯的小说与达尔文的文本之间寻找相似点，以揭示自我怎样受到威胁。她指出，通过埃斯特的身份探求，狄更斯在越来越无意义的世界提出了赋予生命意义的方法。

如果说克里斯蒂·凡·博赫曼以人物为中心，那么格温·沃特金斯（Gwen Watkins）的《寻找自我的狄更斯：狄更斯作品中反复出现的主题和人物》（*Dickens in Search of Self*：*Recurrent Themes and Characters in the Work of Charles Dickens*，1987）则以小说家狄更斯为中心。沃特金斯以心理学家和精神病学家的理论为依据，探索了狄更斯的性格分裂以及对意识的支配。她不是深入考察狄更斯的某一部小说，而是寻找隐藏在全部作品中的心理主题，在她看来，这为证明狄更斯个性的复杂提供了证据。

沃特金斯认为，“人们被遗忘的过去而不是被记住的过去束缚着。在有意识的记忆开始之前，创伤折磨着儿童的心灵，正是被遗忘的过去才形成狄更斯的无意识的自我”[②]。“为了保证其个人的、社会的、文学的未来，

---

① Christine Van Boheemen，The Novel as Family Romance：Language，Gender，and Authority from Fielding to Joyce. Ithaca，NY and London：Cornell UP，1987，p. ix.

② Ibid.，p. 3.

狄更斯着魔于构建难以改变的外在自我。”[①]《董贝父子》之后日益让狄更斯着魔的反复出现的人物类型和主题即源于这种自我。他不得不持续不断地拷问和探索反复出现的人物类型和主题。在狄更斯的作品中，《钟声》最早讨论出生权问题，后来反复出现在《董贝父子》《荒凉山庄》《双城记》以及一些短篇小说中。《董贝父子》开始探索了早先尚未深入探讨的主题，如儿童之死、空心人、无人疼爱的孩子等。《着魔的人》拒绝这样一种观念，即遗忘早先的痛苦和委屈可以彻底消除因之引起的不幸。在《马戈比车站》中着魔的人物再次出现，也在寻找早先的被遗忘，只不过这次是以逃离生日的形式出现。《大卫·科波菲尔》运用了童年创伤时期有意识的回忆，但它又出现在寻找母亲的无意识回忆之中，这也是《荒凉山庄》的重要主题。如同《艰难时世》中的露易莎和《小杜丽》中的克伦南一样，戴德洛克夫人是空心人主题的继续。《双城记》是死中求生主题以及自我分裂观念的继续，后来在《我们共同的朋友》和《艾德温·德鲁德疑案》中作了全面的探讨。

精神分析试图将这些“被遗忘的”记忆从无意识状态引入有意识的心灵，在沃特金斯看来，“当狄更斯运用某些主题和人物类型时，这恰恰是狄更斯无意识所要表达的……他处理这些材料的方法与精神分析师别无二致。这些方法让二者适应了他们的心理障碍，并为探寻自我更加深层次的一面打开了方便之门”[②]。“认为这些反复出现的人物类型和主题起源于狄更斯的无意识心灵，即是让他的作品进入心理的病历记录而不是伟大的创造性作品。”[③]“心理学家与精神病学家报告自己的实验与观察结果，而小说家和诗人则从内在的方面向我们呈现人类的困境。不是说狄更斯是一位心理地图专家，而是说他对一个国家，乃至一处景观了解得如此透彻。像普鲁斯特一样，他终其一生都听到孩提时期让他震惊的啜泣。”[④]在沃特金斯看来，狄更斯的自我和个性从来没有统一过。约翰·凯里在《暴力肖

① Gwen Watkins, *Dickens in Search of Self: Recurrent Themes and Characters in the Work of Charles Dickens*, Macmillan Press, 1987, p. 148.

② Ibid., pp. 3 – 4.

③ Ibid., p. 150.

④ Ibid., p. 153.

像：狄更斯的想象研究》中认为，狄更斯在本质上是一个喜剧作家。但沃特金斯认为，也可以说“狄更斯在本质上是一个悲剧作家。因为几乎他的每一部作品都向我们呈现了真实的感觉，他为我们描述了空心人的遭遇，但这种描述源于他的心灵深处”①。

与沃特金斯相反，亚历山大·威尔斯（Alexander Welsh）在《从版权到科波菲尔》（*From Copyright to Copperfield*, 1987）中争论说，如果批评家太看重狄更斯童年的事件，并将其看作对狄更斯的根深蒂固的无意识的心理影响，这样不利于狄更斯研究。威尔斯希望“把注意力从狄更斯童年性格的形成期转向成熟发展期，从家庭罗曼史转向写作生涯，从原创性声明转向创造性使用其他文献”②。威尔斯以狄更斯的三部作品《大卫·科波菲尔》《董贝父子》《马丁·朱述尔维特》为重点，表明了年轻时的狄更斯如何有意识地完善自己的艺术，并发展成为小说家的身份。这些塑造狄更斯的事件——美国之行——具有职业影响，因为这些事件让他改变了旧的文学形式，从早期的模仿到后来发展为成熟的作品。通过仔细考察这三部小说，威尔斯发现狄更斯从积极和消极两个方面将自己反映到作品中的人物之中，并以之为检验自己身份的手段。

在《维多利亚小说中的压抑》（*Repression in Victorian Fiction*, 1987）中约翰·库斯克（John Kucich）驳斥了创造性的心理理论，有力地证明狄更斯总是控制自己的材料。库斯克在其著作中证明他没有像弗洛伊德一样使用“压抑”（repression）一词，而是如 19 世纪小说家和读者所使用的文化决定论（Cultural decision）“以重视缄默或者将否定的情感置于肯定的情感之上”③。库斯克希望明确压抑行为如何演化为力比多行为（libidinal acts)。“自我欺骗和性欲自我满足经验的形式。”④ 他挑战了以下观念：压

① Gwen Watkins, *Dickens in Search of Self*: *Recurrent Themes and Characters in the Work of Charles Dickens*, Macmillan Press, 1987, p. 153.

② Alexander Welsh, *From Copyright to Copperfield.* Cambridge, MA and London: Macmillian, 1987, p. 1.

③ John Kucich, *Repression in Victorian Fiction*: Charlotte Bronte, George Eliot, and Charles Dickens. Berkelry: U of California P, 1987, p. 3.

④ Ibid.

抑行为只不过是资产阶级维多利亚社会规范所要求的，或用压抑作为过分简单化的反对男权制规范的行为。他认为这一过程更复杂，且在建构身份时具有生产性作用。通过运用福柯和法兰克福学派的理论，库斯克显示了批评传统卓越的意识以及他重点研究的小说家（包括狄更斯）的卓越的意识。狄更斯运用压抑作为让人物实现统一身份的意识策略。

罗伯特·希格比（Robert Higbie）虽然也采用了弗洛伊德的理论，但他的著作《狄更斯与想象》（*Dickens and Imagination*，1998）更为微妙。希格比承认他受到过埃德温·恩雷（Edwin Eigne）、弗雷德·卡普兰（Fred Kaplan）、哈里·斯通、加勒特·斯图尔特（Garrett Stewart）等先辈批评家的影响。但是他再一次探讨了一个让狄更斯批评家及其他维多利亚人着迷的主题："想象"的内蕴是什么？它与幻想、现实有什么区别？狄更斯如何使用想象？他为什么非用想象不可？希格比最终在心理学中找到了答案，他的解读以小说家狄更斯努力实现欲望目标为重点，同时承认完全实现欲望的最终实用性。希格比解释想象的浪漫主义观念如何因维多利亚人而改变，同时注意到想象和现实的对立在19世纪的诗歌与小说创作中起着关键作用。他对狄更斯小说的解读强调其运用对立冲突的方式，以之暗示可能存在一个更美好的世界。希格比指出，创造理想世界的激情源自狄更斯被父母所抛弃的感觉，这再一次强调小说家狄更斯在沃伦黑鞋油作坊被羞辱经验的重要性。希格比从小说中择取事件，强调现实与理想之间的冲突，然后解释想象如何使得小说家和读者看到严酷的、不变的现实世界，同时又怀抱事情会有好的转机的念头。

四 新历史主义批评

诞生于20世纪80年代的新历史主义以特有的方式回归历史，但它不是回到马克思主义所着力考察的以政治、经济制度为主的历史，而是一种文化性的历史。虽然新历史主义的历史观发生了很大的变化，但是在研究文学与社会、历史、现实的关系这一根本问题上与马克思主义批评是一脉相承的。可以说，在对文学的历史作用的强调上，新历史主义与马克思主义有着相通之处，但是它吸收了非历史主义批评的若干成分，它将马克思主义和后结构主义尤其是福柯的一些理论观点结合起来，强调阐释主体立足现代语境中努力重建历史语境，在全新的文本意义上解读“历史”和“意识形态”。

早期新历史主义者改变了对狄更斯作品大众化的看法。N. N. 菲尔特斯（N. N. Feltes）的《〈匹克威克外传〉的意义或商品文本的生产》（*The Moment in Pickwick or the Production of a Commodity Text*，1984）挑战了早期文学史家乔治·福特、罗伯特·派特恩（Robert Patten）对狄更斯声誉的看法。他宣称书籍生产的变化如同狄更斯的天才一样，与狄更斯的成功有着不可分割的关系。在解释出版业如何在英国成为有利可图的产业之后，菲尔特斯的结论是，在资本主义生产模式下吸引了大批资产阶级读者的《匹克威克外传》成了最早的商品文本。另外，小说向读者推广了他们乐于接受的资本主义意识形态。菲尔特斯在一系列文章中继续用马克思主义的理论来评价狄更斯和其他维多利亚作家，他的论文《现实主义，共识，“排斥自我”，质询维多利亚资产阶级》（*Realism*，*Consensus*，*and Exclusion Itself*：*Interpellating the Victorian Bourgeois*，1987）尤其如此。另外，菲尔特斯还运用了米歇尔·派克斯（Michel Pechux）和路易·阿尔都塞（Louis Althusser）的理论来解释社会如何以意识形态假设为基础来创造现实主义小说。

新历史主义批评家对于探索小说家狄更斯与时代的关系有着浓厚的兴趣，极其深刻地洞悉了狄更斯的小说是如何产生的。但是，他们强调揭示狄更斯反动的意识形态，认为狄更斯支持了居于支配地位的权力结构，因而他们创造出了令传统的狄更斯研究者不堪接受的狄更斯肖像。与其他理论家一样，新历史主义者常常将形式主义者、马克思主义者、社会主义者、历史学家的著作纳入其中。如，罗杰·赛尔（Roger D. Sell）在《狄更斯与新历史主义》（*Dickens and the New Historicism*，1986）中简明地解释了研究小说的新方法，令人信服地证明维多利亚时代的读者大众有着多方面的文学需求。为了让自己的作品博得大众的喜爱，狄更斯不得不对很多成分作出评价。赛尔挑战了小说具有统一性的观念。他指出，“与 20 年前相比，赋予狄更斯的小说以统一性绝非易事”[①]。新历史主义者不是探寻审美原则，而是对狄更斯的小说怎样具有互动的社会话语功能更感兴趣。赛尔指出：“为达到自己的目的，每个人都在盗窃狄更斯。”[②]

伊恩·邓肯（Ian Duncan）在其关注文本历史化的著作《现代罗曼史与小说变化：哥特小说，斯科特与狄更斯》（*Modern Romance and Transformations of the Novel*：*The Gothic*，*Scott*，*and Dickens*，1992）中争论说，小说成为19世纪的主流文学形式是因为它依赖于浪漫成分，“对人的生活进行了全景式的、历史的模仿以及对生活的批判”[③]。邓肯将狄更斯与其前辈作家瓦尔特·斯各特（Walter Scott）联系起来，称他们二位为“英雄作家”，凭自己的能力成了民族英雄人物。作为弗莱（Northrop Frye）和杰姆逊（Frederic Jameson）的追随者，邓肯以文类为中心，但是当弗莱和杰姆逊的理论不适用于他所发现的事实时，他就挑战自己的导师。例如，他指出了狄更斯与斯各特运用浪漫的方法有着本质的不同。斯各特“使罗曼史历史化，成了不同于现代生活的形式”，而狄更斯则“复制了这一差异”，掏空了罗曼史的“历史的、集体的责任，使之成了本体论的、个性化的文本”[④]。

邓肯认为，狄更斯通过自己的作品有意识地呈现于读者面前。在打造作者作为公众人物这一传统身份时，狄更斯的作品将自身作为个人存在的习语。“总是狄更斯在对我们说话。”[⑤] 但是狄更斯却十分崇拜斯各特，而且在诸多方面希望努力赶上斯各特。这是狄更斯不断模仿斯各特的作品努力写历史小说的原因所在。邓肯指出《巴纳比·拉奇》是失败之作，因为这是狄更斯“俄狄浦斯式的努力，试图挣脱斯各特的影响。这部小说是必不可少的”，但“最终是没有价值的”。[⑥] 他认为，《董贝父子》取得了极

---

① Roger D Sell，“Dickens and the New Historicism”. in *The Nineteenth-Century British Novel*，edited by Jeremy Hawthorn. London：Edward Arnold，1986，p. 67.

② Ibid.，p. 68.

③ Ian Duncan，*Modern Romance and Transformations of the Novel*：*The Gothic*，*Scott*，*and Dickens*. New York：Cambridge Up，1992，p. 2.

④ Ibid.，p. 15.

⑤ Ibid.，p. 193.

⑥ Ibid.，p. 232.

大的成功。在这部小说中，狄更斯将斯各特的浪漫与历史熔于一炉的技巧运用到了炉火纯青的境地，成就了狄更斯的具有独特风格的“历史小说”——以当下的生活为中心，描写生活中的人和事。邓肯的结论是，《董贝父子》是“革命叙事，通过阅读这部小说，推翻了一个朝代”。[①] 在主题层面，狄更斯全面实现了斯各特设法在其全部历史小说中所取得的成就：通过阐明过去而为现在提供客观教训。狄更斯以当下的生活为中心而提出自己的教训，并赋予小说历史意识。

盖尔·特利·休斯敦（Gail Turley Houston）的研究著作《消费小说：狄更斯的小说中的性别，阶级与饥饿》（*Consuming Fiction*：*Gender*，*Class*，*and Hunger in Dickens's Novel*，1994）将新历史主义与女性主义批评结合起来。与大多数新历史主义者一样，休斯敦关注的是狄更斯描写消费社会的方式。具体说来，她认为狄更斯关心饥饿和腻烦，这在他对饮食的描写中可以反映出来，狄更斯以隐喻的方式反映了社会的消费心态。由于她对狄更斯的以性别为基础的消费规则、以阶级为基础的规则这两个对立的立场感兴趣，在讨论饮食时，她千方百计地将维多利亚妇女的失调和种种疾病结合起来。在休斯敦看来，这象征了维多利亚社会的弊端。

玛丽·普薇（Mary Poovey）的女性主义批评将自己的专业知识与新历史主义分析结合起来，在《文学的阅读历史：〈我们共同的朋友〉中的投机与美德》（*Reading History in Literature*：*Speculation and Virtue in Our Mutual Friend*，1993）中表明解构只不过是一种新的形式主义。她认为，“文学与文学批评不会存在于形式主义真空之中”，但是，“不可避免地要关注政治”[②]。她认为，文学作品“使读者认识到文学文本的语言意义和联想网络”[③]。为了全面认识文学文本的意义，必须将文本置于“它参与讨论的具

① Ian Duncan，*Modern Romance and Transformations of the Novel*：*The Gothic*，*Scott*，*and Dickens*. New York：Cambridge UP，1992，p. 252.

② Mary Poovey，“Reading History in Literature：Speculation and Virtue in *Our Mutual Friend*”. In *Historical Criticism and the Challenge of Theory*，edited by Janet levarie Smarr，42 – 125. Urbanna-Champlain：UP of Illinois，1993，p. 42.

③ Ibid.，p. 43.

体的历史语境"[①]。在解读《我们共同的朋友》时，普薇考察了"资本组织和投资新形式提供的无限机遇所引发的复杂的金融、伦理和法律问题"[②]。她将小说看作狄更斯对新制度所构成的威胁的评价，尤其是在家庭领域。通过积累19世纪详尽的资料，她认为狄更斯的小说有助于按照新的经济制度对种族、性别关系、个人与阶级之间的经济关系的影响来争论新制度的价值观。她揭示了小说中的矛盾——狄更斯可能没有意识到这种矛盾，但是这种矛盾有助于更好地理解小说家狄更斯认识和评价自己所处的时代，同时又身陷于时代之中无法超越时代的结构和传统。

1992年女性主义批评家安妮·萨德兰（Anny Sadrin）出版了从历史和语境视角解读《荒凉山庄》的专著，从"遗传"的角度考察了狄更斯的主人公。她的《查尔斯·狄更斯小说中的血统与遗传》（*Parentage and Inheritance in the Novels of Charles Dickens*，1994）提出了新的研究方法：遗传观念。作为希尔维瑞·莫诺德的追随者，萨德兰认为，"继承父亲的姓名和财产对于决定狄更斯的全部主人公的本体论地位至关重要"，她将这种继承称之为"通往自我认识，自我定义，自我接纳的必要的一步"。[③] 在她看来，狄更斯将"人与财产的关系看作是本体论朝圣的世俗表现"。[④] 萨德兰批评了没有注意遗赠及以其他形式传递遗产的重要性的前辈批评家，因为这是狄更斯从《奥列佛·退斯特》到《我们共同的朋友》等小说的关键所在。

另外三部重要的研究著作显示对文学与经济的关系有着浓厚的兴趣。大卫·特罗特（David Trotter）在《社交活动：笛福，狄更斯及小说经济》（*Circulation：Defore，Dickens，and the Economies of the Novel*，1988）中指出，狄更斯预示了社会科学的发展。透过"经济学"这面镜子来解读小说，即贸易实践成了关键隐喻。大卫·苏考夫（David Suchoff）在《批评

① Mary Poovey，"Reading History in Literature：Speculation and Virtue in *Our Mutual Friend*". In *Historical Criticism and the Challenge of Theory*，edited by Janet levarie Smarr，42 - 125. Urbanna-Champlain：U of Illinois P，1993，p. 47.

② Ibid.，p. 48.

③ Anny Sadrin ed.，*Dickens，Europe，and the New Worlds*. London：Macmillian，1999，p. x.

④ Ibid.，p. 4.

理论与小说：狄更斯、麦尔维尔和卡夫卡的大众社会与文化批评》（*Critical Theory and the Novel*：*Mass Society and Cultural Criticism in Dickens*，*Melville*，*and Kafka*，1994）中研究狄更斯为大众写作的方法及政治问题，苏考夫以福柯、法兰克福学派，尤其是瓦尔特·本雅明和阿多诺的理论为基点，阐明狄更斯如何有助于建构社会小说“自由的—现代主义范式”（Liberal-modernist paradigm）①。对于那些认为狄更斯疏离了维多利亚社会的批评家，苏考夫提出了批评。在他看来，狄更斯对那个时代的工业文化一贯持辩证的理解，因而批评维多利亚时代英国的唯物主义者和帝国主义者。安德鲁·米勒（Andrew Miller）的《玻璃背后的小说：商品、文化和维多利亚叙事》（*Novels Behind Glass*：*Commodity*，*Culture*，*and Victorian Narrative*，1995）运用叙事学、女性主义和社会历史学等方法，研究小说家狄更斯对社会商品化的再现与描写。“促使中期的小说家最关心的问题是无所不在的焦虑”“20世纪的社会与道德被简约为一个商品仓库，一个展示窗口，人、人的行为及其信仰因为经济欲望而展示得一览无余。”② 他认为《我们共同的朋友》极出色地证明了家庭生活与公共生活之间的冲突。安德鲁·米勒揭示了倾向于秩序及“在资本主义转型的高峰期由被弃的碎屑所组成的城市景观之间的冲突”③。米勒指出，狄更斯没有在其他的作品中如此强化再现私人空间与公共空间、私人价值观与公共价值之间的矛盾。

20世纪90年代出版的两部著作汇集了后现代主义最优秀的思想。首先，朗文批评读者的系列出版物，史蒂芬·康纳（Steven Connor）主编的《查尔斯·狄更斯》（1996）展示了20世纪狄更斯批评广阔的理论背景。康纳汇集了后结构主义、福柯、马克思主义、性别研究、心理批评等方法的论文和摘录，还辑录了米哈伊尔·巴赫金影响深远的《小说中的众声喧哗：〈小杜丽〉》（*Heterogossia in the Novel*：*Little Dorrit*）④。康纳的导言简明

① David Suchoff, *Critical Theory and the Novel*：*Mass Society and Cultural Criticism in Dickens*, *Melville*, *and Kafka*. Madison：U of Wisconsin P, 1994, p. 3.

② Andrew H. Miller, *Novels Behind Glass*：*Commodity*, *Culture*, *and Victorian Narrative*. Cambridge：Cambridge UP, 1995, p. 6.

③ Ibid., p. 120.

④ 在俄国出版于1935年，但在英美学术界直到20世纪70年代才广为人知。

地概述了 19 世纪中叶以来狄更斯批评存在的问题。他指出，20 世纪晚期的理论家如何推翻结构主义和象征主义方法，取代了狄更斯同时代的马修·阿诺德所倡导的红极一时的道德批评。其次，安妮·萨德兰编写的《狄更斯，欧洲与新世界》（*Dickens*, *Europe*, *and the New Worlds*, 1999）汇集了 1996 年的会议论文。这些论文试图将狄更斯置于更广阔的欧洲语境来进行研究，因此，它拓展了狄更斯研究的范围，超越了传统的英美视角。最后，五篇论文研究狄更斯与大陆的关系，尤其是与法国、意大利的关系。另两篇以狄更斯与美国的关系为重点，还有三篇研究狄更斯与殖民地的关系。其他论文研究“他者性”“异常”、科学等概念，展示了 20 世纪晚期批评理论对狄更斯研究的影响。6 篇文章研究狄更斯对当代世纪的影响以及现代世界对目前认识狄更斯的影响，这些研究为 21 世纪的狄更斯批评指明了方向。

威廉·J. 帕尔默（William J. Palmer）是普杜大学的英语教授和《现代小说研究》的编辑，他出版了批评著作《约翰·福克斯的小说》，两部文化史著作《七十年代的电影》和《八十年代的电影》。他还撰写了一系列有关维多利亚侦探小说的评论，如《侦探与狄更斯先生》《路劫与狄更斯先生》《淘气姑娘与狄更斯先生》等。

帕尔默 1997 年出版的《狄更斯与新历史主义》（*Dickens and the New Historicism*, 1997）比赛尔的研究范围更为广泛，该书从新的视角考察了文学巨人狄更斯的小说经典。他运用福柯、米歇尔·巴赫金、海登·怀特（Hayden White）、多米尼克·拉卡颇（Dominick Lacapra）的新历史主义理论作为出发点，批判性地分析了狄更斯的作品，阐释狄更斯如何在小说中提出自己的历史观。

威廉·J. 帕尔默认为狄更斯创造了“历史哲学”。他指出：“狄更斯的全部作品以历史书写过程的定义、构成和民主化为中心。狄更斯不仅表达了 18 世纪以及维多利亚时代边缘的参与者，而且从边缘化的声音视角逐渐形成了历史哲学。”① “狄更斯的小说始终关注历史风格的诗意成分，表达

① William J. Palmer, *Dickens and the New Historicism* New York: St. Martin's Press, 1997, p. 4.

了历史哲学。……狄更斯的历史哲学关注的是发现扩展性隐喻（extended metaphor）和描写范式，将其历史观表达为从过去走向未来的观念流。”①

关于狄更斯的历史哲学的特点，帕尔默指出：

> 如果说福柯呈现了“历史之历史”（history of history），那么狄更斯的小说则揭示了历史之本质。他的小说不仅描写了历史事件、人物、环境等，而且分析了历史是如何运作的，历史对文化和社会的贡献，历史对我们有哪些启迪，历史如何为社会指明未来的方向。狄更斯以其历史小说成了历史编纂学家，元历史学家。他推断历史的意义，表达哲学观念。他的每一部小说皆揭示了历史意识的本质，阐释了自我反思的历史哲学。②
>
> 狄更斯的历史哲学具有对话性。每一次船难都有营救，每一位边缘化的工人皆有一名勤劳苦干的中产阶级成员愿意倾听他的声音，按照这位工人的思想去行动。尤其重要的是，狄更斯的历史哲学总是处于不断完善的过程中，他将维多利亚时代再现为一个狂欢化的世界，人类互动的盛大游戏（grand play）逐步走向阳光灿烂的未来。③
>
> 狄更斯植根于完美和慈善的历史哲学是积极的……但他不是盲目的乐观主义者或浪漫主义的先验论者（如华兹华斯和雪莱）。他是社会现实主义者，识破了工业革命带来的危险——丧失人性，物欲至上，中产阶级和工人阶级内部的边缘化（interior marginalization）。狄更斯的历史哲学以维多利亚时代为焦点。④
>
> 狄更斯将工业革命后的肮脏、剥削、物欲至上和阶级势利视为那个时代的痼疾，他的历史哲学便由此脱颖而出。狄更斯的历史哲学以现存的个体为中心，他们走出黑暗，走向文明，能够治愈顽症。对狄更斯而言，历史是觉醒的叙事，他笔下的不少人物如同来自柏拉图洞

① William J. Palmer, *Dickens and the New Historicism*. New York: St. Martin's Press, 1997, p. 169.

② Ibid., p. 167.

③ Ibid., p. 171.

④ Ibid., p. 169.

穴的类人猿一样，第一次看到了现实的光明，并全力去拥抱光明。[1]

在帕尔默看来，狄更斯比他同时代的任何历史学家都要敏锐，狄更斯的历史哲学洞悉了时代特征并根据时代特征来写作。他熟悉社会不同阶层、阶级、年龄段和性别的读者以及他们的态度和立场，熟悉边缘人群的声音。狄更斯精确地了解读者需要阅读哪些书，看什么戏，读什么新闻，使用什么语言来表达自己的喜怒哀乐。狄更斯夜间浪迹街头不仅仅是为了饭后运动，更是为了获取影响其社会历史的文化信息。因此，帕尔默称狄更斯为“渐进的现实主义人道主义者”（realist evolutionary humanist）、“边缘人群的社会历史学家”。帕尔默表明，狄更斯的历史哲学将他置于18世纪的观念史的代表人物并预示了20世纪的存在主义历史。

总之，帕尔默探索了狄更斯运用哲学、经济和文学历史作为其小说的情节、主题和人物的发生器。帕尔默声称，狄更斯的小说不仅具有历史性，而且是元历史（metahistorical）。狄更斯在小说中书写的历史是“突发暴力”（irruptive violence）的历史。他从各个维度丰富那个时代的历史叙事。他明确将自己界定为历史学家，而将维多利亚时代定位于历史意识的焦点。

帕尔默认为，狄更斯在其小说中描述历史，是一个“去中心主义者”[2]。他指出：“狄更斯的每一部小说都质疑了历史的精确性，从新的视角重新审视历史”[3]。帕尔默认为狄更斯与历史主义者怀有共同的信仰，即被压迫民族的历史是对“建构行为”的“抵抗”[4]，满足于这样一种理念，即历史是去中心的、多价的、混沌的。他认为，新历史主义的很多观点可以用来解读狄更斯的艺术方法，因为这有助于启迪读者理解狄更斯的写作动机。帕尔默的意思是狄更斯的目标是试图成为一个社会改革者。阅读帕尔默的著作就会发现，他笔下的狄更斯接近于T. A. 杰克逊在《查尔斯·

① William J. Palmer, *Dickens and the New Historicism*. New York: St. Martin's Press, 1997, p. 171.

② Ibid., p. 4.

③ Ibid., p. 13.

④ Ibid., p. 14.

狄更斯——一个激进人物的进程》(1937)中所描绘的狄更斯或者萧伯纳笔下的激进的狄更斯。

新历史主义的历史观迥异于传统的历史。传统的历史通常像帝国一样发挥作用，掌权者决定历史的书写，因为掌权者控制了书写传统历史所必需的文件。权力中心控制了所阅读的文本，哪些声音可以让历史学家听到。过去历史为掌权者所控制，如同帝国控制了受压迫民族并将土著人变成奴隶一样，历史压抑了来自边缘的声音。传统历史书写了狭隘的叙事(narrow narrative)。新历史主义则千方百计地丰富叙事，找到能够显示现存叙事的另一面的声音。新历史主义以对话的方式纠正了历史意识的进程。它不是修正主义，因为它不是从某一视点如经济角度改写历史。新历史主义试图抵消传统历史引起的种种疏漏(omission)、滥用(abuse)和视野狭窄，试图丰富历史意识，用受到压抑的声音填充现存的历史故事，按照新的文本与现存的历史文本之间的对话关系来阐释历史。

新历史主义的历史观将历史主义的历史当作一种历史文本，读者面对历史文本可以有自己的解释和创造，把客观的历史变成了主观的历史。但是在研究文学与社会、历史、现实的关系问题上与正统的马克思主义批评是一脉相承的：将狄更斯的生平及作品放在社会历史、文化的大背景中加以理解，反对把文学作品与社会历史割裂开来的方法，重视文学的批判功能。因此，新历史主义批评是马克思主义在新的历史条件下的演进和发展。

新历史主义批评将马克思主义与后结构主义批评结合起来，将历史维度注入后结构主义批评当中，在全新的文本意义上，解读“历史”和“意识形态”，挑战了马克思主义批评家对狄更斯声誉的传统看法和崇拜倾向，探索狄更斯与时代的关系，强调揭示狄更斯反动的意识形态、支持居于支配地位的权力结构，他虽然猛烈抨击社会制度，但是十分满足于现状，在骨子里是一个十足的保守者。在批评方法上，常常与其他的批评方法融为一体，如马克思主义批评、形式主义批评、心理批评、女性主义批评等，并且关注文本的历史化。

五 文化批评

20世纪80年代，文化研究如火如荼。文化批评是从性别、种族、阶级、性倾向、视觉等亚文化视角考察和批判人类社会文化的文本与实践，它主要表征在大众文化研究、后殖民批评、性别政治和知识分子理论四个基本方面。在维多利亚文化研究领域狄更斯是无法绕过的研究对象。对文学与19世纪生活感兴趣的研究专家尤其如此。文化批评在狄更斯研究领域主要体现在两个方面，一是大众文化研究，二是立足于种族、性别与阶级三层面的后殖民批评。

（一）大众文化批评

狄更斯的小说绝大多数以连载的形式发表，每一期皆由文字版和相应的插图组成，插图是其艺术不可或缺的一部分，他的创作与原创插图画家有着千丝万缕的联系。这既是视觉媒介和视觉技术的运用，也是文化产业的最初尝试。

狄更斯的小说不仅受到普通大众的欢迎，而且一直为电影制片人所青睐。狄更斯的作品充溢着强烈的戏剧性，不断被改编为戏剧、电影和电视。到20世纪80年代狄更斯的小说基本上都被改编为戏剧、电影和电视剧。由此出现了以改编狄更斯作品为论旨的严肃的学术研究，这一方面成了一块硕果累累的研究领域。

随着网络时代的来临，新兴的赛博空间又为狄更斯研究开辟了新的研究维度。

1. 视觉文化批评

英国雷丁大学英语讲师尼古拉·布拉德伯里（Nicola Bradbury）撰写了《亨利·詹姆斯：晚期小说》《查尔斯·狄更斯的〈远大前程〉》等著作。他的论文《狄更斯与小说形式》探讨了狄更斯小说的连载出版对于小说形式所产生的文化、经济和审美意义。布拉德伯里认为，狄更斯充分利用连载形式，产生了极佳的艺术效果。“狄更斯有意无意之间有效地确定了自己小说形式的外形、节奏、结构和韵味，并且发展了对作者生产自己的作品时的专业技能的期待，也发展了对读者接受他的作品时的审美效果的期待。他使小说成为维多利亚时代读者心目中的形式，创造并支配读者对小说的渴求，这种渴求反过来又创造出对想象性艺术技巧与社会变革的需求。讲故事者的艺术、《天方夜谭》的推延策略、记者敏锐的观察和报道能力、讽刺家改革现实的力量、小丑或悲剧演员感动观众的力量等诸多方面在狄更斯的创作生涯中得到充分的发挥。”①

“分期出版使得狄更斯的作品能够引起并保持读者的好奇心和悬念……同时在描绘人物形象和展开情节方面让作者体验到大众需求的压力。在某种意义上，连载预示了狄更斯后来在深受大众喜爱的公开朗读中与现场观众发展起来的极其融洽的关系。”②

“狄更斯对小说形式的发展引发了非常独特的批评和理论方法。出版历史学家可能注意到狄更斯对市场引人注目的开拓、‘独一无二’的风格品牌以及对消费需求的关注。”③

概括而言，狄更斯的作品都以连载的形式问世，这种出版体制成了维多利亚时代文学在伦敦流通的神秘通货，对于小说形式具有深刻的文化、经济和审美意义。连载出版，分期购买，成就了绝大多数读者购买小说的欲望，使得狄更斯的作品能够保持读者的悬念，操纵读者的想象力，对小说形式的外形、节奏、结构和韵味引发了革命性的发展，情节结构与陪衬情节结构、剧情突转与逆转、危机与灾难、对巧合与解脱的诱惑等艺术手法的娴熟运用，情节剧、犯罪小说、神话、童话故事、民谣等无一不被狄更斯纳入其作品之中。

俄勒冈大学教师里查德·L. 斯特恩（Richard L. Stein）撰写了《阐释的仪式：罗斯金、罗塞蒂、佩特作品中的文学艺术》《维多利亚时：英语文学与文化》等专著。他撰写的《狄更斯与插图》一文探讨了狄更斯在其创作生涯中对维多利亚时代的视觉文化的回应。他认为，狄更斯对插图有着特别的兴趣，对插图的功能有着理性的认识。“插图预现文本，提供形

① Nicola Bradbury, Dickens and the Form of the Novel, From *The Cambridge Companion to Charles Dickens*, Shanghai: Shanghai Foreign Language Education Press, 2003, pp. 152 - 165.

② Ibid.

③ Ibid.

象，读者凭借形象可能期待情节、人物，或小说的展开部分关注的问题。配对插图具有这种功能，还有其他功能，因为它们也表示小说的划分、内在的差异以及特定的某期的起讫点。《荒凉山庄》每月的插图对于表明小说的关键方面——它的起伏、情感与写实的范围——尤其有效。连续插图的顺序使读者对小说不断发展的认识——它所描写的世界与视角——形成一种结构。"①

狄更斯将视觉看作那个时代最强有力的认知形式。"在现代多元话语的意义上，这是超出了学科、知识形式和再现模式界限的信息和原始资料。在这里，政治、法律、运动和时尚等多元化的世界，跨越阶级、种族和性别——以及言语和视觉艺术的界限，互相接触摩擦：高雅文化挨着大众文化，印刷挨着视觉文化，艺术世界挨着广告世界，上流社会入迷地观看社会的盛大演出。"②

在狄更斯时代，不少读者还不识字，他们从别人的朗读中了解并热爱狄更斯的小说，通过插图建构想象的文本，插图为 19 世纪不识字的读者奉献了"穷人的圣经"，也为狄更斯的小说打开了广阔的市场。插图是狄更斯的作品具有现代性因子的重要表现形式，狄更斯的创作对维多利亚时代视觉文化的发展作出了积极的贡献。

2. 影视文化批评

狄更斯的小说叙述技巧为许多电影制片人所借鉴。1944 年俄国的电影导演谢尔盖·爱森斯坦（Sergei Eisenstein）在其影响深远的论文《狄更斯、格里菲斯与当代电影》中，通过对《奥利弗·退斯特》大胆的形式解读，认为狄更斯的道德观开始进入理论和批评意识之中，"我们的电影……不是没有父母，而狄更斯是鼻祖的鼻祖"③。

约·劳逊在《电影与小说》中指出："许多出色的电影创作人员都承认小说对自己有帮助，特别是从十九世纪的小说大师那里得到教益。格里

---

① Richard L. Stein, "Dickens and Illustration", From *The Cambridge Companion to Charles Dickens*, Shanghai: Shanghai Foreign Language Education Press, 2003, pp. 167 – 188.

② Ibid.

③ Sergei Eisenstein, "Dickens, Griffith, and the Film Today" in *Film Form: Essays in Film Theory*, p. 232.

菲斯从狄更斯那里学到了很多重要的东西，爱森斯坦发现狄更斯的叙述技巧体现了蒙太奇的原则。冯·斯特劳亨摄制《贪婪》的时候曾经说过，他要用狄更斯、莫泊桑、左拉和弗兰克·诺里斯的方式反映生活。”[①]

迈克尔·克莱因（Michael Klein）和吉利安·帕克（Gillian Parker）合编的《英国小说与电影》（*The English Novel and the Movies*，1981）收录了三篇有关狄更斯的小说改编为电影的论文。布赖恩·德斯蒙·亨特（Brian Desmond Hunt）1951年版的《圣诞欢歌》，乔治·库克（George Cukor）1935年版的《大卫·科波菲尔》，大卫·里恩（David Lean）1946年版的《远大前程》，这些论文讨论了不同媒介之间的相互关系，强调将一种形式改变为另一种形式所要求的变化。在《埃比尼泽·斯克鲁奇的生活与时代》（*The Lives and Times of Ebenezer Scrooge*，1990）中保罗·戴维斯（Paul Davis）追溯了人物的演化过程，这个人物1843年最初出现在《圣诞欢歌》，1988年电影改编为《斯克鲁奇》，由喜剧演员比尔·默里（Bill Murray）主演。戴维斯研究改变人物的方式，证明小说人物形象的魅力，并暗示了不同历史时期观众的需求。

《圣诞欢歌》电影版本的成功强调了迈克尔·坡英特（Michael Pointer）的《查尔斯·狄更斯在屏幕上》（*Charles Dickens on the Screen*，1996）的一个基本前提。坡英特指出：“虽然狄更斯拥有依然新鲜而现代的声誉，这与其说是他的写作风格，倒不如说是他书中的惊人的描写，对电影和电视尤其具有吸引力。”[②] 他以1897年最初的电影活动为出发点，几乎研究了近百年改编的每一部狄更斯小说，探讨了导演和编剧如何坚持狄更斯的原创故事。

约翰·格拉文（John Glavin）的《狄更斯之后：阅读、改编和表演》（*After Dickens*：*Reading*，*Adaptation and Performance*，1999）与其说是对狄更斯作品的批评，倒不如说是告诫读者再创造并改编狄更斯的小说。格拉文挑战了读者，搁置传统的解读，以反常的方法对文本进行阐释。他坚持

---

① ［美］约·劳逊：《电影语言四讲（四）：电影与小说》，齐宙译，中国电影出版社1961年版。

② Michael Pointer，*Charles Dickens on the Screen*. Metuchen，NJ：Scarecrow Press，1996，p. 2.

认为，小说必须由个别读者进行修订以保持意义的形式。格拉文鼓励读者将狄更斯的文本当作自我表演再创造的主体。但这种方法不受主流批评界的欢迎。即使擅长于当代理论的格雷厄姆·史密斯（Grahame Smith）对格拉文的批评精神也持谨慎态度。约翰·格拉文编辑的《银屏上的狄更斯》（*Dickens on Screen*，2003）辑录了著名的狄更斯研究专家的论文，研究小说家狄更斯对电影制作的影响。格雷厄姆·史密斯的奇特但饶有兴趣的《狄更斯和电影梦》（*Dickens and the Dream of Cinema*，2003）挑战性地研究了小说家狄更斯，将狄更斯看作20世纪电影制片人的先驱。史密斯从瓦尔特·本雅明那里获得启迪，认为狄更斯预示了20世纪电影业的特征。史密斯指出的不是小说与其后的电影之间的因果关系，而是研究再现的技巧与结构，这种结构暗示建构电影必要成分的知觉意义。史密斯研究狄更斯全神贯注于他那个时代的视觉娱乐以及着迷于再现城市生活复杂性的问题。这部著作截然不同于奠定史密斯作为狄更斯学者声誉的其他著作，但它表明这种研究在21世纪的批评中会越来越流行。

美国印第安纳大学伯明顿分校的副教授乔斯·马什（Joss Marsh）认为，狄更斯的小说充溢着强烈的戏剧性，不仅受到普通大众的欢迎，而且一直为电影制片人所青睐，电影史上的重要人物格里菲斯、爱森斯坦等公开宣称他们的每一部重要电影都从狄更斯那里受到形式方面的启发。“电影人数众多的观众、社会功能、情节结构和叙事技巧是从小说那里继承来的。电影从其手上继承最多遗产的作家，是最为别出心裁地接受了电影的其他祖先影响的维多利亚时代作家查尔斯·狄更斯。”① 自从1897年电影放映公司将《南西·赛克斯之死》搬上银幕以来，由狄更斯作品拍摄而成的电影多于其他任何作家的作品拍成的电影：记录在案的狄更斯电影有130部。马什认为狄更斯的插图和连载方式成为电影和电影的源头。“在整个维多利亚统治期间，狄更斯作品中的插图作为‘活人造型’（电影的另一祖先之一）的蓝图而变得家喻户晓，并因此成了明显的电影源头。”“自1987年以来，电视学习埃德萨德的榜样，常常用两部分（有时三部分）的

① Joss Marsh, “Dickens and Film”, From *The Cambridge Companion to Charles Dickens*, Shanghai: Shanghai Foreign Language Education Press, 2003, pp.204－222.

戏剧版式代替狄更斯作品自然地适合的传统的连载方式。”①

3. 网络文化批评

美国梵得比尔大学的詹伊·克莱顿（Jay Clayton）教授的专著《赛博空间的狄更斯：十九世纪在后现代文化的再生》（*Dickens in Cyberspace: The Afterlife of the Nineteenth Century in Postmodern Culture*，2003）探讨了狄更斯在赛博时代的再生。值得指出的是，克莱顿的标题容易误导读者，因为他的著作研究了很宽泛的话题而不仅仅是某一位小说家的作品。但是在克莱顿研究维多利亚人与其后现代的子子孙孙的相似点时，每一章都笼罩着狄更斯的阴影。克莱顿指出，狄更斯在很多方面预见了网络时代和解构主题。他是技术的拥护者，公开的自我促进者，一位利用资本主义国家的机遇同时指责其社会缺陷的实验者。“与 19 世纪的其他作家不同，狄更斯对互联网尤其着迷……离开伦敦时，他在邮车和火车上从事创作，急急忙忙地写信，并从邮局寄出去。他用电报发送信息。他不仅是维多利亚时代的技术进步福音的信仰者，而且他本人正是一个成功的创业者。像今天的互联网先驱一样，他是为自己的作品开拓新的销售渠道的天才。他的每一部小说按月出版，在周刊上连载，并出版统一版本。这些重大突破与发明，狄更斯起了重大作用。另外，这些规划的商业化，他从不持反对的态度。从一开始，他的连载小说就刊登广告，一旦发现从其创造的作品中衍生出派生产品，如小耐尔雪茄烟、甘普雨伞，他就有一种满足感。虽然销售这些产品他没有获得任何版税。他深谙宣传价值，犹如他后来认识到公共阅读的市场价值一样。虽然狄更斯没有发明出版技术，但计算机行业的人总是称之为‘早期的使用者’。他创办的杂志《家常话》每一页上都印有‘狄更斯’主编几个字，这一 19 世纪的印刷媒体设计出来的信息渠道，与当今的公司主页相近。”②

虽然克莱顿的标题具有隐喻的维度，但是专著中重要的一章“匹普是

① Joss Marsh, “Dickens and Film”, From *The Cambridge Companion to Charles Dickens*, Shanghai: Shanghai Foreign Language Education Press, 2003, pp. 204 – 222.

② Jay Clayton, *Dickens in Cyberspace: The Afterlife of the Nineteenth Century in Postmodern Culture*, Oxford University Press, 2003, pp. 3 – 4.

现代人吗？”或“新千年之交的狄更斯”直接研究小说家在 21 世纪初的声誉。克莱顿发现狄更斯的影响无处不在。虽然他的小说没有摆在每个人的书架上，但是以他的人物和景观命名的企业、专门讨论狄更斯及其作品的网站，他一直出现在大中学的教学大纲上，他对当代圣诞庆典的重大影响——虽然是当代活动，但以怀念昔日而闻名——这是狄更斯在威斯特敏斯特教堂安息一个世纪之后依然活着的确凿无疑的标志。

格拉文、史密斯和杰伊·克莱顿的研究表明，狄更斯仍然活在 21 世纪的“读者”之中。好莱坞和英国的广播公司几乎将狄更斯的所有作品都改编成了电影或电视连续短剧。这种电影或电视连续短剧以电子形式（录像、DVD 等）复制。因此，成千上万的人不是直接从文本中了解狄更斯，而是从视觉演绎中了解狄更斯。这对于我们理解狄更斯及其他所描写的世界是一个大有可为的研究话题。

（二）后殖民批评

后殖民批评立足于种族、性别与阶级三个层面，从原殖民地文化出发，反思过去帝国主义、殖民主义长期形成的一整套思想体系，解构文化殖民主义和文化霸权，对西方宗主国的经济和文化侵略进行意识形态抵抗。

苏文德瑞尼·佩雷拉（Suvendrini Perera）的《帝国的影响范围：从厄齐沃特到狄更斯的英国小说》（*Reaches of Empire*：*The English Novel from Edgewater to Dickens*，1991）是关于狄更斯作品最早的后殖民研究之一。在研究帝国的意识形态构建小说的文学形式方面，佩雷拉研究了狄更斯的两部小说《董贝父子》和《艾德温·德鲁德疑案》，显示出“在其中心拥有帝国贸易的宇宙体系”，如《董贝父子》中的宇宙体系，如何揭示殖民主义缓慢却无情地影响英国经济及英国小说家的方式。早在殖民主义成为吉卜林、康拉德等作家公开的话题之前，小说家发现在他的作品中使殖民地和殖民地人民边缘化越来越困难，最终不得不面临殖民地对英国经济和文化的影响。用后殖民主义理论来批评狄更斯的作品在 21 世纪初的十年尤其有影响力，这为研究狄更斯提供了新的视角。论文集《狄更斯和帝国的儿童》（*Dickens and the Children of Empire*，2000）是其重要的理论成果。《狄更斯和帝国的儿童》由温迪·雅各布森（Wendy Jacobson）主编，囊括了杰出的英美学者，如詹姆斯·金凯德、默里·鲍姆加滕、格雷厄姆·史密斯等人的论文。还有一部分论文曾经为大英帝国殖民地的批评家所撰写，弘扬了雅各布森在序言中所讨论的主题，即在狄更斯的作品中，“帝国是存在的，它为英国的穷人选择经济进步提供了不尽理想的办法。”撰稿者解读狄更斯的边缘作品，在更大的小说语境中寻找被压抑的叙事。其中罗伯特·罗格（Robert Lougy）讨论《马丁·朱述尔维特》时提醒读者，英国人曾经将美国当作殖民地，但又不同于非洲或印度。论文作者不仅对狄更斯怎样看待美国感兴趣，而且对“帝国”如何看待狄更斯也感兴趣。很多作者指出了文学教育影响了殖民地民族，创造了“仁慈祖国的神话”。雅各布森宣称，虽然不是每个人都认同狄更斯的欧洲中心论，但是小说的殖民视角意识让读者与狄更斯的小说建立了不同的关系。从这一视角看，狄更斯显得更傲慢，缺乏普世的人道主义，他的人道观存在很大的局限性。

格雷斯·摩尔（Grace Moore）在《狄更斯与帝国：查尔斯·狄更斯小说中的阶级，种族与殖民主义话语》（*Dickens and Empire*：*Discourses of Class*，*Race*，*and Colonialism in the Works of Charles Dickens*，2004）中也运用了后殖民主义批评。这一论证充分的著作研究狄更斯一生对殖民地、种族歧视等问题的兴趣与看法。摩尔几乎涉猎了狄更斯的全部作品，将单个文本的解读置于维多利亚文学与文化的宏大语境中，解释帝国问题如何构建狄更斯的小说，他的观点如何形成公众意识。摩尔在小说家狄更斯的看法中追溯一种成长模式，显示狄更斯如何将殖民地看作他要拯救的人物倾销市场。但是随着年岁的增长和事业的进展，狄更斯开始以帝国主义对国内维多利亚人以及对殖民地民族的影响为重点。摩尔既不盲目地为狄更斯辩护，也不中伤诋毁狄更斯，考虑到狄更斯对大英帝国主义态度的复杂性而认定他为种族主义者。相反，她认为狄更斯在其作品中设法区分种族观和阶级观，有时与时代保持一致，有时却是那个时代最激进的批评家。

罗伯特·修斯（Robert Hughes）在《致命的岸：澳大利亚发现的史诗》（*The Fatal Shore*：*The Epic of Australia's Founding*，1987）中认为，被流放到澳大利亚的囚犯只能老老实实待在澳大利亚，他们永远成了出局的人。他指出，在马格维奇这个人物身上，“狄更斯纠集了美国人眼里好几种送往澳大利亚的罪犯的命运。他们可以成功，但是他们很难在真正的意义上重返英国。他们可以在技术和法律的意义上赎罪，但他们在那里的遭遇却将他们扭曲成永久的局外人。当然，只要他们永久留在澳大利亚，他们就可以赎身”①。罗伯特·修斯的这一观点，影响了爱德华·萨义德对狄更斯的评价。

从后殖民批评的角度对狄更斯的研究，影响最大的是美国文学和文化批评家爱德华·萨义德（Edward Said）。

萨义德是美国最著名的后殖民主义理论家之一，他的两部重要著作《东方学》和《文化与帝国主义》，在殖民和后殖民语境下考察了东西方关系，认为狄更斯参与了殖民书写，是帝国主义的代言人。

> 狄更斯的《远大前程》（1861）大体上是一部关于自我欺骗的小说。说的是主人公匹普如何幻想既不靠兢兢业业的劳动又不靠贵族阶层的进项而一举成为有教养的绅士。他幼时曾帮过一个服刑的囚犯，名叫阿贝尔·马格维奇，此人转徙澳大利亚后，给这位小恩人大把大把地寄钱，以作为对他的报答。由于律师在经手这笔钱时，从来对钱的来源避而不谈，匹普竟自以为那位年事已高的郝薇香小姐是他的监护人。后来马格维奇非法潜回伦敦，遭到匹普的冷落，因为此人浑身上下都散发罪囚的气味，令人作呕。不过，匹普最终还是与马格维奇言归于好，与现实和解了。他终于承认被警方逮捕、病入膏肓的马格维奇是他的恩人，再也不否认他，不摈弃他，虽然马格维奇作为从澳大利亚逃回来的罪囚的确难以让人接受。澳大利亚当时是作奸犯科的英国人发配的地方，被送往那里的人只能在那里重新做人，而不能指望日后再回到英国本土。②

---

① Robert Hughes, *The Fatal Shore: The Epic of Australis's Founding*. New York: Knopf, 1987, p. 286.

② ［美］爱德华·W. 萨义德：《萨义德自选集》，谢少波、韩刚等译，中国社会科学出版社1999年版，第166—167页。

上述引文明显地表明了萨义德对狄更斯的评价态度，即《远大前程》有着根深蒂固的帝国主义世界观。澳大利亚是英国在19世纪建立的流放殖民地，主要是容纳死有余辜的重罪犯。在萨义德看来，狄更斯将澳大利亚看作类似爱尔兰的“白人”殖民地。在狄更斯的小说中，伦敦成了世界的中心，澳大利亚是移民、敛财、流放犯人的海外殖民地。狄更斯对待马格维奇的态度，与大英帝国对待流放澳大利亚的罪犯如出一辙。马格维奇不被允许回国，不仅仅是惩罚，而且是帝国主义式的：臣民可以被送到澳大利亚那样的地方，但是他们不能回到宗主国空间来。那里已经被宗主国的上层阶级精心划定，归为己有并占据了。正如萨义德所言，“狄更斯为马格维奇的‘伦敦绅士’匹普所设想的大致上跟英国为澳洲所设想的相同，一个社会空间授权另一个社会空间”①。

在评论《董贝父子》时，萨义德引用《董贝父子》开头的一段话：“土地创造出来是为了给董贝父子去经营商业的；太阳与月亮创造出来是为了给他们光亮。河流与海洋是为了运载他们的商船而形成的；彩虹向他们预示良好的气候；刮风对他们的企业有利或不利；星星和行星沿着轨道运行，是为了保存一个以他们为中心的神圣不可侵犯的体系。”② 然后作了鞭辟入里的评论。他认为这段文字清晰地描写了董贝高傲自负、盲目自恋以及对刚生下的儿子的强迫性接受态度。特别值得指出的是，萨义德通过批评威廉斯的局限性而亮出了自己的观点。在萨义德看来，威廉斯虽然是一位伟大的批评家，但是威廉斯认为英国文学主要是关于英国的，而没有看到狄更斯小说的帝国主义本质。萨义德指出：“董贝既不是狄更斯自己也不是英国文学的全部，但狄更斯表现董贝自我主义的方式唤回嘲讽，并最终相信那些可靠真实的、有关帝国自由贸易的话语、英国商人的精神气质，其最根本的意义是海外商业发展的无限机会。”③ 文学以某种方式参与了海外的扩张，因而制造了如

① [美]爱德华·W.萨义德：《萨义德自选集》，谢少波、韩刚等译，中国社会科学出版社1999年版，第166—167页。

② Charles Dickens. *Dombey and Son*. Harmondsworth: Penguin, 1970, p. 50.

③ [美]爱德华·W.萨义德：《萨义德自选集》，谢少波、韩刚等译，中国社会科学出版社1999年版，第195页。

威廉斯所说的“情感结构”[①]。这个“情感结构”巩固了帝国的实践。[②]“从根本上来说，19世纪欧洲小说不仅是一种巩固、精练和表现现状的权威的文化形式。”[③]无论狄更斯怎样强烈地激起读者对立法教育、外省教育和官僚制度的憎恨，他的以“大团圆”结局的小说永远是时代和社会的缩影。

虽然绝大部分批评家将《远大前程》解读为英国的都市小说，但萨义德却不以为然。作为后殖民批评代表人物的萨义德热衷于挖掘英国小说中的帝国主义霸权话语，以此来揭示小说创作与帝国霸权之间的共谋关系，从而发现了包括狄更斯在内的19世纪英国小说的帝国主义本质。他指出：

> 马格维奇和狄更斯决非那个历史中的偶然现象，就小说的效果而言，就英国与海外领土之间年代久远的关系而言，他们都是那段历史的参与者。[④]
>
> 严禁马格维奇返回英国不仅仅是对罪囚的惩罚，而且有帝国的利益所在：英国国民可以被遣往澳大利亚这样的地方，但决不允许他们“重返”政治文化中心。因为正如狄更斯所有的小说所证明的那样，政治文化中心经过慎重周密的布置和规划，由大大小小的人物一层一层盘踞着。……如果我们准确阅读《远大前程》，可以说在马格维奇悔过自新以后，在匹普以赎罪的姿态承认那个衰老的、愤恨在心、充满报复心的罪囚有恩于自己以后，匹普本人也精神崩溃了，最后通过两种积极的方式得以复原。[⑤]

---

① “情感结构”（structure of feeling）是雷蒙·威廉斯文化研究的核心概念，最早出现在雷蒙·威廉斯与迈克尔·奥罗姆（Michael Orrom）合作的《电影序言》（*Preface to Film*，1954）中，意指人们对生活的整体感受。在《文化与社会》中，威廉斯用来分析19世纪英国的工业题材小说，探讨工业题材小说所折射的民众体验与感受以及社会环境与人们内心体验之间的细微关系。在《漫长的革命》中，威廉斯扩大情感结构的应用范围，将它从文学批评推向社会批判领域。情感结构的内涵在威廉斯的学术生涯中不断得到丰富。

② ［美］爱德华·W. 萨义德：《文化与帝国主义》，李昆译，生活·读书·新知三联书店2003年版，第16—17页。

③ 同上书，第105页。

④ ［美］爱德华·W. 萨义德：《萨义德自选集》，谢少波、韩刚等译，中国社会科学出版社1999年版，第166—167页。

⑤ 同上书，第168页。

在《文化与帝国主义》，萨义德把文化与帝国主义联系起来。他声称，文化、帝国主义和民族身份之间存在着水乳交融的联系。在萨义德看来，文学与历史、社会从根本上来说是不能截然分开的，文化与帝国主义之间作为历史经验的关系是复杂的，它们之间存在着交合、共谋的关系。

关于帝国与文化的关系，威廉·布莱克指出："帝国的基础是艺术与科学。忽略它们或贬低它们，帝国即不复存在。帝国追随艺术，而不是如英国人所说的那样相反。"[①] 萨义德进一步发展了威廉·布莱克的观点。萨义德认为，"帝国主义"一词指的是"对一个统治着边远疆土的都市中心的实践、理论与态度"，而"殖民主义"一词"几乎总是帝国主义的后果，指的是边远疆土上拓居地的插入"。[②] 无论是小说家描写陌生的国度，殖民地人民宣称自身身份和历史存在，还是帝国主义发动战争都离不开讲故事。"故事是殖民探险者和小说家讲述遥远国度的核心内容；它也成为殖民地人民用来确认自己的身份和自己历史存在的方式。"[③]"叙事产生权力，叙事还可以杜绝其他叙事形式的形成和出现。"[④] 作为叙事的小说对形成帝国主义态度、参照系和生活经验极为重要。到 19 世纪 40 年代，英国小说成了英国社会中唯一的美学形式，获得了主导地位，不声不响地声援了英国的海外扩张。传统的 19 世纪帝国主义文化中存在大量的诸如"劣等""臣属种族""臣民""依赖""扩张"和"权威"之类的语词和概念。因此可以说，帝国主义与小说相互支持，相互证明，相互利用。帝国经验澄清、界定并强化文化，文化与帝国主义紧密地结合在一起，文化参与了帝国的扩张。狄更斯的《远大前程》严禁马格维奇返回英国无疑关涉着帝国的利益，萨义德指出："严禁马格维奇返回英国不仅仅是对罪囚的惩罚，而且有帝国的利益所在：英国国民可以被遣往澳大利亚这样的地方，但决

---

① Northrop Fry, *Selected Poetry and Prose of Blake*. New York: Random House, 1953, p. 447.

② ［美］爱德华·W. 萨义德：《萨义德自选集》，谢少波、韩刚等译，中国社会科学出版社 1999 年版，第 189 页。

③ ［美］爱德华·W. 萨义德：《文化与帝国主义》，李昆译，生活·读书·新知三联书店 2003 年版，第 3 页。

④ ［美］爱德华·W. 萨义德：《萨义德自选集》，谢少波、韩刚等译，中国社会科学出版社 1999 年版，第 164 页。

不允许他们‘重返”政治文化中心。”[①] 因此，忽略狄更斯表现维多利亚时代商人时的国家与国际的背景，而仅仅把注意力集中在他小说中这些商人的作用在内部的一致性上，那就漠视了狄更斯小说和世界之间的联系。

萨义德的后殖民批评分析了文学、政治和文化之间的复杂关系，论证了西方文学经典名著与帝国主义的共谋关系，揭示了包括狄更斯在内的19世纪英国小说家如何不自觉地为帝国主义意识形态所左右，从而在一定程度上解构了文化殖民主义和文化霸权，同时，他的文化批评将人文主义传统和文化政治有机结合起来，为文学和文化研究开辟了崭新的视角。这是他的历史性贡献。但是他在文学和文化方面抱有保守的偏见。这种保守的偏见在于，萨义德的后殖民批评依然没有挣脱欧洲中心主义的束缚，他主张的是一种精英主义文化。

第二节 传统批评

20世纪80年代之后，后现代批评改变了狄更斯研究的景观，但是在后现代批评对狄更斯研究产生影响的同时，传统的批评家继续耕耘，解读狄更斯的作品。因此，传统的研究方法，如传记批评、社会历史批评、形式主义批评、人文主义批评、主题研究和比较研究等在学术市场与强调文本的不确定性、消解作者权威的解构主义批评著作竞争关注度，各种批评流派的狄更斯研究者保持生机勃勃的对话，狄更斯产业进入繁荣阶段，并且其繁荣态势一直持续到21世纪。值得注意的是，20世纪中期流行的形式主义批评和新批评到60年代以后受到阐释学派、读者反应批评的挑战，它们囿于文本细读的封闭式批评遭到越来越多的非议。70年代以后，为新兴的后现代批评所取代。这样新批评和形式主义批评也沦为传统的批评了。

一 人文主义和形式主义批评

1981年默里·鲍姆加滕（Murray Baumgarten）、约翰·约旦（John Jor-

① ［美］爱德华·W. 萨义德：《萨义德自选集》，谢少波、韩刚等译，中国社会科学出版社1999年版，第168页。

dan)、埃德温·艾格纳(Edwin Eigner)在美国加州圣克鲁斯(California Santa Cruz)大学成立狄更斯研究工程(The Dickens Project)。他们的目的是弘扬与研究学院不同的研究工程。这项工程由加州大学资助，吸引了很多其他大学的学者。组织者不仅推动了学术研究，而且为人们“体验”狄更斯以及他的艺术世界提供了机遇。25 年来，这一工程推动了狄更斯研究的发展。

格雷厄姆·戴德利(Graham Daldry)的《查尔斯·狄更斯与小说形式》(*Charles Dickens and the Form of the Novel*, 1986)在狄更斯的小说中追溯了文学的两个重要方面——文类(genre)与结构(structure)之间的关系。他不是详细考察狄更斯的全部作品，而是选择狄更斯的五部小说《老古玩店》《荒凉山庄》《大卫·科波菲尔》《远大前程》《我们共同的朋友》来探讨狄更斯作为小说家的成长过程，并分析这些作品与小说形式发展的关系。

不少论者认为狄更斯只是关注语言和内在的语言结构的作家，或者认为狄更斯是一个具有社会良知的作家，着重关注社会现实的外在环境，在小说中再现了维多利亚时代英国的社会现实，格雷厄姆·戴德利与上述批评家不同，他试图将二者结合起来，“将小说形式既看作内在的、个体的、结构性想象的产物，同时也看作外在的社会、文化与历史想象的产物”。[①]为了阐释狄更斯作品的演进轨迹以及在小说演变过程中的意义，姆戴德利拈出一对重要的范畴“虚构”(fiction)与“叙事”(narrative)。他认为，“虚构与叙事只能提供截然不同的人类形象，犹如它们能提供独特的声音一样。因为这些声音被置于不同的形象之中。叙事的声音生产了布龙洛、赛克斯等形象，他们是未来的情节叙述者；虚构的声音生产南西等形象”[②]。戴德利从小说的声音对二者作了辨析，“叙事生产小说中的文字语言，而虚构则生产文学语言。叙事的自然声音是作者唯一的声音，因为叙事将真相投入到自我之中并内在地构建世界。虚构的自然声音是文类一般

① Graham Daldry, *Charles Dickens and the Form of the Novel: Fiction and Narrative in Dickens's Work*. Totowa, NJ: Barnes and Noble, 1986, p. 1.

② Ibid., p. 39.

的文学声音，因为虚构让真相投入到对语词的普遍理解之中，并试图代表大家说话。因此，小说是这两种声音之间的互动”[①]。

戴德利认为，“狄更斯的小说在表达现代的、后圣经的和后达尔文立场的本质内涵时具有重要的意义”[②]。“在狄更斯的小说中，虚构与叙事这两种对立的力量因自发的想象而联系在一起……狄更斯将小说的诸方面纳入其小说中。狄更斯的艺术成就在于有意识地将小说定位于虚构与叙事的张力中，并创造形式表达虚构与叙事之间的张力……狄更斯为现代小说提供了起点。”[③]

理查德·莱蒂斯（Richard Lettis）在《狄更斯美学》（*The Dickens Aesthetic*，1989）及其姐妹篇《狄更斯论文学：对狄更斯美学继续研究》（*Dickens on Literature：A Continuing Study of His Aesthetic*，1990）中考察了狄更斯的小说、非小说和书信，以洞悉狄更斯对绘画、建筑、雕塑、戏剧朗读、音乐和诗歌的评价。莱蒂斯认为狄更斯曾经一丝不苟地研究了各种艺术之间的关系，并在小说中系统地运用艺术的本质与功能观。在莱蒂斯看来，狄更斯的艺术观从根本上来说是浪漫主义的，因为伟大的艺术必须精心构思唤起感情、模仿生活、抑制伤感，不管哪种媒质无不如此。莱蒂斯指出，尤其重要的是，狄更斯认为伟大的艺术应当是肯定——偏爱讽刺的后一代批评家不喜欢狄更斯的这一观点。

21世纪初期出版的影响最为广泛的传统批评当属在狄更斯故居伦敦道蒂街担任馆长达20余年的大卫·帕克（David Parker）。帕克在《道蒂街的小说》（*The Doughty Street Novel*，2002）中表明他十分喜欢小说家狄更斯，也特别熟悉狄更斯的批评传统。由于对创造过程感兴趣，帕克对罗兰·巴思的观念“写作造就作家”提出异议，宣称“作者造就作品”。[④] 因此，他认为，重要的是理解什么力量驱使狄更斯用小说表达他的所作所为以及他的作为方式。“狄更斯的家庭生活有助于建构其小说，而他的小说天赋又有利于

① Graham Daldry, *Charles Dickens and the Form of the Novel: Fiction and Narrative in Dickens's Work*. Totowa, NJ: Barnes and Noble, 1986, p. 6.

② Ibid.

③ Ibid.

④ David Parker, *The Doughty Street Novel*, New York: AMS Press, 2002, p. xii.

构建其家庭生活。"[1] 通过回顾狄更斯在伦敦道蒂街所度过的岁月，帕克发现狄更斯一生三大危机时刻在其小说创作中具有十分重要的意义，即他在沃伦黑鞋油作坊的童工岁月，追求玛丽亚·比德内尔的失败，他的小姨子玛丽·霍格斯之死。帕克的批评虽然受到以前的批评的影响，但是具有很强的自主性和原创性，表明了狄更斯早期表演背后有意识的艺术。他在《匹克威克外传》《奥列佛·退斯特》《尼古拉斯·尼克尔贝》中的情节布局、描写和统一的主题中发现了小说家狄更斯对艺术的控制。作为一位优秀的现代批评家，帕克认为，虽然《巴纳比·拉奇》存在着缺陷，但他仍然认为"在狄更斯人生的早期，我们可以发现一个有鉴赏力的艺术家在忙于写作"[2]。

朱丽叶·约翰（Juliet John）在《狄更斯的反面人物：情节剧，人物和大众批评》（*Dickens's Villains*：*Melodrama*，*Character*，*Popular Criticism*，2001）中贬低狄更斯的反面人物，将狄更斯的反面人物当作情节剧漫画的批评传统进行论战，提出贬低狄更斯的反面人物通常是"矛盾和悖谬的场所，试图使狄更斯表面支持的情节剧世界的心理基础边缘化"[3]。他宣称，继续依赖狄更斯作为阐释其作品的方法"已经被曲解"而且"受到损毁"。约翰认为，狄更斯是一位娴熟的工匠、技艺高超的艺术家，他用情节剧形式来达到其颠覆目的。

狄更斯的描写技巧继续引起亚历克斯·沃洛克（Alex Woloch）等学者的关注，沃洛克的《一比多：小说中的次要人物和主人公空间》（*The One Vs. the Many*：*Minor Characters and the Space of the Protagonist in the Novel*，2003）对《远大前程》作了富有创见的分析，揭示小说家狄更斯如何有意识地选材，再现并界定次要人物，给在叙述中承担种种功能的人物形象分配空间。他以狄更斯的小说为例证明"虚构描写的关键形式实验和人物—空间与社会现实主义的审美交织在一起"[4]。沃洛克为研究狄更斯的

---

① David Parker, *The Doughty Street Novel*. New York：AMS Press，2002，p. 11.

② Ibid.，p. 213.

③ Juliet John，*Dickens's Villains*：*Melodrama*，*Character*，*Popular Criticism*. Oxford：Oxford UP，2001，p. 111.

④ Alex Woloch，The One Vs. the Many：Minor Characters and the Space of the Protagonist in the Novel. Princeton，NJ：Princeton UP，2003，p. 20.

小说提出了富于成效的方法，并且有助于解释狄更斯的艺术，并证明E. M. 福斯特简单地将狄更斯的人物归纳为“扁平人物”与“圆形人物”缺乏充分的理由。

在英国哥特小说的转变过程中，狄更斯具有不可替代的战略地位，因此，狄更斯小说中的哥特成分继续为批评家们着迷。国际公认的哥特文化研究专家、布里斯托尔大学的英语教授戴维·庞特（David Punter）在其论文《狄更斯与哥特小说》中对狄更斯小说的哥特性质进行了深入的探讨。庞特认为，狄更斯对于恐怖叙事有着深刻的认识，“狄更斯认识到了恐惧是持续地控制读者注意力的最快捷、最有效的方法，恐怖故事在演进过程中产生了高超的叙事技巧，这种叙事技巧在连载故事中可以达到确保提高读者兴趣的目的”①。哥特叙事在狄更斯的小说中不是偶尔为之，而是他一以贯之的习惯。“狄更斯养成了一种习惯，就是拿起平凡的材料，然后加入超自然现象，更经常的是运用怪诞和漫画手法，将其变为恐怖题材。”②狄更斯的独创性成就在于他创造了哥特化的伦敦。“在《奥利弗·退斯特》中，午夜降临在宫殿、地下酒吧、监狱、疯人院、出生和死亡的房子、健康和疾病的房子、僵尸冷冰冰的脸以及儿童的安宁的睡眠之上。这种矛盾的结构是狄更斯的伦敦最有特征的标志之一：也就是说，这是两个城市合二为一，一个上层世界叠加在一个下层世界之上。此外，一方面与大街和大道交织在一起，另一方面又处于不同的物理空间的，是供给费金和他的同伙躲闪和逃走的小巷与阴暗的院子。”③ 因为狄更斯认识到，通俗文学在他那个时代的发展从根本上来说取决于富于幻想的处理方式，但是这种幻想成分需要与自己的信念结合起来，而他的信念是，他所处的时代是一个黑暗的时代，犯罪与环境的恐怖遍布于维多利亚时代的城市中。狄更斯的哥特小说具有“表现主义”的特质。“‘表现’在此可能作为另一个基调：因为我们可以同样正当的理由以‘表现主义’作为标签贴在哥特小说这种遗产之

① David Punter: “Gothic and Sensation Novel”, *The Literature of Terror*, London, 1980, pp. 214 - 223.

② Ibid.

③ Ibid.

上。狄更斯就是这样接过哥特小说，并使之成为‘表现主义’遗产的。这种遗产必然在各个方面挑战现实主义情感的幼稚性。”① 庞特认为，英国的哥特小说肇始于霍勒斯·瓦尔波尔，在布尔沃·利顿、威廉·哈里森·安斯沃思等人的笔下获得了重大发展，狄更斯在他们的基础上对哥特小说的城市化作出了独特贡献，在哥特小说发展过程中具有不可取代的战略地位。

斯坦利·弗里德曼（Stanley Friedman）的《狄更斯的小说：良心挂毯》（*Dickens's Fiction*: *Tapestries of Conscience*，2003）是传统批评的继续，以狄更斯小说的道德维度为重点。弗里德曼仔细探索狄更斯所运用的文学技巧，解释狄更斯的小说如何酷似“流行于富庶的维多利亚家庭的哥特建筑”②。在他看来，表面细节的现实主义导致读者相信在其他方面不可能发生的故事，而包含怪诞的细节会让读者直面“他们喜欢回避的道德问题”③。通过对文学技巧的探索，弗里德曼认为狄更斯表达了对“良知”观念的关注，也就是说，“对于如何礼貌得体，增加人类生活复杂性的意识提供了指南”④。在他看来，狄更斯是一位具有坚定毅力的男人，把教诲当作自己的职业使命。

罗丝玛丽·杰克逊（Rosemary Jackson）在论文《被压抑的文本：维多利亚小说的哥特余韵》（*The Silenced Text*：*Shades of Gothic in Victorian Fiction*，1974）中指出：“从《博兹札记》开始，狄更斯一直没有停止运用哥特主题和方法来戏剧性地再现工业主义的飞速发展对下层人民的危害。贫困、酗酒、卖淫、流浪行乞、异化等成了恐怖文学的新材料。狄更斯依赖感伤煽情和哥特小说来强调资本主义经济所引起的心理混乱和社会剥削。”“《匹克威克外传》将哥特小说片断与流浪汉小说的叙事结构结合起来，这部小说一共57章，48章写匹克威克的冒险故事，9章写恐怖故事，对复仇、弑父、自杀的幻想的语言截然不同于理性话语，《匹克威克外传》的

① David Punter：“Gothic and Sensation Novel”，*The Literature of Terror*，London，1980，pp. 214－223.

② Stanley Friedman，*Dickens's Fiction*：*Tapestries of Conscience*. New York：AMS Press，2003，p. 9.

③ Ibid.，p. 11.

④ Ibid.，p. 12.

典型风格是情节剧的、夸张的、令人恐怖的。”①

在20世纪末，狄更斯研究者越来越关注狄更斯的非小说，21世纪初期产生了不少成果。荣膺英国评论随笔奖的马修·贝维斯（Matthew Bevis）在《见风使舵的狄更斯》（*Temporizing Dickens*，2001）中研究狄更斯作为议会作者、报社记者的经验影响其早期作品。约翰·德鲁（John Drew）与米歇尔·斯莱特合作编辑的狄更斯新闻登特统一版（the Dent Uniform Edition）第一次将狄更斯的新闻作品当作一个独立的文献体系进行了全面的分析。德鲁对狄更斯生平的涉猎范围比马修·贝维斯要广泛得多，德鲁一丝不苟地评价了狄更斯新闻的原材料和批评文章，以确定狄更斯在重视关注当代社会时所扮演的角色。研究狄更斯在《每日新闻》《检查员》所发表的文章以及担任《家常话》和《一年四季》的编务活动之后，德鲁的结论是“狄更斯艺术的卓越在于其辉煌的成就同属于两种独特的艺术形式”②。德鲁认识到新闻的本质是瞬间性，受到时间的限制，但他认为现代读者要欣赏其价值，必须回到作品最初的语境。他将这一洞见拓展到狄更斯的所有作品。他指出，不仅19世纪作家受到时代的影响，而且21世纪的批评家（以及他们的先驱）同样要受到他们生活和写作的时代的影响。

2003年德鲁出版的研究著作只不过是一长串狄更斯新闻批评研究著作中最早的一部。德鲁的研究引发了研究者越来越关注狄更斯的非小说。2006年德鲁与《狄更斯季刊》的编辑大卫·帕鲁瓦森（David Paroissien）开始创办“狄更斯杂志在线”（DJO），这一工程的目的在于创造在互联网上可以使用狄更斯周刊《家常话》《一年四季》的摹本以及可以搜索到的索引，有关杂志的学术研究名录，并链接给杂志撰稿作家的有关资料。到2012年狄更斯诞辰两百周年纪念时，学者们的手提电脑可以搜索到所汇编的原始材料。这一工程特别富有启迪意义的是，在市场决定产品价值的时代，“狄更斯”仍然是商品，值得他的崇拜者去资助。

近二三十年来，狄更斯产业极其重要的著作是马尔科姆·安德鲁斯

① Rosemary Jackson，“The Silenced Text：Shades of Gothic in Victorian Fiction.” *The Minnesota Review*，no. 13，Autumn 1974，pp. 98 – 112.

② John M. L Drew，*Dickens the Journalist.* London：Palgrave Macmillian，2003，pp. 171 – 191.

（Malcolm Andrews）的《查尔斯·狄更斯和他的自我表演》（*Charles Dickens and His Performing Selves*，2006）。该书从狄更斯 1867 年在纽约首次公共阅读开始，分为六章，对于狄更斯的连载小说与读者的密切关系，巡回阅读的道具和舞台，朗读和表演时的声音、姿势以及与观众的默契都有详尽的描述。附录部分列举了狄更斯巡回阅读的时间表。安德鲁斯用具体数据证明狄更斯巡回阅读的目的是挣钱。“1858 年 8 月他在都城以外朗读 25 次，在偿付各种开销之后净赚 1000 几尼。而他在 25 年期间的写作年收入平均只有 2900 英镑。到 1867 年他只举行 50 次公开朗读（每次两小时），他的年收入就远远超过 2900 英镑。在他美国之行的四个半月时间内，他大约举行了 75 次公开朗读，净收入将近 19000 英镑。他的公开朗读的总收入多达 45000 英镑，他临终时的总遗产价值为 93000 英镑。”[①] 以至于巡回阅读成了狄更斯一生的三大职业之一。[②]

安德鲁斯同时认为，公开朗读表明了狄更斯与读者大众之间的共同兴趣，也强化了他与读者大众之间的友谊。“不仅在英国而且在美国，狄更斯凭借其雄辩的演讲魅力及艺术影响力强化了他与读者之间的亲密关系。根据一位记者的现场报道，1869 年他在都柏林的听众认为，他的公开朗读不是被当作表演，而是被当作人们期盼已久的友谊的盛宴。狄更斯对这种感情作了友好的回应：1868 年 4 月 20 日在纽约的最后一场公开朗读他对听众说：‘你们在我的心目中不仅仅是公共听众，而是一群私人朋友。’”[③] 因此，“狄更斯通过公开朗读阐释自己及其作品是他晚年生活的头等大事。他为此倾注了大量的时间和精力”[④]“狄更斯朗读自己的作品的特殊魅力在于通过富于创意并有吸引力的事件使大家对耳熟能详的材料产生新鲜感，而且小说家本人提供了权威的文本阐释”。[⑤]

---

① Malcolm Andrews，*Charles Dickens and His Performing Selves.* New York：Oxford Up，2006，p. 45.

② 另两大职业是作家和记者。

③ Malcolm Andrews，*Charles Dickens and His Performing Selves.* New York：Oxford Up，2006，p. 49.

④ Ibid.，p. 226.

⑤ Ibid.，p. 227.

安德鲁斯从新的视角研究狄更斯，将狄更斯的一生当作公共表演者，他朗读自己的作品成了自己的作品最权威的“阐释”之一，而这种阐释在狄更斯的同辈人中形成了小说观。

二 传记研究

20世纪80年代后期虽然强调文本语言意义不确定性的后现代批评大行其道，但是批评家对于狄更斯个人生活及其职业生活的兴趣仍然不减。不少新的研究成果或者补充早期传记之不足或者为新一代读者重新讲述狄更斯的生平经历，因此，这一期间诞生了不少传记。

不少批评家认为，艾德加·约翰逊撰写的狄更斯传记如同约翰·福斯特的传记一样，近一个世纪以来仍然是难以超越的经典。但是在不到40年的时间内，两部新传记几乎取代了艾德加·约翰逊的传记。一部是弗雷德·卡普兰（Fred Kaplan）的《狄更斯》（*Dickens*，1988），它代表了20世纪末期传记的新潮流。另一部是彼得·阿克罗伊德（Peter Ackroyd）的《狄更斯》（*Dickens*，1990）。

卡普兰的传记主要是人物研究，他试图找到狄更斯特殊天才的源头，对于艾德加·约翰逊所掩盖的狄更斯最不让人崇拜的个性特征作了补充。卡普兰将狄更斯的小说解读为迫使狄更斯生活与写作的个人经验与心理力量的必然结果。

卡普兰为写作这部传记作了充分的准备。写作之前他撰写了《狄更斯与催眠术》（*Dickens and Mesmerism*，1975），在该书中他将传记研究与批评分析结合起来，探索小说家狄更斯对催眠术的着迷。1977年卡普兰担任《狄更斯研究年鉴》的编辑。三年后他编辑了《狄更斯1885年备忘录》一书，近年来写了一系列论狄更斯的文章。作为一位优秀的现代传记作家，卡普兰依靠原始材料构建其叙事，以通信和日记等原始材料为基础来刻画狄更斯狂乱的、不安的、发奋图强的个性特征，他的公众形象掩盖了他与灵魂的魔鬼之间的冲突。在卡普兰看来，狄更斯是一位技艺超凡的表演艺术家，他的一生表现出夸张行为，当时及以后的批评家发现狄更斯再现在小说中的夸张行为之不可信。卡普兰强调了小说家狄更斯有不少机会沉湎于文学与历史的空间，解释这位没有学问的天才怎样将大量让人联想翩翩的典故纳入其作品之中。当他展示出小说如何发端于狄更斯一生的事件时，他对小说尤其感兴趣。在卡普兰看来，“所有危机对于狄更斯的创造性都是一种鞭策，他的小说反映了富于想象力的扭曲，他的生活模式成了文化与世纪的肖像”①。

卡普兰认为，狄更斯因被压抑的不安而撕心裂肺。这种不安激发了他的创造性天才，但也驱使他从事种种形式的毁灭行为。在卡普兰的叙述中，狄更斯忙乱的生活节奏得到了清晰的呈现。卡普兰不像艾德加·约翰逊的传记那样详细描述小说家狄更斯的闲逛，而是坚持捕捉狄更斯对戏剧表演的强烈欲望，这是狄更斯从童年就开始养成的个性特征。

卡普兰冷静而客观地评价了狄更斯与爱伦·特南的关系，拒绝偏袒这一风流事件在性方面是否完美，而是认为它是柏拉图式的，需要非同寻常的天真。他没有掩盖狄更斯做出与丈夫和父亲身份不相称的行为，但他强调了狄更斯成为一位果断的商人和自由事业爱好者的必备品质。

在 20 世纪末的批评氛围中，卡普兰的传记激怒了不少文学批评家。形式主义者挑剔他仅以解读狄更斯的几部小说为传记叙事的基础；新马克思主义者反对他的说法：狄更斯在骨子里是个改革者。② 他们认为狄更斯持之以恒地从事戏剧表演起初迎合了一些人（他们认为狄更斯是一个肤浅的、装模作样的人），但是卡普兰却将狄更斯的戏剧表演当成了优点。狄更斯在生活与小说中冷静地对待妇女，他宣称凯瑟琳·狄更斯确实迟钝，与狄更斯的婚姻不般配，这与形式主义的观点是截然对立的。卡普兰将作者与其作品紧密联系起来使得他的写作方法引起了一些批评家（他们认为文本独立于作者之外）的反感。对于这些问题，在再版序言中，卡普兰一一予以回答：“我们将狄更斯置于当代特定的熔炉，让水沸腾起来，然后诱使自我的味觉以就便取用。”③ 其言外之意是，希望人们将他的著作看作

---

① Fred Kaplan, *Dickens*: *A Biograph*. London: Hodder and Stoughton, 1988; reprint, Baltimore, Md: Johns Hopkins UP, 1998, p. 429.

② 虽然卡普兰明确地表明狄更斯终生坚持其保守立场，他不同于那个时代真正激进的改革者。

③ Fred Kaplan, *Dickens*: *A Biograph*. London: Hodder and Stoughton, 1988; reprint, Baltimore, Md: Johns Hopkins UP, 1998, p. 1.

阿诺德式的尝试，认清狄更斯的本质，全面地评价狄更斯。

当学术界仍在沸沸扬扬评论卡普兰的传记时，彼得·阿克罗伊德的《狄更斯》（1990）[①] 面世了。阿克罗伊德是当代英国文坛成就斐然的小说家和传记作家，他的传记从狄更斯逝世开篇，又以狄更斯的离开人世结局，呈现了一个有血有肉的狄更斯。

阿克罗伊德认为，狄更斯捕捉到了英国人的灵魂，“既有忧郁的沉思又有粗俗的幽默，既有诗情又有无畏，既义愤填膺又悲天悯人，既辛辣讽刺又自惭形秽……可以说狄更斯呈现的国民性格比同时期的任何作家都要全面，而这正是他独特的才能。作为一个普通人，他虽然辛辣尖刻、生气勃勃，却又极易忧郁和焦虑；作为一个作家，他充满了同样的矛盾性，在关心物质世界的同时也充满对超验世界的憧憬”[②]。“在狄更斯的作品中，现实与非现实，物质与精神；具象与想象、世俗与超验的关系缺乏稳定性，并且只存在于虚构世界的力量之中，即狄更斯的力量之中。”[③]

阿克罗伊德认为，“对于维多利亚时代的人来说，狄更斯的逝世，昭示了一个时代巨变的到来。在 19 世纪的最后十年，英国人见证了早期秩序的最终瓦解和新秩序的姗姗来迟”[④]。狄更斯是那个时代最杰出的代表，他比已经作古的英国政治家、两度出任首相的帕默斯顿更突出，比站在时代风口浪尖上的英国政治家、四度出任首相的格莱斯顿更突出，甚至比英国女王更突出。因为狄更斯不仅见证、体验了维多利亚时代的沧桑巨变，而且在其小说中宣告了一个时代巨变的来临，他凭着自己的天赋成了那个时代的符号。

阿克罗伊德认为，“狄更斯的精神完全表征在各种细节之中”[⑤]。因此，他试图从狄更斯的生活琐事中透视其作品的所有要素，从作品的细节中昭示一个发生巨变的时代的轮廓，从而找到狄更斯的创造力的源泉。阿克罗

---

① 1990 年在英国出版，一年后又在美国出版。

② Ackroyd, Peter. Dickens, London: Minerva, 1990, p. 3.

③ Ibid.

④ Ibid. , p. 4.

⑤ Ibid.

伊德宣称，狄更斯童年时期所遭遇的心理创伤是他的全部创造性作品的建构力量。由于父母的漠不关心，狄更斯用小说作为驱散内心魔鬼的手段。虽然阿克罗伊德未直接受到福柯的影响，但是他发现了狄更斯作品中的至关重要的监狱意象，认为狄更斯总是千方百计挣脱自己身陷其中的监狱。因此，阿克罗伊德宣称，使狄更斯精疲力竭的巡回阅读实际上给了他解脱感，同时也让他加深了与爱伦·特南的秘密关系。

阿克罗伊德认为，“狄更斯毫无疑问一直是一位早期维多利亚人……更确切地说，是一位前维多利亚时代的人。他有兴奋愉快的能力，激进主义的思想和对社会改革的诚挚渴望，他是在那个世纪头三十年获得声望的人。乐于发现，相信进步，胸怀博大，所有这些都是那些和狄更斯一起成长的人的共同特征”①。

概括而言，阿克罗伊德的传记有四个特点。第一，将狄更斯生活逸事的详细叙写、精神世界的深入剖析与他所生活的伦敦以及维多利亚时代结合起来，将生动丰富的生活细节与历史的沧桑感熔为一炉，为读者塑造了一个可闻、可感、可触的狄更斯世界；第二，常常指出作者与人物之间的相似点。他阅读了狄更斯的每一部自传体小说，解释一个又一个人物怎样变成创作者的知己；第三，他鄙视传统的学术范式。他的资料来源往往不加注释，宁肯将每一材料的描述性解释放在文末；第四，在每两章之间插入几节（又一后现代主义技巧），对重要的叙事进行复调式评论。

阿克罗伊德对狄更斯的诠释极大地影响了当代读者对狄更斯的理解。近十年之内他的传记成了狄更斯的生活与创作动机引用率最高的资料来源，如小说家简·斯迈利（Jane Smiley）将阿克罗伊德的传记作为研究狄更斯的主要参考文献。由于阿克罗伊德的《狄更斯》传记广为流行，以至于 BBC 赞助出版《狄更斯：公众生活与私人情感》（*Dickens: Public and Private Passion*, 2002）一书。这本书印制在油光纸上，内有很多照片和插图，是狄更斯的微缩画像，其目的在于为读者阅读上千页的传记

① Ackroyd, Peter. Dickens, London: Minerva, 1990, p. 341.

提供方便。

布赖恩·穆雷（Brian Murray）的《查尔斯·狄更斯》（1994）是摘要式的叙述，旨在向学生和一般读者介绍狄更斯。穆雷以阿克罗伊德的传记细节以及其他批评家的分析为基础，着重阐释狄更斯小说的复杂性。通过解读狄更斯的小说，他认为狄更斯的文学生涯经历了三个阶段，即从善恶对立到关注“生活事实”，再到关注金钱和神秘。穆雷指出：“狄更斯的小说通俗易懂，它们描写伟大的文学作品、伟大的神话故事最基本的主题和情境，跨越了文化与世纪。”[①] 这一结论使得狄更斯与几个主要的批评运动发生了冲突：19世纪末至20世纪初的现代主义者轻视狄更斯，将狄更斯看作传统的感伤主义小说家，20世纪中叶的形式主义者发现狄更斯的作品深刻而复杂，后现代主义者认为狄更斯与帝国主义以及唯物主义有着密切的关系。

格雷厄姆·史密斯（Grahame Smith）的《查尔斯·狄更斯：文学生涯》（*Charles Dickens*：*A Literary Life*，1996）将狄更斯一生的事业看作一个故事，同时又彰显时代文化的真知灼见对小说生产的影响。全书共分为八章。第一章至第七章描述并分析狄更斯作为职业作家的事业：作者身份与文学生产；出版商与连载；狄更斯的阅读；期刊、新闻与文学随笔；戏剧与大众娱乐；狄更斯的读者大众：称赞与约束；狄更斯的社会制度等。最后一章专门分析《远大前程》，解释如何利用明显妨碍狄更斯的力量以生产最伟大的作品。

史密斯在狄更斯一生作为职业作家的背景下来阐释狄更斯的文学成就。他将小说不仅看作个人感情的艺术表达，而且视为小说家、出版商、读者、时代、社会、道德传统等因素影响下的产物。在史密斯看来，狄更斯既是“作曲家”（composer），又是“指挥”（conductor），这一类比强调了19世纪小说生产的合作性。关于“指挥”，在狄更斯的生平与事业中表现在诸多方面，“支配他一生不同时期的业余戏剧演出可以比作电影导演的指挥，可以比作作者的导演……扮演并监督舞台布景，料理票据的分

① Brian Murray, *Charles Dickens*. New York: Continuum, 1994, p. 185.

发，事实上他支配着整个演出事业”①。

史密斯依次研究了构建狄更斯文本的因素：出版商的作用，狄更斯自己的阅读，期刊出版的影响，大众对普通小说家的要求，狄更斯出名以后读者大众对他的特殊要求等。他指出：“狄更斯参与构成其职业作家生涯的经历本身就是激动人心的叙事，并呈现为理解其成就的本质语境。但是这一论据的结论性要点是试图显示专业素质的力量——连载写作、出版商、公众期待、经济成功等压力对作家提出了矛盾的要求，这些矛盾的要求不仅是小说的背景，而且通过狄更斯想象力的影响艺术地形成的。”② 史密斯认为，这样看待狄更斯有助于解释他怎样将“写作的孤独与群体活动结合起来，并揭示其生活的私人领域与公共领域之间的必然联系”③。史密斯还思考了狄更斯所怒斥的社会制度的状况。他认为，“狄更斯亲自参与那个时代的社会世界是最令人着迷的方面之一，而将这些材料转化为小说的社会全景图是其创造过程的试金石”④。

狄更斯与美国的爱恨关系继续引起批评界的关注。悉尼·莫斯（Sidney Moss）在《查尔斯·狄更斯与美国的争论》（*Charles Dickens's Quarrel With America*，1984）中按照时间顺序记载狄更斯访问美国的细节，甚至提供了狄更斯访问美国及巡回阅读的时间表，说明小说家狄更斯对美国的错误看法在很大程度上是片面的。莫斯宣称，狄更斯没有真正理解美国的本质。虽然莫斯在《狄更斯研究者》中引用了米歇尔·斯莱特赞许性的评论，但是杰罗姆·迈克尔（Jerome Meckier）对莫斯的错误描述感到十分愤懑，以至于他以这一主题写了一本书《无辜者在国外：查尔斯·狄更斯与美国的关系》（*Innocent Abroad*：*Charles Dickens's American Engagement*，1990）。这是迈克尔全面反驳莫斯的著作，该著将对旧材料的分析与新材料引发的洞见结合起来。一些人起初对狄更斯的美国叙事怀有成见，迈克尔作了令人信服的解释和说明。他指出：“事实的真相是，1842年第

① Grahame Smith, *Charles Dickens*: *A Literary Life*. New York: St. Martin's, 1996, p. 6.

② Ibid., p. 178.

③ Ibid., p. 9.

④ Ibid., p. 129.

一次美国之行对狄更斯来说是一次具有重大影响的生活经历，他将访问变成了自我发现之旅。”[①] 由于期待发现乌托邦，狄更斯吸取了上次访问美国的经验教训，即“无论在国内还是国外，没有一个地方能够成功地证明人性的完美”。[②] 在迈克尔看来，这一教训使得狄更斯随后的小说更为优秀。“1842 年狄更斯经历的痛苦的失败，推动了狄更斯貌似单纯地呼唤个人的内在建构作为社会变化的先决条件。”[③]

进入 21 世纪，传记仍然是狄更斯研究的主要方法。罗伯特·纽森（Robert Newson）的《狄更斯再探》（*Charles Dickens Revisited*, 2000）在扉页中宣称，他将与现代理论进行交锋。他指出：“‘作者’观念受到了彻底审查，一开始我们就质疑像狄更斯如此杰出的人物是否能够毫无风险地逃避‘作者之死’这一批评现象。”[④] 不管目前的批评潮流怎样，狄更斯研究者将继续强调传记和语境问题。纽森以狄更斯小说中的关键主题为中心。其中最重要的是狄更斯的公众与私下自我之间的冲突，纽森探讨了后现代主义者关注的重要问题——自我诚实与正直的观念，表达了“作者与文化关系”这一始终如一的兴趣以及 19 世纪中产阶级的本质。

虽然简·斯迈利（Jane Smiley）的《查尔斯·狄更斯》（Charles Dickens, 2002）大量依赖其他的传记材料作为狄更斯生平叙事的基础，但是她凭着自己对狄更斯艺术技巧的充分了解来评价狄更斯。这位普利策奖获得者欣赏狄更斯，并谨慎地将文学技巧运用到那个时代的社会问题以及反复出现的道德和个人问题之中。她认识到，按 21 世纪的说法，狄更斯可以算是商品：如果“我们将狄更斯视为大众艺术第一位真正的名人，那么我们也可以认为他是第一位品牌作家”[⑤]。狄更斯“不仅是一位白手起家的作家，他还是一种白手起家的现象，因为他利用自己的声望去推动自己所珍

① Sidney P. Moss, *Charles Dickens's Quarrel with America*. Troy, NY: Whitson, 1984, p. 1.

② Ibid., p. 239.

③ Ibid.

④ Robert Newson, *Charles Dickens Revisited*. New York: Twayne, 2000, p. 1.

⑤ Jane Smiley, *Charles Dickens*. New York: Viking, 2002, p. 126.

视的事业”[①]。但斯迈利认为，狄更斯同其前后的名人一样，很难一直活在大众的心目中，因为他总是太人性。斯迈利在狄更斯的个人行为中，发现了一种模式，尤其是当狄更斯不再对妻子着迷时，“我们比狄更斯时代的人更熟悉离婚文化——一位充满对立的激情、愤懑和需要的男人将自己的忠诚从一个对象转移到另一个对象”[②]。斯迈利对狄更斯小说的阐释，表明她熟悉小说写作的要求，解释了人们常常提出但没有透彻表达的主题。斯迈利的传记特色在于她不用专门的术语，而是饶有兴趣地描述狄更斯及其作品。她的评价表明，在理论解读继续支配狄更斯研究的当下，传统的人文主义方法仍然大有用武之地。

传记素来是狄更斯研究的重镇。自从约翰·福斯特的《狄更斯传》（1872）以来，关于狄更斯的传记已经不可胜数。在21世纪撰写狄更斯的传记无疑是一大挑战，难出新意，也难有超越。伦敦大学伯克贝克学院维多利亚文学的退休荣誉教授米歇尔·斯莱特（Michael Slater）2009年推出的新传记《狄更斯》（*Dickens*，2009）是在仔细研读狄更斯大量报刊文章和15000多封信件的基础上完成的。在与狄更斯的其他写作材料的对比、联系和参照中，斯莱特的《狄更斯》呈现出与以往传记不同的特色。它探索了狄更斯的个人情感生活、引人注目的公共活动、不知疲倦的旅行、积极的慈善活动、业余戏剧演出、巡回朗读自己的作品。但整本传记以狄更斯作为作家和编辑的人生历程为重点，他的创作涉及长篇小说、书信、新闻、短篇小说、时事评论、散文、旅游见闻、儿童文学、辩论文章、演说、剧本等。斯莱特厘清了每一部小说的语境，强调狄更斯充沛的精力，既对秩序充满激情又迷恋无序，他痛恨专制但又有着杰出的组织才能，他对穷人充满深沉的关怀，对统治阶级蹂躏穷人，狄更斯表现出极大的愤懑，狄更斯喜欢童话故事和戏剧并以之为人类想象力的源泉。劳伦斯·W. 麦泽诺认为，“米歇尔·斯莱特是与约翰·福斯特、艾德加·约翰逊比肩的最伟大的传记作家之一”[③]。

---

① Jane Smiley, *Charles Dickens*. New York: Viking, 2002, p. 127.

② Ibid., p. 149.

③ Laurence W. Mazzeno. *The Dickens Industry: Critical Perspectives* 1836 – 2005. Camden House, 2009, p. 255.

值得指出的是，这一时期出现了不少回顾和总结以前研究成果的综述性著作。罗伯特·斯拉宾（Robert Sirabian）的综述《狄更斯：生活，工作和批评》（*Charles Dickens*：*Life*，*Work*，*and Criticism*，2002）认为，出版公司企望依靠狄更斯的作品在大众化的课堂谋利。斯拉宾的著作是为大中学生而写的，其中包括简明的传记，对小说的评论，加了注释的参考文献等。在系统性与范围方面与之相似的是伊丽莎白·詹姆斯（Elizabeth James）的《查尔斯·狄更斯》（2004），该书以英国的中学生为读者对象，内有大量插图，以满足学生视觉刺激的欲望，同时也具有实实在在的学术研究之特征。

约翰·乔丹（John O. Jordan）的《剑桥指南之查尔斯·狄更斯》（*The Cambridge Companion to Charles Dickens*，2001），特邀名家撰文，从文学史、狄更斯的生平与时代及其对创作的影响，作品中的城市、童年生活、家庭和性别意识、语言艺术、作品中的插图、狄更斯的作品被改编成戏剧、电影、电视的情况等从不同的视角进行探讨，并且将涉及范围的广度与单个作品的深度恰到好处地结合起来。

美国宾夕法尼亚州艾尔弗尼亚学院荣誉院长劳伦斯·W. 麦泽诺（Laurence W. Mazzeno）的《狄更斯产业：批评视角，1836—2005》（*The Dickens Industry*：*Critical Perspectives* 1836－2005，2009）是一部规模宏大的研究综述，该著的主体内容由导言和九章正文组成，按照时间顺序进行叙述，对狄更斯自从 1836 年发表《博兹札记》以来直到 2005 年有价值的评论作了条分缕析的梳理。《狄更斯产业》追溯了狄更斯声誉兴衰沉浮的历史，对狄更斯批评史上的经典批评作了公允、精准的总结，富于洞察力地分析了乔治·吉辛、吉·基·杰斯特顿、萧伯纳、乔治·奥威尔、德蒙·威尔逊、哈姆雷·豪斯、希利斯·米勒、利维斯夫妇等学者的研究成果，分析了约翰·福斯特、艾德加·约翰逊、弗雷德·卡普兰、彼得·阿克罗伊德四大传记作家所写的四部经典传记，并对狄更斯研究中出现的争论进行了简明的评论。将海量的文献资料组织成连贯而系统的学术史叙事无疑是具有挑战性的考验，《狄更斯产业》一书无疑会成为狄更斯研究史上的资料宝库。

三　主题研究

20 世纪 80—90 年代一些学者继续 20 世纪 40 年代的批评潮流，出版了几十部与主题有关的批评专著，强调狄更斯的艺术成就。

Twayne 出版社编辑出版了一卷英语作家论狄更斯的著作。虽然大多数重要人物的著作在 20 世纪 60—70 年代就已经出版，但是哈兰·纳尔逊（Harland Nelson）的《查尔斯·狄更斯》直到 1981 年才出版。与这一系列的大多数著作不一样的是，纳尔逊的专著不是全面概述狄更斯的一生，而是按照主题来研究狄更斯，以狄更斯的创作实践、他与读者（观众）的关系、他的出版方法作为研究重点。纳尔逊指出，所有这些无不影响了狄更斯对主题的选择和情节的构思。在具有洞见的一章，纳尔逊研究了狄更斯的修辞，指出狄更斯的小说结构是如何精心构思的，狄更斯运用意象、象征和其他技巧也是经过精心安排的。这表明狄更斯是一位有艺术意识的作家。纳尔逊以《荒凉山庄》为例进行了详细分析，解释狄更斯如何运用种种小说技巧来批评社会，并研究个人拯救的主题。

与纳尔逊一样，伯特·霍恩巴克（Bert Hornback）的《我一生的英雄：狄更斯论集》（"*The Hero in My Life*": *Essays on Dickens*，1981）以《大卫·科波菲尔》为研究重点来证明狄更斯的伟大品格。他在序言中承认，"他的研究没有精确定义的批评焦点"[①]，其意思是说，他的著作不是以某一特定的理论方法为基础的，因此他与很少使用这一方法和结论的新兴的批评传统发生了冲突。霍恩巴克认为，他的目的是提出自己的方法，而不是将某一理论运用到已有的文学研究中去，不是将后结构主义的方法当作适用于一切文学作品的万能工具。他论狄更斯自传小说的五篇论文解释了狄更斯晚期小说中反复出现的重要主题。霍恩巴克指出："从《大卫·科波菲尔》以后，艺术家狄更斯的目标是创造人的智慧。"[②] 这种个性化的以文本为导向的批评方法，强调了狄更斯作为创造者的角色以及小说作为说教手段的意识。

---

① Bert Hornback, "*The Hero in My Life*": *Essays on Dickens*. Athens: Ohio UP, 1981, p. xi.

② Ibid., p. x.

20世纪80—90年代从主题和技巧方面对狄更斯的小说进行研究的专著其缺陷在于关注面比较狭窄。马克·兰伯特（Mark Lambert）在《狄更斯与暂停引用》（*Dickens and the Suspended Quotation*，1981）的导言中承认他的著作也存在关注面比较狭窄的缺陷。他戏称自己的著作更像研究浮游生物而不是研究鲸鱼。兰伯特对狄更斯的风格和艺术手段颇感兴趣，他认为狄更斯小说的特点是：在人物语言中运用中断，这种技巧影响了读者看待人物的方式，最终导致读者理解狄更斯描写更大的问题。人们可能会责备兰伯特的过激行为，但是不能忽视他细读文本的能力。他的结论表明："狄更斯有意识的艺术字里行间无不显示出对读者的追求与迎合。"[①] 南西·K.希尔（Nancy K. Hill）的《改革者的艺术：狄更斯的风景如画的怪诞意象》（*A Reformer's Art：Dickens's Picturesque and Grotesque Imagery*，1981）以狄更斯与读者的关系为研究重点，研究狄更斯为了道德目的而使用视觉意象。希尔认为，"狄更斯创造了视觉美学，改变了读者对周围世界的看法"[②]。与18世纪的插图作家威廉·霍加斯（William Hogarth）一样，狄更斯也运用怪诞意象作为"惊震价值"（shock value）以唤起读者的注意，从而影响他们对社会问题的看法。德博拉·托马斯（Deborah Thomas）的《狄更斯与短篇小说》（*Dickens and the Short Story*，1982）不是用这种方法全面研究狄更斯的作品，而是评价"普遍性的问题，即这些故事反复出现在狄更斯艺术语境中的原因"[③]。短篇小说有时成了实验之地，使得狄更斯试验后来在其篇幅更长的小说中所运用的描写或者主题技巧。托马斯认为熟悉狄更斯的短篇小说可以深化读者认识狄更斯的作品。

丹尼斯·沃尔德（Dennis Walder）的《狄更斯与宗教》（*Dickens and the Religion*，1981）实际上是早期批评研究的继续。沃尔德认为狄更斯宗教信仰的影响尚未得到系统研究，或许因为小说家狄更斯对宗教的再现或明或暗。沃尔德认为，狄更斯把宗教冲动当作人性的关键。读者要真正欣

---

① Mark Lambert, *Dickens and the Suspended Quotation*. New haven, CT and London: Yale UP, 1981, p. 115.

② Nancy K. Hill, *A Reformer's Art*: *Dickens's Picturesque and Grotesque Imagery*. Athens: Ohio UP, 1981, p. 2.

③ Deborah Thomas, *Dickens and the Short Story*. Philadephia: UP of Pennsylvania, 1982, p. 2.

赏狄更斯的作品，就有必要理解狄更斯的感情在他一生中所起的作用。沃尔德研究了狄更斯的每一部小说，以明确狄更斯对待宗教问题的看法，并概述了狄更斯在现世生活中所际遇的几个有组织的宗教。沃尔德指出："狄更斯不是宗教小说家，他的小说也不以宗教为主要目的，但狄更斯是一个虔诚的人，他在小说中弘扬虔诚。"①

安德鲁·桑德斯（Andrew Sanders）对狄更斯小说充满感情的细读，发现了狄更斯潜在的宗教倾向。桑德斯于1978年继米歇尔·斯莱特之后担任《狄更斯研究者》的编辑。在《查尔斯·狄更斯：相信死而复活论的人》（*Charles Dickens*：*Resurrectionist*，1982）中，他再次探讨了狄更斯一生对死亡和垂死（death and dying）的着迷。桑德斯以狄更斯的五部小说为研究重点，他认为，在这五部小说中，无论作为情节手段，还是作为重大主题，死亡都非常重要。与他前后的许多批评家一样，桑德斯认为，狄更斯的姨妹玛丽·霍格斯之死在狄更斯的心目中强化了他对死亡的病态的迷恋。但与大多数批评家不一样的是，桑德斯不认为狄更斯过滥使用儿童和年轻人的死亡是为了骗取读者的同情。相反，他认为狄更斯强烈意识到了这种死亡在社会中的无处不在，并对死亡所导致的痛苦极其敏感。随着事业的发展，狄更斯关于死亡是"相信死而复活论的人"的观念也在演进，也就是说，死亡开始被称为生命的过程，永恒生命的通道。他对狄更斯作品明显的基督教式的解读是非同寻常的，因为大多数批评家鄙视狄更斯的隐晦的、不规范的基督教观念。桑德斯令人信服地论证小说家狄更斯单纯地信仰基督教教义的实质，虽然他不愿意公开宣称，但这成了他探索狄更斯的伟大之谜的灵感源泉。

在《狄更斯与时代精神》（*Dickens and the Spirit of the Age*，1999）中安德鲁·桑德斯按照20世纪对现代主义的痴迷回顾了维多利亚人。他虽然没有宣称将狄更斯归于现代主义者，但桑德斯在狄更斯那里发现了现代主义小说家的起源，同时狄更斯也是他那个时代的代表作家。桑德斯指出，狄更斯表达了时代精神。因为他摆脱了文学先驱及其后代的反城市、反民粹主义、

① Dennis Walder, *Dickens and the Religion*. London：Allen and Unwin，1981，p.15.

反商业偏见。桑德斯思考了维多利亚时代的政治和技术进取精神，乡村的城市化，社会阶级与社会流动性的新定义以及维多利亚时代不同于“上一个世纪的动态意识，与20世纪所共有的动态意识”①。在他看来，狄更斯经典成了时代的证据，时代的特点浓缩在他的小说中。桑德斯认为，虽然“不应当把狄更斯仅仅看作那个时代的典范作家”，但他无疑是“维多利亚时代最具代表性的作家，在21世纪狄更斯是最值得我们批评界关注的作家”②。

文森特·纽维（Vincent Newey）的《查尔斯·狄更斯的圣经》（*The Scriptures of Charles Dickens*，2004）通过解读狄更斯的五部作品《圣诞欢歌》《奥列佛·退斯特》《大卫·科波菲尔》《远大前程》《我们共同的朋友》，认为“狄更斯的作品反映了他那个时代的焦虑和精神压力并作出了回应”③。纽维认为：“狄更斯是一位新教教徒，与未来协调一致，因为他对秩序和价值的探求集中于个人而不是制度。”④

纽维对《大卫·科波菲尔》和《远大前程》作了详细探讨。这两部以第一人称叙事的作品令人想起清教徒传统的自传，故事讲述的是犯罪与革新，内在心理的成熟过程，通过回忆寻找自我发现（self-knowledge）与存在的统一体。在《圣诞欢歌》中往昔的对话过程与沉思策略得到了戏剧性的再现，并与近代的环境相适应。狄更斯将罪犯和改革的传统清教徒故事改造为新的社会福音，其人物形象更酷似于存在主义主人公而不像17世纪的人物。《我们共同的朋友》在叙述约翰·哈蒙对身份的发现以及贝拉·维尔弗与尤金·瑞伯恩的内心启蒙时沿袭了这一主题。纽维认为：“狄更斯的人物可以连接那个时代，跟踪约翰·班扬及其朝圣者的路径，但心中没有天堂之城……重要的是，狄更斯从一开始就注意到画面的阴暗面，内在景观与外在景观一样受到损害。斯克露奇和大卫过上了更好的生活，皮普只能绝望地等待，布莱特赖·海德斯东沉沦了。”⑤

---

① Andrew Sanders, *Dickens and the Spirit of the Age*. Oxford Clarendon Press, 1999, p. 4.

② Ibid., p. 13

③ Vincent Newey, *The Scriptures of Charles Dickens*: *Novels of Ideology*, *Novels of the Self*. Aldershot, Eng. and Burlington, VT: Ashgate, 2004, p. 1.

④ Ibid., p. 2.

⑤ Ibid.

法国哲学家路易斯·阿尔都赛在《意识形态和意识形态国家机器》中认为，意识形态将个体质询为主体，使之臣服于所处身的社会历史条件。纽维运用阿尔都赛的观点作为理论依据，认为他所解读的狄更斯的五部小说“都在不同程度地宣扬意识形态立场，并使之经受审问”[①]。狄更斯的作品充满了矛盾，有时支持影响其作品的主流意识形态，有时则削弱影响其作品的主流意识形态。因此，狄更斯的小说探索的是“在日益世俗化的世界如何保持或者重组精神和道德价值观”[②]。

纽维声称，“小说是对立的意识形态的场域……《奥列佛·退斯特》《圣诞欢歌》《艰难时世》贬低理性主义的功利主义意识形态，但提升了基督教的人文主义意识形态”[③]。纽维用《我们共同的朋友》对“波德斯纳普主义”的讽刺来证明“狄更斯反映、表述了资产阶级意识形态，他不是简单地呈现某一特定的观点或理念的问题，而是参与了它们的建构”[④]。在狄更斯时代人们已经认识到，小说家对读者大众会产生重大影响。纽维认为：“狄更斯的小说总是或明或暗地影响着读者……他的文本是反复灌输与强化特定观点和信仰的渠道。”[⑤]

约翰·库斯克（John Kucich）的《查尔斯·狄更斯小说的过度与限度》（*Excess and Restraint in the Novels of Charles Dickens*，1981）虽然关注面比较狭窄却论证内行，该著表达了狄更斯小说中“能量与限度之间的特殊冲突”[⑥]。库斯克清晰地表明他的意图是以美学问题而不是以社会问题为重点。他也意识到回避新批评或结构主义的反历史陷阱，“最终目标是力量实体化平衡的总体性，其意义完全在于连贯的内在逻辑”[⑦]。库斯克与很多后现代主义者分道扬镳，但是他认为狄更斯的小说与小说之外的现实世界

① Vincent Newey, *The Scriptures of Charles Dickens: Novels of Ideology, Novels of the Self.* Aldershot, Eng. and Burlington, VT: Ashgate, 2004, p. 10.

② Ibid., p. 18.

③ Ibid., p. 4.

④ Ibid.

⑤ Ibid.

⑥ John Kucich, *Excess and Restraint in the Novels of Charles Dickens.* Athens: U of Georgia P, 1981, p. 1.

⑦ Ibid., p. 2.

有着内在关联，并且也具有道德维度。在以后的几十年，库斯克继续研究狄更斯的作品。他撰写的精细研究狄更斯修辞的论文《狄更斯的怪诞修辞：〈我们共同的朋友〉中的现实与非现实的语义学》（*Dickens's Fantastic Rhetoric*：*The Semantics of Reality and Unreality in Our Mutual Friend*，1985）认为，“狄更斯小说的特殊性在于两种迥异的修辞风格的结合，一种修辞以精细的方式负载着他的故事和意义，而另一种修辞包括滥用语言，夸耀地摆脱与意义的、经济的、归纳的、理性的关系”①。

虽然运用传统方法的批评家不像后现代批评家那样指责狄更斯，但是在这一阵营中也不时出现对立的观点。迈伦·迈格尼特（Myron Magnet）的《狄更斯与社会秩序》（*Dickens and the Social Order*，1985）评价了狄更斯的政治哲学，一开头就公开声明狄更斯在本质上是一个保守分子。由于对狄更斯理解社会的本质和功能感兴趣，迈格尼特在狄更斯的早期和晚期作品中发现：“狄更斯关注人的敌对情绪以及文明的消解力量对人性的影响。”② 他的研究以尚未得到广泛关注的两部小说《尼古拉斯·尼克尔贝》和《巴纳比·拉奇》为重点。迈格尼特认为《巴纳比·拉奇》再现了狄更斯“深沉的冥思哲学”，强调社会作为主要敌对情绪反抗者的意义。他对《游美札记》和《马丁·朱述尔维特》的解读对于探讨狄更斯对美国的态度提供了新的视角。迈格尼特认为，狄更斯对美国怀有政治兴趣，关于狄更斯为什么对在美国的所见所闻感到极度失望。迈格尼特的解释是：“狄更斯认识到了自由主义的魅力但也认识到了大自然赋予人以暴力和侵略的本能，而社会对人进行驯化并使人更加人性化。于是社会的教化工作也就开始了。这就意味着不仅教育和慈善很重要，而且执行社会规范也很重要。”③

保罗·施利克（Paul Schlicke）的《狄更斯和大众娱乐》（*Dickens and Popular Entertainment*，1985）研究狄更斯对维多利亚时代英国的娱乐形式

---

① John Kucich，“Dickens's Fantastic Rhetoric：The Semantics of Reality and Unreality in *Our Mutual Friend*.” *Dickens Studies Annual* 14（1985），1985，p. 168.

② Myron Magnet，*Dickens and the Social Order*. Philadephia：UP of Pennsylvania，1985，p. 5.

③ Ibid.，p. 202.

的看法以及作为表演者的自我观念。施利克认为："狄更斯扎根于过去的传统之中，因为传统强调社会'古老的、共享的模式'，成了道德信仰核心的自发、自私和同胞感情的场所。"[①] 施利克以大量事实证明"狄更斯作为大众表演者的角色极其有利于他的艺术发展。狄更斯在对社会语境的描述及对小说的评论之间自由运动，暗示了娱乐形式在其作品中如何实现其意义"[②]。之后，施利克在《狄更斯季刊》《狄更斯研究年鉴》《戏剧笔记本》等杂志上发表不少研究狄更斯的文章。他在《牛津读者狄更斯指南》（*Oxford Reader's Campanion to Dickens*，1999）导言中评论狄更斯研究的当代趋势，对于希望理解 20 世纪最后 25 年狄更斯研究现状的批评家是有价值的参考资料。

朱丽叶·麦克马斯特（Juliet McMaster）的《设计师狄更斯》（*Dickens the Designer*，1987）是一部研究狄更斯的视觉想象力的著作，该著的前提是狄更斯"将自己视为类似于荷加斯式的视觉艺术家"[③]。因为狄更斯总是研究视觉世界与精神世界的关系，"狄更斯小说的表象与本质之间存在着一致性，更适合于视觉艺术而不是言语艺术，体格、姿势和附属物的目的是传达人物的信息"[④]。麦克马斯特从小说中搜集狄更斯表现这些特征的例子，表明熟悉文本的批评家可以有艺术鉴赏力地、切合实际地解读狄更斯的小说，强调意象在揭示狄更斯小说道德意义中的重要性。杰斯特顿和奥威尔等批评家认为，狄更斯小说的道德品格以及人物在作品中具有至高无上的地位，麦克马斯特运用内行的批评术语肯定并拓展早期批评家的结论。

哈里·斯通（Harry Stone）的巨著《狄更斯小说的工作笔记》（*Dickens's Working Notes for his Novels*，1987），图书馆给它的分类是超大。该著囊括了《匹克威克外传》[⑤] 之后每一部小说笔记的摹本以及理解狄更斯的书法有困难的抄写本。在简明但令人信服的导言中，斯通描述了狄更斯起草作

---

① Paul Schlicke, *Dickens and Popular Entertainment*. London: Allen and Unwin, 1985, p. 7.

② Ibid., p. 12.

③ Juliet McMaster, *Dickens the Designer*. Totowa, NJ: Barnes and Noble, 1987, p. xi.

④ Ibid., p. 3.

⑤ 斯通的导言中指出《匹克威克外传》是狄更斯随意建构的。

品的习惯，认为这些笔记可以用来“证实意义和意图，强调题旨，追踪起源，帮助阅读，澄清关系，研究创造性过程或者狄更斯的想象力”①。其中一个最重要的用途是有助于批评家理解“狄更斯如何以结构和长远规划为重点”②。

哈里·斯通出版的另一重要的研究著作《狄更斯的阴面》（*The Night Side of Dickens*，1994）研究了在他看来尚未得到充分论证的狄更斯文学生涯的三个方面：狄更斯对噬食同类（Cannibalism）的兴趣，对暴力激情的着迷，对驱使人类活动必然形式的信仰。斯通对狄更斯的文本进行了细读，并与传记资料作了仔细的对比，他认为狄更斯“悲观的一面”源于表面看起来很滑稽的文本。斯通的主要兴趣在于狄更斯奇特地着迷于噬食同类，它常常以隐喻的方式出现在狄更斯的作品中，其根源在于童年时期的被抛弃感，因蒙受羞辱而对母亲的愤懑之情，斯通的推测导致了对狄更斯小说的有趣解读，他对《大卫·科波菲尔》《荒凉山庄》《远大前程》《我们共同的朋友》的解读尤其兴味盎然。当论述狄更斯如何将自己的经验改造为小说时，斯通的论述极为出色。在论述噬食同类和激情两节时，斯通对狄更斯的书信和非小说的仔细分析强化了传记解读。因为它表现了狄更斯对妻子和特南关系的焦虑。斯通指出，直到狄更斯遇到特南，他才能用逼真的感觉去描写爱情。狄更斯与凯瑟林分居之后而与特南居住在一起时创造了一系列备受情感折磨的情人，他们再现了狄更斯私人生活的感觉。虽然斯通对狄更斯小说的解读易于引起争议，但是他最重要的贡献在于对狄更斯两部较短的作品——《新娘的房子》（*The Bride's Chamber*）和《乔治·西尔弗曼的解释》（*George Silverman's Explanation*）所作的分析，他认为这两个短篇是理解狄更斯人物悲观一面的关键性作品。斯通对这两部作品的分析为传统的批评家继续狄更斯学术研究树立了榜样。

米尔德里德·纽科姆（Mildred Newcomb）在《狄更斯的想象世界》（*Imagined World of Charles Dickens*，1989）中探讨了狄更斯的想象力，提出了影响狄更斯创造性活动、将单个作品统一起来创造连贯的神话的想象理

---

① Harry Stone, *Dickens' Working Notes for his Novels*. Chicago: UP of Chicago, 1987, p. xix.

② Ibid., p. xv.

论。“纽科姆确定了狄更斯的小说中反复出现的意象以及总体寓言。”[①] 在她看来，“狄更斯经典可以解读为连续的作品网络，讲述连贯的故事：19世纪人的故事，用富于感染力的生活信仰回答现代生活的挑战”[②]。如同托尼森的《国皇的田园诗》（*Idylles of the King*）中的亚瑟一样，“他（指狄更斯——笔者注）从迷雾中出来，在瞬息万变的人流中沿着公路或河流缓缓前行，在适当的时候又回到迷雾之中”[③]。阅读纽科姆的著作之后，人们认为文学批评仿佛没有经历后结构主义革命。他的著作让人想起20世纪50—70年代以文学文本为中心的研究，文本仿佛是独立的王国，情境和象征交织在一起，展示普遍的人类经验。

约翰·卢卡斯（John Lucas）1970年出版了影响深远的《忧郁的人：狄更斯小说研究》（*The Melancholy Man*：*A Study of Dickens's Novels*，1970），1992年又出版《查尔斯·狄更斯：重要的小说》（*Charles Dickens*：*The Major Novels*，1992）。他将《董贝父子》《大卫·科波菲尔》《荒凉山庄》《小杜丽》《远大前程》《我们共同的朋友》作为狄更斯最杰出的文学成就。卢卡斯指出，狄更斯在其早期小说中对于描写当代情境产生了自信。他的晚期杰作皆以揭示社会与人类关系的弱点为目标，还揭露了维多利亚社会导致个人不幸的根源。卢卡斯声称狄更斯深谙交流的效力，他关心社会健康、个人幸福是其创造性天才的源泉。另外，狄更斯非同寻常的能力在于以主题为中心通过描写和讲故事来实现其社会观。

在20世纪90年代出版了很多以狄更斯处理家庭问题为重点的研究著作，弗朗西斯·阿姆斯特朗（Frances Armstrong）的《狄更斯与家的概念》（*Dickens and the Concept of Home*，1990）便是其中之一。她认为狄更斯在小说中运用了传统的家庭观，这种家庭观在维多利亚时期的英国非常盛行，但尚未被全盘接受。“对狄更斯而言，家庭从来不是宁静的港湾”[④]，

---

① Mildred Newcomb，*Imagined World of Charles Dickens.* Columbus：Ohio State UP，1989，p. 187.

② Ibid.，p. 185.

③ Ibid.

④ Frances Armstrong，*Dickens and the Concept of Home.* Ann Aebor，MI：UMI Research Press，1990，p. 157.

他的家庭观在不断演进，随着事业的发展，他开始认识到“失去对家的信仰会以神奇的方式成为权力的源泉”①。马尔科姆·安德鲁斯（Malcolm Andrews）在《狄更斯与成熟的孩子》（*Dickens and the Grown-up Child*, 1994）中从形而上学的、历史的角度来解读狄更斯的作品，探索童年的意义。在阐释狄更斯继承18世纪的观念之后，安德鲁斯指出，狄更斯在19世纪40年代的小说中创造了成熟的儿童形象，并试图调和童年和成人对立的要求。

罗伯特·波默斯（Robert Polhemus）的《喜剧的信仰：从奥斯丁到乔伊斯的伟大传统》（*Comic Faith: The Great Tradition from Austen to Joyce*, 1980）试图保持30年前的批评家为狄更斯所奠定的声誉和地位。在断然反驳利维斯之后，波默斯指出19世纪的喜剧小说履行了世纪初期的宗教功能。他将19世纪的喜剧小说与乔叟、莎士比亚以及18世纪的前辈作家联系起来，指出大众对幽默和传统的大团圆结局的要求并不妨碍小说家狄更斯写出具有严肃道德目的的小说的能力。在评论《马丁·朱述尔维特》时，波默斯称狄更斯为“表现主义戏剧的大师”，他以语言为武器用自己的观点影响世界。②

唐纳德·斯通（Donald Stone）在《维多利亚小说中的浪漫冲动》（*The Romantic Impulse in Victorian Fiction*, 1980）中称狄更斯为“天生的浪漫主义者”③，他发现狄更斯十分适合那个时代的新浪漫主义作者意识：“作者作为智者，作为英雄，作为得自灵感的天才、作为魔术师在想象中与现实竞争而不仅仅是反映现实。”④ 他追溯了浪漫主义对狄更斯的影响，并指出狄更斯的艺术将现实主义与浪漫主义结合起来的原因。

这段时间出版的以传统的社会学方法研究维多利亚小说的著作中，其

---

① Frances Armstrong, *Dickens and the Concept of Home*. Ann Aebor, MI: UMI Research Press, 1990, p. 152.

② Robert M. Polhemus, *Comic Faith: The Great Tradition from Austen to Joyce*. Chicago and London: UP of Chicago, 1980, p. 88.

③ Donald Stone, *The Romantic Impulse in Victorian Fiction*. Cambridge, MA: Harvard UP, 1980, p. 250.

④ Ibid., p. 2.

中论狄更斯的部分显得十分重要。罗宾·吉尔莫（Robin Gilmour）在《维多利亚小说中的绅士观》(*The Idea of the Gentleman in Victorian Novel*, 1981）中探索了“绅士观有利于集中关注1840—1880年之间的维多利亚中产阶级的经验，无论社会学还是文学都是如此”[①]。在论《远大前程》的一章，吉尔莫解释作品中的冲突源于狄更斯自己的地位。“他并非天生就是绅士，但立志成为绅士，因此卷入了社会进化的过程。”[②] 因为1860年狄更斯刚刚与妻子分居便“认识到他自己失望的远大前程的奇异可笑之处”[③]。吉尔莫的结论是，“在历史深度，社会维度，心理洞察力方面，《远大前程》是狄更斯最复杂、最让读者满意的小说，因为它研究了维多利亚时期的绅士观念”[④]。

贾尼斯·卡利斯莱（Janice Carlisle）的《观众的意义》（*The Sense of an Audience*, 1981）是关于维多利亚时代作者与读者关系的又一研究著作。“小说家的道德责任意识如何影响艺术的叙事形式?”[⑤] 卡利斯莱认为，维多利亚中期小说家的写作具有道德目的，狄更斯拥有向读者再现道德观的能力。狄更斯将小说看作让读者领悟严峻的现实生活的手段，而同时让他们认识到社会进步的潜力。卡利斯莱发现自己在朱丽叶·麦克马斯特（Juliet McMaster）和W. J. 哈维（W. J. Harvey）的批评传统中从事研究工作。他们对维多利亚小说家的研究将道德与审美结合起来。她认为麦克马斯特的著作是最让她感兴趣的，因为在卡利斯莱的著作面世的同一年，朱丽叶·麦克马斯特与其丈夫罗兰·麦克马斯特合著的论文集《从斯特恩到詹姆斯的小说》(*The Novel from Sterne to James*, 1981）以狄更斯关注生活与语言的关系为研究的重点。这些研究不仅让读者想起形式主义批评全盛时期的学术范式，而且几乎一成不变地重印了20世纪50—60年代发表在杂志上的

---

① Robin Gilmour, *The Idea of the Gentleman in Victorian Novel*. London: Allen and Unwin, 1981, p. 2.

② Ibid., p. 107.

③ Ibid., p. 111.

④ Ibid., p. 143.

⑤ Janice Carlisle, *The Sense of an Audience: Dickens, Thackeray and George Eliot at Mid-Century*. Athens: UP of Georgia, 1981, p. 2.

文章。麦克马斯特夫妇的著作表明，面对后结构主义的重新阐释，一些狄更斯批评家倾向于保持人文主义批评传统的活力。

这个时期的研究者并非人人是后结构主义的崇拜者。几十年前就出版过批评著作的劳伦斯·勒纳（Laurence Lerner）同样拒斥后结构主义的动听言词，他对狄更斯的评价离麦克马斯特较远而更接近于利维斯夫妇。勒纳认为伟大的文学必定具有严肃性，在他看来，狄更斯没有表现这一特质。他于1982年的研究著作《文学想象：文学与社会论集》（*The Literary Imagination：Essays on Literature and Society*，1982）研究了作家作为社会批评家的工作方式。勒纳认为狄更斯是对艺术一无所知的代表人物，而对艺术缺乏认识是维多利亚思想的特征。“艺术、智性与宗教生活在狄更斯的幸福观中几乎缺席。”[①] 勒纳声称，狄更斯对包括模式化在内的进步观实际上是表示赞同的。

巴里·奎尔斯（Barry Qualls）更为欣赏狄更斯的艺术能力。他在《维多利亚小说的世俗朝圣者》（*The Secular Pilgrims of Victorian Fiction*，1982）中按照卡莱尔、班扬、弗朗西斯·夸尔斯（Francis Quarles）等人的理论来解读狄更斯等人的小说，希望他的分析能够让现代人像维多利亚人一样体验小说。奎尔斯认为卡莱尔的著作为“研究狄更斯的小说提供了最佳的批评媒介”[②]。狄更斯在晚期作品中表现出来的悲观意识反映他像卡莱尔一样越来越厌弃身边人的兽性。通过分析狄更斯运用船难、迷宫、监狱和患难等意象，奎尔斯认为狄更斯“在本质上是一个与班扬、霍加思以及童话故事传统和圣经相联系的象征艺术家”[③]。但是他同时指出，狄更斯改变了具有宗教余韵的象征，并使其世俗化。

克里斯·巴迪克（Chris Baldick）在具有挑战性的研究著作《流电的世界：卡莱尔和狄更斯怪物》（*The Galvanic World：Carlyle and the Dickens Monster*）中运用自己作为社会批评家的真知灼见来解释狄更斯如何受到弗

① Laurence Lerner，*The Literary Imagination：Essays on Literature and Society.* Totowa，NJ：Barnes and Noble，1982，p. 186.

② Barry Qualls，*The Secular Pilgrims of Victorian Fiction.* Cambridge：Cambridge UP，1982，p. 85.

③ Ibid.，p. 89.

朗肯斯坦神话的影响。他认为狄更斯步卡莱尔的后尘，创造怪诞并颠倒了人与对象的角色。卡莱尔的“流电的世界同化到狄更斯的病态的幽默以及他对忧郁的独特解剖之中。狄更斯在其小说中反映了一个梦魇世界。这个梦魇世界的根本特征就是赋予无生命物以生命”[①]。巴迪克从狄更斯的小说中引用大量的例子来证明魔鬼是由不重视人的社会所创造的。他认为狄更斯最引人入胜的技巧是提喻（synecdoche）——“习惯于肢解人类的整体意识，给予我们一个器官分离的世界”[②]，甚至于匹普等主人公也有弗朗肯斯坦的魔鬼般的意识。

虽然很少有学者全面论述狄更斯的科学知识或对科学知识的运用，但乔治·列文（George Levine）在其重要的研究著作《达尔文与小说家》（*Darwin and the Novelist*，1998）中论述了狄更斯小说中的科学知识。由于他关注维多利亚小说家用怎样的方式吸取达尔文的思想，因此探讨了狄更斯创造的小说世界与达尔文描写的世界之间存在着相似性。列文认为，狄更斯崇拜达尔文，但没有被他的理论所吓倒。相反，他信仰科学，并以之作为驱除迷信、根深蒂固的偏见和习惯的手段。狄更斯虽然是科学的外行，但是渴望叙述当代科学的发展，列文感兴趣的是非小说（non-fiction）而不是小说，他解读了《小杜丽》并将它当作达尔文式的小说，认为狄更斯设法解决热力学和进化论生物学等科学概念的含义，列文认为：“这是狄更斯小说中最具宗教意义的小说，这类小说直面人类社会尚未实现的凡俗之心。”[③]

在 20 世纪 90 年代，即使经得起时间检验的话题，如狄更斯运用感伤主义等，学者们也进行了进一步的探讨。霍华德·福尔维勒（Howard Fulweiler）以弗雷德·卡普兰的《神圣的眼泪》（*Sacred Tears*，1987）以及他以前出版的著作为基础研究了感伤主义在 19 世纪的发展。福尔维勒将感伤

① Chris Baldick, "The Galvanic World: Carlyle and the Dickens Monster." *In Frankenstein Shadow*: Myth, Monstrosity and Nineteenth Century Writing, 103 - 20. Oxford and New York: Oxford UP, 1987, p. 107.

② Ibid., p. 108.

③ George Levine, "*Little Dorrit* and Three Kinds of Science." *Darwin and the Novelist*: Patterns of Science in Victorian Fiction, 153 - 76. Cambridge, MA and London: Harvard UP, 1998, p. 155.

主义看作“不仅仅是情绪或情感的过度，相反，它以个人情感或者新鲜经验为重点，并将它们变成广义的概念”①。感伤主义不仅仅存在于雇佣文人的作品之中，而且在“18—19世纪最伟大的艺术家的作品中已经司空见惯，其中包括狄更斯——一位有力量、有深度和思想内容的作家”②。虽然福尔维勒逆20世纪晚期的批评潮流，但是他有说服力地证明，对于维多利亚时代的小说家，如狄更斯，严肃和感伤的结合不仅是可信的，而且也是可能的。忽视狄更斯小说感伤情绪的严肃性是没有理解其文学效应的主要原因。

20世纪末批评潮流的转型对于狄更斯研究特别有利。约瑟芬·盖伊（Josephine Guy）的《维多利亚的社会问题小说》（*The Victorian Social-Problem Novel*，1996）将狄更斯作为关注的焦点，研究小说在构建社会历史观中的意义与影响。盖伊的主要兴趣在于历史理论，因此她关注《艰难时世》也就理所当然。她认为《艰难时世》比同一文类的其他小说受到了更多的批评关注。盖伊承认《艰难时世》常常受到诋毁，被批评家视为平庸之作，是一部非典型的小说，这些批评家起初抱怨《艰难时世》呈现出固定模式，后来他们又说《艰难时世》暴露了狄更斯对中产阶级而不是对穷人的同情。盖伊强调社会问题对个人而不是对阶级的影响。从这个角度看，她认为狄更斯的小说既有魅力又富有启迪意义。她的肯定解读强调狄更斯以“经济人”和“道德人”之间的冲突为重点，虽然她认为狄更斯明显地喜欢后者，但她发现狄更斯对人性并不持乐观的态度。她指出：“《艰难时世》充其量给人一种有限度的悲观主义意识——人性的道德基础极其脆弱。”③

1998年默里·鲍姆加滕（Murray Baumgarten）与H. M. 戴尔斯（H. M. Daleski）合作编辑了《维多利亚想象中的家与无家可归》（*Homes and Homelessness in the Victorian Imagination*，1998），这一起初发表在希伯来大学会议的论文集，标题为《狄更斯和维多利亚想象中的家和无家可归》（*Homes and*

① Howard W. Fulweiler, "Here a Captive Heart Busted.": Studies in the Sentimental Journal of Modern Literature. New York: Fordham UP, 1993, p. 5.

② Ibid., p. 6.

③ Josephine M. Guy, *The Victorian Social-Problem Novel*. London: Macmillian, 1996, p. 136.

Homelessness in Dickens and the Victorian Imagination，1998）。这一卷的二十篇论文有一半以狄更斯为论旨。在编辑看来，实际上狄更斯在《奥列佛·退斯特》中提出了“家”与“无家可归”这一概念，在以后的小说中又进一步发展完善。其中两篇饶有兴趣的论文以《大卫·科波菲尔》为主题。罗伯特·波默斯（Robert Polhemus）解释了“家”对于儿童的重要意义。帕特里克·麦卡锡（Patrick McCarthy）认为：“从根本上来说，大卫与教育小说中的其他主人公不一样，恰恰因为他将家庭幸福视为文明意志的起源、养育者和目标。”① 埃夫拉伊姆·斯谢尔（Efraim Sicher）研究《荒凉山庄》中家的概念所具有的价值，巴鲁克·赫斯曼（Baruch Hochman）将无家可归当作“孤儿境况”的隐喻来进行研究。这些论文作者认为自己参与了更大的文化事业，他们将狄更斯的“家庭”观念当作讨论19—20世纪的“家”的观念和无家可归的问题的出发点。

在种种主题研究中，城市主题历来为批评家们所瞩目，甚至可以追溯到马克思主义经典作家。与狄更斯同时代的沃尔特·白芝浩（Walter Bagehot）十分敏锐地发现了狄更斯擅长描绘城市生活，刻画令人难忘的人物。西方马克思主义批评家瓦尔特·本雅明、雷蒙·威廉斯以及特里·伊格尔顿对狄更斯的城市主题也多有论及。

20世纪80年代，狄更斯再现城市生活的才能成了批评家们感兴趣的话题。大卫·克雷格（David Craig）在《〈奥列佛·退斯特〉〈大卫·科波菲尔〉〈远大前程〉城市与自我的互动》（*The Interplay of City and Self in Oliver Twist*，*David Copperfield and Great Expectations*，1987）中有意识地偏离亚历山大·威尔斯和F. S. 施瓦瑞巴克的主题研究方法。他认为，狄更斯在这些小说中表现了城市与自我关系的变化。克雷格指出，关心自我总是调节认知的行为，其中包括对城市的看法，反之，“城市封闭了意识本身，以至于意识行为总是由城市语境所构建”②。

---

① Murray Baumgarten and H. M Daleski eds.，*Homes and Homelessness in the Victorian Imagination.* New York：AMS Press，1998，p. 58.

② David M. Craig，“The Interplay of City and Self in *Oliver Twist*，*David Copperfield* and *Great expectations.*” *Dickens* Studies annual 16（1987），p. 17.

关于城市景观引起更多争议的研究是理查德·马克斯韦尔（Richard Maxwell）的《巴黎与伦敦之谜》（*The Mysteries of Paris and London*, 1992），该著表明了不同的理论方法如何丰富和深化对小说的解读。在“城市神秘小说”[①] 的研究中，狄更斯是马克斯韦尔研究的重要作家之一。20世纪不少理论家对城市小说进行了广泛而深入的研究，如保罗·德曼、福柯、瓦尔特·本雅明及20世纪之交的社会学家乔治·齐美尔为各自的理论分析建构了理论框架。马克斯韦尔考察了小说家用形象的语言使混沌的现代城市变得可以理解。除了有助于解释狄更斯如何理解伦敦的城市生活以外，马克斯韦尔将狄更斯置于更宏大的欧洲传统之中，将狄更斯视为当代小说家，见证了19世纪城市生活的发展所引发的社会变化。

在理论解读狄更斯的作品中，朱利安·沃尔夫蕾（Julian Wolfrey）的《书写伦敦：从布莱克到狄更斯城市文本的踪迹》（*Writing London*: *The Trace of the Urban Text from Blake to Dickens*, 1998）是最为优秀的研究著作之一。与亚历山大·威尔斯、F.S. 施瓦瑞巴克、里查德·马克斯韦尔一样，沃尔夫蕾研究了狄更斯和其他19世纪作家对城市经验的评价方式。沃尔夫蕾尤其希望回答这样一个问题：“他们怎样影响确定叙事的文化与心理力量的存在?”读者如何看待受到文本影响的城市？沃尔夫蕾承认自己受到德里达和拉康的影响，认为城市永远不可知，也不可能改写，因为城市不仅仅是街道和建筑物的集合体。在沃尔夫蕾看来，“狄更斯的伦敦与其说是地名还不如说是事件”[②]。沃尔夫蕾的德里达式的结论是“对于狄更斯而言，伦敦是发明之地，而不仅仅是现实”。“存在着阅读事件，阅读应当发生。”[③] 考虑到后结构主义者倾向于产生经典作家和文本的游戏批评，狄更斯至少是某一部著作的主体，就一点也不奇怪。

到了21世纪，狄更斯对城市生活的理解和描写仍然是让批评家着迷的主题。埃夫拉伊姆·斯谢尔（Efraim Sicher）的《重读城市：重读狄更斯》

---

① 19世纪的一种小说形式，试图解释现代都市不可理解的现象。

② Julian Wolfrey, *Writing London*: *The Trace of the Urban Text from Blake to Dickens*. London: Macmillian; New York: St. Martin's, 1998, p. 142.

③ Ibid., p. 178.

（*Rereading the City*：*Rereading Dickens*，2003）、艾伦·罗宾逊（Alan Robinson）的《想象1770—1900年的伦敦》（*Imagining London* 1770 – 1900，2004）补充了亚历山大·威尔斯（1971）、施瓦瑞巴克（F. S. Schwarzbach，1979）、理查德·马克斯韦尔（1992）、朱利安·沃夫蕾（1979）的研究。罗宾逊的著作更为全面地研究了艺术家试图“理解19世纪城市所发生的社会变化”①。斯谢尔的跨学科研究试图解决批评家运用现实主义术语分析狄更斯的作品所遇到的困难。他宣称小说与维多利亚中期英国的意识形态和文学论争有关，因此，应当在理性的、艺术的语境中研究小说。他不仅研究狄更斯想象力生产的审美方面，而且从经济维度进行研究，表明消费文化的增长、性别关系的变化如何影响伦敦的作品生产。他论证的一个重要观念是：“狄更斯小说的再现因地主阶级和城市中产阶级观念之间的冲突，基于资助减少的文学和基于新的读者大众文学之间的冲突，浪漫主义美学与铁路时代、工业化经济政治之间的冲突而产生的矛盾。”② 斯谢尔将狄更斯的作品视为抵制再现城市的意识形态假设的一般行为。为了全面公正地评价小说家狄更斯的社会观，斯谢尔以对当代艺术、新闻、政治话语、医疗实践和诗歌的讨论作为对狄更斯小说的补充。斯谢尔灵活运用前辈批评家的观点，挑战了坦布林在《狄更斯，暴力与现代国家》（1995）中的宏大解读。斯谢尔指出，狄更斯在人生的早期就表现出重读城市景观的出类拔萃的能力，狄更斯最为深刻的见解在于不可能存在全面而精准的描写。“他深知其他人描写城市的全景式景观不足以把握城市复杂而细微的差别。因此，他试图通过建立城市不同区域之间的隐形联系来描写城市生活的复杂性，洞察城市隐秘的奥秘。”③ 狄更斯对城市生活的日益机械化和非人性化的回答没有失望和悲观情绪，他提出了另一种“互担责任，相互为善”的观点。

理查德·利罕的《文学中的城市——知识与文化的历史》梳理了西方城市文学的发展脉络，认为城市的兴起与潮起潮落的文学运动相关联，尤

① Alan Robinson，*Imagining London* 1770 – 1900. London：Palgrave Macnillan，2004，p. xiv.

② Efraim Sicher，*Rereading the City*：*Rereading Dickens*. New York：AMS Press，2003，p. 80.

③ Ibid.

其与各种叙事模式——喜剧现实主义、浪漫现实主义、自然主义、现代主义和后现代主义有着不可分割的联系。狄更斯在西方的城市文学中占据着十分重要的位置。在狄更斯的小说中，城市“只注重物质实利，它使得人们心肠变硬，越来越冷漠无情，并改变了我们的共同体感觉和以人为本的认识。狄更斯是都市转变的伟大记录者，他重申了社会共同体的重要性，并试图通过多愁善感的人物和侦探之类的新都市监察员，把世界重新带回到以人为本的境地。他还意识到新的世俗性神圣处所的缺位，家庭生活变得越来越不可预测——温馨已经让位于诡异。对新城市的救赎归于失败，因为取代社会共同体的是不知姓名的陌生人，温情消失在大法官庭和兜三绕四部。作为最后一位喜剧现实主义作家，狄更斯相信一个道德维系的世界，但是因为城市世界已经变得非常复杂，埃斯塔·萨姆逊的作用已经不再让人相信，喜剧现实主义已耗尽了它的意义”①。利罕认为，狄更斯揭示了西方城市及其机构的意义，为理解新兴的商业主义，为认识由银行、交易所和大法官庭之类的机构组成的世界提供了借鉴。狄更斯笔下的城市既是诱惑，又是陷阱。说它是诱惑，是因为对于那些不惜一切代价涌入城市的人来说，城市为他们实现更高的自我理想提供了机会；说它是陷阱，是因为城市的运作最终会摧残人性，最后将城市化为荒原和“死亡之城”。

四 比较研究

比较文学通常指的是跨语言、跨民族、跨文化、跨学科的文学研究。需要说明的是，本书所论及的比较研究只是英语体系范围内的比较，而不是严格意义上的比较文学研究。

对狄更斯的比较研究在狄更斯生前就开始了。《博兹札记》问世时，就有人将狄更斯与其他作家进行比较，只不过绝大多数比较研究以狄更斯与其他英国作家的关系为重点。《匹克威克外传》连载发表时，《雅典娜》（*Athenaum*）的匿名评论说，“《匹克威克外传》由两英镑斯摹莱特，三盎

① ［美］理查德·利罕：《文学中的城市——知识与文化的历史》，吴子枫译，上海人民出版社2009年版，第5页。

司斯特恩，一捧胡克，加少许皮尔斯·伊根（Pierce Egan）组成”[①]，“博兹是完美的斯摹莱特”已经成了众所周知的习惯语。一些人认为狄更斯像斯特恩，一些人认为狄更斯像菲尔丁，可将狄更斯列入“原旨主义者”（originalist）之列。

评论狄更斯早期作品的批评家，尤其是约翰·福斯特，更全面地探讨了狄更斯与18世纪伟大作家的关系，如艾迪生、笛福、戈尔德·史密斯，并与艾迪生，笛福、戈尔德·史密斯、司科特、莎士比亚等进行比较，评价狄更斯的声誉。不少人认为狄更斯位于19世纪20—30年代都市凡夫俗子之上。华盛顿·欧文是另一位常被援引的与狄更斯同时代的作家，但这种比较，如同与塞万提斯进行比较一样，没有启迪意义。狄更斯关注下层百姓和年轻人，人们常将他与克雷布和华兹华斯进行比较，他以怪诞为乐让人想起拉姆和利·亨特。人们常将狄更斯早期小说的恐怖实验与维克多·雨果进行比较，并认为狄更斯师承了雨果。

到了20世纪80年代，指出狄更斯对美国作家威廉·福克纳的影响已经普遍流行。梅里特·莫斯利（Merritt Moseley）的《〈喧哗与骚动〉表征福克纳的狄更斯式的幽默》（Faulkner's Dickensian Humor *in The Sound and Fury*，1981）、琳达·考夫曼（Linda Kauffman）的《〈艰难时世〉与〈喧哗与骚动〉中的文学与精神》（The Letter and the Spirit in *Hard Times* and *the Sound and Fury*，1981）在福克纳最令人称道的小说中寻找影响的证据，而杰拉尔丁·拉罗奎（Geraldine LaRocque）在《〈双城记〉和〈押沙龙〉》（*A Tale of Two Cities* and *Absalom*, *Absalom*!，1982）中寻找影响证据。H. R. 克林博格（H. R. Klieneberger）在《英国和德国的小说》（*The Novel in England and Germany*，1981）中将狄更斯的艺术与德国同时代的作家威廉·拉贝进行比较，尤其在性别关系、反犹主义、贵族等主题方面进行比较。克林博格指出，即使在描写方面狄更斯对拉贝的早期创作也产生了重大影响。

约翰·里德（John Reed）的《狄更斯和萨克雷：惩罚与宽恕》（*Dick-*

① An Unsigned Article, "Reviews of *Pickwick Papers.*" Nos. I-IX, *the Athenaeum*, 3 December 1836, p. 841.

ens and Thackeray：*Punishment and Forgiveness*，1995）让人想起20世纪60—70年代狄更斯研究的特色。里德以论托尼森的优秀著作《国王的田园诗》（1969）以及对维多利亚时期全面的研究著作《维多利亚传统》（*Victorian Conventions*，1975）而奠定了自己的学术地位。他的第二部著作《维多利亚人的意志》（*Victorian Will*，1989）对维多利亚人的心态进行了全面的分析。之后里德将自己的注意力转向维多利亚时期最伟大的小说家狄更斯。在研究狄更斯和萨克雷对惩罚与宽恕的态度时，里德认为他可能采用了某些不足信的人文主义研究方法。虽然很多批评家对文学文本作为信息的工具没有失去信心，但是里德让读者确信他不持那种观点。他认为"很多文本，尤其是20世纪之前的文本带有这些信息"[①]。里德的研究无疑表现了当代批评家的意识。他认为当代批评家犯了错误而温和地鄙视他们但又用他们的观点来证明自己的例子，里德公开拒绝后现代主义"作者之死"的观点，他认为狄更斯是为读者而写作、是影响读者最有意识的、最有生命力的作家之一，狄更斯在惩罚与宽恕这一点上持的是基督教观点，但是他的基督教观点跟有组织的宗教没有必然联系。随着事业的日益发达，狄更斯反而变得更加悲观了。与晚期作品相比，狄更斯的早期小说以更为简单的方法解决罪恶问题。

里德的主要前提是，狄更斯处理善恶问题潜在的道德斗争不仅在主题上而且在结构上发挥了重要作用，从而将各部小说联结为一个有机的整体。他指出："狄更斯没有回避提出自己的道德观，由于不愿意让善人直接惩罚恶棍，狄更斯强调一种倾向，那就是：伤天害理的人必遭报应。"[②]他的错综复杂的情节暗示既超越小说文本又隐含在文本的因果报应模式之中。这种技巧连同重复的报应模式强化了小说作为道德说教工具的更宏大的模式，并创造了"多余的道德信息，确保成功传递文学作品根本的道德信息"[③]。任何愿意寻找这种连贯模式的读者都会发现，除非人们通过否定

① John R. Reed, *Dickens and Thackeray*：*Punishment and Forgiveness*. Athens：Ohio Up，1995，p. xiv.

② Ibid.，p. 301.

③ Ibid.

“语言的语境意义”[1] 而有意误读狄更斯。

瓦莱丽·加格（Valerie Gager）在《莎士比亚与狄更斯：影响动力学》（*Shakespeare and Dickens*: *The Dynamics of Influence*, 1996）中完成了罗伯特·福来司拿（Robert Fleissner）承诺但在 1965 年出版的论述这两位作家关系的著作里没有实现的目标。她那令人敬佩的传统学术研究著作不仅编辑了类似的段落，而且研究了“狄更斯从其创作需要出发运用莎士比亚的种种艺术方法”[2]。意识到后结构主义批评但又不为后结构主义所束缚，加格以莎士比亚影响狄更斯为重点，即莎士比亚不仅影响狄更斯的人物塑造，而且影响到狄更斯作品的主题。她反驳早期的说法——狄更斯是草率的莎士比亚阐释者，并令人信服地论证狄更斯不少关于莎士比亚的观点来自 19 世纪对莎士比亚作品的戏剧表演，而不是来自戏剧文本。

五　马克思主义与社会历史批评

国外马克思主义的狄更斯批评绵延不断，有着鲜明的发展脉络和演进轨迹，如果从一个大的思想文化背景来考察的话，大致可以划分为四个阶段：（一）1836—1895 年经典的马克思主义狄更斯批评；（二）1895—1930 年正统的马克思主义狄更斯批评；（三）1940—1979 年西方马克思主义的狄更斯批评；（四）80 年代以后的马克思主义狄更斯批评。新颖、敏锐、富于洞见的马克思主义的狄更斯批评不仅丰富和发展了马克思主义文艺学宝库，而且昭示了马克思主义文学批评强劲的生命力。

必须指出，西方马克思主义在强调文化批判的同时实现了批评视角、批评方法的多元化，但是在研究文学与社会、历史、现实的关系这一根本问题上与正统的马克思主义批评是一脉相承的。

（一）经典马克思主义的狄更斯批评

马克思主义经典作家马克思（1818—1883）和恩格斯（1820—1895）

---

① John R. Reed, *Dickens and Thackeray*: *Punishment and Forgiveness*. Athens: Ohio Up, 1995, p. 301.

② Valerie Gager, *Shakespeare and Dickens*: *The Dynamics of Influence*. Cambridge: Cambridge UP, 1996, p. 18.

虽然不是职业的文艺理论家和文艺批评家，也没有写过系统的文艺美学专著，但是散见于他们著作中的有关文艺问题的论述非常丰富，他们评论过的作家非常广泛，如狄更斯（1812—1870）、巴尔扎克（1799—1850）、欧仁苏（1804—1857）、海涅（1797—4856）等。狄更斯与马克思、恩格斯长年住在同一个城市——伦敦，狄更斯创作最优秀的小说的时候，马克思、恩格斯正写着他们最重要的理论著作。狄更斯的作品一问世往往受到马克思、恩格斯的关注，并且得到了很高的评价，他们将狄更斯视为英国现实主义“光辉一派”最伟大的代表。马克思指出：

现代英国的一批杰出的小说家，他们在自己卓越的、描写生动的书籍中向世界揭示的政治和社会真理，比一切职业政客、政论家和道德家加在一起所揭示的还要多。他们对资产阶级的各个阶层，从“最高尚的”食利者和认为从事任何工作都是庸俗不堪的资本家到小商贩和律师事务所的小职员，都进行了剖析。狄更斯、沙克莱（即萨克雷）白朗特女士和斯克耳夫人把他们描绘成怎样的人呢？把他们描绘成一些骄傲自负、口是心非、横行霸道和粗鲁无知的人；而文明世界用一针见血的讽刺诗印证了这一判决。这首诗就是：“上司跟前，奴性活现，对待下属，暴君一般。①

恩格斯指出：

近十年来，在小说的性质方面发生了一个彻底的革命，先前在这类著作中充当主人公的是国王和王子，现在却是穷人和受轻视的阶级了，而构成小说内容的，则是这些人的生活和命运，欢乐和痛苦。最后，他们发现，作家当中的这个新流派——乔治·桑、欧仁·苏和查尔斯·狄更斯就属于这一派——无疑是时代的旗帜。②

① 《马克思恩格斯全集》中文第1版第10卷，人民出版社1965年版，第686页。
② 《马克思恩格斯全集》中文第1版第1卷，人民出版社1965年版，第594页。

19世纪中后期，马克思主义创始人面对无产阶级和资产阶级尖锐对立的社会矛盾，对包括狄更斯在内的英国现实主义作家的批评，以物质和意识两大范畴为基础，重点从文学与社会的关系去考察文学，将小说的内容视作对现实生活的反映，注意到狄更斯创作的平民意识和现实主义倾向，恰切地肯定了这一派小说家的作品所具有的无可辩驳的文学价值和文化历史意义。马克思主义的狄更斯批评从经济决定论、反映论、强调文学的本质在于把握社会历史规律，注重文学的认识功能和社会功能，以美学观点和历史观点相统一作为文艺批评的最高标准等方面为后来的狄更斯批评奠定了基础。

（二）正统马克思主义的狄更斯批评

第二国际时代德国杰出的马克思主义文艺批评家弗朗茨·梅林（1846—1919）沿着马克思、恩格斯开辟的道路，指出狄更斯“对社会生活一切最重大的问题的‘集中注意’”，强调狄更斯“那颗诗人的心……永远和穷苦不幸的人在一起”[①]。他认为熟悉城市底细的狄更斯塑造了生动的人物形象，匹克威克先生和山姆·韦勒堪与塞万提斯的堂·吉诃德和桑丘·潘沙相媲美。《奥列佛·退斯特》《尼古拉斯·尼科尔贝》《荒凉山庄》抨击了济贫制度、教育制度和司法制度，同情弃儿。狄更斯虽然关注社会生活的重大问题，具有急进的民主思想，却远离现实政治生活，他是一个民主主义者，而不是社会主义作家。

苏联的马克思主义文论家对狄更斯的批评以马克思和恩格斯对狄更斯的评述为出发点，以革命民主主义文艺批评家“别车杜”的狄更斯研究为基石，狄更斯首先被看作社会罪恶的暴露者，资本主义的批判者。因此，要弄清苏联的马克思主义文论家对狄更斯的批评，还必须了解革命民主主义文艺批评家的主要观点。

19世纪的俄罗斯相互对立的各派都能接受狄更斯，与革命民主主义文艺批评家的宣传和评介有着密切联系。俄罗斯19世纪的批评家从别林斯基到谢德林等无不以民主主义世界观为出发点。别林斯基称狄更斯为“英国

① ［苏］伊瓦肖佳：《狄更斯评传》，蔡文显译，广东人民出版社1983年版，第10页。

的第一个小说家"，作为小说家的狄更斯首先是一个忠实地描写现实生活的现实主义作家。他称道狄更斯对社会现实的深刻揭露，但拒绝感伤主义的道德说教成分。包特金称"狄更斯是现实的日常生活画家"。谢德林十分器重狄更斯，在他看来，狄更斯不仅仅是个大艺术家，而且是个与自然主义相对立的真正的现实主义者，一个现实的批判者。车尔尼雪夫斯基把狄更斯、果戈理、乔治·桑称为自己的朋友，称赞"狄更斯是个捍卫下层阶级，向上层阶级进行斗争，向虚假与伪善进行讨伐的战士"①。

马克思主义文论家高尔基的文学批评与别林斯基、车尔尼雪夫斯基是一致的，他赞扬狄更斯不仅是一位反映了现实，而且是尽力对现实起作用的作家，称狄更斯为"伟大的批判现实主义作家"②。

苏联的马克思主义美学家卢那察尔斯基自觉地坚持社会学批评方法，同时也并不忽视艺术形式的批评，做到二者兼顾。他在《论文学》中指出，狄更斯是英国小资产阶级的痛苦、爱好和仇恨的伟大表现者，他是一个温和的诗人，善于缓和、平衡他的创作里的尖锐刺人的因素，他将《董贝父子》作为狄更斯最优秀的长篇小说，认为狄更斯怀着深厚的感情塑造了小资产阶级典型。狄更斯塑造的典型人物，如匹克威克、文克尔、俾克史涅夫、土茨、卡克尔等，不仅活在英国，而且活在全世界。"狄更斯是伟大的漫画家们的先驱和宗师。他从实际生活过的环境中撷取典型。他又把典型提高到夸张的、大加渲染的、有时几乎是荒诞不经的地步。"③

爱尔兰的现实主义剧作家乔治·萧伯纳（1856 1950）自称马克思主义者，不管他是否是马克思主义者，但是他对狄更斯的激进的、带有很强的政治性评价绝对是马克思主义的。萧伯纳终其一生是维多利亚时代小说家的崇拜者，早在1887年他就发表了论狄更斯的文章。萧伯纳不遗余力地宣传狄更斯，他说："狄更斯是有史以来最伟大的小说家之一，一个使人震惊的巨人。"④ 作为费边主义者和秘密的马克思主义者，萧伯纳极力推崇

① ［苏］伊瓦肖佳：《狄更斯评传》，蔡文显译，广东人民出版社1983年版，第28页。

② ［苏］高尔基：《论文学》，人民文学出版社1978年版，第335—338页。

③ 罗经国：《狄更斯评论集》，上海译文出版社1981年版，第128页。

④ George Bernard Shaw，"On Dickens." *Dickensian* 10（June 1914）：150 - 151. Reprinted in The *Bookman* Extra Number（1914），p 147.

《小杜丽》的革命性。他指出，虽然“狄更斯从来不曾把自己看作革命者，然而他肯定是一个革命者。他对众议院的毫无缓和余地的蔑视……从未动摇过”。“《小杜丽》比《资本论》更富于煽动性。”[①] 他认为狄更斯最值得称道的小说是揭露社会罪恶的小说。因此，他偏爱狄更斯的晚期作品，将《小杜丽》当作狄更斯最优秀的小说，认为狄更斯晚期作品的主人公深入了对整个工业秩序的反抗，而早期作品中的恶棍与英雄式的主人公，只是为读者提供消遣和娱乐，偶尔表示一点愤怒。同时，对于狄更斯在《艰难时世》中反对工人组织工会，萧伯纳提出了批评，“他就公开地背离了民主，而采取了卡莱尔和罗斯金的理想化了的保守主义，认为贵族是人民的主人和上级，同时也是人民和上帝的公仆”[②]。

1913年萧伯纳为《艰难时世》的韦弗利版本撰写导言时指出，狄更斯在这部小说中“重新睁开了双眼，他的良知因发现英国的现实状态而痛苦不堪”[③]。“这是马克思、卡莱尔、罗斯金、莫里斯、卡彭特的观点，如同抵抗疾病一样奋起反抗文明，他宣称，不是我们的混乱而是我们的秩序太可怕。”[④] 1908年萧伯纳对利物浦的读者说，“《小杜丽》是英语语言最伟大的作品之一”，“当英语民族认识到它是一部真正伟大的著作时，这个国家就会发生革命”。[⑤] 萧伯纳的观点因为过于激进而备受指责。

20世纪30年代全球范围内的反纳粹主义、人民阵线、劳工运动、斯大林和托洛茨基的斗争以及马克思与无政府主义的斗争风起云涌。特殊的世界局势导致马克思主义批评的复兴。在英美30年代大萧条时期出现了一股马克思主义批评风潮。这个时期的马克思主义批评使得狄更斯的声誉大为提高。值得注意的是，30年代的马克思主义批评，感兴趣的不仅仅是狄更斯作品的政治价值，它同样关注作品的艺术价值。

---

① Bookman. Extra Number: *Charles Dickens*. London: Hodder & Stoughton, 1912, p. 191.

② 罗经国:《狄更斯评论集》，上海译文出版社1981年版，第91页。

③ George Bernard Shaw, "Introduction." Hard Times. Waverly edition. London: Waverly Book Co. 1913. Reprinted in Shaw on Dickens, edited by Dan H. Laurence and Martin Quinn. New York: Frederick Ungar, 1985, p. 27.

④ Ibid., p. 51.

⑤ Ibid., p. 111.

英国的马克思主义批评家T. A. 杰克逊同乔治·萧伯纳一样十分激进。他的《查尔斯·狄更斯——一个激进人物的进程》（*Charles Dickens*: *The Progress of a Radical*, 1937）被著名的狄更斯研究专家米歇尔·斯莱特誉为第一次世界大战和第二次世界大战期间最重要的狄更斯批评著作，堪与吉辛和杰斯特顿的著作比肩。[①] T. A. 杰克逊在历史语境中解读狄更斯的每一部小说，注意到每一部作品背后的社会和政治运动，他第一次全面解读了将维多利亚小说与激进的政治传统联系起来的狄更斯经典，认为狄更斯小说表面的乐观主义潜伏着一种激进主义，狄更斯一生经历了从乐观主义改革者到坚强不屈的社会批评家这样一个自然发展过程。他将《艰难时世》视为狄更斯最为重要的作品。他所引用的狄更斯抨击资本主义的段落与马克思、恩格斯如出一辙。他最终承认，虽然狄更斯不像马克思那样是一位哲学家，但他是一位具有漫画天赋的伟大记者，狄更斯也没有表现出神学偏见。这种品格是一种美德。他发现狄更斯是一位神秘的无神论者，怀有对上帝的信仰，但没有运用有组织的宗教。通过意识形态论争，杰克逊的解读揭去宗教余韵的圣诞故事。杰克逊认为："狄更斯的小说抨击了资本主义社会秩序。对于真正理解他的人来说，狄更斯是一种威胁。"[②] "狄更斯从未全面认识到他控诉资本主义社会的渐增的力量。"[③] 杰克逊将其原因归咎于狄更斯决定不参与政治活动以及其天生对想象力的恐惧。在杰克逊看来，这两个特点在19世纪最伟大的激进者卡尔·马克思那里完美地实现了，相比之下，狄更斯只不过是一个苍白的影子。

杰克逊极为关注其他批评家不太关注的《游美札记》，试图解释狄更斯厌恶美国的原因。杰克逊指出："狄更斯没有认识到最使他恐怖的事情，只不过是作为激进人士的他力图在政治上摆脱资产阶级的正常结果。"[④] 在对狄更斯重要作品的详细分析中，杰克逊展示了他的马克思主义倾向，不仅以"文学—技术"价值为中心，而且以"相对的乐观主义优势"以及

① Michael Hollington, *Charles Dickens Critical Assessment* (Volume I), Robertsbridge, Helm Information Ltd. 1995, p. 7.

② Ibid., p. 283.

③ Ibid., p. 295.

④ Ibid., p. 50.

“蕴含于小说中的阶级同情” 为中心。

正统马克思主义的狄更斯批评，严格坚持马克思主义经典作家现实主义反映论的文艺立场，运用历史主义和阶级分析方法，对社会进行政治和经济批判。

（三）西方马克思主义的狄更斯批评

20 世纪 30 年代被称为红色十年，马克思主义批评非常活跃。第二次世界大战后，马克思主义批评并没有消失。冷战期间马克思主义批评有一个以杰克·林赛、阿诺德·凯特尔为主要代表的稳定群体。

杰克·林赛的马克思主义批评与心理批评紧密地结合在一起。他的心理传记《狄更斯：传记与批评研究》（1950）其重要性在于超越了文学研究的边界，是第一部探讨狄更斯创造过程的著作。其主要观点可以概括为：（一）杰克·林赛运用弗洛伊德的理论在狄更斯与其母亲的关系中找到了理解狄更斯的钥匙。他对狄更斯小说的解读强调作者如何将现实生活的失望和创伤变成艺术。杰克·林赛认为，由于狄更斯的母亲多次怀孕，他受到母亲的忽视，虽然狄更斯对此甚为愤懑，但他对查塔姆的童年生活感到满足，从而表现出 “心理上的死亡意识以及在最大限度的和谐和轻浮中关注生活的愿望”[①]；（二）林赛认为，“狄更斯是继莎士比亚之后第一个意识到分裂问题、个人反抗越来越不理智社会的英国作家”[②]。林赛笔下的狄更斯是一个街道奋斗者，一个与现代非人性的力量作斗争的英雄。他继承的传统不是 18 世纪的小说家，而是伟大的浪漫主义诗人。他的后代则是象征主义者。浪漫主义、象征主义与狄更斯有着同样的意识，即 “社会如果要生存和繁衍，生活与艺术就需要有机结合”[③]。狄更斯的伟大成就在于他将个人的精神创伤转化为艺术的能力，从个人的焦虑和迷惘中建构社会观的能力。由此，他宣称 “狄更斯与威廉·布莱克一样，掌握着当今文化危机的钥匙”[④]。

---

① Jack Lindsay, *Dickens: A Biographical and Critical Study. London: Dakers*, New York: Philosophical Society, 1950, p. 63.

② Ibid., p. 412.

③ Ibid., p. 417.

④ Ibid., p. 5.

如果说杰克·林赛关注社会力量与个人生活的互动，那么阿诺德·凯特尔则主要关注狄更斯有意识地拒绝资本主义社会关系。凯特尔在其《英国小说导论》（1951）中以《奥列佛·退斯特》为范例来揭示狄更斯的创作方法及其价值。凯特尔认为，“这部小说的力量来自它对下层社会出色的描写和为了那个世界居民的利益，它激起了我们的同情”①。奥列佛要粥的场面是斗争的中心，它涉及诸多生死攸关的重大问题，因为这关系到世界上每一个挨饿的孤儿，每一个贫穷的、受压迫的和忍饥挨饿的人。这一情节变成了神话式的故事，成了人民文化觉醒的一分子。《奥列佛·退斯特》不同于社会历史著作，也不同于《爱玛》，因为它具有象征意义。《奥列佛·退斯特》的世界是一个贫困、压迫和死亡的世界，它使人彻底沉沦。济贫院是压迫的象征，济贫院外边的世界是一座更庞大的济贫院。奥列佛要粥的场面是冲突的象征，是穷人反对资本主义政府的斗争。狄更斯设法表现了早熟孩子的苦难和孩子们的恐惧。一方面，采用夸张得近乎荒诞的手法，另一方面奥列佛是一个具有象征意义的人物。他是济贫院里孤儿的总代表。狄更斯用了全副戏剧性的象征力量来描绘他的处境。凯特尔的结论是：狄更斯根本不是现实主义作家，至少不是简·奥斯汀那样的现实主义作家。他将狄更斯看作象征主义者而不是社会历史学家。凯特尔还指出了小说存在的缺点：《奥列佛·退斯特》的情节和小说的中心旨趣（小说最基本的模式）不一致。情节对小说产生了灾难性的影响：情节不仅愚蠢呆板，令人讨厌，而且它对人生的解释比小说本身要肤浅和不真实。

20世纪70年代英语世界出现一种不同于正统马克思主义的狄更斯批评，即以黑格尔的辩证法、马克思的异化、乔治·卢卡奇的物化理论为基础，从文学与社会、历史、现实的关系评论狄更斯及其作品的同时，又引进了文化批判的维度，这就是所谓的西方马克思主义批评。一般认为，西方马克思主义的产生以卢卡奇在1923年发表《历史与阶级意识》为标志，但是卢卡奇论狄更斯、托尔斯泰、萨克雷等现实主义作家的《历史小说》发表于50年代，此前还有法兰克福学派瓦尔特·本雅明从城市

---

① 罗经国：《狄更斯评论集》，上海译文出版社1981年版，第190页。

文化角度对狄更斯的批评。70年代西方马克思主义的狄更斯批评有三大主将，即雷蒙·威廉斯、弗雷德里克·詹姆逊和特里·伊格尔顿。

西方马克思主义的奠基人、匈牙利现代著名哲学家、美学家、文学史家和文艺批评家乔治·卢卡奇（1885—1971）的《历史小说》（1962）对狄更斯的批评主要是从现实主义反映论、总体性等角度展开的，其主要观点可以概括为：（1）通过狄更斯的《巴纳比·拉奇》与托尔斯泰的社会小说《战争与和平》《安娜·卡列尼娜》对比，证明重要的现实主义作家的历史小说没有基本的结构，因为它们来自相似的目的，以叙事形式描绘社会生活的总体语境；（2）认为狄更斯以法国革命为题材的历史小说《双城记》比他的社会小说更加鲜明地反映了他的小资产阶级人道主义和理想主义弱点。通过强调因果关系纯粹的道德方面，狄更斯削弱了人物生活和法国大革命之间的联系。后者成了浪漫的背景。时代的动荡用作展示人类道德品质的托词。梅尼特、梅尼特的女儿、代尔那、厄弗里蒙地侯爵，尤其是悉尼·卡尔登等人的命运都不是时代和社会事件自然发展的结果，狄更斯的社会小说《小杜丽》或者《董贝父子》对这些关系的描写比《双城记》要自然得多；（3）狄更斯的历史小说扎根于古典传统。历史事件更具偶然性的《巴纳比·拉奇》完整地保存了描写当代小说的具体方式。《巴纳比·拉奇》的历史基础比《双城记》更具背景性，它为纯粹的人类悲剧提供了偶然的环境。这种不一致强调了狄更斯作品的其他方面是微不足道的。

瓦尔特·本雅明（1892—1940）的马克思主义批评请见本书第四章第一节内容“经验、记忆与闲逛：本雅明眼中的狄更斯及其现代性诗学”。

在雷蒙·威廉斯的狄更斯研究推动下，20世纪70年代马克思主义批评家继续显示对狄更斯的兴趣。其代表主要有英国的特里·伊格尔顿，美国的弗雷德里克·詹姆逊。

《批评与意识形态：马克思主义文学理论研究》（1977）是特里·伊格尔顿作为一流马克思主义批评家的早期著作，该书收录了论狄更斯的一章。伊格尔顿从意识形态生产的角度对狄更斯的小说进行了评论：（1）狄更斯的早期小说是种种对立的小说模式的综合，哥特小说、罗曼史、道德寓言、社会问题小说、通俗戏剧、短篇小说、新闻、娱乐等，使得现实主义没有特权地位，晚期的小说是一种极其纯粹的现实主义，囊括了非现实主义内容的总体形式，从而替换经典现实主义牢不可破的总体观，产生了"总体的"意识形态，这是截然相反的文学手段从内部不断进行解构的意识形态。最终狄更斯的小说呈现了既矛盾又统一的意象（如大法官庭，兜三绕四部），而这正是小说自身建构的原则；（2）狄更斯与资产阶级意识形态和传统有着不可分割的联系，他是城市小资产阶级而不是乡村小资产阶级，这是狄更斯与乔治·艾略特的重大区别，他的一些小说存在着不一致的地方，这些不一致不是表现在主要人物身上，而是体现在次要人物身上，他们的存在表现出狄更斯去中心的本质。狄更斯的缺点在很大程度上与他不能有效地批判社会有关。因此，狄更斯的小说虽然令人感到有趣，但没有上升到伟大文学的水平。

伊格尔顿在《英文小说》（2005）中对狄更斯的评价主要体现在以下几个方面：（1）狄更斯是城市小说家，"不仅因为他描写城市，而且因为他用城市的方式描写城市，用他自己的风格来戏拟城市生活忙碌的节奏，用漫画使他的人物鹤立鸡群"①。这实际上是在捍卫狄更斯，驳斥了对狄更斯的指责：狄更斯的人物缺乏复杂性，狄更斯的小说是"怪诞的现实主义"；（2）称赞了狄更斯的改革主义倾向，但是认为狄更斯没有提出行之有效的解决社会问题的办法，认为狄更斯在晚期小说中用种种社会制度作为统一的手段，通过巧合展示人与人之间隐秘的联系来揭示人与人之间的相互关联。因此，"狄更斯绝不是一位革命者，而只是一位热情的、不知疲倦的改革者"②；（3）他将狄更斯与乔治·艾略特或哈代进行比较，认为狄更斯对观念明显不感兴趣。狄更斯揭示了英国绅士的弱点以及中产阶级对暴民的恐惧。在以下说法中，表达了伊格尔顿的马克思主义意识形态偏见："狄更斯在悲剧意义上结束他的小说，从意识形态来看是不可接受的，因为维多利亚人同当今的统治阶级一样，将忧郁看作一种社会颠覆。"③

① Terry Eagleton, *The English Novel: An Introduction.* Malden, MA: Blackwell, 2005, p. 145.

② Ibid., p. 162.

③ Ibid., p. 156.

《马克思主义与形式》(1971)、《语言的牢笼》(1972)和《政治无意识》(1981)是詹姆逊的马克思主义文学批评三部曲。詹姆逊在《语言的牢笼》中以意识形态为框架在思辨层次上对结构主义理论体系进行观照，以狄更斯的《艰难时世》为例来说明艺术是一个符号系统，在能指层面上，是二元对立所指的表征。在他看来，《艰难时世》是狄更斯唯一的一部说教小说或“主题”小说，其思想内容取决于二元对立的形式，《艰难时世》再现了两种针锋相对的思想系统的对抗，即格拉德·格林德先生的实用主义和以茜茜·朱普及马戏团为代表的反事实之间的对抗。这部小说讲的主要是格拉德·格林德先生从非人道的一面向对立面的转化。因此，这部小说是针对格拉德·格林德先生的一系列教训。这些教训可以分成两组，并视为对两类问题的象征答复。

在《政治无意识》论狄更斯的一章中，詹姆逊提出一个新的文学概念——意识形态素(ideologems)。所谓意识形态素就是栖居于某一特定时期文化中的承袭的词语、幸存的概念以及社会象征类型的叙事整体，并在此基础上提出狄更斯范式(Dickensian Paradigm)。狄更斯范式存在两种情况，一是狄更斯式的伤感，这是狄更斯笔下女主人公的叙事范式，二是情节剧叙事。这两种范式，即伤感和情节剧，从意识形态的角度看，实际上是两个不同的（但并不相互排斥的）叙事策略，是19世纪中产阶级对下层社会加以道德化的软硬两手。英国自然主义作家中最具“法国”气质的乔治·吉辛（1857—1903）的《冥界》是狄更斯式的，狄更斯范式为吉辛所面临的客观意识形态问题提供了想象的解决办法。《冥界》则是这两种叙事策略的见证。第二种范式在欧仁·苏的作品中得到了具体体现。狄更斯范式同时具有社会和政治的象征意义。例如，狄更斯范式在《冥界》中的应用，吉辛作品中的狄更斯范式的女主人公忧郁的蒂尔莎由“壁炉”的避难所变成了贫民窟：蒂尔莎的可爱和天真在构成上特别与她的贫穷、她的无知和她的阶级环境相关联。

由是观之，1940—1979年英美的马克思主义狄更斯批评有两种倾向，一是以林赛、凯特尔为主要代表的马克思主义批评群体，这仍然是正统的马克思主义批评。二是由乔治·卢卡奇开创的，以瓦尔特·本雅明到雷蒙·威廉斯、弗雷德里克·詹姆逊、特里·伊格尔顿等为主要代表的非正统的西方马克思主义的狄更斯批评，后者才是这一时期马克思主义狄更斯批评的主潮。西方马克思主义批评家虽然各自的批评观点存在着很大的差异，但他们都试图按照各自理解的马克思主义来进行批评，即都将狄更斯的作品放在社会历史、文化的大背景中加以理解，反对把文学作品与社会历史割裂开来的方法，都注重文学的意识形态性质以及文学的文化批判功能。

（四）20世纪80年代及其以后的马克思主义批评

80年代，尤其是1989年之后，有一种声音宣称马克思主义批评传统消亡。其实这种所谓的“消亡”只不过是一些批评家不愿宣称自己是马克思主义者，他们的著作仍以种种形式吸收了马克思主义思想。80年代以后的马克思主义狄更斯批评常常与其他的批评方法融为一体，如形式主义批评、新历史主义、心理批评、女性主义批评等，但是十分关注文本的历史化，这说明了马克思主义的包容性和鲜活的生命力。

杰里米·坦布林（Jeremy Tambling）的政治和社会历史批评，附和了马克思主义，但有两个明显的创新，一是在使用和控制语言或“话语”如何囊括和表达权力的精致技巧，二是马克思主义批评与其他批评方法的结合，这是早期经典马克思主义传统所没有的。坦布林1986年发表的文章《监狱结束：狄更斯与福柯》（*Prison Bound: Dickens and Foucalt*）研究了狄更斯的晚期小说以约束、控制、监禁为特征的有意识的和无意识的意象。

杰里米·坦布林有两部论及狄更斯的专著。

首先，《狄更斯，暴力和现代国家》（*Dickens, Violence and the Modern State*, 1995）虽然主要运用了福柯的理论研究狄更斯的小说，但是还交织了拉康、朱莉娅·克里斯蒂瓦、乔治·巴塔伊、瓦尔特·本雅明等人的理论观点。他以《董贝父子》之后的小说为研究重点，因为1848年之后，人们已经意识到宪章派的社会政治改革运动实际上没有什么价值，在英国几乎没有引起什么变化。坦布林发现狄更斯的作品因为集体幻灭而发生了变化，“成了反现代性的力量，因为正是这种现代性力量在组织社会和私人生活"①。坦布林的政治性解读将狄更斯描述为反对有组织的国家的角色，因为在有组织的国家中，增强秩序的制度掩盖了暴力。在要求同质性的国家中歌颂异质性时，小说家处于全盛时期。坦布林注意到唯一的不幸是狄更斯倾向于生产自己的意象，也许他是无意识的，使得他没有如现代批评家所希望的那样有效地挣脱维多利亚男权制的束缚。

坦布林认为美国批评家更倾向于以这种方式阅读狄更斯的作品，他们在许多方面比英国的批评家更优秀，英国的批评家太关注小说的社会背景，而美国的批评家则倾向于探索创造性过程的源头。具有讽刺意义的是，坦布林最终将狄更斯判断为时代的产儿，运用19世纪的政治和科学技术方面的语言。然而，坦布林的研究最为关键的问题不是他太依赖当代理论，正如劳拉·彼得斯（Laura Peters）在《狄更斯研究者》所评论的那样，坦布林的书不是一本畏惧理论的著作。但是他在将诸多理论融为一体时，通常省略带有隐喻描写的批评。虽然坦布林的著作有很多重要的真知灼见，后来出版的不少研究著作受到过他的影响，但是不能否认特雷·菲尔波茨（Trey Philpotts）在《狄更斯季刊》中的评论：著作的影响力因为"晦涩的语言，令人困惑的句法和写作水平太差而大打折扣"②。

其次，坦布林于2001年出版的著作《迷失在美国城市：狄更斯，詹姆斯和卡夫卡》（*Lost in the American City*：*Dickens*，*James and Kafka*，2001）解决了《狄更斯，暴力与现代国家》一书中令他困惑的问题，他对这三位小说家的解读是以瓦尔特·本雅明、福柯等人的观点为理论基础，对狄更斯和其他两位小说家进行了富于文化感觉的、跨学科的分析。坦布林在《迷失在美国城市》以狄更斯对监狱的态度为分析的焦点，他不是概述狄更斯的全部作品，而是更具挑战性地研究《游美札记》，以之洞悉狄更斯对于现代生活条件下的城市化越来越占支配地位所作出的反应。坦布林宣称，美国的城市在本质上不同于欧洲的城市，但是他通过细读狄更斯在1842年编辑的旅行小册子中的逸事以及后来所写的小说《马丁·朱述尔维特》，

① Jeremy Tamblin, *Dickens*, *Violence and the Modern State*. London: Macmillian, 1995, p. 7.

② Trey Philpotts, Review of Jeremy Tambling, *Dickens*, *Violence and the Modern State*. *Dickens Quarterly* 13. 3 (September 1996), p. 178.

追溯了狄更斯第一次访问美国的经历。他认为，狄更斯发现美国的城市确实是一个令人恐怖的地方。随着年岁的增长，狄更斯在他生活了40年的城市也发现了类似的特点。

在20世纪末，最为坚持不懈地以马克思主义方法解读狄更斯作品的批评家是史蒂芬·康纳（Steven Connor）。特里·伊格尔顿在康纳的著作《查尔斯·狄更斯》（1985）的序言中称赞康纳轻视传统的人文主义方法。伊格尔顿指出："传统的人文主义方法——现实主义批评以隐秘的意识形态为背景，将隐秘的意识形态视为心理复杂性、道德价值、叙事可信度，而审美批评则声称将小说解读为象征意义结构来解读，审美批评同人文主义批评一样规范，"[①] 康纳将"人物、事件和关系视为意义控制系统的功能"[②]。其实，康纳更感兴趣的是揭穿早期批评家对狄更斯作品名不副实的解读，而不是提出自己的新见解。正如伊格尔顿所指出的那样，康纳发现"小说围绕特殊能指结构不过是资本主义生产模式本身，由此狄更斯的小说越来越让人刻骨铭心"[③]。同许多马克思主义批评家一样，康纳大量依赖后结构主义理论的批评术语和方法。因此，他十分重视文本。康纳对个别段落的分析显示了内在于狄更斯小说中的深层结构，提出了解构作品的方法，评论了"自我"与"制度"之间的关系。最后一章，"在历史中阅读"对于弥补传统批评家要求稳定的意义和后结构主义者坚持绝对的开放性之间的鸿沟提出了发人深省的建议。他的解决方案是马克思主义的。他指出："通过恢复文本历史语境的意识，理解意义不稳定的特殊原因才有可能。"[④] 康纳认为，为了全面认识狄更斯，在讨论作者观念时，有必要克服现代批评家的尴尬。"作者（决不能同真实的、历史的作者重叠）意识在狄更斯的小说中是极为重要的。"[⑤] 狄更斯渴望在作者与读者（观众）之间建立一种直接的、想象的关系，康纳将这种关系解释为狄更斯需要控制

---

① Terry Eagleton, "Editor's Preface." *Charles Dickens*, by Steven Connor. Oxford: Blackwell, 1985, p. iv.

② Ibid., pp. iv – v.

③ Ibid., p. vi.

④ Steven Connor, *Charles Dickens*. Oxford: Blackwell. 1985, p. 160.

⑤ Ibid., p. 166.

的证据。狄更斯不断寻找封闭，确定意义并以之为与读者沟通并控制读者的手段。康纳指出，但是他从来没有全部取得成功，这就是他写出伟大小说的原因所在。狄更斯文本的伟大在于文本的开放性总是让读者为之着魔。“在设法建立封闭和稳固性时，他的文本符合维多利亚时期的意识形态必要性（ideological imperatives），但是也有很多与自我统一性叙事及语言透明性相对立的悬而未决的事物，从而使小说疏离意识形态。”①

再次，巴德里·雷纳（Badri Raina）在《狄更斯与成长的辩证法》（*Dickens and the Dialectic of Growth*，1986）一书中认为，“狄更斯的经典再现了艺术肖像，他渴望资产阶级文化的重大成果，但同时十分轻视维多利亚资产阶级不敏感的生活经验”②。他将狄更斯社会观的演化解读为辩证法，为了新的观念，检验、挑战并抛弃早期作品的旧观念。雷纳分析的重要小说强调它们之间的相互关联。他不害怕挑战对狄更斯的定见，也不害怕与解读狄更斯的小说出现错误的批评家进行论战。阅读雷纳的著作读者犹如置身研讨会中，过去和现在重要的狄更斯批评家都在场侃侃而谈。雷纳作为主席人作最后发言，切中要害地提出自己的命题：“狄更斯经典证明了重大艺术家的成长和变化，他们千方百计调和对社会的对立态度。”③

罗斯玛丽·博登海默（Rosemarie Bodenheimer）在《维多利亚社会小说的故事政治学》（*The Politics of Story in Victorian Social Fiction*，1988）中将《奥列佛·退斯特》和《艰难时世》作为社会问题小说的例子来进行讨论。在博登海默看来，这两部小说让读者能够洞悉中产阶级对棘手问题的评价。他认为，狄更斯重视“短暂性，记忆，连续性和忠诚而不是决定论的力量”④。狄更斯怒斥的真正目标不是“工业化本身，而是关于工业化社会的话语生产”⑤。在关于小说的最后声明中，可以看到他附和了福柯的观

---

① Steven Connor，*Charles Dickens*. Oxford：Blackwell，1985，p. 171.

② Badri Raina，*Dickens and the Dialectic of Growth*. Madison：U of Wisconsin P，1986，p. 13.

③ Ibid.，p. 16.

④ Rosemarie Bodenheimer，*The Politics of Story in Victorian Social Fiction*. Ithaca，Ny and London：Cornell Up，1988，p. 167.

⑤ Ibid.，p. 190.

点。她指出："当《艰难时世》发挥其最大效力时，这部小说使生活故事摆脱了修辞的魔力。"①

20世纪90年代新兴的马克思主义研究专家帕姆·莫里斯（Pam Morris）于1991年出版的狄更斯批评著作将巴赫金的形式主义理论与阿尔都赛和拉康的自我与社会理论结合起来。他的《狄更斯的阶级意识：边缘观点》（*Dickens's Class Consciousness: A Marginal View*, 1991）一书是从政治角度解读狄更斯小说的研究著作。在这一著作中，莫里斯以巴赫金的小说观念作为对话形式，"与时代的主流声音、阶级和性别的边缘化经验建立起争议关系"②。根据巴赫金的方法"将批评重点从中心人物转向文本的边缘人物"③，以阿尔都赛和拉康的理论为基础，确定这些人物在受压抑的制度中如何创造自我意识。莫里斯的方法论意识及其批评风格可以从其序言中见出：狄更斯小说的文本来源于天才作家狄更斯所创造的全部作品神秘的总体性，对其材料和话语成分需要重新定位。我们要看到一个社会建构的制度而不是赋予作者特权，从而把作者看作统一的自主的个体。莫里斯承认他的解读仿效了利维斯夫妇突破性的研究，利维斯夫妇认为："狄更斯的晚期作品显示了社会结构压抑性影响与日俱增的意识。"④ 在《想象19世纪小说中包容的社会：公共领域中的诚意规范》（*Imagining Inclusive Society in Nineteenth-Century Novels: The Code of Sincerity in the Public Sphere*, 2004）中莫里斯以狄更斯的小说为例揭示单一文化语境内的社会阶级日益增长的互动如何相互作用而使小说同质化，认为维多利亚时代的人或者致力于发展或者阻碍沟通范围广泛的社会。莫里斯宣称，"狄更斯的小说是独特的、野心勃勃的小说政治传统的一部分，这一传统有意识地、负责任地参与了公共争鸣"⑤。

---

① Rosemarie Bodenheimer, *The Politics of Story in Victorian Social Fiction*. Ithaca, NY and London: Cornell Up, 1988, p. 207.

② Pam Morris, *Dickens's Class Consciousness: A Marginal View*. London: Macmillian, 1991, p. ix.

③ Ibid., p. 14.

④ Ibid., p. 3.

⑤ Pam Morris, *Imagining Inclusive Society in Nineteenth-Century Novels: The Code of Sincerity in the Public Sphere*. Baltimore, MD: Johns Hopkins UP, 2004, p. 5.

另外两部重要的研究著作显示了对文学与经济关系感兴趣的批评家如何有助于这一时期的狄更斯研究。在《社交活动：笛福，狄更斯及小说经济》(*Circulation*：*Defore*，*Dickens*，*and the Economies of the Novel*，1988)一书中大卫·特罗特（David Trotter）指出，狄更斯预示了社会科学的发展。透过“经济学”这面镜子来解读小说，贸易实践成了关键隐喻。特罗特阐释了狄更斯如何将个人置于城市景观之中。杰夫·努诺卡瓦（Jeff Nunokawa）的《财产的来世：家庭安全与维多利亚小说》(*The Afterlife of Property*：*Domestic Security and the Victorian Novel*，1994）也以商品化问题为重点，虽然他的用词极为专业化，但是努诺卡瓦对《小杜丽》《我们共同的朋友》作了深思熟虑的、饶有兴趣的分析，阐释了狄更斯描写“市场的影响力”[①] 如何波及家庭领域。詹姆斯·M. 布朗的马克思主义批评从经济视角，将狄更斯置于文学市场来透视狄更斯的现实主义，开拓了新的研究思路，详见詹姆斯·M. 布朗的经济视角批评。

大卫·苏考夫（David Suchoff）在《批评理论与小说：狄更斯、麦尔维尔和卡夫卡的大众社会与文化批评》(*Critical Theory and the Novel*：*Mass Society and Cultural Criticism in Dickens*，*Melville*，*and Kafka*，1994）中研究狄更斯为大众写作的方法及政治问题，苏考夫以福柯、法兰克福学派的哲学理论为基础，尤其是瓦尔特·本雅明和阿多诺的观点，阐明狄更斯如何有助于建构社会小说的“自由的—现代主义范式（liberal-modernist paradigm)”[②]。对于那些认为狄更斯疏离了维多利亚社会的批评家，苏考夫提出了批评。在他看来，狄更斯对那个时代的工业文化一贯持辩证的理解，批评维多利亚时代英国的唯物主义者和帝国主义者。

安德鲁·米勒（Andrew Miller）的《玻璃背后的小说：商品、文化和维多利亚叙事》（*Novels Behind Glass*：*Commodity*，*Culture*，*and Victorian Narrative*，1995）运用叙事学、女性主义和社会历史学研究狄更斯描写社

① Jeff Nunokawa, *The Afterlife of Property*：*Domestic Security and the Victorian Novel*. Princeton，NJ：Princeton UP，1994，p. 4.

② David Suchof，*Critical Theory and the Novel*：*Mass Society and Cultural Criticism in Dickens*，*Melville*，*and Kafka*. Madison：UP of Wiconsin，1994，p. 3.

会的日益商品化。他认为："小说家狄更斯在创作中期最关心的问题是无所不在的焦虑，20 世纪的社会与道德世纪被简约为一个商品仓库，一个展示窗口，人、人的行为及其信仰因为经济欲望而展示得一览无余。"① 安德鲁·米勒认为，《我们共同的朋友》最出色地表现了家庭生活与公共生活之间的冲突。通过引用关键的传记证据——狄更斯在家庭对生活秩序的强烈欲望，米勒揭示了"倾向于秩序及在资本主义转型的高峰期由被弃的碎屑所组成的城市景观之间的冲突"②。米勒指出，狄更斯没有在其他的作品中如此强化再现私人空间与公共空间、私人价值观与公共价值之间的差异。

海伦·斯玛尔（Helen Small）在《124 个脉冲：查尔斯·狄更斯和维多利亚中期广大读者的病理》（*A Pulse of* 124：*Charles Dickens and a Pathology of the Mid-Victorian Reading Public*，1996）中所探讨的主题是狄更斯与读者的关系。斯玛尔将狄更斯设法在英国各阶层为自己的小说建立读者群与当代政治运动发展和扩大特许权结合起来。她指出，设法创造共同的阶层，无论是为了读者群还是为了选票，揭露公众与私人领域潜在的冲突对于维多利亚人至关重要。狄更斯将历史上作为私人活动的阅读引入公共领域，因此他的努力对于一心维持社会现状的保守分子看来是一种威胁。

凯瑟琳·瓦特斯（Catherine Waters）的《狄更斯与家庭政治学》（*Dickens and the Politics of the Family*，1997）一书是运用当代历史和社会理论阐明狄更斯的生活与作品的关系并表明社会限制如何影响小说生产的优秀的研究著作。瓦特斯运用福柯和雅克·唐泽洛特（Jacques Donzelot）的理论研究狄更斯小说中的"家庭生活意识形态"③，她的目的是解释狄更斯作为幸福家庭和壁炉的捍卫者以及存在于他小说中的分裂的家庭之间"令人困惑的鸿沟"。她在有利于"界定 19 世纪家庭的叙事定义的话语语境"④中探索狄更斯的作品。她所解读的几部小说和圣诞故事以家庭内部的权力

① Andrew H. Miller, *Novels Behind Glass*: *Commodity*, *Culture*, *and Victorian Narrative.* Cambridge: Cambridge UP, 1995, p. 6.

② Ibid., p. 120.

③ Catherine Waters, *Dickens and the Politics of the Family.* Cambridge: Cambridge UP, 1997, p. 12.

④ Ibid., p. 16.

关系为重点。她的结论是，“狄更斯总是跨越公共领域和私人领域之间的边界，表面上支持19世纪小说在建构文化价值观中的作用，同时又巧妙地质疑并颠覆这些价值观”[①]。

最后，在21世纪，马克思主义批评继续展示了旺盛的生命力。理查德·艾伦（Richard Allen）在《文学、民族与革命：双城记》（*Literature, Nation and Revolution: A Tale of Two Cities*, 2000）中按照距离小说出版日期远近的事件，如1857年印度兵变以及新的文类如侦探小说的出现，来阐释狄更斯描写法国革命的故事，并提出自己的看法。艾伦指出，当狄更斯构思将革命转变为具有异国情调的故事时，这些事件影响了小说家狄更斯。戈登比·比格洛（Gordon Bigelow）在《在维多利亚时代的英国和爱尔兰的小说，饥荒与经济增长》（*Fiction, Famine, and the Rise of Economics in Victorian Britain and Ireland*, 2003）中研究19世纪现代经济的发展，揭示了经济学与其他社会话语和描写形式之间的关系。他认为，狄更斯在《荒凉山庄》中最有力地分析了经济状况，注意到了市场上单个顾客的困境与小说中研究英国法庭的中心人物之间的相似点。朱利安·马克尔（Julian Markels）在《马克思主义的想象：文学中的阶级描写》（*The Marxian Imagination: Representing Class in Literature*, 2003）中以雷蒙·威廉斯、路易斯·阿尔都赛、弗雷德里克·杰姆逊、斯蒂芬·雷斯尼克（Stephen Resnick）、里查德·沃尔夫等人的理论为基础，确定政治大师级叙事的文学想象，彻底扭转了莱昂内尔·特里林《自由想象》（*The Liberal Imagination*, 1950）的中心前提。虽然在《艰难时世》中狄更斯没有抨击劳工问题，这让马克尔感到失望，但他认为狄更斯在《小杜丽》中一以贯之地描写了阶级斗争。

虽然西方马克思主义在强调文化批判的同时实现了批评视角、批评方法的多元化，但是在研究文学与社会、历史、现实的关系问题上与正统的马克思主义批评是一脉相承的：将狄更斯的生平及作品放在社会历史、文化的大背景中加以理解，反对把文学作品与社会历史割裂开来的方法，重

---

① Catherine Waters, *Dickens and the Politics of the Family*. Cambridge: Cambridge UP, 1997, p. 205.

视文学的批判功能。因此，西方马克思主义是马克思主义在新的历史条件下的演进和发展，是马克思主义发展史中不可忽视的组成部分。国外180余年马克思主义的狄更斯批评至少可以昭明两点。

一是，从正统马克思主义的狄更斯批评到西方马克思主义的狄更斯批评，再到80年代的马克思主义狄更斯批评构成了一条绵延不断地发展之链，这正显示了马克思主义批评旺盛的生命力。其生命力无疑来自与此时此地的社会现实生活紧密结合，来自海纳百川的气度，诚如弗雷德里克·詹姆逊所言，马克思主义可视为"'不可逾越的地平线'，它能容纳敌对的或互不相容的批评操作"①。

二是，我们知道，文艺理论来自文学实践，但是仅有丰富的文学作品尚不能构建坚实的文艺理论大厦。文艺理论大厦的构建依赖于新颖、敏锐、富于洞见的文艺评论。马克思主义的狄更斯批评无疑为丰富和发展马克思主义文艺学宝库做出了不朽的贡献。

本章小结

20世纪80年代之后，越来越多的批评方法和审美理论进入狄更斯研究领域，批评方法日趋多元化，难以数计的批评专著、传记和论文问世，为蔚为壮观的狄更斯产业做出了巨大贡献。新的文学研究方法主要包括解构主义、新历史主义、女性主义、后殖民主义、心理分析、文化批评、跨学科研究、性别研究等。其中，解构主义批评主要有彼得·加勒特、苏珊·霍顿、克里斯·布鲁克斯、托马斯·多彻蒂、米歇尔·霍灵顿、罗伯特·希格比、加勒特·斯图尔特、珍妮特·拉森、凯特·弗林特、杰里米·霍索恩、费齐·哈拉、D. A. 米勒、奥黛丽·贾菲、尼古拉斯·摩根、娜塔莉·麦克奈特、布赖恩·罗森堡、多米尼克·雷恩斯福德、德博拉·弗洛克、约翰·鲍恩、简·艾尔伯、苏西·安格尔。女性主义批评主要有凯特·米莱特、约翰·库斯克、理查德·巴瑞克曼、卡罗尔·森

① ［美］弗雷德里克·詹姆逊：《政治无意识》，王逢振、陈永国译，中国社会科学出版社1999年版，第4页。

夫、米歇尔·斯莱特、玛丽·普薇、凯瑟琳·卡明斯、帕特里夏·英厄姆、迪尔德丽·大卫、玛格丽特·迈尔斯、琳达·茨威格、希拉里·施尔、卡罗琳·布朗、海伦娜·米奇、桑德拉·霍普金斯、海伦·摩根、艾莉森·米尔班克、大卫·霍尔布鲁克、丽塔·卢比茨、莫妮卡·科恩、布伦达·艾尔、玛丽·莱纳德、伊芙·克索夫斯凯·塞其威克、卡伦·切丝、凯瑟琳·罗布森、安德鲁·道林、伊丽莎白·坎贝尔。心理批评主要有托马斯·汉佐、戴安娜·赛道弗、凯瑟琳·贝纳德、卡伦·切丝、劳伦斯·弗兰克、奈德·卢卡奇、伯纳德·J. 帕瑞斯、克里斯蒂·凡·博赫曼、格温·沃特金斯、亚历山大·威尔斯、约翰·库斯克、罗伯特·希格比。新历史主义批评主要有N. N. 菲尔特斯、罗杰·赛尔、伊恩·邓肯、盖尔·特利·休斯敦、玛丽·普薇、安妮·萨德兰、大卫·特罗特、大卫·苏考夫、安德鲁·米勒、史蒂芬·康纳、威廉·J. 帕尔默。文化批评主要有尼古拉·布拉德伯里、里查德·L. 斯特恩、约·劳逊、迈克尔·克莱因、约翰·格拉文、詹伊·克莱顿、苏文德瑞尼·佩雷拉、格雷斯·摩尔、罗伯特·修斯、爱德华·萨义德等。很多具有影响力、冲击力的狄更斯研究著作是在种种理论的基础上建构起来的，他们的著作往往综合运用各种方法对狄更斯的作品进行研究，拒绝严格的分类。

有两点值得注意。第一，虽然批评方法日趋多元化，但是存在三个主流研究倾向，即马克思主义批评、心理批评、女性主义批评；第二，20世纪80年代以后虽然包括解构主义批评、新历史主义批评、女性主义批评、心理分析批评、文化批评等在内的种种后现代批评大行其道，但是传记的、历史的、文本的、形式主义的、人文主义的等传统的研究著作继续出版，各种批评派别的狄更斯研究者仍保持生机勃勃的对话。传统的人文主义研究与后现代批评一直是融合互渗的，呈现出“你中有我，我中有你”的态势。

第四章　狄更斯学术史反思与研究

陈众议在《堂吉诃德研究史》总序中指出："学术史研究是一种过程学，而且是一种相对纯粹的过程学。"① 陈平原将学术史研究者比喻为"清道夫"，将其他研究者称为"建筑工"②。二者颇为恰切地揭示了学术史研究的本质，就是说，学术史研究是展开关于学术研究的学术研究，或者说是一种研究之研究，对学术自身进行基础性、学理性探究。

第二次世界大战以来70余年的狄更斯研究从社会、历史、心理、文化等各个维度对狄更斯的作品进行了全方位的深入挖掘。一方面，狄更斯在文学批评运动、文学术语、文类理论、19世纪英国社会和历史叙事的发展过程中起着十分重要的作用；另一方面，在当代英美文学批评的理论、流派乃至理论话语的演变过程中，狄更斯的小说扮演了十分重要的角色。新批评、现象学意识批评和解构批评、读者反应批评、马克思主义批评、心理批评、女性主义批评、对话批评、新历史主义批评、现代主义和后现代主义批评等都绕不开狄更斯的文本，这些研究反过来又将这些批评方法擢升到理论话语、知识形态和学科发展的高度。

西方学界围绕狄更斯其人其作展开了各种讨论，各家见仁见智，争鸣之声不断。本章试图围绕西方狄更斯学术史上大家争论的一些核心问题进行分析，提出自己的一家之言。

① 陈众议：《塞万提斯学术史研究》，凤凰出版传媒集团、译林出版社2011年版，第10页。

② 陈平原：《"清道夫"与"建筑工"——余三定著〈新时期学术发展的回瞻〉》，《云梦学刊》2005年第2期。

第一节　经验、记忆与闲逛:本雅明眼中的狄更斯及其现代性诗学

德国文化批评家、法兰克福学派的领军人物瓦尔特·本雅明（1892—1940）学术生涯的大部分时间致力于研究 19 世纪的文化。英国引领世界经济发展的现象，是本雅明考察的中心。狄更斯通常被视为“英格兰特性”的典型代表，本雅明对新兴工业资本主义文化的了解，不可避免地需要接触狄更斯。事实上，本雅明谙熟狄更斯的作品，尤其是《老古玩店》《大卫·科波菲尔》和《远大前程》。本雅明历时 13 年整理校勘的《拱廊街计划》用“文学蒙太奇”的方法摘录了有关法、德、英等国作家的片断，其中有关狄更斯的摘录达 15 处之多。在《拱廊街计划》中，本雅明将狄更斯与巴尔扎克（1799—1850）、波德莱尔（1821—1867）、马赛尔·普鲁斯特（1871—1922）等作家并置在一起进行考察。

本雅明与狄更斯虽然有着截然不同的地理观和历史观，但二者有着共同关注的问题：意识如何受到时间和城市语境的影响；人们由于越来越重视物质世界、物质文化和商品所引发的精神的或宗教的危机；现代性如何影响普通大众的生活。换言之，二者对城市现代性现象，即由工业资本主义和城市化所引起的现代经验的变化作出了历史性的回应。他们对现代经验的理解有着共同的立场，即在他们的作品中反复出现的题旨是对转瞬即逝的真相的探求，二者都把现代经验描述为迷惘、焦虑和沉沦，对知识的碎片式的理解或者对总体观的消解。下面拟从经验、记忆与闲逛的角度，探讨本雅明眼中的狄更斯及其现代性诗学。

一　狄更斯的现代城市经验

自从齐美尔和维尔特以来，现代城市经验一直是城市文化研究的焦点。本雅明将城市看作表现现代性的独特场域，在《论波德莱尔的几个主题》（1939）中他探究了审美经验如何昭示现代经验连续性之断裂，关注的焦点是“震惊经验”。“经验的确是一种传统的东西，在集体和私人生活

中都是这样。与其说它来自于回想过程中的被明确捕捉到的东西，不如说来自于积淀在记忆中的那些未被意识到的材料。"① 在本雅明那里，现代经验涵盖两个方面，即失败的行为和暴力行为。失败的行为是"经历（Erlebnis）"，而暴力行为则是"震惊经验（Erfahrung）"。"经历"和"震惊经验"两个概念之间有着重要的区别。皮戈特认为，"经历""指生活在知觉的、琐碎的、转瞬即逝的瞬间的情况"，而"震惊经验"则指"更深层的、反思性的有意义的经验"②。换言之，对于本雅明而言，经历是经验的一种萎缩形式，其特征是重复和缺乏深度，是经验结构的变化。本雅明将"经历"看作现代城市生活的条件，"叙事艺术由一般新闻报道代替，一般新闻报道又由轰动事件代替，这反映了经验的日益萎缩"③。"震惊"原为弗洛伊德的精神分析学概念，指因外部刺激唤起的对瞬间事件的自觉关注，即人们在毫无准备的情况下面对外界事物或者能量的刺激。在大街上行走的个体所遇到的一连串的震惊和碰撞，就是"震惊经验"，这是现代城市生活中不可排遣的特征。"震惊"经验反映出个人与现代城市生活之间的紧张关系。本雅明关注现代城市与"震惊经验"之间的关系，震惊迫使人们将意识当作过滤器去保护自己。"震惊的因素在特殊印象中所占成分愈大，意识也就越坚定不移地成为防备刺激的挡板。"④

狄更斯作为城市生活的卓越观察家，从其创作生涯伊始，就描写了快速发展的、拥挤的城市生活对伦敦人的感觉能力所产生的影响。例如，狄更斯在《飞行》（1851）中描写了火车旅行产生的新感觉、对记忆的扭曲，使得这篇文章成为"19 世纪写作背景下的一篇革命性的作品，是现代都市经验的表达"⑤。狄更斯是典型的城市小说家，他对现代城市经验的文学表

① ［德］瓦尔特·本雅明：《发达资本主义时代的抒情诗人》，王才勇译，江苏人民出版社 2005 年版，第 108 页。

② Gillian Piggott. *Dickens and Benjamin*: *Moments of Revelation*, *Fragments of Modernity*. Farnham: Ashgate, 2012, p. 92.

③ ［德］瓦尔特·本雅明：《发达资本主义时代的抒情诗人》，张旭东、魏文生译，生活·读书·新知三联书店 1986 年版，第 112 页。

④ 同上书，第 133 页。

⑤ Gillian Piggott. *Dickens and Benjamin*: *Moments of Revelation*, *Fragments of Modernity*. Farnham: Ashgate, 2012, p. 103.

述，用叙事的形式去捕捉现代都市生活的转瞬即逝性、碎片性的震惊经验，如《博兹札记》中城市居民的生活，《董贝父子》中卡克在火车翻车事故中丧生，约翰·约斯泼的鸦片瘾，约那斯·朱述尔维特谋杀蒙塔古·泰格之后的震惊状态，《老古玩店》中吐伦特祖父的赌瘾，《我们共同的朋友》中布莱特赖·海德斯东的心理骚动等。上述内容成为本雅明研究现代经验的重要材料，反过来，本雅明的现代经验理论为我们认识狄更斯对城市经验的文学叙事提供了洞见。

布莱特赖·海德斯东是遭受城市疲倦的典型例子。"他像个机器似的接受了一大堆当教师必需的知识。他能够像个机器似的演奏教堂里的大风琴。从他童年的早期开始，他的头脑就像机器一样，是个贮藏东西的储存所。他要费一番心思来安排他的这个批发仓库，使之能够随时满足零售商贩的需要——历史，放在这儿；地理，放在那儿；天文学，放在右边；政治学，放在左边——自然史、物理学、数目字、音乐、低等算术，应有尽有，各得其所——这番操劳使得他的面容上也带有一种疲倦的神情；而课堂上的提问与回答的习惯又使他具有一种疑虑不止的神情，或者顶好说它是一种时刻处于戒备状态的神情。他的面孔上显示出一种常驻不移的烦恼。从这张面孔看，他是一个天性迟钝而又精神萎靡的人，他为获得他所获得的智力，曾经付出艰苦的劳动，而今他必须把他已经获得的东西牢牢抓住。"① 这个自学成才的、工人阶级出身的教师，通过努力奋斗走出社会的最底层，其焦虑的心态与日俱增。海德斯东勤勉的学习过程类似于工人在机器旁机械性地重复。如果说工人的工作过程缺乏整体性，且与前后发生的事情不相关联，那么海德斯东试图把数据一点一点地记录下来，这说明他对数据的吸收也没有深度。"他似乎总是心绪不宁，生怕他头脑的仓库中会丢失掉什么东西，他总是在盘点存货，以使自己放心。"② 这暗示了海德斯东记忆材料时的焦虑心态：海德斯东的意识因为劳累过度、太谨慎，以至于他不能反思，不能深入地消化他所吸收的材料。"他的面孔上

---

① ［英］查尔斯·狄更斯：《我们共同的朋友》（上），智量译，上海译文出版社1986年版，第314页。

② 同上。

显示出一种常驻不移的烦恼”，这表明他不仅全神贯注地记录城市环境的“震惊”，而且全心全意地保留对其个人档案有用的信息。再者，他仔细检查他人的行为，回避他人对他的看法所引起的“震惊”，这种焦虑状态以及主体试图全面理解碎片的经验，是现代经验的必然结果。狄更斯表述了城市居民运用保护的心理状态，习惯性地抵制刺激的方法来回避震惊的倾向。这与本雅明的经验理论所描述的设法保留经验材料的观点是一致的。

对海德斯东而言，伦敦也许是他最不愿意生活的地方。他那充满灵智的肉身，叙述者称之为“天性过于激动”。这是由毅力的枯竭、自我怀疑和被压抑的阶级愤懑等因素造成的，因为向丽齐求爱遭到拒绝，他所眼见的一切无一不是潜在的忌妒对象。他认为，丽齐之所以拒绝他的求婚是因为她爱尤金。“一个人不到时候不知道他心里埋藏着多少痛苦。有些人一辈子也不会知道；让这种人享福去吧，去感谢上帝吧！是您啊，把痛苦带给了我；是您啊，把痛苦强加于我；汹涌的海洋啊，他说着便捶起自己的胸膛来，从此便翻腾澎湃，得不到平息。”① 于是海德斯东产生了谋杀尤金的念头，尤金走到哪里，他就跟踪到哪里，日复一日地暗中监视他。狄更斯的描写为我们认识海德斯东与现代经验的关系提供了线索。狄更斯运用这种方法来体验城市生活，并将这一经验写入他的小说之中。

根据本雅明的经验理论，最能体现“震惊”理论的无疑是《老古玩店》中的老赌棍吐伦特老头。对本雅明而言，作为经历的现代生活与震惊所引起的焦虑的、超意识状态有关。当吐伦特意外发现赌棍在玩牌时，他的状态是：“女孩子看到他的整个样子完全变了，心里又吃惊又恐惧。他的面孔急得发红，他的眼睛睁得很大，他的牙齿咬得很紧，他的呼吸又短又粗，那只搭在她胳膊上的手颤抖得很厉害，在他紧握之下，连她也震动起来了。”② 本雅明引证赌棍吐伦特老头赌博时的形态来唤起经历的短暂性，重复的当下性，没有深度的即时性。这种经验之所以发生，是因为意

① ［英］查尔斯·狄更斯：《我们共同的朋友》（上），智量译，上海译文出版社1986年版，第581页。

② ［英］查尔斯·狄更斯：《老古玩店》，许君远译，上海译文出版社1980年版，第270页。

识被意识到是对震惊的保护，使得印象很少进入经验之中。本雅明把这视作经验的减少，其结果是人们生活在与震惊、单调乏味的苦差、没有深度等相伴随的转瞬即逝的瞬间，本雅明将其比作赌棍重复地掷骰子。《老古玩店》是狄更斯对现代城市世界的核心问题即精神危机的深度思考。本雅明对《老古玩店》的解读表明，狄更斯与本雅明有着共同的宗教观和语义危机观。

在波德莱尔那里，“震惊经验”是其艺术创造的中心。“能够激发灵感的理想主要来自于大城市的经验：无数关系相互交叉地集结在一起。”[①] 同样，狄更斯的小说呈现了城市街道上非连续的、不断变异的、喧闹的、具有突发性的震惊经验，但狄更斯与波德莱尔对主题和题材的处理有着显然的差异。人们通常认为，与波德莱尔相比，狄更斯更让读者感兴趣，更具道德说教色彩，更富于同情心。其讽刺的、客观的风格为唯美主义的“为艺术而艺术”提供了灵感源泉。狄更斯用情节剧模式来唤起城市生活的震惊感觉和极端的情绪，用哑剧动作来表现震惊经验，这是狄更斯与波德莱尔的殊为不同之处。

与生活相关的神经刺激决定了情绪状态的多样性，但它们必须以“焦虑的、超意识状态”的经验为中心。狄更斯描述了现代城市生活与情节剧之间的关系。“实际生活中，从摆满珍肴美馔的餐桌到临终时的临床，从吊孝的孝服到节日的盛装这种惊人的变化”比情节剧毫不逊色。“我们就是其中来去匆匆的演员，而不是袖手旁观的看客……以在剧院里模拟作戏为生的演员对于感情或知觉的剧烈变化与骤然刺激已经麻木。”如果从外部来看，他认为这似乎是“荒谬绝伦、颠三倒四”[②]。不仅狄更斯的小说内容描写了城市经验，他笔下的人物体验了城市经验的节奏、突然中断与震惊经验，他还以感伤小说为媒介，为读者提供超意识的、快节奏的、惊险的城市世界景观。感伤小说是狄更斯发展起来的重要文体，感伤小说是城市震惊、陌生的人群、哥特式的城市等观念交汇的场域。如果说狄更斯的

---

① ［法］夏尔·波德莱尔：《作品集》第一卷，郭宏安译，上海译文出版社2009年版，第405—406页。

② ［英］查尔斯·狄更斯：《雾都孤儿》，何文安译，译林出版社1999年版，第99页。

艺术显示出打破总体性、表述城市现实四分五裂的、超真实的碎片，那么情节剧模式则是对城市美学恰到好处的补充。狄更斯对情节剧模式和感伤小说的运用表明狄更斯作为伟大的现代城市小说家的地位。

二　狄更斯的城市记忆

本雅明的记忆是一个传统概念，在《论波德莱尔的几个主题》中他将普鲁斯特的“非意愿记忆”与柏格森“纯粹记忆”以及弗洛伊德的现代心理学结合起来。本雅明认为，记忆分为两种，一是意愿记忆，二是非意愿记忆。意愿记忆是现代记忆，代表现代性经验和意象的匮乏，而非意愿记忆指的是经验和意象的存在方式，它是一种无意识的记忆，一种破碎的、零散的、创伤性的体验。在此，记忆已经不是现代人所理解的时间观念，而主要是一个空间概念，即通过回忆过去生活中的材料而找到关于未来的启迪。在回忆中，时间被中断，连续性断裂，只有空间、瞬间和非连续性。因此，记忆只不过是无数意象空间的拼贴。本雅明的“记忆空间化”思想显然受益于狄更斯的童年记忆。

理解狄更斯童年记忆的主要文献是其自传体小说《大卫·科波菲尔》以及福斯特的《狄更斯传》。《大卫·科波菲尔》用文学的形式建构了回忆的过程。1845—1847 年狄更斯开始写作自传，再现他一生最初十三年的时光，可惜他后来放弃了。到 1849 年他开始以小说的形式写作《大卫·科波菲尔》。

小说《大卫·科波菲尔》的叙事以碎片的形式呈现出来。小说的开端，叙述者不是从“我生于某时某地”起笔，而是以如下文字开头：“在记叙我的生平的这部书里，我自己是主人公呢，还是扮那个角色的另有其人呢，开卷读来，一定可见分晓。”① 叙述者在此拒绝信息的流露，他拒绝陈述自己是否为小说的主人公。

狄更斯对时间流逝的记忆，拒斥传统的从过去、现在到未来的时间连续性的线性时间观，如，“我头一天在维克菲先生家里看到的那个女孩子

① ［英］查尔斯·狄更斯：《大卫·科波菲尔》，张若谷译，上海译文出版社 1980 年版，第 3 页。

呢，她在哪里呀？她也一去不回了。在她身上，看不见那幅肖像的童年了，而完全是画像本人，在这所房子里出入活动了；现在的爱格妮呢，我的亲妹妹，我的良师和密友，一切受到她那样恬静、安详、克己自制的影响的那些人的福星，完全是一个长大成人的姑娘了。”① 叙述者将爱格妮还是一个小姑娘时维克菲先生家的内室意象与爱格妮已是一个长大成人的姑娘时维克菲先生家的意象并置在一起，让读者认识到主体的相似性，认识到空间化语境的身份。通过对空间化语境以及两个主体之差异的重复来暗示时间的流逝。在此，狄更斯通过并置快照、剧照或碎片，让读者想起时间的流逝，叙述再一次被中断，叙述者运用中断的手法来暗示叙事的运动。狄更斯运用中断的方法预示了本雅明对记忆的理解。在《单行道及其他作品》中本雅明指出：“语言明显地表明，记忆不是探索过去的工具而是探索过去的战场。它是过去经验的媒介，犹如地面是死亡城市的媒介。试图走近已逝过去的他必须像掘墓人一样表现自己。一无所获的搜寻与后来的一样，是其中的一部分。因此，记忆不应该继续以叙事的方式进行，更不能以报告的方式进行，而必须以最严格的史诗和狂热表达的方式进行。用原来的方法在全新的地方开掘到更深的层面。”② 本雅明试图恢复记忆，但他关注的不是断裂的意义，而是恢复断裂的意义。本雅明认同这样一种观点，即真理不能以直觉知识的形式通过概念来理解，真理是对自我的再现，作为形式内在于自我再现之中。人们不能外在地发现真理，真理必须向人们展示自己，这与他所倡导超现实主义是一致的。

叙述者科波菲尔声称，记忆使经验在当下的瞬间获得再生。“她那副面孔，虽然按理说，我记得的是它改变了样子，虽然我确实知道，她已经不在人间了，但是就在现在这一刻，那副面孔却在我面前出现，和在行人拥挤的街道上我愿注视的任何面孔那样清晰，那么我怎么还能说，那副面孔已经一去不返了呢？她那天真烂漫、如同少女的美，仍旧和那天晚上一模一样，有一股清新之气扑到我的脸上，那么我怎么还能说，那种美已经

---

① ［英］查尔斯·狄更斯：《大卫·科波菲尔》，张若谷译，上海译文出版社1980年版，第396页。

② Benjamin W., *One Way Street and Other Writings*, New Left Books, London, 1979, p. 314.

消歇了呢？就在此时刻，我的记忆，都使她那青年美貌，正像刚才所说的那样，复活重现。”[①] 在熙熙攘攘的城市语境中，面孔以及被乘机抢抓的瞬间，对于科波菲尔而言，类似于生活中记忆的呈现与消失。如果人们在人群中寻找一张面孔，那么面孔意象始终处于流动状态，与之相关的是，“自我”也处于流动状态，它是不稳定的，瞬间就消失了，其影响却是巨大的。在此，记忆以快照的形式呈现出来，它戏剧性地照亮，然后立即消失。这一段描写也是时间蒙太奇，它把种种碎片聚集在一起。叙述者科波菲尔把回忆当作本雅明的“辩证意象”来体验。“意象是这样一种东西：在意象中，曾经与当下在一闪现中聚合成了一个星丛表征。换言之，意象即定格的辩证法……只有辩证意象才是真正历史的（即不是陈旧的意象）；能够得到这种意象的地方是在语言中。”[②] 叙述者科波菲尔在回忆过去时，母亲的面孔刹那间在他眼前显现，母亲虽不在人间了，年轻的、无忧无虑的科波菲尔太太那生气勃勃的面孔却是如此清晰地重现于眼前，进入当下。同时又在极短的瞬间引导读者审视狄更斯的文字，让读者想起改变容颜的母亲的意象以及她在生命垂危关头的意象。叙述者科波菲尔让死者在当下复活的记忆能力令人惊讶，本雅明肯定这一点。“本雅明的朋友的意象在当下已经是死者的意象。”[③] 科波菲尔对回忆的再现，是对真相的表述，本雅明称之为普鲁斯特的“非意愿记忆”，“因为一件经历的事件是有限的，无论怎样，它都局限在某个经验的领域；然而回忆中的事件是无限的，因为它不过是开启发生于此前此后的一切的一把钥匙”。[④] 本雅明的“辩证意象”是为了“当下”而攫取“过去”，在支离破碎的瞬间状态，捕捉历史的真实面目。

“我们大家都有一种经验，偶尔会有一种感觉，好像我们所说的话，

① ［英］查尔斯·狄更斯：《大卫·科波菲尔》，张若谷译，上海译文出版社 1980 年版，第 41 页。

② ［德］瓦尔特·本雅明：《拱廊街计划之 N：知识论、进步论》，郭军译，汪民安主编《生产》第 1 辑，广西师范大学出版社 2004 年版，第 315 页。

③ Jennings, Michael (ed.), *Walter Benjamin*: *Selected Writings*, 4 Vols, Cambridg, MA, London: The Belknap Press of Harvard University Press, 1996 - 2003, p. 604.

④ ［美］汉娜·阿伦特主编：《启迪》，张旭东、王斑译，生活·读书·新知三联书店 2008 年版，第 216 页。

所做的事，很久很久以前都已经说过，已经做过似的。好像在渺茫的前代，我们已经就有过同现在一样的面貌，一样的东西，一样的环境，围绕在我们身边似的，好像我们以后紧接着要说什么话，我们知道得非常清楚，仿佛我们忽然把要说的话想起来了似的!"① 这是狄更斯对幻觉记忆的描写。幻觉记忆的经验作为对过去事件的双重披露为记忆的分析提供了材料。在幻觉记忆中，在某种程度上存在某种模糊不清的认识，即某人在此，在做这件事。这一认识既将我们与环境疏远开来，又将我们与环境联系起来。这是重复的模糊的心理印象，其结果是异常的。幻觉记忆的模糊与迷惘纯粹属于城市语境。本雅明的“经历”是一种经验形式，其吸收或保留我们周围世界的信息的能力由于受到现代生活震惊经验的损害在日益减少。狄更斯有意识地在幻觉记忆与写作自传的过程之间进行类比。写作自传涉及过去的碎片材料，这同记忆过程如出一辙。记忆同写作一样，因内容的清晰程度而不同。幻觉记忆的经验按照清晰程度表述最为困难、最没有生产性的记忆。

自传体小说《大卫·科波菲尔》是表征狄更斯的城市记忆的主要作品。他对过去的回忆并不是为了回到过去，而是要理解过去，将他所回忆的过去生活的一切，当作未来的预示，过去生活的经验融入空间语境之中，被压缩成一幅幅时空交错的画面。本雅明的《柏林记事》研究的是在新的城市中唤起儿童经验陌生和恐怖的记忆。“这些都市童年的画面或许能够预先塑造蕴含其中的未来之历史经验。”② 本雅明使时间空间化，通过文本实践补充历史的叙事编码，由此瓦解磁铁一般牢不可破的历史链条。本雅明将记忆视为断裂的碎片，使得过去的一瞥得以在当下显现。《大卫·科波菲尔》中对时间的空间特征的描写表明狄更斯/大卫的生平可以比作城市本身的地形学结构。“狄更斯预示了本雅明的理论总结，即那迷宫般的城市导致了人们与自身和记忆的际遇，支配并恢复自身的经验。”③

---

① ［英］狄更斯：《大卫·科波菲尔》，张若谷译，上海译文出版社1980年版，第833页。

② ［德］瓦尔特·本雅明：《驼背小人——一九〇〇年前后柏林的童年》，徐小青译，上海文艺出版社2003年版，第3页。

③ Gillian Piggott. *Dickens and Benjamin*: *Moments of Revelation*, *Fragments of Modernity*. Farnham: Ashgate, 2012, p. 131.

三　闲逛者：城市现代性的主体

本雅明是最早将闲逛者作为文化意象来研究城市空间现代性的文化批评家。闲逛者（Flaneur）是本雅明著作中的中心人物。其实本雅明本人也是一个闲逛者，1932 年本雅明在伊维萨撰写的自传片断《柏林记事》将孩提时代的回忆融入对柏林和巴黎的闲逛之中，“摄影式”地回忆了他的儿童时代在柏林和巴黎街道的闲逛经验，宏观地呈现了《拱廊街计划》的根本理念。在《单行道》中本雅明表述了童年时期对城市闲逛的思考：“我想起在巴黎的一个下午，刹那间我洞悉了生命的意义，这种洞见具有启迪的力量……我告诉自己，只有在巴黎才能闪烁这种洞见。这里的城墙和码头，逗留之地，收藏品，垃圾，铁轨和广场，拱廊和售货亭，都在训练一种奇特的语言。”①

狄更斯是个天生的闲逛者，也是城市经验的经历者与表达者。他始终将自己视为城市的闲逛者，街道的流浪者。从福斯特到彼得·阿克罗伊德的传记作品表明，童年时期的狄更斯就在伦敦的街道上闲逛。其目的是摆脱不幸的困境，刺激其想象力，获取创作素材。传记作家约翰·福斯特指出：“童年的狄更斯只要别人把他带到市郊去玩一遭，特别到修道院花园和河滨一带，他简直喜出望外。最使他反感的地方是圣·贾尔斯。只要他能够说服那个带他出去散步的人带他穿过一个叫‘七街口’的地方，绕过圣·贾尔斯，他就无比高兴。”② 19 世纪 50 年代狄更斯在法国度过的时间几乎和他在英国度过的时间一样久。狄更斯一到巴黎，就会联络第二帝国的主要知识分子。尽管他没有遇到他们，但狄更斯对巴黎及街道上的闲逛者和林荫大道的热爱使得他与波德莱尔、纳达尔、马奈等艺术家在精神上近距离交流。狄更斯知道什么是“闲逛”，1855 年他与威尔基·柯林斯去巴黎旅行时使用了“闲逛者”一词，并为《家常话》编辑有关闲逛的材料。狄更斯十分崇拜巴尔扎克，巴尔扎克的《婚姻生理学》（1826）被认为是最早将闲逛者置于艺术语境的作品之一。而“《博兹札记》则是狄更

---

① Benjamin W., *One Way Street and Other Writings*, New Left Books, London, 1979, p. 318.

② Foster. *The Life of Charles Dickens* Dutton New York: Everyman's Library, 1966, p. 14.

斯早期创作的与巴尔扎克的闲逛作品齐名的作品”①。

狄更斯迷恋于在城市的街道上闲逛，对于闲逛在其创作中的重要性有着深刻的理解。1846 年他在洛桑写作《董贝父子》时说：“我无法表达我是多么需要那些街道。它们似乎为我的大脑提供了紧张工作时不可或缺的东西。我可以一两周内在一个僻静的地方很好地写作，然后去伦敦待上一天，接着又可以重新如此工作。……但如果没有那盏神灯，日复一日地如此写作带来的劳苦将是非常可怕的。……我笔下的人物若是没有人群在他们周围，往往就会显得死气沉沉。”② “在日内瓦湖畔，狄更斯怀恋地回想起热那亚，那儿有一条两英里长的街道满是路灯的光亮，让他能在夜里四处散步。”③ 在此，狄更斯直接将艺术创作与城市生活的“震惊”联系起来。伦敦的街道和人群是狄更斯的灵感源泉。“你知道，只要晚上八点钟把我放在滑铁卢桥上，让我尽情地四处游逛，我就会在回家之后迫不及待地奋笔疾书。”④ 为了写作《圣诞欢歌》，在人们酣睡时，狄更斯独自在漆黑的伦敦街道上闲逛，往往一夜走上十五或二十英里。在写作《马丁·朱述尔维特》时，他常常步行走二十英里左右，很少放慢步伐，有时在晴天信步前往汉普照斯特德。在写作《着魔的人》时狄更斯常常深夜在挤满人群的街道上闲逛。《我们共同的朋友》中的许多场面和人物都是狄更斯夜访伦敦东区的船坞和码头得来的。他在圣·贾尔斯教堂见到了接骨师维纳斯先生，在查塔姆见到了查理·赫克萨姆和他的父亲。小说中的“泰晤士河”就像《荒凉山庄》中的“浓雾”，也是一个“人物”。《走错方向》(1853) 记叙闲逛者狄更斯重访、重写儿童时期迷路的场景。

闲逛者狄更斯创造了大卫、烹弗莱师傅、悉尼·卡尔敦等闲逛者形象。《老古玩店》中的闲逛者烹弗莱师傅喜欢夜间在城市的街道上闲逛：“晚上我经常到外面去散步。在夏季，我往往清早出门，终日在田野里和

---

① Gillian Piggott. *Dickens and Benjamin*: *Moments of Revelation*, *Fragments of Modernity*. Farnham: Ashgate, 2012, p. 160.

② ［德］瓦尔特·本雅明：《发达资本主义时代的抒情诗人》，王才勇译，江苏人民出版社 2005 年版，第 47 页。

③ 同上书，第 48 页。

④ ［英］赫·皮尔逊：《狄更斯传》，谢天振等译，浙江文艺出版社 1985 年版，第 86 页。

曲径中遨游，甚至流连几天或几个星期。但是除非在乡下，我很少在断黑以前出门。……中午阳光眩目，行人来去匆匆，极不适合于做我这种无聊的工作。路灯或橱窗灯光映照出来的一闪一闪的面影，往往比白昼显示得更清楚，更有利于我的要求……夜晚比白昼温和得多，在白昼，一个空中楼阁将近完成的时候，往往横遭摧残，一点也不觉得可惜。”①《老古玩店》这个故事本身是从闲逛中得来的，故事从外出闲逛起笔，并交代了养成闲逛习惯的理由：有益身体，研究街上来往行人的性格和职业。烹弗莱师傅暗示，光线与活跃的观看阻挠了其想象力。他感兴趣的是晦涩的线索、神秘的事物、空中城堡，而不是知识。虽然他的闲逛活动“漫无目的”，但是因为“他具有与大城市节拍相吻合的各种方式，他能捕捉稍纵即逝的东西”。② 这样的闲逛者便是艺术家。本雅明指出：“文人在大街上与其所生活的社会同化。在街头，他必须使自己准备好应付下一个突发事件，下一句俏皮话或下一个传闻。在这里，他展开了自己与同事及其他人之间全部的联系网，他对这种关联的依赖就好像妓女离不开乔装打扮的技巧。”③

科波菲尔沿着街道闲逛时感到犹豫不决：“我写到这儿，一阵恐惧不觉来临。我那时正要踽踽独行，沿着来路，重新回到那个远处的市镇。只见那个市镇上面，有一片乌云，阴沉笼罩。我现在不敢向它走去，因为我现在想到了在那个令人难忘的晚上那儿发生的那件事了。如果我写下去，那件事就非重演一番不可，我心里就受不了。”④ 在回忆经验过程中的“自我”分裂意识并不能妨碍对经验的清楚表述。叙述者科波菲宣称，“不是多年以前的事情而是当下瞬间的事情萦绕于我的心头，它们都呈现在我的面前”。或者“当我书写它们时，我看到、听到而不是回忆”。小说创作要求作家既入乎其内，又出乎其外，作为艺术家/闲逛者，观察家/作家，他与城市融为一体。

在《拱廊街计划》中，本雅明摘录了有关狄更斯闲逛的六个片断。

---

① ［英］狄更斯：《老古玩店》，许君远译，上海译文出版社 1980 年版，第 1 页。

② ［德］瓦尔特·本雅明：《发达资本主义时代的抒情诗人》，王才勇译，江苏人民出版社 2005 年版，第 37—38 页。

③ 同上书，第 23 页。

④ ［英］狄更斯：《大卫·科波菲尔》，张若谷译，上海译文出版社 1980 年版，第 663 页。

如，“切斯特顿在其论狄更斯的书里，绝妙地捕捉到了那些无忧无虑地游荡在城市的人。狄更斯的一直没有消失的漫游从童年就开始了。做完工，他没有别的去处，只有游逛，所以走过了大半个伦敦。他从孩提时代就是个沉湎于幻想的人，他比任何人都要关心自己那不幸的命运……他在黑夜里站在霍尔登的街灯下，在十字路口感觉着殉教般的痛苦……他去那儿并不是像一个迂腐学究那样要去观察什么，并没有注意那十字路口是如何形成的，也没有去数霍尔登的街灯来练习算术……狄更斯没有把这些东西印在心上，然而他把心印在这些东西上”①。这表明狄更斯的闲逛极大地拓宽了闲逛活动的意义，狄更斯习惯于把城市当作描绘其想象力的布景。

“街道钥匙”是吉·基·杰斯特顿论狄更斯的主题。狄更斯 12 岁被送到黑鞋油作坊当童工，装瓶、贴标签。这是他一生挥之不去的耻辱，辛酸的童年给狄更斯留下了无法愈合的精神创伤，以致他从小就沉湎于在街道闲逛，所幸街道成了他的家。吉·基·杰斯特顿指出，正是在这个地下世界，狄更斯发现了乌托邦：“夜晚的街道是上了锁的大房子，狄更斯却拥有街道的钥匙……他能打开这个房子的内室——其门口通往秘密的走廊，走廊的四周是房屋，屋顶缀满星星。”② 在《拱廊街计划》中本雅明引用吉·基·杰斯特顿的话说：“狄更斯拥有一把街道钥匙。”本雅明的引用表明，狄更斯是一位城市艺术家，其创造力“与城市的活力联系在一起，城市是他的创造力的源泉，他创造的作品又反馈到城市之中”③。狄更斯的作品揭示了现代性生活与经验的真相，这有助于理解波德莱尔在城市现代性中的作用。

狄更斯在城市的街道上闲逛与波德莱尔的闲逛别无二致，对他们来说，闲逛、思考和写作是一致的。狄更斯、波德莱尔不断回到城市空间中是闲逛者理解世界存在（自我）的转瞬即逝的表征，他们不停地闲逛表明一种条件意识，在此条件下，经验与记忆才得以发生。叙述者大卫·

---

① ［德］瓦尔特·本雅明：《发达资本主义时代的抒情诗人》，王才勇译，江苏人民出版社 2005 年版，第 69 页。

② G. K. Chestertton：*Charles Dickens.* New York：Schocken Books，1965，p. 45.

③ Gillian Piggott. *Dickens and Benjamin*：*Moments of Revelation*，*Fragments of Modernity.* Farnham：Ashgate，2012，p. 161.

科波菲尔说："那儿的每一块石头，对我都是一本童年读过的书。"[①] 这是大卫·科波菲尔与城市空间的心理联系的戏剧性表述，小说叙述、阅读记忆、重述这些活动通常是痛苦而艰难的体验，其实质是城市空间、记忆与写作之间的互动。对于波德莱尔与狄更斯而言，在城市的街道上闲逛，与思想、梦幻、小说创作具有同一性。在与福斯特的通信中，狄更斯明确声明，闲逛、思考与写作之间具有同一性。其自传体小说《大卫·科波菲尔》反思了他在黑鞋油作坊的经历，叙述大卫·科波菲尔不仅在身体上而且在精神上重访这一空间。"我在夜间漫步时，我常去那儿，从那以后，渐渐地，我把它写下来。"[②] 字面意义上的闲逛祛除/训练狄更斯的小说观，身体活动使其小说观充满活力。"最初构思一部新小说时，总是在没有睡眠的情况下进行的。在他的大脑中成长的人物总是闯入他的夜间漫步中。"[③] 在狄更斯的小说中，仿佛意识到其神秘的创作过程，狄更斯描写闲逛者的步履如何将其思维过程印在城市的街道上。狄更斯独特的闲逛形式对城市生活更为个性化的心理描写产生了影响。狄更斯的城市空间用穷人、弃儿、狄更斯本人隐秘的令人恐惧的经验来追溯。

本雅明在谈及闲逛者狄更斯时指出："书桌紧贴建筑物的墙壁，他按着笔记本，报摊是他的图书馆。"[④] 本雅明强调在城市中漫无目的地闲逛，称颂大卫着魔般地回到同一城市空间，并以之为恢复记忆和过去的碎片的有机组成部分。狄更斯着魔般地回到城市空间并再造城市空间，他在闲逛、思考与写作中"永恒回归"的成分犹如本雅明所概括的写作、阅读与思维过程一样。他认同的写作模式反对这样一种观念，即它在读者心灵中产生的阅读与思维与不停地导向作者意义的意图有关。本雅明关于城市空间的论述，关注的焦点是街道上的闲逛者，因为他们能够颠覆传统的意义和价值观。同时，本雅明对闲逛者的兴趣主要不是把它阐释为存在于城市历史环境中实际的社会类型，而是作为理论的、批判的、与大众观念对立

---

① ［英］狄更斯：《大卫·科波菲尔》，张若谷译，上海译文出版社 1980 年版，第 1221 页。

② Foster. *The Life of Charles Dickens.* Dutton New York：Everyman's Library，1966，p. 35.

③ Ibid.，p. 388.

④ Walter Benjamin，Charles Baudelaire：A *Lyric Poet in the Era of High Capitalism*，Trans by Harry Zohn and Quintin Hoare，London：L. L. B，1973，p. 19.

的社会类型，表明继续存在的批判潜质的类型。

对于狄更斯与波德莱尔而言，街头闲逛是一种现代性体验，两位艺术家从他们在城市空间看到的材料吸取力量，虚构出他们自己的城市空间，重访并再创造原先的城市空间、记忆与梦想。街头闲逛的重要性对于狄更斯、波德莱尔和本雅明三者是不言而喻的，因为“对三者而言，城市空间决定着对自我、回忆和经验的理解”①。只不过相对于波德莱尔和本雅明而言，闲逛者狄更斯参与了更多的社会事物，他的作品充斥太多的道德建议和政治讽刺。

在《拱廊街计划》中，闲逛者本雅明将狄更斯、波德莱尔、爱伦·坡三者在街道上的闲逛联系起来。象征主义文学运动的先驱、美国诗人爱伦·坡的小说《人群中的人》所际遇的夜游者神秘而不可理解，其实是爱伦·坡偶遇了狄更斯文本中的人物。坡在写该小说时，阅读过狄更斯的《烹弗莱师傅的大钟》和《老古玩店》。他不仅评论过这两部作品，而且评论过狄更斯的早期作品《博兹札记》。爱伦·坡的成名诗《渡鸦》受到狄更斯小说《巴纳比·拉奇》中鸟的意象的启发，《钟》受到《钟乐》的影响。《人群中的人》中的神秘老人显然是《博兹札记》中的“醉汉故事”以及烹弗莱师傅、小耐尔祖父夜游等文本因素的综合。爱伦·坡如同萨拉、杰斯特顿一样，洞悉了狄更斯世界的本质。1842 年狄更斯在佛罗里达与爱伦·坡相见。1849 年爱伦·坡的意外死亡是对超负荷的狄更斯命运的预兆。狄更斯知道《人群中的人》预示了他在 19 世纪 50—60 年代的命运，他没有躲过街道焦虑的心绪。

在本雅明之前，传统批评将狄更斯与现实主义联系在一起，无论是理想的现实主义、浪漫的现实主义、喜剧现实主义，还是批判现实主义，狄更斯纯粹只是一个现实主义作家。本雅明的《拱廊街计划》重铸了狄更斯的形象，从经验、记忆、闲逛等城市空间的视角，开拓了城市现代性诗学研究的新路径。

城市中的经验、记忆与闲逛之于狄更斯是十分重要的，同时经验、记忆与闲逛也是本雅明的城市现代性理论的核心范畴。狄更斯的生平与作品

---

① Gillian Piggott. *Dickens and Benjamin: Moments of Revelation, Fragments of Modernity*. Farnham: Ashgate, 2012, p. 130.

或者对狄更斯的生平与作品的评论，是本雅明分析城市现代性的重要文献来源之一。本雅明的《拱廊街计划》用文学蒙太奇的方法探索波德莱尔、狄更斯、城市化以及资本主义发展之间的关系。“现代性”概念虽然是由法国诗人波德莱尔最先提出的，但与波德莱尔身处同一时代的英国作家狄更斯，他们对现代性的想象和回应可谓同心相应。狄更斯、波德莱尔和本雅明的共同点在于，他们都把城市意象作为现代性的场所，运用碎片的叙事方法。美学家约翰·罗斯金（1819—1900）早就预言，“狄更斯是一位纯粹的现代主义者”①。米歇尔·霍灵顿认为，“狄更斯像马奈或波德莱尔一样深刻地受到发现现代生活、发其偶然性、瞬间的城市印象主义世界的影响，在此意义上，称狄更斯为‘亲现代主义者’是合乎逻辑的”②。本雅明把闲逛者狄更斯看作典型的现代人：他的作品以碎片的方式反映了现代城市经验的非连续性、记忆的空间化。本雅明对传统狄更斯形象的矫正，目的在于表现在资本主义制度下随着商品拜物教和非人化的兴起，狄更斯的小说用具有碎片意义的话语表述了现代城市经验，洞悉了现代性的本质，正如皮戈特所指出的那样，“本雅明的经验理论为我们认识狄更斯式的形式提供了洞见：狄更斯抓住了现代性的本质，后来的本雅明用另一种方法抓住了现代性的本质”③。

第二节　结构与风格：纳博科夫的“形式论”狄更斯批评

以《洛丽塔》蜚声世界文坛的俄裔美国作家弗拉基米尔·纳博科夫（Vladimir Nabokov，1899—1977）被公认为20世纪杰出小说家和文体家，他同时还是杰出的文学批评家，他的文学批评成就集中表征在他移居美国后在斯坦福、康奈尔和哈佛大学执教期间为授课而撰写的《文学讲稿》

① Collins，Philip A. W.，ed.，*Dickens：The Critical Heritage*. London：Routledge & Kegan Paul，1971，p. 443.

② Hollington，Michael. *Charles Dickens Critical Assessment*（Volume I），Robertsbridge，Helm Information Ltd.，1995，p. 14.

③ Gillian Piggott. *Dickens and Benjamin：Moments of Revelation，Fragments of Modernity*. Farnham：Ashgate，2012，p. 138.

(*Lectures on Literature*, 1980)，其内容大致是他在 20 世纪 50 年代为美国英文系学生讲读欧洲文学的名篇名作，如，简·奥斯汀的《曼斯菲尔庄园》、狄更斯的《荒凉山庄》、福楼拜的《包法利夫人》、史蒂文森的《化身博士》、普鲁斯特的《去斯万家那边》、卡夫卡的《变形记》以及乔伊斯的《尤利西斯》等一共七篇。

《文学讲稿》是纳博科夫为了给学生讲课而撰写的笔记，经后人编辑整理于 1980 年出版，这是一位一流作家对四国文学经典的感悟，也是名作家品名作家的优秀范例，其中品读《荒凉山庄》占了 41 页的篇幅。纳博科夫虽然极力贬低托马斯·曼、康拉德、福克纳、弗洛伊德，但他在《文学讲稿》中对狄更斯的评价却很高。他将狄更斯与简·奥斯丁并列为最伟大的英国小说家，同时认为简·奥斯丁比狄更斯要略逊一筹。在他看来，简·奥斯丁的小说仿佛是将旧时的价值重新进行了精致的排列组合，而狄更斯的价值则是全新的。

在《文学讲稿》所品评的七位作家中，纳博科夫最早接触的是狄更斯。因为他的父亲老弗拉基米尔·纳博科夫是研究狄更斯的专家，1912 年在《狄更斯研究者》以《查尔斯·狄更斯：俄国人的看法》为题发表了研究狄更斯的文章。40 年后，纳博科夫在给埃德蒙·威尔逊的信中写道："我父亲是一位狄更斯研究专家，有一阵子，他大段大段地对我们这些孩子朗读狄更斯的作品，当然是英文本的。""也许当我还是一个十二三岁的孩子时……在乡间别墅度过的阴雨连绵的夜晚，他对我们朗读《远大前程》，使我后来在精神上抵制重读狄更斯。"[①] 1952 年在埃德蒙·威尔逊的引导下，他才将注意力转向狄更斯。纳博科夫到达美国后在康奈尔大学执教，在课堂上他毫不掩饰对狄更斯的崇拜。他写道："如果可能，我愿意每一堂课用 50 分钟的时间沉思默想，全神贯注地崇拜狄更斯。"[②] 纳博科夫从自身的创作体验出发，翔实地品评了《荒凉山庄》的形式、结构、风

① ［美］纳博科夫：《文学讲稿》，申慧辉等译，生活·读书·新知三联书店 2005 年版，第 16 页。

② Vladimir Nabokov, "Bleak House (1852 – 3)" In *Lectures on Literature*, edited by Fredson Bowers, 62 – 124. New York: Harcourt, Brace, Jovanovich, 1980, p. 64.

格、比喻及词语的魅力。笔者以“形式论”来标举纳博科夫的狄更斯批评，是为了表明它与形式主义批评的区别。

一　主题线和主题人物

人们通常认为《荒凉山庄》是一部现实主义作品，它揭露了资产阶级虚伪的法律机器以及流浪儿的悲惨生活。纳博科夫却不然，他竭力称道的是狄更斯魔幻般的虚构、精巧的结构。在《文学讲稿》卷首，纳博科夫宣称“我的课程是对神秘的文学结构的一种侦察”。他指出，阅读《荒凉山庄》要注意七点：（1）孤儿主题；（2）大法官庭——雾——疯狂；（3）每个人物都有独特的标志，就像七彩斑斓的影子，总随着人物的出现而出现；（4）画、房子、马车等都扮演一定的角色；（5）书中的社会学方面枯燥无味；（6）神秘故事；（7）善恶两极的对立贯穿全书，恶几乎和善一样强大。

在此基础上，他独具匠心地找到了三大主题线：（1）围绕庄迪斯讼案展开的大法官庭主题。这一主题十分简单，一桩庄迪斯家族遗产案，拖延多年，悬而未决。善良正直的约翰·庄迪斯冷静地看待这个讼案，他的监护人埃斯塔·萨姆逊虽与大法官庭无直接关系，但在书中起过筛人（sifting agent）的作用。约翰·庄迪斯还监护着艾达和理查，二人在讼案中是约翰·庄迪斯的对立面；（2）孤儿主题，孩子的家长不是骗子就是异想天开的怪人；（3）神秘主题：三位侦探戈匹、塔尔金霍恩和勃克特一步步追查不幸的戴德洛克夫人的秘密。必须指出的是，这里的“主题”一词更接近音乐而不是意识形态的范畴。

纳博科夫顺着三条主题线进而侦查出主题人物：在大法官庭主题中，以伦敦的浊雾和弗莱特小姐的笼中鸟为象征，律师和发疯的当事人为这一主题的代表人物。在儿童主题中，以可怜的乔和假儿童斯金坡尔为代表人物。在引导整个故事的神秘主题中，狄更斯是个绝妙的说书人，但是吸引读者的是艺术家的狄更斯。

纳博科夫更进一步分析指出，在大法官庭主题中，大法官庭的迷雾既是自然界的雾，也指大法官庭的昏庸、糊涂。这里有象征性字义、象征性情节和象征性名字。克鲁克的下场在狄更斯的魔幻世界显得合情合理，它的结局顺应了那个荒诞世界的荒诞逻辑。在儿童主题中，小说的内层主要写孩子的悲苦，童年的酸楚，这是狄更斯最拿手的题材。因为在狄更斯看来，孩子是世界上最美好的东西。埃斯塔的童年忍辱负重，她的教母不断地向她灌输负罪意识，慈善家杰勒比太太的孩子没人照顾，奈克特家的孩子们成了孤儿。其中最不幸的要数没爹没妈没朋友从没上过学的乔，乔深深地卷入了神秘主题之中。假装天真的儿童哈罗德·斯金坡尔欺骗了众人，欺骗了庄迪斯先生，使庄迪斯相信斯金坡尔如孩子般天真无辜。他的虚假的稚气衬托了其他真正儿童的美德。犯罪与神秘主题提供了小说的主要行动，是全书的纽带，在结构上，它是小说中神秘、苦难、大法官和命运等一系列主题最重要的一环。

二　结构、风格与叙述人称

在勾勒三大主题和主题人物之后，纳博科夫品评了《荒凉山庄》的形式、结构、风格、比喻及词语的魅力。

（一）纳博科夫指出，《荒凉山庄》在结构方面有八个特点

（1）埃斯塔的书：埃斯塔在第三章第一次作为叙述人露面，狄更斯让她用姑娘的口吻讲故事。教母巴巴莉小姐去世以后，律师侃奇处理遗留事物，埃斯塔的叙事风格与狄更斯的风格才完全统一。“狄更斯通过埃斯塔出面，便于使用一种较为流畅、柔顺，也较为程式化的叙述风格。”[①]“流畅、柔顺、程式化，加上行文中缺乏小说首章中那一长串生动的细节描写，就构成了埃斯塔和作者的叙述风格之间的真正的差异。”“狄更斯惯于调动各种手段，达到富于音乐感的、幽默的、隐喻的、演说的、铿锵有力的效果，也擅长风格的突变。”[②]以风格而论，整部小说是两种风格逐渐互相靠拢而融合的过程；（2）埃斯塔的相貌：埃斯塔长得极像她的母亲。她照顾查利时感染上了天花，病愈后留下满脸丑陋的疤痕，彻底毁了容颜。相貌主题起了结构上的作用，戈匹看到她后便不再爱她了；（3）阿伦·伍德考特

① ［美］纳博科夫：《文学讲稿》，申慧辉等译，生活·读书·新知三联书店2005年版，第89页。
② 同上书，第90页。

的奇遇：在第十一章，外科医生伍德考特出现在死去的尼摩的床边。两章后，出现理查和艾达温情而又严肃的相爱场面。蹊跷的是，在小说结尾伍德考特作为客人又出现在晚宴上。后来头发花白的庄迪斯爱上了埃斯塔，但对自己的爱保持缄默，这时伍德考特又出现了。伍德考特要去中国，他给埃斯塔留下了花。后来埃斯塔与从印度回来的伍德考特不期而遇；（4）约翰·庄迪斯的古怪求婚：约翰·庄迪斯像磁铁一样吸引着各色人物——苦命的孩子们、无赖、骗子、傻瓜、疯子等。庄迪斯很像堂·吉诃德，抚养两个在法律上是他对立面的年轻人理查和艾达，在收到芭芭莉小姐的信后，庄迪斯决定监护埃斯塔。头发花白的庄迪斯爱上了二十一岁的埃斯塔，埃斯塔病愈后，庄迪斯写信向她求婚，用婚姻的办法保护她，使她不受残酷社会的伤害。这种态度也是堂·吉诃德式的；（5）假面与伪装：勃克特侦探在巴格涅特家装傻不是随便闹着玩的，他虽然装疯卖傻，但始终警惕地注视着乔治的一举一动。勃克特既是伪装的专家，也善于识破他人的伪装；（6）真假线索：从开头弥漫的浓雾看，荒凉山庄似乎是一个荒凉阴森之地，但其实它是一座美丽而充满阳光的住宅，山庄的阳光和欢乐氛围使人感到振奋，这是小说在结构上的艺术性；（7）意想不到的关系：不少亲属关系是突然冒出来的，如抚养埃斯塔的芭芭莉小姐原来是戴德洛克夫人的姐姐，埃斯塔原来是戴德洛克夫人的女儿，尼摩（即霍顿）原来是埃斯塔的父亲等；（8）坏人或不甚好的人的转变。莱斯特爵士从勃克特嘴里听到可怕的事实后，“一直用双手捂住脸，痛苦地呻吟了一声，请他暂时不要说下去。过一会儿，他把手放下来；尽管他的脸色已经变得和他的头发一样白，但他那尊严和表面平静的样子使勃克特先生有点畏惧”[①]。这是莱斯特爵士的转折点，他承受着心灵的痛苦，从此他成了一个真正的人，贵族与平民之间的界限从此消失了。

（二）纳博科夫认为，形式（结构＋风格）＝题材

狄更斯的风格在于“他善于运用强烈诉诸官能感觉的比喻，有唤起逼真感觉的艺术功力”[②]，具体表现在：（1）用修辞或非修辞手段唤起逼真感

① ［英］查尔斯·狄更斯：《荒凉山庄》上册，黄邦杰、陈少衡等译，上海译文出版社1981年版，第931页。

② ［美］纳博科夫：《文学讲稿》，申慧辉等译，生活·读书·新知三联书店2005年版，第101页。

觉;(2)罗列细节;(3)比喻手法:明喻和隐喻;(4)重复:狄更斯喜欢咒符式的语言,这是法庭演说、法庭辩护的手法;(5)修辞问句与回答;(6)卡莱尔式的直呼手法;(7)形容词;(8)唤起形象的名字,如克鲁克(Krook)与歪曲(crook)谐音,唐戈尔(Tangle)的意思是纠缠不清;(9)头韵与半谐音;(10)以及—以及—以及(and-and-and);(11)幽默、诙谐、讽喻,古怪的腔调;(12)文字游戏;(13)间接的描述性语言,在描述中含有大量的言谈内容。因此,纳博科夫说,风格的效应是文学的关键所在,是打开狄更斯的艺术世界的金钥匙。

(三)对于叙事人称,纳博科夫提出了卓尔不群的看法

《荒凉山庄》的作者不是福楼拜所说的无处不在又高高在上的真神,而属于半人半神的那种。他们派遣各种各样的中间人、代言人、经纪人、奴仆、密探、帮腔人到书中进行活动。具体说来,代理人有三种:(1)用第一人称说话的叙述人,他们是推动故事前进的主要角色。叙述人以各种形式出现:作者本人,或第一人称主人公;作家还可以像塞万提斯那样创造另一个作者,仿佛自己在引导作者说话。有时第三人称人物也可以充当一段时间的叙述人,接着让主要叙述人讲下去。不管哪种形式,总有一个大写的“我”在讲故事;(2)过筛人即作者的一种代表。过筛人可以和叙述人重合,也可以不重合。第三人称人物是最典型的过筛人。其主要特点是,不管书中发生什么事情,总是通过一位主要人物的眼睛和感官去观察、感受一切事件、形象、景色和人物;(3)杂勤(perry):代表作者最低等的仆役。这个人物在全书中“值勤”。“杂勤”几乎没有自己的身份,没有意志,没有灵魂,只不过是一个东奔西跑的打杂人。杂勤的作用在于引导、推动故事。在《荒凉山庄》中,埃斯塔承担上述三种角色:承担部分叙述,代替作者的工作;也是过筛人,以自己的方式观察事物;还充当杂勤,到那些必须描写的地方去,看望那些在书中必须有所交代的人。

三　魔法师狄更斯

在纳博科夫看来,一个大作家集讲故事的人、说教家、魔法师(enchanter）“三相”于一体。第一，讲故事的人为读者提供娱乐，让读者不受时空限制而神游于天地之间，从而获得精神上的亢奋，情感上的怡然自得；第二，把作家看作教育家，进而升格为宣传家、道学家、预言家，读者所得到的不仅仅是道德教育，还有直接的知识和事实；第三，魔法师：大作家总归是魔法师，只有从这点出发，才能领悟天才之作的魅力。但是，三者之中，魔法师最为重要。在作家的“三相”之中，狄更斯处于何种境界？纳博科夫认为，狄更斯在讲故事方面虽然存在不足，《荒凉山庄》的道德说教也显而易见，但他的说教常常富于艺术性。狄更斯写得最好的时候，作为魔法师、艺术家的一面也体现得最为充分。因此，他称狄更斯是一个出色的魔法师，“唯有这样看待他，才能使他超越改良廉价小说、感伤的无聊货、做作的戏剧腔，而永远显得有生气。他永久地在峰巅放射异彩。……狄更斯的伟大正在于他所创造的形象”①。

下面看看纳博科夫品评魔法师狄更斯的几个例子。描写大法官庭的一段，将浓雾主题写神了，自然界的雾和人世间的雾奇妙地混合，凝聚成团，主要人物仿佛是从雾中冒出来似的。小说对诉讼案和大法官的描写极其高妙。“利滚利似的越发增厚了”这个比喻把现实的泥淖、雾与大法官庭的泥淖和糊涂联系起来。端坐在泥淖、大雾与混乱中央的大法官被唐戈尔先生（Mr Tangle）尊称为阁下您（Mlud），Mlud与泥（Mud）谐音。阁下，您，泥，这是典型的狄更斯手法：在词语上翻新，使用双关语，俏皮话，不但使无生命的文字生动活现地跃动起来，还使它们超越字面意义而韵味无穷。另外，大法官庭办案律师的名字也有象征意义：屈士尔（Drizzle），锲士尔（Chizzle），迷士尔（Mizzle），这些名字的韵脚透露出昏暗的气息。对契尼斯山庄及其女主人戴德洛克夫人的描写可以说是天才的大手笔，契尼斯山庄的雨是伦敦大雾的乡下版，看守人的孩子是儿童主题的一部分。

疯女人弗莱特小姐反复地说“青春，希望，美貌”。后来她的话中又引入一个新的主题，即鸟的主题：歌曲，双翼，飞翔。弗莱特小姐卖弄她

① ［美］纳博科夫：《文学讲稿》，申慧辉等译，生活·读书·新知三联书店2005年版，第55页。

的二十笼鸟。她反复说的“青春，希望，美貌”与鸟儿联系在一起，而鸟儿的围杆仿佛投下阴影，把“青春，希望，美貌”的象征拦在樊笼中。笼子，鸟笼子，笼子的围杆，围杆的阴影遮蔽了一切幸福。弗莱特小姐的鸟是云雀、红雀和金丝雀，分别相当于青春、希望和美貌。

克鲁克接二连三报出弗莱特小姐的鸟的名字，象征着大法官庭和自己的不幸。一方面，克鲁克与大法官庭有密切的关系，歪曲、怪诞的克鲁克也是大法官庭的牺牲品，他自动燃烧了；另一方面，他与神秘主题相关，对克鲁克之死的描写很精彩。他的死是大法官庭的大火与浊雾的象征。克鲁克“从雾到雾，从泥到泥，从疯狂到疯狂，黑色毛毛雨到油腻腻的脂膏，这都是魔法术变出来的”①。

纳博科夫对魔法师狄更斯的品评可谓曲尽其妙。那么他为什么要称小说家狄更斯为“魔法师”呢？这就牵涉到他的文学观。纳博科夫认为：“我们应该尽力避免犯那种致命的错误，即在小说中寻找所谓的‘真实生活’，我们不要试图调和事实的虚构与虚构的事实。《堂·吉诃德》是一个童话，《荒凉山庄》是一个童话，《死魂灵》也是如此。《包法利夫人》和《安娜·卡列尼娜》则是最伟大的童话。”② 他崇尚纯艺术，把文学视为童话，既然文学是童话，那么作家理所当然就成了魔法师。其实他自己就是一个出色的魔法师。为了制造艺术迷宫，产生魔力，他的作品往往在形式和语言上做了形态各异的花样翻新，他将小说当成一个迷魂阵来布局，使出浑身的“狡猾”、机智，进行奇妙、出人意料的构思，以此来挑战读者的期待视野。

四 几点反思

从上面的梳理，我们不难看出纳博科夫的狄更斯批评是名作家品评名作家的优秀范例。其特点主要在于大量征引小说文本，逐句逐段地解读评点，以简洁明晰的语言深入浅出地提出自己的独特体悟，从品评作品的结构、文体、意象、语言等文学形式入手，具体解剖作品的艺术个性，彰显

① ［美］纳博科夫：《文学讲稿》，申慧辉等译，生活·读书·新知三联书店2005年版，第69页。
② 同上书，第5页。

作品在艺术上的成败得失及其生成原因。其批评价值表现在以行家的眼光审视他的阅读对象，以灵活自由的态度和独特的洞见进入文学世界，借此教会了学生使用锐利的眼光去品读文学作品，从而学会思考与文学有关的一切。“在我的教学生涯中，我设法向学生们提供有关文学的准确信息：关于细节如此这般地组合是怎样产生情感的火花的，没有了它们，一本书就没有了生命。”① 他的方法就是“用不掺杂个人感情的想象力和艺术审美趣味去侦察”②，在反复阅读中欣赏作品的细节，细细把玩作品的形式、结构、风格、比喻及词语的魅力，“文学，真正的文学，并不能像某种对心脏或头脑——灵魂之胃或许有益的药剂那样让人一口囫囵吞下。文学应该给拿来掰碎成一小块一小块——然后你才会在手掌间闻到它那可爱的味道，把它放在嘴里津津有味地细细咀嚼”③。

有不少论者将纳博科夫的文学批评纳入形式主义批评或新批评，笔者认为这是值得商榷的。诚然，纳博科夫撰写《文学讲稿》的时候，新批评正大行其道，但是两者之间并没有传承或任何直接联系。众所周知，以维克多·什克洛夫斯基和罗曼·雅柯布森为代表的俄国形式主义批评虽然倡导从形式的角度探讨文学的“文学性”，着重于结构分析、文本细读、审美评价，但是形式主义批评通过确定文学研究的研究对象、方法和过程，目的是使文学研究成为一种科学化的研究，建构一门独立的研究文学材料的文学科学。罗曼·雅柯布森提出的“文学性”指的是文学的本质特征，“文学研究的对象并非文学而是‘文学性’，即那种使特定作品成为文学作品的东西”④。所以，形式主义批评以文学之所以为文学的文学性作为研究对象，说到底是以构建文学科学为目的的本体论研究。形式主义之后的新批评虽然专注于文本，但是它以文本细读为手段，目的是要作出理性的、科学的、具有普遍意义的价值判断，这种自觉的批评有一套本体论作为理

① ［美］纳博科夫：《文学讲稿》，申慧辉等译，生活·读书·新知三联书店2005年版，第6页。

② 同上书，第3页。

③ Vladimir Nabokov, *Lectures on Russian Literature*, Fredson Bowers ed., New York: Harcourt Brace Jovanovich/Bruccoli Clark, 1981, p. 105.

④ Lee T. Lemon and Marion J. Reis, eds., *Russian Formalist Criticism*: *Four Essays*. Lincoln: University of Nebraska Press, 1965, p. 107.

论前提，有专门的批评术语和范畴，如作品本体论、有机整体论、张力、反讽、复义、张力、肌质、悖论、反讽、象征、隐喻等。由此可见，形式主义批评和新批评都有其自己的哲学或者美学基础，有专门的批评范畴，是一种本体论的科学化批评。

纳博科夫的文学批评没有附庸于任何一个学派或主义，作为一个特立独行的艺术家，他只关注细节和反复阅读。虽然他对作品结构、风格的强调与形式主义的“文学性”有着共通之处，但他不是形式主义的批评家。他强调细节和反复阅读，与注重文本细读的新批评不谋而合，但他绝非新批评派的一员。有着哲学美学基础，有专门批评范畴的批评难免不受先入之见的束缚。而纳博科夫的批评不仅不受任何先入为主的成见的束缚，而且坚决反对以某种价值标准或固有模式来凝固文学阅读与批评。正如他自己所说：“谁要是带着先入为主的思想来看书，那么第一步就走错了，而且只能越走越偏，再也无法看懂这部书了。”① 韦勒克在《文学理论》中将文学批评方法区分为外部研究和内部研究，认为传统文学批评中的传记研究、作家研究、社会学研究、思想史研究以及各门艺术的比较研究均属于“文学的外部研究”，而对格律、文体、意向、叙述、类型等修辞学范畴以及文学作品的“存在方式”的考察则属于“文学的内部研究”。纳博科夫细究文本的批评方式显然属于典型的“内部研究”，这是他的批评与形式主义批评、新批评的共同点。

纳博科夫的品评式批评可以说类似于中国的感悟式批评或起源于法国的印象式批评。感悟式批评强调以个人的主观感受和经验去替代客观的批评标准，让自我的心灵在把握印象的过程中得到释放，运用直觉思维，凭着敏锐的艺术直觉去体验创作，在印象与顿悟中对批评对象的精神内涵作体悟式的把握，向读者传达批评者对批评对象的瞬间感受和直觉印象，并强调批评自身的艺术性和创造性。这种批评专注于作品的审美特质，坚守文学的审美属性，拒斥任何评价标准和规范。总之，这是一种感受式的、“以诗解诗”式的批评。“他（指纳博科夫——笔者注）所说的想象力和艺

① ［美］纳博科夫：《文学讲稿》，申慧辉等译，生活·读书·新知三联书店 2005 年版，第 1 页。

术审美趣味更多的是一种排除了理性和常识，避开了概念和模式的直观感悟，是一种基于反复阅读之上的感受能力。"[1]

但是，这种强调纯粹经验、着重感悟和印象，孤立地品评作品结构和风格的批评，其缺陷也是显而易见的。

第一，它一味排斥社会学、全盘否定社会历史批评。纳博科夫在康奈尔大学第一节课以这样一句话开始："伟大的小说首先是伟大的神话故事……文学并不讲真实的东西，而是虚构真实的东西。"[2] "好小说都是好神话。"[3] 文学就是"唤起感官印象的东西"[4]。"文学不是泛泛的思想，而是具体的揭示；不是思想流派，而是一个个天才的个人。"[5] "总体的思想毫不重要。任何傻瓜都能看出托尔斯泰对通奸的态度，但是要想欣赏托尔斯泰的艺术，优秀的读者必须乐意去想象。"[6] 例如，把《荒凉山庄》当作对贵族的控诉，那么阅读对戴德洛克家族的描写既令人乏味，也感到无关紧要。他认为狄更斯对贵族的了解十分有限，因而对贵族的描写极不成功。他希望读者不要计较讽刺不力的夸饰的舞台腔，而要去欣赏结构的精妙。纳博科夫将小说当作童话和神话故事，把小说家看作魔法师，主张"审美狂喜"，强调文学与现实的脱离、艺术的虚构与想象以及艺术世界的自律，强调艺术的创造性，这些都是卓尔不群的文学洞见，认为结构、文体等比作品的思想性和故事性更为重要，我们也可以接受。但他完全否定文学存在真实的东西，认为文学没有思想，文学仅以创造一个词语世界为美学日的，文学所创造的世界只不过是在想象中可能存在的世界，这种极端偏激的观点是我们无论如何不能接受的。因为文学毕竟是有思想的形式，就像盐融化于水中，虽然视而不见，但还是存在着。强调作品的虚构性，完全否定文学的真实性，一概否定社会历史批评，否定企望通过一部小说来了解世界、反映时代的看法无疑是非常极

① 易丹：《谈纳博科夫〈文学讲稿〉》，《外国文学评论》1993 年第 2 期。

② ［美］纳博科夫：《文学讲稿》，申慧辉等译，生活·读书·新知三联书店 2005 年版，第 1 页。

③ 同上。

④ 同上书，第 103 页。

⑤ 同上。

⑥ 同上书，第 6 页。

端的。

第二，纳博科夫对文学效应及文学的接受方式也趋向于极端化。在《文学讲稿》中他大肆称颂“肩胛”的阅读方式。在他看来，读书虽然用的是头脑，领略艺术美感的部位却在两块肩胛骨之间。“那脊背的微微震颤是人类发展艺术、纯科学的过程中所达到的最高的情感宣泄形式。让我们崇拜自己的脊椎和脊椎的兴奋吧。”① 研究文学作品的社会效应或政治影响的人“对货真价实的文学之美麻木不仁，感受不到任何震动，从未尝到过肩胛骨之间宣泄心曲的酥麻滋味”②。他反复申明，读书不用背脊，便开卷无益。他举例说，人们常说狄更斯抨击了大法官庭的不义不法，但是庄迪斯遗产讼案一类案子虽然在 19 世纪中期时有发生，但狄更斯对法律的了解主要来自 19 世纪 20—30 年代，在写作《荒凉山庄》时，所抨击的靶子已经不存在，既然没有了靶子，那么读者就要尽情地欣赏作品的艺术之美。他强调阅读过程中的审美快感，无疑是正确的，但是如果说每一部作品都要用“肩胛”的阅读方式，每部作品都有脊背的微微震颤则未免走火入魔了。

第三节　意识批评:希利斯·米勒的狄更斯研究

以解构主义大师著称的希利斯·米勒的文学研究生涯是从研究狄更斯开始的，且成就斐然。他的成名作《狄更斯：他的小说世界》（*Charles Dickens*：*The World of His Novels*，1958）通过细读狄更斯的六部小说，重点探讨了狄更斯小说中的意识问题。意识批评有种种称谓，如现象学文学批评、主题批评、深度精神分析批评等。米勒的意识批评，表现出“细读”式的新批评的特征，即其理论和方法都在对具体作品的品评和阐释中表现出来。这部著作不仅影响到了狄更斯研究的进程，它解读狄更斯的方法成了以后几代学者的基本范式，而且因它提出的客观现实和主观心理相融合的文学观念而成为西方现象学意识批评的代表作。

---

① ［美］纳博科夫：《文学讲稿》，申慧辉等译，生活·读书·新知三联书店 2005 年版，第 53 页。
② 同上书，第 54 页。

一

在我国学界，美国著名文学评论家、比较文学教授希利斯·米勒的名字主要是与解构主义联系在一起的，人们常常将他与同在耶鲁大学的保罗·德曼、哈罗德·布鲁姆以及杰弗里·哈特曼并称为“耶鲁学派”或者“耶鲁四人帮”。鲜为人知的是，他还是著名的狄更斯研究专家。这主要表现在：

第一，以解构主义大师著称的希利斯·米勒的文学研究生涯是从研究狄更斯开始的，他于1958年出版的《狄更斯：他的小说世界》在同一类型的著作中享有最高的引用率。另外他还撰写了《狄更斯喜剧艺术的来源：从〈游美札记〉到〈马丁·朱述尔维特〉》（*The Sources of Dickens's Comic Art*：*From American Notes to Martin Chuzzlewit*）、《萨姆·韦勒的情人节》（“Sam Weller's Valentine”）、《〈我们共同的朋友〉中的忌妒地形学》（*The Topography of Jealousy in Our Mutual Friend*）等。

第二，编辑了《查尔斯·狄更斯与奥列佛·退斯特》并撰写“导言”（*Charles Dickens*，*Oliver Twist*，with an “*Introduction*”）、《查尔斯·狄更斯与〈我们共同的朋友〉》并撰写“后记”（*Charles Dickens*，*Our Mutual Friend*，with an “*Afterword*”）、《查尔斯·狄更斯与〈荒凉山庄〉》并撰写“导言”（*Charles Dickens*，*Bleak House*，with an “*Introduction*”）、《查尔斯·狄更斯》新天主教百科全书第四卷（*Charles Dickens*，New Catholic Encyclopedia）、“现实主义小说：《博兹札记》《奥列佛·退斯特》及克鲁克香克的插图”（“The Fiction of Realism：*Sketches by Boz*，*Oliver Twist*，and Cruikshank's Illustrations”）

第三，1962年6月希利斯·米勒作为狄更斯研究领域大名鼎鼎的人物与乔治·福特、艾德加·约翰逊、希尔维瑞·莫诺德在波士顿举行的狄更斯协会第56届年会上发表《狄更斯批评：过去，现在和未来的动向》（*Dickens Criticism*：*Past*，*Present*，*and Future Directions*，1962）从四个方面概述了狄更斯研究景观：一是传记批评；二是历史批评；三是心理批评；四是分析批评。

第四，1963 年专门研究狄更斯的新杂志《狄更斯研究》（*Dickens Studies*）在美国创刊，希利斯·米勒担任编委会成员之一（其他成员包括菲利普·柯林斯、K. J. 菲尔丁、艾德加·约翰逊、希尔维瑞·莫诺德、凯瑟琳·蒂洛森、爱德华·瓦根内克特等）。

《查尔斯·狄更斯：他的小说世界》是希利斯·米勒的成名作，该著挑战了文学史家哈姆雷·豪斯的《狄更斯世界》（*The Dickens World*, 1941）。豪斯的扛鼎之作《狄更斯世界》是第一部牛津大学出版的由牛津大学教授撰写的专门研究狄更斯的学术专著，后来成了狄更斯研究的经典。在该著中豪斯把小说仅仅当作社会文本来解读，研究狄更斯与其所生活的时代的关系，其主要目的是“显示狄更斯所反映的时代，作品与作者所生活的社会之间的关联”[①]。豪斯认为狄更斯虽然怒斥这个社会制度滥用权力，但是他对英国的阶级制度尤其感到满足，狄更斯抨击了在他看来执迷不悟的政客及其政治方案，他推动的是改革但不是革命。

在希利斯·米勒看来，将一位小说家看作时代的产物或者独立于时代，这种二分法是完全错误的。在狄更斯研究领域，吉辛、杰斯特顿、豪斯等将作家看作时代的产物，而爱德蒙·威尔逊持第二种观点，将狄更斯归于独立于他所生活的世界的象征主义者。希利斯·米勒提出了研究文学作品与作者关系的第三种方法，即所谓的意识批评，他说：“虽然文学作品植根于时代、作者的生活和道德，但狄更斯的任何一部小说都不受这些因素的影响，作为独立的实体自成一格。”意识批评可以“调和这两个极端之间的二元对立，它颠覆了作者心理与作品之间正常的因果关系。它不是将文学作品视为早先存在的心理条件的症候或产品，而是视为作者理解并创造自我的手段”[②]。哈姆雷·豪斯称赞狄更斯为维多利亚时代的记者，而希利斯·米勒则将狄更斯视为世界的发明者。米勒不是将小说看作维多利亚时代的镜子，而是看作“自主化的艺术作品”。他指出，批评家的作用是“在狄更斯的全部作品中，评价狄更斯想象力的特殊品格，找到纵贯

① Humphry House, *The Dickens World*. London: Oxford Up, 1941, p. 14.

② J. Hillis Miller, *Charles Dickens: The World of His Novels*. London: Oxford University Press, 1958, p. viii.

狄更斯小说的多样性，确认小说家所特有的世界观，并按照时间顺序追溯狄更斯小说世界观的发展”[①]。

米勒认为，“狄更斯的小说世界”是“万物的总体”，这种“总体性”的具体表征是大型商业城市，其特征是“多样性”。[②]“狄更斯想象力的具体品格在于他假定通过一步步描写现实而把握现实背后的真相。”[③]无论多么晦暗不明和隐秘的关系一旦被揭示出来，狄更斯将创造一幅“真实的肖像，真正的世界意象”[④]。

希利斯·米勒的意识批评，将狄更斯的作品解读为作者世界观的表征，最终“理解他的独特个性和精神”[⑤]。为此希利斯·米勒重点考察了狄更斯的六部小说，即《匹克威克外传》《奥列佛·退斯特》《马丁·朱述尔维特》《荒凉山庄》《远大前程》《我们共同的朋友》。在他看来，这六部小说是在“探寻真正的身份”[⑥]。下面我们逐一进行考察。

二

（一）米勒认为《匹克威克外传》存在三种意识

一是，主人公匹克威克的意识：作品中的事件和人物都是分离的，互不相关的，小说的结构仿效了始于《堂·吉诃德》及早期的流浪汉小说的探索主题。匹克威克以社会探索者身份进入世界，意欲客观地研究和报道世界的多样性，探索现实、真理与自我。因此将它们连接在一起的唯一线索就是主人公匹克威克的意识流动。作品的深层结构因此是匹克威克的精神意识，而匹克威克的精神意识的本质特征是孤独和与世隔离性；二是，作者的代言人叙述者的意识：叙述者与匹克威克是分离的，从超然的、旁观者的角度来观察匹克威克。他不能从内部理解人物的思想和感情。叙述

---

① J. Hillis Miller, *Charles Dickens: The World of His Novels.* London: Oxford University Press, 1958, p. viii.

② Ibid., p. xv.

③ Ibid., p. xvi.

④ Ibid.

⑤ Ibid., p. viii.

⑥ Ibid., p. x.

者的视角恰好是喜剧观所必须的视角。“叙述者对人物的态度不是完全客观的，叙述者（读者）既在人物之内又在人物之外。在人物之内足以用认同的方式想象他们的感情和思想；在人物之外，足以发现这些思想和感情有趣”。[①] 三是，狄更斯的意识：狄更斯作为故事讲述者的声音而在场，自己不直接参与，从超然的、客观的视角叙述事件。狄更斯的意识是匹克威克精神和风格的统一体。这种意识潜在地存在于小说的事件和人物之中。当匹克威克际遇擦靴子的萨姆·韦勒，这是无辜际遇智慧，也可以说匹克威克际遇了作者的化身以及监督匹克威克冒险的人物，务使匹克威克不受伤害。萨姆知道匹克威克所不知道的全部内容，他知道表象不是现实，谨慎地接受了世界上荒唐不可解释的事情。但狄更斯自己的意识和判断没有直接呈现在小说中，而是秘密存在于萨姆机智的谈话背后，隐藏于萨姆和叙述者的背后，成了中心人物的仆人，超然地观察和描述他们的行动。可见，“狄更斯的意识指的是体现于小说中的难以解释的、无所不在的意识，它体现于小说的文字之中”[②]。

（二）《奥列佛·退斯特》的孤独意识

米勒指出：“奥列佛接受了外部世界和过去对他的身份定义。”[③] 奥列佛是狄更斯的第一个弃儿主人公，他一出生便与世界格格不入，被排斥在世界之外，以寻找在社会中的位置而作为自我拯救的手段。为了活命，他生活在恐惧和危险之中，随时有被打死或碾死的危险，他是背信弃义和欺骗系统的牺牲品。社会将他造就为天生的恶魔，注定要上绞刑架。社会孤独构成一个封闭系统的世界，意识按照神的理解模式从外部进行观察。奥列佛的自我意识是一种孤独的意识，他的孤独是由于缺乏最基本的人类需求，他的内心生活杂乱无章，体验到的唯有绝望和孤独。

《奥列佛·退斯特》结构的主轴是害怕被排斥，害怕被封闭。一方面，人们害怕与世界及他人彻底隔离；另一方面，人们担心与世界相距太近，

---

① J. Hillis Miller, *Charles Dickens: The World of His Novels*. London: Oxford University Press, 1958, p. 3.

② Ibid., p. 1.

③ Ibid., p. 330.

担心人会被活埋，被挤压而死，或被窒息，担心自由和生命本身被碾得粉碎，小说在寻找挣脱这两个极端的生活方式之间波动。

米勒认为，小说戏剧性地表现了被剥夺继承权、迷失在黑暗世界的孤儿的困境。奥列佛最终得救了，小说大团圆结局，孤儿出生的秘密被发现，他继承了一个体面的地位。因此，小说的结局解决了狄更斯的重大主题，弃儿寻找地位和真正的身份，但这种解决从根本上来说是基于自我欺骗，基于不愿意全面地理解世界。

（三）《马丁·朱述尔维特》的封闭意识

小说的人物没有秘密的内在生活，摩肚先生完全生活在自我之中，没有机会退出他意识到的意识。客体同样也没有独立的存在，它们只是作为人性化的客体，作为摩肚先生的构件而存在，因此，意识王国和客体王国没有区别。存在的只是同质的连续体。在巴尔扎克的小说中人物被环境所包围，这是由于主体性和想象力的结果，尤其是人物自愿选择的结果，但在狄更斯的小说中，人物不是用与其本质相匹配的想象力或意志来胁迫客体，人物姿势、外表和表情客体从我们见到人物的第一刻起就暗示了他的心态。

《马丁·朱述尔维特》的目的是展示“自私如何繁殖”，但自私不仅作为人物的伦理倾向，而且作为人物的孤独状态而存在于小说中。小说中的人物完全被囚禁于自我之中。自我封闭成了《马丁·朱述尔维特》人物最根本的特征。《马丁·朱述尔维特》缺少的就是互为主体的世界。

狄更斯没有采用传统的全知全能叙述者随意进入人物的内在意识。《马丁·朱述尔维特》的世界是一个公众世界，只有超然的观察者才能看到这个世界的存在物。从根本上来说，它是一个喜剧世界。因为喜剧的根本要求是叙述者（读者）与人物之间存在着不可逾越的鸿沟。不是把自己等同于人物的主体经验并从内部来认识他们，《马丁·朱述尔维特》的读者如叙述者和人物一样，他们的相互关系仍然是相互隔离的。他可以将适合于语言、表情或姿态的主体状态归因于人物，但人物实际上是作为外表和运动而存在的，他们是可见、可闻、可触并且是有生命的物体。却维·斯莱姆如同陀思妥耶夫斯基的“地下人”一样具有强烈的自我意识，强烈意识到了自由和自我的独特性。

（四）《荒凉山庄》的神秘意识

小说一开篇，就将读者定位于某一时空之中。这一时空的中心便是坐在浓雾中央的大法官庭的大法官。雾是切断人物联系的媒介。雾，既是自然界的水汽，又是精神的视而不见，它构成了某地与其他任何一个地方不透明的障碍。《荒凉山庄》是一个“神秘故事”。起初真相神秘地隐藏在现象的背后。人物的头等大事是窥探其他人物，试图搜索出隐藏在背后的秘密。戈匹逐渐搜集了埃斯塔的生平事实，塔尔金霍恩的天职是成为一名家庭秘密的储藏库，以发现戴德洛克夫人的秘密为目标。因为在他看来，如果他能发现表象背后的秘密真相，他就能随心所欲地控制世界。警探勃克特在破译谋杀塔尔金霍恩的过程中，不仅发现霍滕斯犯了罪，而且他还能够搜集宣判她犯罪的必不可少的证据。勃克特也像塔尔金霍恩一样是一个证据储藏库，他的艺术杰作是追踪逃跑的戴德洛克夫人。警探勃克特是虚构的，真实的警探是叙事者本人。小说的成分互不相关，只是因为它们共同服务于泥雾的大气特质才成为一个统一体。这种无处不在的在场导致独特的成分变得模糊，它们相互渗透并融为一体。

《荒凉山庄》中的人物为一种奇特的意识所控制，他们莫明其妙地被卷入了神秘之中，卷入某人的生活秘密或自己的秘密之中。神秘的意识作为直觉而被体验，明显互不相连的经验碎片实际上犹如拼图玩具的各部分一起被纳入可理解的整体之中。因此，希利斯·米勒认为，《荒凉山庄》是狄更斯经典的关键小说，在这部小说中，狄更斯试图第一次在一个复杂的有机体中“综合所有时代司空见惯的、浪漫的、客观的生活事实以及他对这些事实梦幻一般的理解”[①]。

（五）《远大前程》最统一、最集中地表达了狄更斯一贯的世界意识

匹普是狄更斯主人公的原型，在《远大前程》中狄更斯特定的世界观以他从未超越的象征强度得到了具体的表达。”[②] 一方面，主人公与自然是隔绝的，世界在童年主人公看来是冷漠的，犹如“荒原”或坟墓，在狄更

① J. Hillis Miller, *Charles Dickens: The World of His Novels*. London: Oxford University Press, 1958, p. 159.

② Ibid., p. 250.

斯的作品中，绝无华兹华斯式的儿童与自然的融洽相处，他们的童年从未有过主体与客体、自我与世界的同一；另一方面，狄更斯的主人公与人类社会也是隔绝的。他是个孤儿，没有家庭联系，在社会中没有地位。他的特点是欲望而不是拥有。他的精神状态是意识的缺乏（consciousness of lack），充满着向往和期待。

因为主人公起初是个白手起家的人，世界完全拒绝给他以地位，主人公从没有地位的世界中消失，进入孤独的封闭，屈服于社会或继父母强加于他们的非人性，千方百计寻找实现自我的出路。

匹普对埃斯特利亚的爱在本质上是一种自我欺骗，匹普为上层阶级的观点和标准所着迷，希冀成为绅士并在统治阶级中获得一席之地只不过是海市蜃楼，这使得他陷入更深的不安和精神的困倦。他发现他的施主不是社会的代表郝薇香小姐，而是被社会遗弃的贱民马格韦契，此时他才发现远大前程纯属自我欺骗。当匹普沿着泰晤士河拯救罪犯马格韦契时，他亲睹了《远大前程》的真相：财富、社会地位、文化等所有权赋予个人的身份无一不是假的。

（六）《我们共同的朋友》的沟通意识

《我们共同的朋友》是一部多情节小说，它将内在本质与外在环境结合起来塑造人物，全面呈现了与世界相互沟通的意义，呈现了囚禁于自己的本质和环境中的人物。人物的内在本质完全存在于外在于他们的物体之中。小说的中心人物是自我意识。人物意识到了自己的境遇以及世界的特定关系，意识到自己已经陷入某一特殊的境地，发现自己忠于职守而不是随意自杀，这些人物作为阶层成员的身份是他们与生俱来的心理特征的一部分。他们意识到遗产是不可改变的身份，无法摆脱自己的境遇。

《我们共同的朋友》中的每个人物是周围世界的独特拥有者，这个世界既是空间的又是时间的。世界环绕着他们，如同自我意识一样向他们展开。人物共存。每一环境不是自己的私下环境，而是所有人物共享的世界。世界既是物质的，又是精神的，或者说一个非人类的世界。

《我们共同的朋友》是巨大的互动网络，没有孤立的存在，将物质变为器具、价值观和意义而产生的人类世界是相互沟通的手段，这种沟通使所有人物摆脱了主体性的囚笼。因为每个人物渗透并拥有超越私下环境的物质世界，所有人物相互接触。《我们共同的朋友》的真正存在方式是互为主体。每个人物的意识不仅与非人类的物质交织在一起，而且通过这种物质，与其他人物的意识交织在一起。《我们共同的朋友》没有真正的秘密。通过语言、姿势和沉默的身体语言，人物立即能相互了解，如鲍芬与拐杖的哑剧对话。

《查尔斯·狄更斯：他的小说世界》除了重点研究上述六部小说的意识之外，米勒还考察了《尼古拉斯·尼克尔贝》《老古玩店》《巴纳比·拉奇》《大卫·科波菲尔》的孤独意识，《小杜丽》的封闭意识，《董贝父子》"逃避孤独"的意识。在米勒看来，狄更斯的全部作品构成了一个有机的整体，在这个统一体中，狄更斯最深刻地理解了世界的本质和人类的境况，展示了作家创造性心灵的整体意识。

三

《查尔斯·狄更斯：他的小说世界》是米勒敬献给他的老师——日内瓦学派第二代的代表人物比利时文学批评家乔治·布莱（George Poulet）的意识批评专著。在该著中米勒重点探讨了狄更斯小说中的意识问题。米勒在结论部分指出，本研究"试图追寻狄更斯想象力的发展。每部小说被看作是将狄更斯所经历的现实世界改造为虚构的世界，并具有自身的特质，这一特质在狄更斯的世界观中以不可替代的方式展示出来"①。这一表达揭示了希利斯·米勒对小说的本质和功能的看法：小说没有反映真实的世界，换言之，小说就是作家凭借想象，根据真实的世界而创造出来的虚构世界。每一部小说"将狄更斯经验的真实世界变成具有自身特殊品质的想象世界。这一品质以不可替代的方式揭示了狄更斯的万物观"②。希利斯·米勒认为，在他所研究过的小说中，"主人公的冒险在本质上是试图理解世界，与世界融为一体，从而找到真实的自我"③。

① J. Hillis Miller, *Charles Dickens: The World of His Novels*. London: Oxford University Press, 1958, p. 328.

② Ibid.

③ Ibid., pp. 328 - 329.

米勒的《查尔斯·狄更斯：他的小说世界》因其对狄更斯研究的贡献而立即得到热捧。莱昂内尔·史蒂文森发表在《大西洋季刊》的评论文章称希利斯·米勒的著作为极其重要的一部书，展示了范围广泛的学术研究、合理的分析和洞见。"《狄更斯：他的小说世界》影响了狄更斯研究的进程，没有几部书能与之匹敌，更没有哪部书能超越它。"[①] 希利斯·米勒解读狄更斯的方法成了以后几代学者的基本范式。

我们知道，西方的文学批评，自古希腊以来一直摇摆于两个极端之间：专究"主观"的研究，强调艺术作品所由产生的作者的经验及活动，或者接受者的经验和行为对情感的接受以及对艺术作品的乐趣和愉悦。专究"客体"的研究，则强调艺术作品的客观现实性，二者泾渭分明。前者如华兹华斯、尼采、柏格森、弗洛伊德等，后者如亚里士多德、莱辛、贺拉斯、明屠尔诺、锡德尼等。柏拉图在《伊安篇》中强调诗人的创作经验及活动（灵感说），在《斐德若篇》中关注文学作品，并考虑关于美的形式问题，但是未能解决主观与客观之间的联系。鲍母嘉登、康德、黑格尔虽然大大超越了现代美学观念，向主客观的融合作出了极大的努力，但是主观与客观之间的关系仍未澄清。《查尔斯·狄更斯：他的小说世界》在西方文学批评史上的独特贡献在于从根本上克服了西方传统的客观再现论和主观表现论各执一端的弊端，将意识作为作者与读者的会合点，提出了客观现实和主观心理相融合的文学观念，消弭了主客体的分野，"颠覆了时代精神与文学作品之间的因果关系"[②]。

《查尔斯·狄更斯：他的小说世界》虽然对西方文学批评的发展做出了开拓性的贡献，但这是一部"洞视"与"盲视"并存的著作。众所周知，文学批评不能脱离文学的根基，不能脱离文学之为文学的根本属性，因此，其盲点首先表征在将作家意识和作品意识得以形成的关键性的层面即文学形式和文学叙写模式置于一边，从而滑入另类研究，将文学批评变成了批评理论或者本体论研究。在评论《我们共同的朋友》时，米勒提出

① J. Hillis Miller, *The Form of Victorian Fiction: Thackeray, Dickens, Trollope, George Eliot, Meredith and Hardy*. Notre dame, IN: UP Notre Dame, 1968, p. 113.

② Ibid., p. xi.

了适用于所有文学的通则："读者的意识必须自身成为虚拟的空间，并完全让词语意象填充并栖居其间。对读者而言，存在的只有词语和意义。如果意义指向现实世界的可能经验，那么小说词语形成的意象表明这种现实缺席而不是存在。阅读《我们共同的朋友》就是离开现实世界（读者的真实世界以及小说所产生的真实世界）进入一个词语意识的世界。"① 米勒的意识批评强调文学作品是人类意识的集中表现形式，是意识与意识的互动。但他忽视了文学是有形式的思想，作家的意识与文学形式须臾不可分离，文学形式是作家意识不可或缺的一个重要组成部分。"米勒在审视作家意识时只注意到了它的内容性因素而忽略了它的形式性因素，这不能不说是他的一大盲区。"② 其次，米勒以挑战哈姆雷·豪斯为鹄的意识批评极端偏激。米勒认为小说是重塑世界，"遵循的是作者精神的内在结构"③，"作家生平的特定条件包括心理本质以及生活于其中的文化，这只不过是作家将其转化为小说或诗歌的障碍或材料"④。他认为狄更斯的任何一部小说都不受时代、作者的生活和道德的影响，这种完全反对传记批评，将作者的生平、作品所由产生的社会历史背景等外在状况加以"悬置"，完全漠视传记批评和社会历史批评的偏激的观点无疑是不可取的。最后，米勒的《查尔斯·狄更斯：他的小说世界》用现象学理论去揭示小说中意识与意识的互动，他的阐发不是抽象的论述，而是吸收了新批评方法，大量引用狄更斯的作品，通过文本细读来论析自己的观点。但是我们发现，他的分析前后抵牾，多处矛盾，如第280页说"《我们共同的朋友》没有中心主人公"，而第282页又说："《我们共同的朋友》中心人物是自我意识。"这种前后抵牾其实反映了米勒意识批评的困惑。

1967年巴黎圣母院大学邀请希利斯·米勒就维多利亚文学作系列讲

① J. Hillis Miller, *Charles Dickens: The World of His Novels*. London: Oxford University Press, 1958, p. 304.

② 肖锦龙：《意识和文学叙写模式——米勒〈查尔斯·狄更斯：他的小说世界〉意识批评之得失浅议》，《清华大学学报》（哲学社会科学版）2009年第2期。

③ J. Hillis Miller, *Charles Dickens: The World of His Novels*. London: Oxford University Press, 1958, p. x.

④ Ibid., pp. vii – xi.

座，一年后他出版了《维多利亚小说形式》（*The Form of Victorian Fiction*，1968），在该著中米勒以狄更斯的小说《奥列佛·退斯特》《我们共同的朋友》为中心，研究了维多利亚小说最重要的三个问题：时间问题，人际关系问题，现实主义问题。《维多利亚小说形式》是米勒从意识批评向解构批评的过渡性著作，这从下列表述可以见出："远离狄更斯讥讽的真实的维多利亚社会走向小说本身，就是走向虚构语言的镜子世界。这种语言总是关注语言事实。不是肯定他所描写的独立的存在，狄更斯的叙事在很多方面违背这样一个事实，即虚构的人物及其世界仅由语词构成。"① 不难看出，米勒是在认识到意识批评的困惑以后逐步走向解构批评的，而他的解构主义批评又是以对维多利亚时期小说形式的认识为基础的。毋庸置疑的是，米勒的《查尔斯·狄更斯：他的小说世界》是日内瓦学派的意识批评理论在文学批评中的成功实践，为日内瓦学派赢得众多读者立下了汗马功劳。

第四节　经济视角：詹姆斯·M. 布朗的狄更斯批评

20 世纪 80 年代以后，西方的狄更斯研究领域马克思主义批评十分活跃，研究成果丰富。詹姆斯·M. 布朗（James M. Brown）的《狄更斯：市场中的小说家》（*Dickens: Novelist in the Marketplace*，1982）有其新颖独到的一面，它从经济和社会历史的角度研究狄更斯及其作品，开辟了新的研究视角，揭示了狄更斯作为社会批评者与作为成功的深受大众欢迎的小说家之间的矛盾。

一　狄更斯的现实主义本质

关于狄更斯的现实主义艺术，在 180 余年的西方批评史上有过激烈的争论。必须明确的是，狄更斯的现实主义艺术不仅和萨克雷、特洛罗普、司汤达、巴尔扎克、福楼拜、果戈理等坚持客观、冷静、严格写实的方法

① J. Hillis Miller, *The Form of Victorian Fiction: Thackeray, Dickens, Trollope, George Eliot, Meredith and Hardy*. Notre dame, IN: U Notre Dame P, 1968, p. 36.

有显著的区别，而且与只让少数读者感兴趣的乔治·艾略特、亨利·詹姆斯、约瑟夫·康纳德、D. H. 劳伦斯判然有别。詹姆斯·M. 布朗从经济视角，将狄更斯置于文学市场来透视狄更斯的现实主义。他在专著《狄更斯：市场中的小说家》指出：

> 狄更斯是日益发展的工业社会的成功作家，他的小说将正在发展的工业社会当作一个巨大的市场。社会关系日益表现为货币、商业和投机等经济关系。人成了商品，友谊甚至于婚姻堕落为投资机遇。狄更斯的小说无疑谴责了社会，但他意识到了在日益发展的维多利亚时期作家在文学市场的处境和地位。他既是时代的产儿，也是阶级的产物。他作为社会批评者与作为成功的受人欢迎的作家之间的矛盾在他的小说中产生了明显的冲突和张力。
>
> 虽然他的小说描绘了种种社会变革的方法，从革命到逐步改革社会，但他的社会观是通过中产阶级价值观表达出来的。他以乐观的情节结局来赞美中产阶级价值观。只有依赖中产阶级价值观，狄更斯才能保持他在文学市场中的地位。①

上述引文有三个关键词：工业社会、文学市场、中产阶级价值观。狄更斯的小说反映了工业社会的本质状况。一方面，狄更斯的小说否定了社会制度和交换价值之间的数量关系；另一方面，他的小说一发行就成了能够带来高额报酬的市场商品。例如，他在《小杜丽》中描写艺术家戈万时，无情地批判了将艺术品仅仅看作市场上有利可图的商品的艺术观，同时他又敏锐地意识到小说的发行量对他生死攸关。为了增加销售量，他情愿改变自己的创作意图，以满足读者的需求。

詹姆斯·M. 布朗通过细读狄更斯的五部小说《荒凉山庄》《双城记》《小杜丽》《远大前程》《我们共同的朋友》，探讨了作为社会批评者与作为成功的受人欢迎的作家之间的矛盾在他的小说中所产生的冲突

---

① James M. Brown, *Dickens: Novelist in the Marketplace*. London: Macmillan, 1982, p. 1.

和张力。他认为，狄更斯小说的本质特征在于狄更斯作为一个小说家“既迷恋于想象，在艺术上又受到日常社会生活市场本质的启迪，同时又敏锐地意识到了他自己在文学市场的经济地位。对社会市场本质的批评阐释是狄更斯小说最根本的想象动力，但小说本身是有价值的商品，它以普通读者为对象”①。布朗警惕把小说仅仅当作社会文本来解读，他认为哈姆雷·豪斯在《狄更斯世界》（1941）中运用的就是这一方法。虽然阶级意识形态作为调和因素在狄更斯对社会缺席的描绘中很重要，但是文学传统也很重要。他认为狄更斯描述社会状况是从艺术目的出发的，而不仅仅是对事实的客观报道。由此不难看出狄更斯的现实主义本质：一方面，他的小说无情地谴责了社会，否定了市场本质；另一方面，小说本身在文学市场是能够带来报酬的产品，同时他意识到了自己作为作家在文学市场的地位。这种矛盾所引发的张力使他的小说具有独特的风貌。

布朗的结论是，从根本上来说，狄更斯是一个现实主义者，他十分关注社会。他的这一立场与约翰·凯里（John Carey）在《暴力肖像》（*The Violent Effigy*，1973）中的观点发生了冲突。布朗认为，狄更斯“决不是有意识的亲马克思主义者（proto-Marxist）。”狄更斯对社会的批判不是以某一特定的理论为依据的。“狄更斯的小说反映社会的批评本质不仅仅意味着批评，而且是富于想象的判断。”狄更斯的作品运用了象征隐喻，将社会看作“一个巨大的市场”②。

二 中产阶级价值观的表达者

关于狄更斯，首先应当厘定的是，他是一位典型的城市职业作家。城市职业作家的身份是自由职业者，仅仅是一个码字工，靠码字为生。也就是说，不码字就不能换回柴米油盐，无法自我拯救。本雅明在《发达资本主义时代的抒情诗人》曾经指出：“波德莱尔明白自己的真实处境：他们像闲逛者一样逛进市场，似乎只是随意瞄瞄，实际上却是想找

① James M. Brown, *Dickens: Novelist in the Marketplace*. London: Macmillan, 1982, p. 67.

② Ibid., p. 23.

一个买主。”① 其实这句话更加适合狄更斯，因为波德莱尔一生贫穷潦倒，而狄更斯则是文学市场的弄潮儿，通过奋斗最终成了文学富翁。

狄更斯之成功，根本原因在于他迎合了当时“主宰文艺趣味”的中产阶级读者大众。他深谙自己的城市职业作家身份，认识到城市职业作家与文学市场有着千丝万缕的联系，很懂得自己的利益系于中产阶级读者的认可。他曾对自己的助理编辑威廉·亨利·威尔斯说：“请注意威尔基·柯林斯的文章……不要保留任何冒犯中产阶级读者的内容。”②

詹姆斯·M. 布朗在《狄更斯：市场中的小说家》指出：

> 没有哪个作家像狄更斯那样精准地判断读者大众的需求。他的写作是为了让读者阅读，他致力于现实主义艺术从来不能排除他对读者（大众）接受需求的精准判断。他始终如一地坚持中产阶级优雅（delicacy）、得体（propriety）的标准。他运用中产阶级价值观的标准来构思小说并平衡悲观主义的社会观。因此，他从未令人满意地挣脱乐观主义大团圆结局的传统：乐观主义大团圆结局是为了满足中产阶级读者大众的需求。必须强调的是，大团圆结局成为维多利亚时代的小说形式不是偶然的，而是与中产阶级读者（大众）的期待和需求直接相关的。中产阶级读者（大众）希望看到主人公（按中产阶级的价值观来界定）的美德得到奖赏和赞美，并通过爱情、婚姻和儿童的大团圆结局而取得合法地位。③

众所周知，维多利亚时代是小说的黄金时代，名家辈出。如何在激烈竞争的文学市场保留住读者是狄更斯关心的头等大事。具有高度敏锐的经济意识的狄更斯在形式和内容上竭力迎合中产阶级读者的需求。

首先，在形式上，他在小说中加插图，按月在杂志上连载小说。1836

① ［德］瓦尔特·本雅明：《发达资本主义时代的抒情诗人——论波德莱尔》，张旭东、魏文生译，生活·读书·新知三联书店1989年版，第30页。

② George H. Ford, *Dickens and His Readers*: *Aspects of Novel Criticism Since* 1836. Princeton, NJ: Princeton UP, 1955: New York: Norton, 1965, p. 72.

③ James M. Brown, *Dickens*: *Novelist in the Marketplace*. London: Macmillan, 1982, p. 67.

年，狄更斯的第一部长篇小说《匹克威克外传》用文字辅以插图分期连载发行，创造了出版史上的奇迹，销售了40000份。《匹克威克外传》开创的连载小说每期售价1先令，20期出齐，等于用1镑买下整部小说，比原先的一个半吉尼，即31.5个先令，便宜了三分之一，大大降低了小说的售价，从而开拓了小说市场。《匹克威克外传》的巨大成功，使狄更斯和出版商们看到了文学作品潜在的市场价值和连载出版的优势，后来他所创作的小说都是用分期连载的形式出版的。作品的畅销给作者和出版者带来了巨额收入，提高了他们的社会地位，狄更斯身后留下价值93000英镑的产业。他在一次演说中说："文学终于抛弃那些私人赞助人……而幸福地转向人民大军，……转向人民这个中心的支撑点、这个无所不包的经验、这颗跳动的心，在那里找到自己的最高宗旨、自己活动的天然领地和最高奖赏。文学终于摆脱私人奉献的屈辱……总之，人民使文学得以摆脱这些恶习劣迹而获得解放。"①

其次，在内容上，那个时代的读者要求多愁善感、情意绵绵的读物，而哥特小说、神秘小说、侦探小说、乐观的情节结局等都是中产阶级读者津津乐道的。狄更斯将18世纪英国文学传统中为大众所喜欢的诸种审美因素如闹剧、情节剧、感伤主义、歌特小说、神秘小说、侦探小说、怪诞、宗教等有机结合起来，满足不同层次、不同年龄段的读者的不同口味。有时他还根据读者的反应和出版商的要求而改变自己的构思。被誉为拉伯雷式的童话的《匹克威克外传》是根据出版商的订货而写作的。《马丁·朱则尔维特》前几章连载时，读者反应冷淡，销售量下降，狄更斯急忙将男主人公小马丁和他的滑稽随从打发到北美洲，这在当时是十分流行的旅美题材模式。甚至他还从有关统计的蓝皮书和财务报表中拉出一些经济人物放入作品中，从而使读者感到意外。特别值得指出的是，狄更斯对当时社会罪恶和伪善的批判，赢得了最广泛的读者群。他的批判是发自内心的，但同时这种批判恰恰又是对大众心理和市场的迎合。狄更斯在其以社会改革为宗旨的作品中通过怒斥特权阶级、官僚、法律制度和政府而迎合了大

① Boris Ford, *English Literature from Dickens to Hardy*. British Penguin edition, 1958, p. 119.

众的意志。

最后，为了使自己的小说流行，狄更斯千方百计在形式、内容和道德伦理上与中产阶级社会的传统习惯保持一致。因为只有取悦中产阶级价值观，狄更斯才能保持他在文学市场中的地位。

三　《狄更斯：市场中的小说家》在狄更斯批评史上的地位与贡献

泰纳以降，社会历史批评认为文学举起时代的镜子反映社会，巨细无遗地描写当代社会生活，往往运用实证的方法，在一定的历史背景中从狄更斯的小说中寻找新的原始材料，根据这些材料来洞悉社会力量如何作用于个人、群体和各个阶级，从而影响生活方式、价值观、思考方式与行为模式。这种批评方法，把文学当成了纪实报道。詹姆斯·M. 布朗认为，把文学当作新闻报道的实证方法具有一定的缺陷，一方面，它否定了文学之为文学的特点，因为小说中的事件具有比喻或象征意义，因而忽视文学之为文学的特点是文学社会学的致命弱点；另一方面，它还忽视了伟大的文学反映社会力量和价值观的复杂性。将小说当作社会事实的编年史忽视了小说家创造性的、批判性的一面。狄更斯的小说与社会的关系是极其复杂的，他对社会现实的批判受到文学传统和他的阶级地位的制约。

詹姆斯·M. 布朗的《狄更斯：市场中的小说家》以马克思主义批评家吕西安·戈德曼（Lucien Goldman）的理论为依据。戈德曼在《小说社会学》指出："作品和它相关的社会结构之间的关系在资本主义社会中更为复杂，在与这个社会的经济部门关系最为密切的文学形式小说那里，则比我先前研究考虑过的其他的文学或文化创作更为复杂。"① 詹姆斯·M. 布朗从经济的角度揭示了狄更斯在文学市场的矛盾地位，一方面，他是社会的批判者；另一方面，他又是其中的参与者。这种矛盾所引发的张力使狄更斯的现实主义艺术与司汤达、巴尔扎克、果戈理等现实主义作家有着很大的不同。《狄更斯：市场中的小说家》既能洞悉狄更斯作品的艺术成

① ［英］拉曼·塞尔登：《文学批评理论——从柏拉图到现在》，刘象愚、陈永国等译，北京大学出版社 2003 年版，第 442—443 页。

就，也能解释狄更斯在艺术上的缺陷与不足。在狄更斯批评史上，狄更斯小说的情节剧，虚假的同情，说教，重复等屡遭指责，但是如果把狄更斯置于维多利亚时期的文学市场，上述指责都能清楚地解释。社会与市场之间的类比为洞悉狄更斯的小说所描写的工业主义作出了重大贡献。因此，《狄更斯：市场中的小说家》深化了对狄更斯的解读，也丰富了马克思主义文学批评。

以码字为谋生手段的狄更斯认同市场法则，热衷于以连载形式发表小说，这使得他的小说在具有感觉、情节剧和悬念特征的地方结束，因而具有大众化的戏剧性特色，极大地影响了他的现实主义方法，狄更斯希望他与读者大众的关系类似于伟大的通俗戏剧家和观众的关系，让读者大众站在台下欣赏他的小说的欲望影响到他的现实主义本质。虽然他的晚期小说在有机统一性方面作了极大改进，但情节剧和感伤主义等通俗文学特色依然挥之不去。因为在文学市场，狄更斯无法抗拒大众的文艺趣味，他的一生始终顺从了在社会中处于优势的中产阶级读者大众的品味。语言的运用，题材的选择，主题的提炼，无一不是遵循中产阶级得体和优雅的规则。布朗认为，左翼批评家要完全信仰狄更斯是多么困难，虽然狄更斯的小说中提出了严峻的社会问题，但是他不赞同革命。因为狄更斯随着年龄的增大，他的社会观反而越来越悲观。即使他在批判社会罪恶时，狄更斯还是保持了他的中产阶级倾向。虽然狄更斯批判了中产阶级价值观，但他绝没有上升到或者下降到自己所隶属的阶级，也没有在想象中进入更高或更低的社会阶层。

必须指出的是，狄更斯是在历史语境中生活与写作的作家。他的艺术瑕疵以及他的错误的历史预言，如他担心维多利亚时期必将爆发革命，就会认识到狄更斯比同时代的其他作家更深刻地洞察到维多利亚时期的稳定和繁荣所潜伏的工业主义社会现实的矛盾。他为英国小说增加了新的成分。他是英国第一个描绘现代都市的伟大小说家，他的作品开创了新的传统——城市小说。这一传统后来被吉辛、威尔斯、乔伊斯、劳伦斯等发扬光大。

第五节　城市主题：雷蒙·威廉斯的狄更斯批评

从城市主题角度研究狄更斯及其作品的传统可谓源远流长，它肇始于马克思主义经典作家马克思和恩格斯。马克思发现了狄更斯的小说主要反映了都市伦敦的生活，他指出：“作为最具时代特色和民族特色、最具影响力的作家，狄更斯想象世界中的伦敦也影响了他同时代及后几代人对于伦敦的想象和认识。”① 恩格斯则发现了伦敦都市熙熙攘攘的人群的孤独和冷漠，他说：

> 伦敦人为了创造充满他们城市的一切文明奇迹，不得不牺牲他们人类本性中的最优良部分；有多少栖居于这座城市的人由之成为无用的人并被挤到了下层。……就在那街道的拥挤中已包含着某种丑恶的、违反人性的东西。这些交臂而过的、来自各阶级和各等级的成千上万的人，不都具有同样的特质和能力，不同样是渴求幸福的人吗？……他们彼此匆匆擦身而过，好像他们之间没有任何共同的地方。……每个人在追逐个人利益时的那种可怕的冷漠，那种不关心他人的独来独往就愈使人难受，愈使人受到伤害。虽然我们也知道，每一个人的这种孤独、这种目光短浅的利己主义是我们现代社会的基本的的普遍的原则。可是这些特点在任何一个地方也不像在这里，在这个大城市的纷扰里表现得这样露骨，这样无耻，这样被人们有意识地运用着。人类分散成各个分子……在这里是发展到顶点了。②

恩格斯的这一观点成为齐美尔、瓦尔特·本雅明研究城市现代性的理论基点。德国文化批评家本雅明揭示了狄更斯情不自禁地闲逛和艺术创新之间的关系，他的城市文化理论给予雷蒙·威廉斯很大的启迪。威廉斯的

---

① ［德］马克思、恩格斯：《马克思恩格斯全集》第4卷，人民出版社1972年版。

② ［德］恩格斯：《英国工人阶级状况：来自亲身的观察和第一手材料》，莱比锡出版社1848年版，第36—37页。

城市主题批评沿袭了本雅明的核心概念，如经验（experience）、人群（crowd）、大众（masses）、闲逛者[①]等。

“雷蒙·威廉斯，这位战后英国最著名的文化理论家”[②]在英国文学学科发展壮大之后将马克思主义思想运用于文学研究，开创了文化研究的新流派。威廉斯的著作涉猎广泛，复杂深刻并富有洞见，他对许多学科都做出了关键性的贡献，如观念史、文学符号学、文化研究、文化社会学以及媒介研究等。威廉斯有三部著作论述了狄更斯。如果说在《文化与社会》（*Culture and Society*，1958）[③]中威廉斯只是简明扼要地谈及了狄更斯，并于1964年写了研究狄更斯的社会批评随笔，那么他的《英国小说：从狄更斯到劳伦斯》（*The English Novel：From Dickens to Lawrence*，1970）、《城市与乡村》（*The Country and the City*，1973）则从城市的维度对狄更斯的小说进行了较为深入的探讨。

在《文化与社会》中，威廉斯以利维斯的评论为基点将盖斯凯尔夫人的《玛丽·巴顿》与《艰难时世》作了比较批评。他指出：“《艰难时世》更多意义上是想象出的评判，而非想象出的经验。这是一种对社会态度的评判，但在深度上又超越了《南方与北方》。这是对工业主义主流哲学的一种彻底的也是富于创造性的洞察；而在盖斯凯尔夫人看来，这种冷酷的哲学不过是误解而已，是可以耐心消除的误解。狄更斯能够获得更为全面的认识，这是他小说的一大优点。但是在理解工人阶层方面，狄更斯却比盖斯凯尔夫人略显逊色；比起《玛丽·巴顿》那些人物，他的斯蒂芬·布莱克普尔只不过是一个图示式人物。也就是说，他的全面认识来自于僵化的抽象概括；《艰难时世》是对工业主义的分析，而非体验。”[④]

《英国小说：从狄更斯到劳伦斯》以威廉斯在20世纪60年代的系列演讲为基础，其风格让人回想起20世纪30年代或40年代的文学批评。该

---

① “Flaneur”是一个法语词，在我国经常被翻译为“游荡者”“漫步者”“浪荡子”“流浪汉”“游手好闲者”“闲逛者”等。

② ［英］特里·伊格尔顿：《文化的观念》，方杰译，南京大学出版社2003年版，第41页。

③ 从社会学角度研究19世纪社会的变革方式的著作。

④ ［英］雷蒙·威廉斯：《文化与社会》，高晓玲译，吉林出版集团有限责任公司2011年版，第102页。

著是威廉斯将狄更斯作为近百年来建构英国小说的第一代作家的研究成果，威廉斯给狄更斯的经典披上了马克思主义理论的外衣，将小说当作社会、政治背景的产物来进行考察。《英国小说：从狄更斯到劳伦斯》着重研究了19世纪40年代到20世纪20年代小说的中心主题："社区的实质与意义。"[①] 其理论前提是，到19世纪"已知的"社区观念已经受到质疑。与其他优秀的马克思主义者一样，威廉斯对小说受到阶级结构影响的方式尤其感兴趣，因为，作为社会主要统治者的地主绅士在日趋衰落，而受过教育的中产阶级正在由此而崛起。在考察形式主义和唯美主义批评之后，威廉斯提出狄更斯正在写作一种能够"表达独特城市经验"[②] 的新型小说——城市小说："狄更斯能够戏剧性地描述肉眼观察无法评价的社会制度和后果。"[③] 他认为，狄更斯的城市既是社会事实又是人类景观，他将人与物联系起来是有意识的策略，其目的在于关注城市生活对人的影响。透过马克思主义透镜来察看小说，威廉斯发现狄更斯的方法与历史时期有着紧密的关联。因为机械化的进步有可能改变社会结构，小说家狄更斯发现有必要应对当前的危机——也就是说，如何建构这个世界。

在《英国小说：从狄更斯到劳伦斯》中威廉斯在很大程度上依赖小说中描写城市与居民的段落，选择强调日益非个性化和阶级对立的段落。威廉斯采用格式塔方法来评价狄更斯的成就：狄更斯一贯深刻而卓异的社会道德批评超越了任何单个地对货币、大法官庭、家庭或其他社会秩序的抨击。但是，当他将狄更斯与马克思进行衡量时，威廉斯发现小说家与政治家、哲学家几乎没有共同点。虽然他们都认为人类的生活条件普遍需要改善，但是狄更斯对资本主义罪恶的批判尚未达到马克思那样的高度。

"雷蒙·威廉斯影响深远的《城市与乡村》为我们理解想象的文学空间确立了有效但有局限的二分法。"[④] 下面拟在梳理其主要观点的基础上进行探赜。

---

① Raymond Williams, *The English Novel: From Dickens to Lawrence.* New York and London: Oxford Up, 1970, p. 1.

② Ibid., pp. 31 – 32.

③ Ibid., p. 34.

④ Elizbeth A. Bridgham, *Space of the Sacred and Profane.* New York: Routledge, 2008, p. 3.

一 狄更斯:“文学伦敦”的创造者

威廉斯认为，狄更斯创造了“文学伦敦”。他指出：

> 狄更斯的城市是伦敦，而在我（指雷蒙·威廉斯——笔者注）看来，伦敦虽然支配着国家和城市的发展，但有多方面的特殊性：与狄更斯的独创成就有关。
>
> 在更全面的意义上，他（指狄更斯——笔者注）对城市的理解，也就是对伦敦不同事实的理解，这与他的兴趣和天才是吻合的。①

同时，威廉斯认为，狄更斯描写了伦敦都市最根本的特征：混杂性、拥挤的多样性、运动的随意性。他指出：

> 因为伦敦这样的城市不能简单地以千篇一律的修辞姿态来描绘，相反，它生存的混杂性、拥挤的多样性和运动的随意性，是伦敦最引人注目的现象，如果从内部来看，尤其如此。……甚至对于现代经验而言，他所展示的比早期工业革命千篇一律的城市更具根本性的方面是一种矛盾和悖谬：多样性、明显的任意性与最终被视为决定系统的东西共存。这个决定系统是明显的个别事实但又超越了事实，常常掩盖普通情况和命运。②

提到狄更斯，人们首先想到的是伦敦——他用文字描绘和创造的伦敦。城市是狄更斯始终如一的主题。狄更斯九岁来到伦敦。在伦敦的大街小巷闲逛成为他体验都市生活、洞察人性的方式。伦敦繁华的商业金融中心、肮脏不堪的贫民区、偏僻荒凉的郊野、悲惨的城乡接合部、积满淤泥的河滨、机关办公楼、律师事务所、监狱、坟场墓地……无处不留下他的足迹。他一生跌宕坎坷，从法庭速记员、新闻记者、小说家、杂志编辑、

① Raymond Williams, *The Country and the City*. London: Oxford University Press, 1973, p. 153.

② Ibid., pp. 153 – 154.

慈善家、业余戏剧制片人、演员，到结婚、抚养孩子、分居、离婚，狄更斯一直生活在第一座世界性的现代都市——伦敦。他在伦敦生活了四十余年（除了出国旅行、海滨度假等短时间中断以外），甚至于在他买下盖茨山庄以后，他还维修了修道院花园附近的房子。他在盖茨山庄逝世的前夜，还准备第二天去伦敦街道闲逛，逝世后的狄更斯被葬在伦敦的威斯特敏斯特教堂。狄更斯是个典型的“伦敦佬”。1866年狄更斯自豪地宣称，“在伦敦几百万人中，没有谁比我更了解伦敦”①。

在狄更斯书写城市之前，城市只是偶尔作为情节发生的环境。在18世纪末19世纪初，主要存在于书画艺术家的作品之中，如霍加斯、乔治·克鲁克香克的风景画。后来，一些不太重要的艺术家也加入其中，为渴望都市新闻的大众提供了城市意象。狄更斯的第一部小说《匹克威克外传》就以伦敦都市的生活为中心，将文本与意象结合起来，满足了大众市场的需求。伦敦成了狄更斯小说中的主要场景。他的小说除《艰难时世》以外都有伦敦场景，并且还是最主要的场景。他的主人公奥列佛·退斯特、尼古拉斯·尼克尔贝、大卫·科波菲尔、匹普等，虽然生于乡村长于乡村，但和作者一样后来到了都市伦敦。他笔下的人物从伦敦开始远足，匹克威克先生去了肯特、萨福克、巴斯等，尼古拉斯·尼克尔贝先去北方后又去南方，马丁·朱述尔维特去了美国，杜丽一家去意大利豪华游，但他们最后都回到了伦敦。这些人物不在城里时，其他情节继续展开。唯有《老古玩店》的主要情节是从伦敦向乡村漫游，但是其他人物仍然在城里，情节也在城里发生。

“伦敦”仿佛就是狄更斯的签名，几乎等同于狄更斯。狄更斯的文本创造了狄更斯的伦敦。可以说，“伦敦”不是从一个已知的地名开始的，而是一个文本存在。狄更斯与伦敦的结合是独特的不可复制的历史现象。狄更斯以自己的名字为时代命名——我们可以说“狄更斯的英国”而不是“丁尼生的英国”或者“萨克雷的英国”，或者“乔治·艾略特的英国”。传记作家赫·皮尔逊称狄更斯为“小说中的最伟大的善于描绘咏叹城市的

① Collins, Philip A. W. “Dickens and the City”, in William Sharp and Leonard Wallock (eds.), *Vision of the Modern City*, Baltimore and London, 1987, p. 334.

诗人"[①]。美国人蒙丘尔·康威读了狄更斯的小说后说道："狄更斯真是奇才！我越观察伦敦，就越喜爱并尊重这位伦敦的但丁，他赋予伦敦以浪漫色彩，使伦敦的大街小巷英姿焕发。"[②] 阅读狄更斯的小说就是与一位城市作家的对话，他的作品不仅依赖城市作为情节和人物的环境，而且将伦敦作为小说的中心：伦敦是情节的发生器，是景观和环境的决定因素。狄更斯将自己与伦敦融为一体，创造了"文学伦敦"，这是他对文学做出的最宝贵、最富有个人特色的贡献。

二　狄更斯：城市小说的开创者

在《城市与乡村》威廉斯认为，狄更斯开新型城市小说之先河。他指出：

> 狄更斯创造的新的小说类型——这一创造性成就起初有不少缺陷，但最终具有决定意义的是——可以直接与我们视为双重条件的东西相关——任意与系统，明显与模糊，这是城市的真正蕴涵。在都市化时期，作为主流社会形式的小说尤其如此。
>
> 狄更斯最根本的伦敦观不是由地形或局部实例来证明，而在于小说的形式，叙事类型，描写方法，典型化的天才。我们用什么方法表达都不要紧。城市经验是小说方法，或者小说方法是城市经验。重要的是景观——不是单一的景观，而是连续的戏剧化——是书写形式。[③]

威廉斯的"城市小说"观是对本雅明的城市文学观的引申和发展。在《波德莱尔：发达资本主义时代的抒情诗人》中本雅明指出"城市文学着重关注城市生活中令人不安和使人生畏的方面，以大众为对象，热衷于挖掘大城市民众的特有的功能"[④]。可见，城市小说中的"城市"指的是都

---

① ［英］赫·皮尔逊：《狄更斯传》，谢天振等译，浙江文艺出版社1985年版，第86页。

② Moncure Conway, *Autobiography, Memories and Experience.* London: 1904, p. 6.

③ Raymond Williams, *The Country and the City.* London: Oxford University Press, 1973, p. 154.

④ ［德］瓦尔特·本雅明：《发达资本主义时代的抒情诗人——论波德莱尔》，张旭东、魏文生译，生活·读书·新知三联书店1989年版，第37页。

市而非作为工业中心的城市。威廉斯将狄更斯与同时代的萨克雷和盖斯凯尔夫人的小说进行了对比，萨克雷和盖斯凯尔夫人的小说虽然也以城市为题材，但不能将他们的小说称为城市小说。萨克雷的小说描写的不是现代城市的生活而是历史的生活，他的小说《名利场》虽然写的是城市，但它是对滑铁卢时代和19世纪20年代中产阶级和上层阶级生活的描绘，是上流社会的城市历史。盖斯凯尔夫人再现的城市是工业冲突的中心——曼彻斯特，而不是都市伦敦的生活。她的小说《玛丽·巴顿》描写的是工业中心的阶级斗争。威廉斯认为，城市理念与工业理念有着明显的不同，如果将它们等同起来，就会误读狄更斯的作品。工业小说再现的城市是千篇一律的，狄更斯的独创性在于他呈现了伦敦最引人注目的现象——城市经验的混杂性、多样性、偶然性和瞬间性。因此他说，“唯有狄更斯将城市经验写进小说中。”① “只有在城市经验的维度上才能理解狄更斯的天才”②。

三　转瞬即逝、孤独冷漠：城市现代性的特质

威廉斯认为，“对现代城市新特征的认识从一开始就离不开闲逛者”③，狄更斯的城市小说创造了闲逛者意象。奥列佛·退斯特午夜来到伦敦街道闲逛，《小杜丽》的最终结局是，阿瑟·克伦姆和艾米·杜丽离开马夏西监狱，从结婚的教堂走进喧闹的街道。佛罗伦斯·董贝逃离父亲漆黑的房子时，所际遇的是陌生疏离的城市经验：

> 人们为日常生活与工作奔忙而引起的纷争与喧嚣声一浪高过一浪……佛罗伦斯看到从她身旁匆匆走过的脸上掠过惊诧和古怪的表情……看到长长的影子又返回到人行道上……她听到陌生的声音在问她……她到哪里去？到底去哪里？发生了什么事？她仍然走她的路，但是去哪里？她想起她在唯一的另外一次，她在茫茫的伦敦荒原

① Raymond Williams, *The Country and the City*. London: Oxford University Press, 1973, p. 218.
② Ibid., p. 165.
③ Ibid., p. 233.

迷了路。①

威廉斯认为，狄更斯以新的情感呈现了闲逛者佛罗伦斯·董贝穿行于陌生的人群中的稍纵即逝的经验，置身都市的人群引发的感觉是害怕、恐怖和震惊，以致在街道熙熙攘攘的迷宫——大众中迷失了自己。简而言之，狄更斯是天生的闲逛者。他笔下的闲逛者展示了稍纵即逝的迷宫般的都市生活经验。

在威廉斯看来，19 世纪的伦敦都市是新的社会关系、经济关系和文化关系开始形成的场所。这个都市的社会特征是转瞬即逝（transitoriness）、出人意表（unexpectedness），虽然置身于人群（crowd）和大众（masses）之中却感到孤独（isolation）和冷漠。狄更斯率先用小说捕捉了工业化和城市化浪潮中稍纵即逝的景观以及人们由此而生的迷惘和困惑，人们虽然身居闹市，却倍感冷漠和孤独。他指出：

> 狄更斯的小说中的男女与其说相互联系，不如说相互走过，有时相互碰撞。他们也不以寻常的方式说话。他们交流或者相互走过，首先想到的是通过自己的话语来界定自己的身份和现实，用一成不变的自我描述，提高嗓门，在类似的声音中强调到足以让他人听清的程度。但是随着情节的发展，未为人知的、未得到公认的关系，深刻的和决定性的联系，明确的、坚定的认可和声明不得不进入意识。这是真实的、不可避免的关系，人类社会必不可少的认可和声明。但是它们因纯粹的忙碌，噪音，新的复杂的社会秩序的混杂性而变得模糊，让人困惑不解。②

再如，威廉斯在分析《董贝父子》第 47 章对城市的描写时指出：“狄更斯用盘旋在城市上空浓密的黑云意象，来描写冷漠和违背天性的人类社会和道德后果：狄更斯常常回到这一意象：模糊、黑暗、浓雾使我们视而

① Charles Dickens. *Dombey and Son*. Harmondsworth：Penguin，1970，p. viii.

② Raymond Williams，*The Country and the City*. London：Oxford University Press，1973，p.155.

不见，看不清自我与行动、自我与他者之间的关系。”①

之后，威廉斯明确指出了城市现代性的特质：“孤立和相互隔绝成为一种新的、活跃的境况……一种活力的狂欢，一个狂热欢乐的瞬间和稍纵即逝的世界……一种新的快乐，一种身份的扩展，这样他们淹没在人群中。”②

四　历史之反思：威廉斯的超越与不足

“都市是体验现代性的变动方式的关键场所。”③ 因此，现代性理论家齐美尔、克拉考尔和本雅明都通过城市文学来研究城市的现代性。本雅明在《波德莱尔：发达资本主义时代的抒情诗人》将 19 世纪的首都——巴黎作为现代主义的发源地，以法国诗人波德莱尔的诗为主要研究对象，将现代性定义为经验的不连续性。在本雅明那里，人群是“被遗弃者”的避难所，闲逛者通过街道迷宫、城市和人群寻找一条道路。置身都市的人群引发的感觉是害怕、恐怖和震惊，人群恐怖和人群魅力相互重叠。大众是现代社会的新的人群，是城市现代性不可或缺的特质。现代社会由新的人群——大众所构成。大众的面孔千篇一律，行色匆匆，彼此推搡碰撞，咕哝抱怨，从不相互问候，对他人的存在漠不关心，全是单子似的孤寂的个人。

在雷蒙·威廉斯看来，本雅明通过对波德莱尔的阐释所揭示的现代主义理论是外在的，他对“感知和观察问题”的鉴别，“后来涉及社会现象”，这是一种复杂的“理想主义形式”，是“本雅明最无趣味的文化分析方式”。他的《乡村与城市》在方法论上对本雅明进行了反思，也可以说是挑战。

雷蒙·威廉斯的《乡村与城市》试图克服本雅明在《波德莱尔：发达资本主义时代的抒情诗人》中的缺陷和不足，他将英国诗人和作家布莱克、华兹华斯和狄更斯作为分析的主角。他认为，都市中的人——人群，

① Raymond Williams, *The Country and the City*. London: Oxford University Press, 1973, p. 156.

② Ibid., pp. 281 – 282.

③ ［英］戴维·弗里斯比：《现代性的碎片》，卢晖临译，商务印书馆 2003 年版，第 10 页。

大众，劳动力，无论是认同还是轻蔑，这一意象都产生了重要的影响，淹没在人群中是一种新的快感。个体在人群中有种孤独感，孤独中又有一种强烈的自我了解的渴望。他把“城市人群”理解为大众，城市既拥挤又陌生。雷蒙·威廉斯认为，大众（Masses）与工业革命有密切的关系。大众指一般的民众，大众，它“具有正反两面的意蕴：在许多保守的思想里，它是一个轻蔑语，但是在许多社会主义的思想里，它却是个具有正面意蕴的语汇”[①]。威廉斯认为，狄更斯第一部公开发表的作品《博兹札记》就描写了他与伦敦及其大众的关系。

威廉斯用“已知社区”（Knownable Communities）来替换本雅明的“经验”。在本雅明那里。经验“与其说来自于回想过程中的被明确捕捉到的东西，不如说来自于积淀在记忆中的那些未被意识到的材料”[②]。在威廉斯看来，“在某种意义上，多数小说是已知社区。它是传统方法的一部分，小说以可知的、可以沟通的方式显示人物以及他们之间的关系”[③]。城市小说与乡村小说是根本对立的，“在城市小说中，经验与社区从根本上来说是不透明的。而乡村小说，经验与社区从根本上来说是透明的”[④]。作为一种思考方式，这种对立有其价值。“已知社区是意识问题，也是日常经验问题。”[⑤]

威廉斯揭示了狄更斯对都市的爱恨关系，他指出：

> 铁路既是“生命的血液”，又是“得意扬扬的怪物，死亡”。在这一戏剧性表演中，狄更斯对现实的矛盾——生命或者死亡的力量作出了回答——他那个时代的新的社会和经济力量解体、秩序和虚假的秩序。他总是关注通过史无前例的变化和不可察觉的景观的改变使人的

---

① ［英］雷蒙·威廉斯：《关键词：文化与社会的词汇》，刘建基译，生活·读书·新知三联书店2005年版，第281页。

② ［德］瓦尔特·本雅明：《发达资本主义时代的抒情诗人》，王才勇译，江苏人民出版社2005年版，第108页。

③ Raymond Williams, *The Country and the City*. London: Oxford University Press, 1973, p. 165.

④ Ibid.

⑤ Ibid., p. 166.

共识和善良富于活力。

城市是社会和视觉最鲜明的体现。如同对铁路的看法一样，狄更斯既将城市视为新的流动性令人兴奋的结果，也带来危险的后果；不仅视为陌生的冷漠的系统，而且视为对生命不可知的总结，拥挤，碰撞，瓦解，调节，认识，解决，运动的新空间。狄更斯走到了改变社会经验的中心，一个动态的中心。①

在威廉斯看来，狄更斯对伦敦怀有一种爱恨交织的复杂情感，他对伦敦的感情一如《呼啸山庄》中的凯瑟琳·萧恩对希拉克利夫的感情，既令他讨厌又无法摆脱（attraction of repulsion）。在他的笔下，伦敦既是一个令他绝望的城市，一个令他困扰的城市，但又体现了最令人难忘的时代巨变。他用并置的方式呈现了首都伦敦的财富与贫困、权力与堕落之间的两极对立：铁路既是“生命的血液”，又是“得意扬扬的怪物。”狄更斯的城市小说表达了对城市生活复杂而矛盾的态度，批判工业主义和机械文明但又赞美大都市的生机和活力，他对城市既爱又恨，但总的来说，恨远远多于爱。伦敦是狄更斯小说中的独特视角。他的同龄人以及后来者通过狄更斯描述的视角来观察伦敦。

雷蒙·威廉斯的城市批评继承了马克思主义的社会批判，又沿袭了本雅明的“闲逛者”“人群”“大众”等文化概念。但是他的《乡村与城市》没有超越狭隘的民族主义。雷蒙·威廉斯那种文化想象与政治同情的写作模式，绝大部分内容使用的是“英语风格”，探讨的是英国作家的作品，对于欧洲大陆作家巴尔扎克、波德莱尔和陀斯妥耶夫斯基等仅用一个段落就打发掉了。另外，对于狄更斯小说中的帝国主义本质也是一笔带过，后来成了萨义德批判的靶子。这些都显示了威廉斯文艺观的局限性。

第六节　狄更斯小说的“异托邦”空间

在当代西方思想界，法国哲学家米歇尔·福柯的空间理论始终引领着

① Raymond Williams, *The Country and the City*. London: Oxford University Press, 1973, p. 164.

最前卫的思想潮流，其“异托邦”（Heterotopias）概念（也称“异质空间”）便是显例。“异托邦”概念最早出现在福柯于1966年出版的《词与物》中。1967年，福柯在一次建筑学研讨会上以“异托邦”为题的发言，重点关注社会中偏离常态的不同空间，同时在与乌托邦的比较中详细阐发了“异托邦”的内涵与特征。福柯对“异托邦”的阐释超越了传统的空间讨论域。20世纪60年代以来，思想和艺术领域不约而同地出现空间的转向，福柯的发言内容早已为连篇累牍的学术论文反复阐释，但真正从“异质空间”与文学文本之间相互关联的视角展开的研究并不多见。事实上，早在19世纪中期，英国最杰出的作家狄更斯在其小说中对异质空间的独特营造就与20世纪后半叶福柯的空间思想形成了对话和呼应。福柯的空间之思为我们审视经典作家狄更斯的空间叙事提供了一扇特殊的视窗，同时狄更斯小说中对“异托邦”空间的独特营造，亦以创造性的方式回应着空间诗学中的基本难题。

一　“异托邦”：福柯的哲性诗学

何为“异托邦”？这一术语虽然为福柯所创造，但在法文中它最早应用于医学和生物学领域，指与动植物原位移植相对的不同部位的器官和组织的移植，因此，也称“异位”①。从词源学考察，“heterotopias”源自古希腊语，其中“hetero”的意思是“不同的”或“其他的”，而“topia”的意思为“空间”或“地点”，因此该词一般被译作“异托邦”“异质空间”或“另类空间”。

在《另类空间》一文，首先，福柯从西方文化空间形态演变的历史线索来阐释这个概念，认为“异托邦”取代了中世纪呈等级体系的空间体系，也取代了肇始于伽利略的“定位的空间”。福柯的阐释摆脱了巴什拉的“内部空间”和现象学家的空间描述，聚焦于社会生活的“外部空间”。其次，福柯在与乌托邦的比较中界定了异托邦的含义。“‘乌托邦’是一个在世界上并不真实存在的地方，但‘异托邦’不是。它是实际存在的，但

① Robert J. Topinka. Foucauh, Borges, Heterotopia: Producing Knowledge in Other Spaces. Foucault Studies, 2010 (9), pp. 64 – 70.

对它的理解要借助于想象力。"[①] 这就是说，乌托邦是一种超越现实的彼岸世界的引领，是不真实的空间，它总是同社会的真实空间保持直接的或颠倒的关系。福柯在描述乌托邦时提及了镜像空间。镜子里的空间是不真实的、虚幻的，因而它体现出乌托邦的形态；但是镜子本身所处的空间以及镜子与我们的肉身之间的空间关系却是真实存在的，因而体现出“异托邦”的形态。再次，概述了“异托邦”的六大特征。(1)“异托邦”文化无处不在，正如福柯所言，“世界上可能不存在一个不构成异托邦的文化”。[②]“异托邦”有各种各样的形式，福柯将其分为两类：一是危机异托邦。在原始社会中，存在着危机异托邦的异托邦形式，即存在一些享有特权的、神圣的、禁止他人入内的地方，这些地方是留给那些处于危机状态的个人的，如青少年、月经期的妇女、产妇、老人等，这些危机异托邦现今虽然还有少量的存在，但基本上销声匿迹了，它们已经被偏离异托邦所取代。二是偏离异托邦。执政者或者权力者将行为异常的个体置于特定的空间中，这就是偏离异托邦，其中最典型的场所如休息的房屋、精神病诊所、监狱、养老院等。这些场所区隔了“正常人”与“不正常的人”；(2)福柯以公墓异托邦为例分析了异托邦具有各自不同的功能，“在社会的内部，每个异托邦都有明确的、一定的作用”；[③](3)并置性。“异托邦有权力将几个相互间不能并存的空间和场地并置为一个真实的地方。”[④] 福柯认为，花园（包括动物园）是一种普遍的异托邦；(4)异托邦同时间的片断相结合，产生所谓的异托时；(5)“异托邦”有一个打开和关闭的系统，如军营和监狱，这是人们无法自由进入的“异托邦”；(6)“异托邦”可以创造一个幻象空间，“创造另一个空间，另一个真实的，与我们的空间同样完美，同样细致，同样安排得很好的空间”[⑤]。

在福柯看来，“异托邦”作为现代世界的典型空间，是现实的社会生活中真实存在的空间。概括而言，“异托邦”作为一种全新的空间理论具

① [法] M. 福柯：《另类空间》，王喆译，《世界哲学》2006年第6期。
② 同上。
③ 同上。
④ 同上。
⑤ 同上。

有异质性、关系性等特点。第一，异质性。福柯指出："我们所生活的空间，在我们之外吸引我们的空间，恰好在其中对我们的生命、时间和历史进行腐蚀的空间，腐蚀我们和使我们生出皱纹的这个空间，其本身也是一个异质的空间；"① 第二，关系性。福柯认为，"我们生活在一个关系集合的内部，这些关系确定了一些相互间不能缩减并且绝对不可迭合的位置"②。具有异质性和关系性的空间，即是福柯所谓的"异托邦"。这场所包括镜像空间、墓地与教堂、戏院与花园、博物馆与图书馆、集市与度假村、兵营与监狱、穆斯林的土耳其浴与斯堪的那维亚的桑拿浴、妓院与殖民地等。空间思想家爱德华·W. 苏贾认为，具有异质性和关系性的异托邦空间"既不是一种毫无内容的虚无，需要填入认知知觉的内容，也不是诸种物质形式的一种储藏室，需要在其所有的华丽的可变性方面从现象学的角度加以描述"③。换言之，这是一种"另类空间"，即列斐伏尔所谓的"实践的空间"，也就是说，"异托邦"空间是人们在社会实践过程中生产的空间。

由于具有异质性的"异托邦"空间在社会生活中是非主流的、边缘的，因此它素来不为人们所注意。下面拟从监狱、屋顶花园、镜像空间三个方面探讨狄更斯小说中"异托邦"空间的独特营造。

二　监狱：一种偏离异托邦

执政者将行为异常的个体置于特定的场所，对于从未进入这些场所的人来说，这些场所就是"异域"，福柯称之为"偏离异托邦"。监狱是关押犯人的场所，是社会中偏离常态的特殊空间。

对于监狱，狄更斯的一生有着执着如一的兴趣。童年时期狄更斯的父亲约翰·狄更斯因为负债而被关进马夏西监狱，他便在缺钱的家庭和监狱之间来回奔波，跑腿办事。为节省开支，1828 年狄更斯一家干脆住进马夏

① ［法］M. 福柯：《另类空间》，王喆译，《世界哲学》2006 年第 6 期。

② 同上。

③ ［美］爱德华·W. 苏贾：《后现代地理学——重申批判社会理论中的空间》，王文斌译，商务印书馆 2004 年版，第 27 页。

西监狱，母亲和弟妹都搬进监狱和父亲住在一起，狄更斯进入黑鞋油作坊当了童工，每逢星期日领到薪水他就买些食物去监狱看望父母和弟妹。他的第一部作品《博兹札记》叙述他如何带着敬畏交织的情感参观新门监狱，勾勒了一个死刑犯活着的最后一晚的想象画面，后来在《奥立佛·退斯特》中作了更为细致的描写。他的小说《双城记》《小杜丽》和《远大前程》基本上是以监狱和囚犯为主题的。狄更斯每到一处都要去访问当地的监狱，例如，1847 年狄更斯在巴黎写作《董贝父子》时，便到监狱去闲逛，直到第二天早饭时分才回到宿舍。

与 19 世纪的其他小说家相比，监狱在狄更斯的小说中显得尤其重要。《小杜丽》描写了两种监狱环境，即伦敦的马夏西债务人监狱和马赛地牢般的监狱。

"这座监狱是一群长方形的军营式建筑，分隔成一座脏脏的屋子，背靠着背，因此屋子里没有什么里间。屋子之间有一个狭窄的石铺院子，外面有高大的围墙，围墙顶上插满了尖铁。此地本来就是一座关押债务人的狭窄的监狱，而在这座监狱之内，还有一座更狭窄的监狱，那是关押走私犯的。"① 这是叙述者对马夏西债务人监狱的描述。

"牢房内的一点暗淡的光是从铁格栅透进来的，那铁格栅样子像一个相当大的窗，这窗似的铁格栅就开在阴暗的楼梯口，从那里可以随时窥视牢房内的一切。"② 这是叙述者对马赛监狱的描述。

1791 年英国的改革者边沁发明了全景敞视监狱，监狱的四周是一个环形建筑，中心是一座瞭望塔。瞭望塔有一个大窗户，对着环形建筑。环形建筑被分成许多小囚室，每个囚室都贯穿建筑物的横切面。各囚室都有两个窗户，一个对着里面，与塔的窗户相对，另一个对着外面，能使光亮从囚室的一端照到另一端。马夏西债务人监狱和马赛监狱显然就是这种全景敞视监狱。全景敞视建筑是一种分解观看/被观看二元统一体的机制。在环形边缘，人彻底被观看，但不能观看；在中心瞭望塔，人能观看一切，但不能被观看。这个展示全景的主体既是囚犯又是看守，既是凝视的主

① ［英］查尔斯·狄更斯：《小杜丽》，金绍禹译，上海译文出版社 1993 年版，第 80 页。
② 同上书，第 5 页。

体，又是被凝视的客体。小说叙事再现了边沁中心瞭望塔看守的位置，将监禁与福柯意义上的按等级划分的监视结合起来。在《规训与惩罚》中福柯指出："这种封闭的、被割裂的空间，处处受到监视。在这一空间中，每个人都被镶嵌在一个固定的位置，任何微小的活动都受到监视，任何情况都被记录下来。权力根据一种连续的等级体制统一地运作着……所有这一切构成了规训机制的一种微缩模式。"① 也就是说，全景敞视监狱必须理解为一种普遍的功能化模式，根据日常生活界定权力关系的方法。这是一种理想形式的权力机制图式，其功能被表述为纯建筑的和视觉的系统。正因为它是政治技术的对象，因此，必须跟具体的功用分离开来。

狄更斯的监狱小说聚焦于监禁的"否定隐喻"（negative meatphor），即把监狱描写成坟墓、笼子或地狱。通过这些隐喻来凸显犯人的痛苦，从而达到谴责监狱制度的目的。马赛地牢般的监狱就是这类监狱的代表，牢房内的一切都具有监狱的色调，"被监禁的空气，被监禁的光线，被监禁的潮湿，被监禁的人，在监禁中一切都每况愈下。正如被囚禁的人脸色苍白，面容憔悴，铁格栅也长满了锈，石块是黏糊糊的，木头霉烂了，空气很稀薄，光线非常暗淡。监狱像一口井，像一座地下教堂的墓穴，像一座坟墓"②。

监狱中被关押的囚犯异化为动物——猴子、熊，叙述者称之为"狂野的动物"。"那囚犯焦灼不安地想知道更多情况的心情使他激奋起来，样子更加像一头关在笼子里的野兽。""囚犯在牢房内仍旧犹如一头狂野的动物——犹如一只坐卧不安的猴子，或者一头惊醒的小种的熊——此刻孤零零地关在牢内……突然听到一阵喧嚷声：大喊声、尖叫声、诅咒声、恐吓声、咒骂声，各种叫喊声混杂成一片喧嚷。"③ "全景敞视建筑是一个皇家动物园。人取代了动物，特定的分组取代了逐一分配，诡秘的权力机制取代了国王。"④ 叙述者把监狱比喻为笼子、地狱、坟墓等，监禁隐喻强化了囚犯的

① ［法］米歇尔·福柯：《规训与惩罚》，刘北成、杨远婴译，生活·读书·新知三联书店2012年版，第221页。

② ［英］查尔斯·狄更斯：《小杜丽》，金绍禹译，上海译文出版社1993年版，第6页。

③ 同上书，第20页。

④ ［法］米歇尔·福柯：《规训与惩罚》，刘北成、杨远婴译，生活·读书·新知三联书店2012年版，第228页。

痛苦。在小说的第二部分，叙述者插入第一人称叙事，监狱决定了囚犯的心理状态。大多数囚犯已经习惯了监狱的生活，以至离开了监狱，他们就无以为生。小说的最后一段，把监狱环境、监狱隐喻和隐喻意义上的囚犯结合成一个意象，把整个世界描绘成一座监狱："约定的那个星期的最后一天，曙光照到了马夏西监狱大门的铁栅上。自从小杜丽离开，大门哗啦一声关上以来，整夜都是黑乎乎的铁条，此刻在一早被红彤彤的太阳变成了金色。尘世这座监狱栅条，斜照着这个城，斜照着城中零乱的屋顶，斜照着城中教堂塔楼的窗饰。"①

《小杜丽》是一部令人绝望的小说，它将监狱想象为无所不在的阴影，人们永远无法摆脱这种阴影，即使从来没有坐过牢的人也是如此。首先，囚犯墨尔德、巴纳克尔等却支配着外面世界的生活，以至于整个社会成了一座监狱；其次，克伦南夫人、怀特小姐和泰提可拉姆等人被描述为精神的囚犯。小杜丽对亚瑟无私的爱成了一种救赎手段，但小杜丽的勤劳和慷慨大度几近自我毁灭，以至于她被释放之后仍然生活在监狱之中。

三　屋顶花园：异化社会的"异托邦"空间

福柯在论述"异托邦"的异质性时指出，"将几个相互间不能并存的空间和场所并置为一个真实的地方"②。他援引的例子是剧场、影院和花园。福柯认为，剧场将一系列不相关联的地点联系起来，影院将作为物理空间与影像所展现的虚拟世界的空间形态结合在一起，而花园是异托邦最古老的例子，"花园作为距今已有千年历史的非凡创作，在东方有着极其深刻且可以说是多重的含义。波斯人的传统花园是一个神圣的空间……花园是一个地毯，在这个地毯中，整个世界臻于象征性的完善，而地毯又是一种穿越空间的运动的花园。花园是世界最小的一块，同时又是世界的全部"③。这对于我们深入理解《我们共同的朋友》中的特殊"场所"——屋顶花园具有重要的启迪意义。

---

① ［英］狄更斯：《小杜丽》，金绍禹译，上海译文出版社1993年版，第1064页。

② ［法］M. 福柯：《另类空间》，王喆译，《世界哲学》2006年第6期。

③ 同上。

狡猾卑鄙的弗莱吉贝开了一家高利贷公司，不过他自己从不出面逼债，而是逼迫受雇的仆人、犹太老人瑞亚充当“债主”。一方面他不断地催促瑞亚去讨债，另一方面他总是在借债人面前装好人。例如，当弗莱吉贝持有拉姆尔夫妇房产的抵押证后，承诺帮助后者说服瑞亚宽限还债日期，因而从拉姆尔太太那里博得了“好朋友”的称号。为了发一笔横财，他一转身就催促瑞亚立即采取讨债行动，乘拉姆尔夫妇来不及筹款还钱之际将其房产无情地没收。瑞亚因陋就简，在帕布西公司的屋顶平台，铺了些铅皮做毯子，搭了个小花园。瑞亚带着弗莱吉贝到屋顶的小花园去察看。在这里，弗莱吉贝见到了船家女丽齐和小裁缝珍妮·雷恩。她俩坐在地毯上，背靠着“一根熏黑的烟囱，一种不值钱的牵藤植物被人牵在上面生长”①。她俩在聚精会神地看书，“身边还放着一两本书，一只普通的篮子里放着些普通的水果，另一只篮子里装着一串串的小珠子和一段段的金银丝。几只木箱子里种着点不值钱的花草和几株万年青，这花园里再没有别的东西了。包围在四周的数不清的寡妇似的老烟囱，正急速地转动着它们的烟囱帽，扬散着烟尘，颇似仰天发怒，在给自己扇风，同时做出一副貌似惊讶的神气观望人间”②。瑞亚在最为不幸的时候，创造了一个自由的空间——屋顶花园。花园位于伦敦城的污秽之中，可以说是尘世独立，出淤泥而不染。在这里，丽齐和珍妮可以看书学习，瑞亚为她们提供做洋娃娃的材料、珠子、书和花果，还与这两名边缘人物丽齐和珍妮报复弗莱吉贝，特别是听取洋娃娃裁缝的积极建议。

场所绝非简单的物理或地理概念，作为异托邦空间的场所是物理—物质的空间与符号—意义的空间的融合。挪威建筑理论家诺柏格·舒尔茨认为，场所不仅是存在不可缺少的一部分，而且具有精神与灵魂，“场所精神是罗马的说法。根据古罗马人的信仰，每一种独立的本体都有自己的灵魂，守护神灵这种灵魂赋予人和场所以生命，自生至死伴随人和场所，

---

①［英］查尔斯·狄更斯：《我们共同的朋友》上卷，智量译，上海译文出版社1986年版，第405页。

② 同上。

同时决定他们的特性和本质"①。屋顶花园就是异化社会具有精神与灵魂的场所。

珍妮·雷恩购买了帕布西公司的碎布和废料，下面是公司老板弗莱吉贝与珍妮的对话：

> "能到这儿来休息一会儿，我们很感激，先生，"珍妮说，"你瞧，你不知道来这儿休息休息对我们来说有多大好处。……这儿安静，空气好。"
>
> "安静！"弗莱吉贝重复一遍她的话，把他的脑袋轻蔑地朝商业区的喧嚣声转了一转。"空气好！"又冲着四周的煤烟"呸"的一声。②

屋顶花园这一场所生动地暗示了在一个垃圾成堆的世界，不同的人渴望得到不同的东西。在伦敦城，像弗莱吉贝这样的高利贷者，眼里只有高额利润。尤其重要的是，珍妮·雷恩小姐虽然是个"畸形儿"，却具有美好的心灵和聪明的才智，她在屋顶花园探讨生死的要义：

> "啊"，珍妮说。"可是这儿高呀。您看见一朵朵云彩在狭窄的街道上匆匆飘过，对街道望也不望一眼，您看见一支支金箭射向天空里高高的山顶上，风就是从那儿吹来的，您就感觉到，仿佛您是死了一样。"
>
> ……"死了以后您怎么感觉呢？"弗莱吉贝惶惑不解地问道。
>
> "噢，那么安宁！"小东西大声说，微笑着。"噢，那么平静，那么宽慰！您听见那些活着的人在叫喊，在工作，在那拥挤的、黑暗的街道上，一个呼唤一个，您会觉得您那么可怜他们！您已经解脱掉一条那么重的锁链啊，您得到了一种那么奇特的、美好的、悲

---

① ［挪威］诺柏格·舒尔茨：《场所精神——迈向建筑现象学》，施植民译，（台北）田园城市文化事业有限公司1995年版，第18页。

② ［英］查尔斯·狄更斯：《我们共同的朋友》上卷，智量译，上海译文出版社1986年版，第409页。

哀的幸福啊！”

“就是刚才那会儿”，小东西指着他说，“我觉得他好像是从坟墓里钻出来似的！他吃力地弯着腰，疲倦不堪，从那扇矮门里爬出来，然后喘一口气，站直身子，望一望四周围的天空，风向他迎面吹来，他在下面的黑暗世界的生命就结束了！一直到他又被喊着活转去为止”，她最后又添了一句，用她方才那种机灵的目光向四周一望，落在弗莱吉贝身上。“您干吗喊他活转去呀？”……“但是您并没有死呀，是吗？”珍妮·雷恩说，“请您下去生活吧！”

……当瑞亚尾随着招呼他下楼梯时，那个小东西用银铃般的声音向这位犹太人喊道：“别去久了。回来，回来死呀！”当他们向下走去时，他们仍然听得见那小小的甜蜜的声音，越来越不清楚了，一半在喊，一半在唱，“回来死呀，回来死呀！”①

希利斯·米勒认为：“在《我们共同的朋友》中没有哪个段落比这一段更为重要。这些句子可以说是焦点的焦点，小说的其余部分就是围绕这些句子组织起来的。”② 米勒的评价是中肯的。屋顶花园在帕布西公司的楼上，花园的高度足以让珍妮·雷恩摆脱城市中刺眼的垃圾和震耳欲聋的噪音。屋顶花园是珍妮和丽齐歇息和呼吸新鲜空气的地方，文本中种种生命的可能性在此清晰可见。小说文本以嘲讽的语气将生与死的观念颠倒过来。卑鄙、自私、心胸狭隘的弗莱吉贝呼喊瑞亚“活转去”，珍妮·雷恩要弗莱吉贝“下去生活吧”，这在另一场所作了精确的说明。

弗莱吉贝继续说：“不花一个钱儿白拿大部分你所需要的材料，对你当然是很值得的啦。珍妮小姐，是吗？”“你可以认为，”裁缝胸有成竹地不断点头回答说，“对于我有钱可赚的事儿当然永远是值得

① ［英］查尔斯·狄更斯：《我们共同的朋友》上卷，智量译，上海译文出版社 1986 年版，第 409 页。

② J. Hillis Miller, Charles Dickens: *The World of His Novels*, Harvard University Press, 1958, p. 314.

可干的罗。”“现在。”弗莱吉贝表示赞赏地说，“您就切合实际啦。现在，你就是下来活啦”[①]。

帕布西公司是投机混乱的缩影，珍妮蔑视弗莱吉贝，因为他没有死，弗莱吉贝不死的原因是因为他坚守的是维多利亚时期英国社会主流的价值观，这种主流的价值观是一种以市场为导向的价值观，它执着于对金钱、财产、体面、地位的信仰。珍妮对弗莱吉贝的评价表征了狄更斯对那些坚守金钱、财产、体面、地位等市场价值观的无情谴责。由于市场道德观的主导，导致人的精神死亡，因此，珍妮呼唤瑞亚“上来死吧”，就是鼓励他从弗莱吉贝的非法商业事务的异化状态中解脱出来，因为瑞亚成了弗莱吉贝的非法商业事务的掩护者。瑞亚只有从这种异化状态中解脱出来，与主流世界的价值观彻底决裂，置身屋顶花园这样的个人生活空间，人的价值才能实现。通过生成死亡（becoming dead），瑞亚实现了复活。这种复活为小说中所有的精神复活树立了范型。这种死亡的价值观是对市场价值观的彻底否定。

四 镜像异托邦：虚拟空间的先兆

在《另类空间》一文中，福柯从乌托邦与异托邦之间的双重关系来分析镜像空间的异质性。福柯指出：“镜子毕竟是一个乌托邦，因为这是一个没有场所的场所。在镜子中，我看到自己在那里，而那里却没有我，在一个事实上展现于外表后面的不真实的空间中，我在我没有在的那边，一种阴影给我带来了自己的可见性，使我能够在那边看到我自己，而我并非在那边：镜子的乌托邦。”[②] 但镜子同时又是一种异托邦，“在镜子确实存在的范围内，在我占据的地方，镜子有一种反作用的范围内，这也是一个异托邦；正是从镜子开始，我发现自己并不在我所在的地方，因为我在那边看到了自己。从这个可以说由镜子另一端的虚拟的空间深处投向我的目光开始，我回到了自己这里，开始把目光投向我自己，并在我身处的地方

① ［英］查尔斯·狄更斯：《我们共同的朋友》下卷，智量译，上海译文出版社 1986 年版，第 442 页。

② ［法］M. 福柯：《另类空间》，王喆译，《世界哲学》2006 年第 6 期。

重新构成自己；镜子像异托邦一样发挥作用，因为当我照镜子时，镜子使我所占据的地方既绝对真实，同围绕该地方的整个空间接触，同时又绝对不真实，因为为了使自己被感觉到，它必须通过这个虚拟的、在那边的空间点”①。这种“异托邦”既是想象的又是虚构的。一般认为，福柯关于异托邦的阐释受到了拉康的镜像理论的影响。在拉康的镜像说中，儿童主体通过面对镜子中的另一个虚拟的自我形象，学会认清自我。拉康的“镜像说”试图弥合真实与虚拟之间的感知差异。在一面真实的镜子面前面对自己，面对一个表面上真实但完全转位颠倒的影像，这个影像是一个分离的实体，但它与另一个真实的自我有着千丝万缕的联系。“为了与自我相同的影像一致，身体必须打破表面的界限，同时占有感觉的两面。它必须用某种方法把这个分离的自我合并起来，这个自我既在镜前又在镜后，既是自我凝视的主体又是凝视的客体。”②

早在19世纪，英国著名作家狄更斯在其小说《我们共同的朋友》中出色地运用了镜子的表面映照，这可以说是镜像空间的异质性在文学作品中的最早运用，但是一直为学界所忽视。

“餐具柜上的一面大镜子映照出餐桌以及座位上的这群人物。映照出维尼林家的新纹章式样，金的、银的、上光的、不上光的，各种各样的骆驼。纹章委员会给维尼林找出一个参加过十字军东征的祖先来，他的盾牌上画过一只骆驼（或者说可能画过一只骆驼，如果说他曾经想到过这一点的话），于是使有一个骆驼队来负责承载果盘、花瓶和蜡烛台，有的并且双膝下跪来承载盐缸。”③ 大镜子还映照出维尼林、维尼林太太、波茨纳普、波茨纳普太太、特威姆洛、熟透了的年轻太太和熟透了的年轻绅士（即后来的拉姆尔夫妇）、老蒂平斯夫人、某一位“莫蒂默”、尤金、布茨添和布鲁尔以及其他两位填满肚皮的缓冲器等。小说的第二章用镜子的反光向读者展示维尼林家的餐桌聚会，每一个被反射的碎片皆用“映照”一

① ［法］M. 福柯：《另类空间》，王喆译，《世界哲学》2006年第6期。

② ［美］乔弗雷·巴钦：《网络空间的幽灵》，原载罗岗、顾铮主编《视觉文化读本》，广西师范大学出版社2003年版，第209页。

③ ［英］查尔斯·狄更斯：《我们共同的朋友》上卷，智量译，上海译文出版社1986年版，第17页。

词来引导，经过双重映照扭曲成现实，其中最令人震惊的是蒂平斯夫人：“她坐在维尼林的右侧，一张巨大的、迟钝的、黄褐色的、椭圆形的，仿佛是盛在一把调羹里的面孔，头顶上是一撮染过色的，向两边分开的头发，形成一条通向脑后那束假发的阳关大道，她正满意地庇护着坐在对面的维尼林太太，而对方也满意地接受着她的庇护。”①

叙述者的描述把镜像的虚拟空间展现得淋漓尽致。从镜子中看到这些映像的人是谁？大家知道，他们所面对的表面只是渴望映照其他人的表面。通过叙述者的描述，读者看到了他们因为疏忽而没有看到的东西。

在暴发户维尼林家参加晚宴的人虽然彼此宣称是老朋友，但事实上他们互不认识。这个场景只有闪闪发光的餐桌，被掩饰的野心，互相纠缠的利益算计。上流社会试图用这张面纱来掩饰末日世界的荒凉实质。在晚宴结束之前，他们的对话突然转向一桩神秘事件，即一名即将继承一大笔财产的男子忽然溺水死亡，从而把读者带回悬疑的氛围之中。巨额财产来源于亡故的垃圾大亨老哈蒙，生前的他十分贪婪，人虽已死，但他的房子仍在伦敦郊区，旁边是一个大垃圾场。

通过镜像的虚拟空间，狄更斯才华横溢地暗示了维尼林一家及其财产没有法律效力的意识。维尼林一家及其财产在镜子中被映照出来，金银骆驼的重量、维尼林太太的衣服和珠宝的重量、维尼林微胖的体重等，而镜子本身也是一种财产。这些财产表面看来是稳定不变的，但在镜子的映照中真相被透露出来：维尼林一家的现实形象是脆弱的。众所周知，维尼林一家是“崭新的人”。“崭新”强调的是转瞬即逝性。他们本身没有真正的现实性，也没有意义，最终只有通过一无所有来反射一无所有。这一场所由人及其世界之间的反射所构成。所谓的人，就其本身而言，什么也没有；所谓的世界完全变成了影像，因此也就变得一无所有。无论朝向非人类的本质，还是朝向人类现实，都无法逃避。人类将世界同化到自身之中，而被改变的世界用一无所有来反射一无所有永无止境的增殖中把人类同化到自身之中。可见，维尼林一家及其财产失去了现实性和稳定性，它

① ［英］查尔斯·狄更斯：《我们共同的朋友》上卷，智量译，上海译文出版社 1986 年版，第 17 页。

们完全是虚假的、无意义的。在此，镜像承担了异托邦的功能。真实，总是通过虚拟的他性空间反向建构起来的。

狄更斯描绘的镜像空间，预示了虚拟空间的来临。1991 年在旧金山的一个研讨会上，斯通将网络空间的历史渊源追溯到 1838 年立体镜的发明。19 世纪 30 年代，查理·惠斯通和大卫·布鲁斯德构想了立体镜，这是“除照相术外，19 世纪虚拟形象中最有意义的形式”①。立体镜的发明导致观察与被观察者、主体与客体、自我与他者、虚拟与真实、表象与现实等一系列边界的全面消融，这种消融带来了全新的呈现和后现代的虚拟现实。在虚拟现实中，现实是表面上的“真”，但不是真正的“真”，现实是表面上的“实”，但不是真正的“实”。在福柯看来，今天的“世界更多的是能感觉到自己像一个连接一些点和使它的线束交织在一起的网，而非像一个经过时间成长起来的伟大生命”②。

詹伊·克莱顿（Jay Clayton）教授在《赛博空间的狄更斯：十九世纪在后现代文化的再生》（2003）中指出，狄更斯在很多方面预示了网络时代的来临。与 19 世纪的其他作家不同，狄更斯对互联网尤其着迷。在其整个文学生涯中，他对新技术表现出热衷，并热切地运用他那个时代的通信和交通网络的每一项创新，他以钦羡的心情发表过关于伦敦邮局、铁路和蒸汽机方面的文章。“想象维多利亚时代的小说家坐在计算机前浏览万维网，观察这位作家点击数据库，连接商业网站，给通信者发送电子邮件，输入信息，参加电子日历约会。如果你想象这些事情，那么这位小说家是谁？我认为是狄更斯。”③

第七节 西方狄更斯研究的道德批评传统及其反思

一 西方狄更斯研究的道德批评之历史回瞻

在西方 180 余年的狄更斯批评史上，道德批评绵延成薪火相传的研究

① ［美］乔弗雷·巴钦：《网络空间的幽灵》，原载罗岗、顾铮主编《视觉文化读本》，广西师范大学出版社 2003 年版，第 205 页。

② ［法］M. 福柯：《另类空间》，王喆译，《世界哲学》2006 年第 6 期。

③ *Dickens in Cyberspace*: *The Afterlife of the Nineteenth Century in Postmodern Culture*, 2003, p. 3.

传统。大体说来，有两支脉络。一是沿着柏拉图的道德理想主义传统，从善恶二元论来研究狄更斯小说的道德内涵，称狄更斯是一个深受大众喜欢的伟大的道德说教者，称赞他的强烈的基督教慈善精神，强调文学的道德教诲作用，这是一条较为严格的道德线索。另一脉络是受马修·阿诺德的“人生批评论”的影响，从保罗·埃尔默·摩尔到利维斯再到威廉斯坚持一条较为宽泛的道德立场，形成了一脉与人生相联系的泛道德主义批评传统。狄更斯的创作自始至终遵循维多利亚主义的道德规范，严格契合中产资产阶级的审美理想。一方面，用“奋斗—成功—幸福”的情节模式讴歌了资产阶级奋发向上的人生理想，反映了善总会战胜恶的乐观主义精神；另一方面，他的小说力图反映中产阶级的高雅体面，竭力回避性描写。

（一）善恶二元论的道德研究

善恶二元论的道德研究成果十分丰硕，以第二次世界大战（1940年）为界可以分为两个阶段。

第一阶段：1836—1940年。狄更斯研究有一种很独特的现象，即最初的研究成果大部分是业余批评，这些文章为非专业人士所撰写，且大部分是匿名的。如1836年发表在《都市杂志》中的匿名评论十分中肯地指出了狄更斯作品中的道德内涵。“狄更斯描绘了英国社会的道德、风俗和习惯的完美图景，履行了道德说教者的崇高职责。”①

托马斯·胡德指出狄更斯刻画了善良的人物，R. H. 霍讷（1844）称赞狄更斯强烈的基督教慈善精神，乔治·司各特（1869）认为“狄更斯先生的全部作品存在一个独特的、有意识的道德目的并支配着他的叙事”②，并最早提出狄更斯的作品有着内在的“圣诞观念”③。H. 赫顿（H. Hutton）认为狄更斯的道德影响是健康有益的。悉尼·达克在《查尔斯·狄更斯》（1919）中评论说，狄更斯坚信“生活是令人振奋的、灿烂的、有趣的，自由是幸福所不可缺少的，所有的残忍皆是愚蠢的，单纯和贫穷比博学和

---

① Philip A. W. Collins ed., *Dickens*: *The Critical Heritage*. London: Routledge & Kegan Paul, 1971, p. 93.

② Ibid., p. 493.

③ Ibid., p. 500.

富庶更可爱，仁慈是至高无上的美德，而欺骗则是最大的罪恶”[①]。法国文学史家泰勒将狄更斯的小说归结为两个字：善和爱。“怜悯那些卑贱的穷人。一个最微不足道的、最受蔑视的人的价值可能和几千个有权势的、傲慢的人的价值相等。千万不要伤害那些在一切情况下，不管他们穿戴什么服饰，在一切时代里都茁壮成长的脆弱的心灵。相信人性、怜悯和宽恕是人身上最美好的东西。”[②] 英国作家奥尔德斯·赫胥黎在《小耐尔的庸俗》中指出，狄更斯只是让读者知道小耐尔的苦难、美德和天真无邪。著名作家和激进批评家萧伯纳认为狄更斯早期作品的主人公是恶棍与英雄。

G. K. 杰斯特顿、乔治·奥威尔和爱德蒙·威尔逊是第二次世界大战期间著名的狄更斯研究专家。杰斯特顿和奥威尔认为道德品格在狄更斯的小说中具有至高无上的地位。杰斯特顿指出，狄更斯用对“希望与人道”的内在之善的信仰来征服社会的罪恶。乔治·奥威尔的观点体现在四个方面：（1）狄更斯是个道德家，他总是在布道，他的道德观大体上是基督教道德观，他的最终结论是“为人行事要正派”[③]；（2）狄更斯一心一意地迎合中产阶级读者是其创造力的最终秘密；（3）狄更斯总是站在弱者的那一边。他在小说中对社会的批判几乎全是道德的；（4）狄更斯所指的进步常常指的是道德意义上的进步，而不是技术的进步。爱德蒙·威尔逊的《狄更斯：两个斯克露奇》被学界认为开创了狄更斯批评的新时代。这篇以心理分析而著称的长篇论文也用了道德批评方法，可以说是心理批评与道德批评的有机结合。其主要观点是：（1）明确提出“二元论世界”，狄更斯的每一部小说都描写了两种对立的道德准则，“二元论贯穿了他的全部作品”[④]；（2）早期小说的结局总是恶人遭到毁灭性的打击，少年主人公赢得了女主人公的爱情；（3）“中产阶级家庭是狄更斯衡量美德的标准。”[⑤]

第二阶段：1940 年以后的 70 年。这一阶段由于理论大潮的兴起，批评

① Sidney Dark, *Charles Dickens*. London: T. Nelson, 1919. Reprint, New York: Haskell House, 1975, p. 45.

② 罗经国：《狄更斯评论集》，上海译文出版社 1981 年版，第 41 页。

③ 同上书，第 141 页。

④ 同上书，第 147 页。

⑤ 同上书，第 155 页。

方法呈现出多元化特征，道德批评常常与心理分析、女性主义批评、马克思主义批评结合在一起。

阿诺德·凯特尔的主要观点：（1）狄更斯的圣诞精神表达了“天下和平，人间友好”的人生理想；（2）狄更斯的作品教诲读者并使他们得到娱乐。他对经济和社会基础的批判是从感情出发，而不是从哲学出发；（3）狄更斯遵循传统的习俗观点，认为婚姻必须是幸福美满的，他的作品不描写两性关系。最后一点与马里奥·普拉兹在《维多利亚小说黯然失色的英雄》（1956）中的观点是一致的。马里奥·普拉兹认为狄更斯在本质上是小资产阶级，他对道德问题的看法是保守的，通常采用回避性描写。

雷克斯·华纳的主要观点是：（1）“狄更斯不但是一个说教者，也是一个传道者。”[①] 狄更斯擅长揭露那个时代的伪善。他的乐观主义不是错误，而是承认信仰人类本性的方式，同时又看到了人类不可避免地会犯错误。狄更斯一生始终相信人性是善的；（2）虽然狄更斯对人类社会越来越不信任，但是对人性的信念始终没有动摇过。他坚信人性在本质上是善良的，“只要它能摆脱愚蠢和残酷的枷锁，不再受它们的明显的羁绊，它一定能够变得美好起来”[②]。在他看来，在没有受到权势、金钱和名誉腐蚀，在没有受到机械的压力所摧残的人物身上，还保持着善良的天性，如儿童，退休的绅士、勉强糊口的工人家庭；（3）不能把狄更斯看作握有拯救世界仙方妙丹的改革家，因为他对进步不抱任何幻想。他表达了“对虚伪的社会组织机构的憎恨，对没有受到摧残的善良人性的信念以及英国式的无政府主义”[③]。他的小说结局总是“好人得到好报，坏人不是受到了惩罚，就是得到了改造”[④]。

詹姆斯·金凯德的《狄更斯与笑声修辞》（1971）认为狄更斯是一个有意识的道德艺术家，他在揭露社会罪恶的同时，温和地影响着读者。约瑟夫·戈尔德的《狄更斯：激进的道德家》（1972）提出狄更斯作为道德

① 罗经国：《狄更斯评论集》，上海译文出版社 1981 年版，第 166 页。
② 同上书，第 165 页。
③ 同上书，第 167 页。
④ 同上书，第 163 页。

哲学家的形象是激进的。

马克思主义批评家卢卡奇和特里·伊格尔顿从意识形态的角度指出了狄更斯道德观的局限性。在卢卡奇看来，狄更斯在以法国革命为题材的历史小说《双城记》中比他的社会小说更加鲜明地反映了他的小资产阶级人道主义和理想主义弱点。通过强调具有因果关系的道德因素，狄更斯削弱了人物生活和法国大革命之间的联系。特里·伊格尔顿指出，狄更斯以感伤的道德准则为核心，他的浪漫的人文主义的中心意象是童年的无辜，这反映了狄更斯对资产阶级社会道德批评的理论局限性。

约翰·里德的《狄更斯和萨克雷：惩罚与宽恕》（1995）指出：（1）狄更斯对惩罚与宽恕的态度持的是基督教立场；（2）他处理善恶问题潜在的道德斗争不仅在主题上而且在结构上都发挥了作用，从而将各部小说联结为一个有机的整体；（3）狄更斯不愿意让善良的人直接惩罚恶棍，强调伤天害理的人必遭报应；（4）“重复的报应模式”强化了小说作为道德说教的工具。贾尼斯·卡利斯莱欣赏狄更斯再现道德观的能力，她认为狄更斯将小说看作让读者领悟严峻的生活现实的手段，而同时让他们认识到社会进步的潜力。约瑟芬·盖伊的《维多利亚时代的社会问题小说》（1996）强调狄更斯以“经济人”和“道德人”之间的冲突为重点，但显而易见的是，狄更斯明显倚重后者。斯坦利·弗里德曼的《狄更斯的小说：良心挂毯》（2003）以狄更斯小说的道德维度为重点，认为狄更斯表达了“良知”观念，狄更斯一直将教诲当作自己的职业使命。文森特·纽维的《查尔斯·狄更斯的圣经》认为狄更斯的全部作品都致力于“在日益世俗化的世界保持或者重组道德价值观”①。

（二）泛道德主义的“人生论批评”

与狄更斯同时代的马修·阿诺德倡导的“人生批评”论，不仅强调文学作品的社会功能，而且将它作为判断文学作品优劣的标准，同时强调作家的社会责任感。它摈弃了狭窄的道德准则，将高度的真实性和严肃性作为判断文学作品的标准。马修·阿诺德主要研究古典诗歌，但是在他的影

① Vincent Newey, *The Scriptures of Charles Dickens*: *Novels of Ideology*, *Novels of the Self*. Aldershot, Eng and Burlington, VT: Ashgate, 2004, p. 18.

响下，经保罗·埃尔默·摩尔、F.R. 利维斯的努力，形成了一脉与人生相联系的泛道德主义批评传统，成为英国文学批评的一个重要特征。

作为马修·阿诺德（Matthew Arnold）有机知识分子[①]的追随者，美国学者保罗·埃尔默·摩尔（Paul Elmer More）的《谢尔本论文集》（1908），将“高度的严肃性”作为检验伟大文学的试金石，认为狄更斯是个追求怪异风格的作家，他的作品缺乏高度的严肃性。将高度的严肃性作为判断文学作品的标准在小说领域的研究主要是由剑桥教授利维斯夫妇来完成的，他们像阿诺德那样以文学为宗教，一辈子都在为论证这一观念而努力。

利维斯夫妇的狄更斯研究经历了一个由贬而褒的过程，主要体现在三部著作之中。（1）20世纪30年代，Q.D. 利维斯的《小说与读者大众》（1932）认为狄更斯的小说为幼稚的大众和产业工人而生产，他依赖感伤情绪和夸张渲染来博得读者的眼泪，用连载形式而取得廉价效果；（2）F.R. 利维斯的《伟大的传统》被公认为引发了英语小说研究的革命。该著明确肯定英国文学传统的开创者是简·奥斯汀、乔治·艾略特、亨利·詹姆斯、约瑟夫·康纳德。简·奥斯汀能够进入文学传统是因为她“对于生活所抱的独特道德关怀”[②]，乔治·艾略特正是因为有道德上的严肃性才拥有广泛的影响力，在康纳德那里，“一个严肃的完整意义才是目的。”[③] 亨利·詹姆斯因为他有着严肃的道德目的，D.H. 劳伦斯的探索动力则是“对生活所抱的严肃而迫切的关怀”。[④] F.R. 利维斯虽然也指出了狄更斯对他们的影响，但是他将狄更斯排斥在英国的文学传统之外，这是因为“狄更斯的那份天才却是一个娱乐高手之资”。[⑤]“成熟的头脑在狄更斯那里，都找不到什么东西要求人去保持一种持久而非同寻常的严肃

---

① 有机知识分子即社会的文化组织者，语出葛兰西的《监狱笔记选辑》GRAMSCIA，*Selections from Prison Notebooks*. edited and translated by HOARE Q and SMITH G N. London：Lawrence and Wishart，1971。

② F.R. 利维斯：《伟大的传统》，袁伟译，生活·读书·新知三联书店2002年版，第11—12页。

③ 同上书，第30页。

④ 同上书，第40页。

⑤ 同上书，第30页。

性。"[①] 在狄更斯的全部作品中利维斯独尊《艰难时世》，因为"这部伟大作品具有高度的真实性，其间没有一点童话的成分，以至于完全排除了欢快之气"[②]；（3）利维斯夫妇合著的《小说家狄更斯》（1970）彻底修正了以前对狄更斯的负面评价，称"狄更斯是最伟大的创造性艺术家之一，他以其创造性天才全面发展了忠诚于艺术的意识，成了一位既多产，又让大众喜欢，既深刻又严肃，既机敏又训练有素的小说家，他是一位艺术大师"[③]。狄更斯与布莱克一样，是一位"精神——生命的守护者"[④]，并且另外提出了一条布莱克——狄更斯——劳伦斯进入20世纪的文学脉络。

受到阿诺德和利维斯影响的马克思主义批评家雷蒙·威廉斯在《英国小说：从狄更斯到劳伦斯》指出狄更斯一贯深刻而卓越的社会道德批评超越了任何单个地对货币、大法官庭、家庭或其他社会秩序社会成分的抨击。但是当他将狄更斯与同时代的马克思进行衡量时，威廉斯发现，虽然他们都怀有人类普遍需要改善的意识，但是狄更斯对资本主义罪恶的批判尚未达到马克思那样的高度。在描绘社会罪恶时，他的人物超越了其所生活的社会，狄更斯既是"尖锐的社会批评家，同时又是人类生活的歌颂者"。[⑤]

二 道德传统和维多利亚主义：狄更斯研究的两个核心范畴

西方180余年的狄更斯研究，其重要成果表现为释义的不断丰富和完善。在这一嬗变过程中，诸多的概念和范畴得到了解说和厘定。但是道德传统和维多利亚主义是两个无法绕过的范畴，有必要在此加以界说。

（一）道德传统

这里所说的道德传统包括文学传统和批评传统。传统说到底是一种"历史意识"，按照英国批评家托·斯·艾略特在其名著《传统与个人才

---

① ［英］F. R. 利维斯：《伟大的传统》，袁伟译，生活·读书·新知三联书店2002年版，第31页。

② 同上书，第79页。

③ F. R. Leavis, *Education and the University*. London: Cambridge University, 1943, p. ix.

④ Ibid., p. 274.

⑤ Raymond Williams, *The English Novel: From Dickens to Lawrence*. New and London: Oxford UP, 1970, p. 76.

能》中的说法，“历史意识”不仅要领悟过去的“过去性”，还要把握过去的“现存性”，它不但使作者写作时有他自己那一代的背景，而且要感到从荷马以来，整个欧洲的文学及其本国的全部文学有一个共时的存在，从而构建一个共时的局面。

先看文学传统。英国小说自产生以来一直重视文艺对读者的道德教诲作用。17 世纪，约翰·班扬的《天路历程》通过描写主人公基督去天国寻求救赎的旅程，向读者宣传正统的宗教思想。18 世纪，丹尼尔·笛福声称他一贯的创作目的是要使有罪者幡然悔悟，或者告诫天真无辜者免入歧途。“萨谬尔·理查逊信奉小说的正当旨趣是传达真理，小说家应该是人类风尚的公正的复制者。亨利·菲尔丁要求运用一切才智和幽默，力图以嬉笑怒骂的方式将人们从他们习以为常的愚昧和邪恶中拯救出来。”① 19 世纪是英国小说的黄金时代，强调道德伦理在维多利亚时代作家身上体现得尤为明显，简·奥斯汀、司各特、狄更斯、乔治·艾略特、勃朗特姐妹、盖斯凯尔、萨克雷、柯林斯、特罗洛普、布尔沃·利顿、乔治·莫瓦、刘易斯等人的作品无不打上深深的道德烙印。狄更斯作为那个时代极具社会责任感的伟大作家，在其小说中更是不懈地追求着一种社会批判与道德教化的契合。以《艰难时世》为例，人们通常认为这是一部反映劳资矛盾的作品。事实上，小说真正的社会关系是家庭伦理关系，展示了父母—儿童关系及其所蕴含的道德意蕴。假装自生的庞德贝拒不承担孝敬父母的义务，是无情的丈夫和主人。葛擂硬是失败的父亲，虽然不是冷酷无情却愚蠢至极，他的失败妨碍了女儿的生活。朱浦也是个失败者，但宽恕的儿童再度成了代理父母，而朱浦支持露易莎，因为她仍然忠于自己的血统。每个人物皆可以从他们的家庭关系来判断。朱浦作为小说的道德试金石，正如她的诨名所暗示的那样，既是姐妹，因为她是女儿；又像母亲，因为她可能是个孩子。再如史里锐马戏团，露易莎与庞德贝的婚姻缘自受到妨碍的童年感情。斯蒂芬灾难性的婚姻妨碍了他对雷切尔的爱。

再看批评传统。无论是在中国还是在西方，道德批评都是兴起最早而

① 殷企平、高奋、童燕萍：《英国小说批评史》，上海外语教育出版社 2001 年版，第 50 页。

又影响深远的一种批评。柏拉图的“理念”是最高的“善”，在价值意义上，理念世界就是真善美的世界。柏拉图从“善”的理念出发来界定美的本质和功能，强调文艺对人的心灵进行教化改造，开创了西方的道德理想主义批评传统。亚里士多德认为诗优于历史在于它具有较高的“真实和严肃性”，并以道德标准区分严肃的诗人和平庸的诗人。贺拉斯的“寓教于乐”更强调诗的教化作用。菲利普·锡德尼爵士认为文学原则上应该有很高的道德目的。特罗洛普说，作家必须使读者感到愉悦，否则他就一钱不值；同时他还得教育读者，而教育的方法是使美德富有魅力，使恶德令人望而生厌。

维多利亚时代三位批评大家卡莱尔、罗斯金和阿诺德都十分关注文学的道德教化。罗斯金继承了老师卡莱尔的不少思想，他的审美原则以道德为基础，主张艺术为生活服务，又回到了柏拉图的道德主义。从善恶对立的二元论到“人生的批评”是阿诺德开创的，他的道德批评——“诗歌是人生的批评”的观念实质上是希腊精神在文学领域的逻辑延伸。英国文学的奠基者乔叟，其诗作内容虽然反映了真实的生活，但是缺乏“高度的严肃性”，阿诺德由此认定乔叟不算是伟大的经典作家。亨利·詹姆斯和 D. H. 劳伦斯抨击了英国小说在道德上的装腔作势，而着意于表现对人生的直接印象，他们的审美观点重在表达感受人生本质的充实性。利维斯的“伟大的传统”不仅是文学传统，更是道德意义上的传统。利维斯以道德为出发点来判定作品的高下，艺术形式唯有统辖于道德目的才有意义。阿诺德和利维斯从具体的文学文本分析出发，把文学批评拓展为广义的道德和文化批评。拉曼·塞尔登在《文学批评理论》中很精辟地指出：“道德传统理论总是欧洲文学批评传统中最为反理论的一种，在英国特别盛行。”①

（二）维多利亚主义（Victorianism）

19 世纪中期（即维多利亚时期）英国中产阶级意识形态的总称，其中包括宗教观、人生观、道德观和家庭观等，而核心是道德观。“它一般被理解为自满自足、岛国自大、虚伪道德、慈善主义、感伤主义、粉饰太

① ［英］拉曼·塞尔登：《文学批评理论——从柏拉图到现在》，刘象愚等译，北京大学出版社 2003 年版，第 477 页。

平等词的同义语、虚假乐观主义的代名词。”① 狄更斯的创作严格遵循维多利亚主义的道德规范。一方面，虽然狄更斯的代表性作品具体情节各异，但都是按照个人奋斗—成功—幸福的模式来安排布局的，严格契合中产资产阶级的审美理想。“奋斗—成功—幸福”的模式讴歌了资产阶级奋发向上的人生理想，反映了善总会战胜恶的乐观主义精神。如《大卫·科波菲尔》的结尾，衣衫褴褛的人全给抹除了，密考伯发了财，希普坐了牢，朵拉死掉为艾尼斯让路。再如，匹克威克先生从债务人监狱出来时，依然红光满面，慈祥可亲。小说在温情和美德的氛围中结束；另一方面，他的小说力图反映中产阶级的高雅体面，竭力回避性描写，没有让年轻姑娘看了脸红的内容。如《董贝父子》第54章中的董贝夫人与丈夫的代理人卡克尔私奔问题。他们明明是私奔到法国，住进一家出租公寓，狄更斯却硬要证明他们没有发生两性关系，不厌其烦地交代一男一女的一举一动。正是因为狄更斯的作品反映了维多利亚主义，迎合了中产阶级的审美理想，他才成为英国历史上最受欢迎的小说家。

三　历史之反思：道德研究传统的启示

文学的道德批评作为人文主义批评与阶级、历史、审美等有着千丝万缕的联系。

首先，从阶级角度看。不少批评家挑剔狄更斯虽然怒斥了社会罪恶，但没有提出具体的改革措施，说他不是真正的革命者而只是一个改革者。如吉辛、雷蒙德·查普曼认为狄更斯确实憎恨压迫和非正义，但他在本质上是一个保守主义者。激进批评家乔治·奥威尔认为狄更斯没有提出过建设性的建议，甚至对于他所攻击的社会的性质也没有明确的理解。马克思主义批评家卢卡奇和特里·伊格尔顿从意识形态的角度批评了狄更斯道德观的局限性。这些批评观点，因为没有精准地定位狄更斯的阶级属性，因此，不能很好地解决狄更斯创作中的矛盾。事实上，狄更斯对自己的处境有一种焦虑意识，他比崇拜他的人更清楚地意识到自己的中产阶级地位。

① 朱虹：《英国小说的黄金时代》，中国社会科学出版社1997年版，第140页。

狄更斯12岁在黑鞋油作坊做童工，被置于商店橱窗前做封装鞋油瓶子的示范表演的经历在他心中挥之不去。他从贫困的童工崛起成为一代富翁并成为英国最受欢迎的文学家，文学是他攀登社会顶峰的阶梯。这种中产阶级地位决定了狄更斯在社会大市场中的矛盾处境，他既是社会的批判者又是参与者，在拒绝和批判社会的同时仍然需要社会接纳他。他虽然诅咒那个罪恶丛生的社会，但是他没有勇气挣脱那个购买他的书籍、支持他的生活方式的伪善的社会，更不愿意推翻给他带来了名利的社会上层建筑。事实上，狄更斯不仅不是一个革命者，他还将革命看作洪水猛兽，这在《双城记》可以鲜明地反映出来。

其次，从审美的角度看。道德批评因为与阶级、历史、人性等意识形态有着密切的关联，常被一些论者纳入外部研究而受到轻视。对文学批评道德观的忽视，不仅不利于文学学科自身的发展，而且因为道德批评还能够发现和诠释文学的内部研究所无法洞悉的方面。例如，E. M. 福斯特的《小说面面观》（1927）被人们视为现代主义研究方法的圣经，这部影响至巨的著作在评价狄更斯的部分主要是从审美角度着眼的。在他看来，美的世界对狄更斯来说在很大程度上是视而不见的。他将人物分为圆形人物和扁平人物。圆的人物有非常丰富的生活，与作品的其他方面和谐一致，它能给读者带来更大的乐趣，因此，E. M. 福斯特认为圆形人物优于扁平人物。他贬称“狄更斯的人物几乎全是扁平人物”，“几乎每个人物皆可以用一句话进行概括”，“狄更斯的人物几乎全是扁的”[①]，但 E. M. 福斯特不得不承认，狄更斯的人物有着奇妙的人情深度的感觉，“他的类型所取得的巨大成功暗示扁平人物有着比严肃的批评家认可的更多的内涵”[②]。令人遗憾的是，E. M. 福斯特没法解释这种“奇妙的人情深度”以及狄更斯的扁平人物所具有的丰富内涵。如果从道德角度进行观照，则一目了然。狄更斯是一个迎合维多利亚主义的道德家，他喜欢从道德角度描写人物，道德因而成了狄更斯的人物性格的核心，如《双城记》中的代尔那、厄弗里蒙

① ［英］戴维·洛奇：《二十世纪文学评论·上册》，葛林译，上海译文出版社1987年版，第260—261页。

② 同上。

地侯爵和卡尔登，如《老古玩店》中的小耐儿、奎尔普、斯威夫勒。“人物性格是复杂多样的，有道德因素，也有政治、经济、阶级方面的因素，呈现复杂的多层次形态，但狄更斯侧重描写的是人物的道德层面。由于这一层面过分突出，其他层次相对而言便显得不太重要，从而使人物性格呈现单层次特点。”[①] 另外，狄更斯小说人物的道德内容是分层次的，其核心层次是高尚、诚实、仁爱。狄更斯塑造的人物都是人物所固有的品质，这样从道德角度看，人物一出场，本质便被确定下来，终生不再改变。单层次和确定化造成性格单纯、静止的人物比较多。但是，这并不影响狄更斯人物的厚度和丰富多彩，他的人物同样有着让读者为之着魔的艺术魅力。

再次，从历史的角度看，由于道德的复杂性，对于批评家的偏狭和局限性，只有还原到当时的历史语境和历史的道德立场，才能作出令人信服的说明。以利维斯为例，利维斯夫妇的狄更斯批评前后抵牾、自相矛盾是显而易见的。在今天看来，利维斯单凭狄更斯的作品展开批评缺乏生活的严肃性，即狄更斯的作品中有着滑稽幽默的成分，就将他排斥在英国文学的伟大传统之外，仅以简·奥斯汀的作品有着道德严肃性就把她当作英国小说伟大传统的奠基人，是极其武断的。利维斯夫妇同样以含混、模糊的“生活”为终极价值标准而褒扬狄更斯，道德标准所排斥的一切无疑显示出利维斯的文学观念的局限及偏狭。这种局限及偏狭只有置其于历史语境才能清晰地观照。因为不仅作家的创作要受到时代的影响，批评家同样要受到其生活和写作的时代的局限。利维斯的文学批评观与他的文化观、社会观和人生观有着不可分割的联系，甚至可以说根源于他的文化观、社会观和人生观。英国社会在20世纪发生重大转折，传统价值观分崩离析，大众文化汹涌而来。在这样的社会环境中，有着切身体验的利维斯，惋叹机器文明的进步，眷恋工业化以前的社会共同体，主张精英文化，强调社会需要有“受过教育的大众”。因此，他不惜殚精竭虑以确立文学批评的崇高地位来抵制大众文化的冲击，企图力挽狂澜于既倒。为此，他苦心孤诣地以文学的严肃性为唯一的评判尺度，从英国文学史中筛选为数不多的几位大家，甄别优劣高下，以期唤醒一种差别

① 赵炎秋：《论狄更斯的道德观在其长篇小说人物塑造中的作用》，《陕西师大学报》1987年第4期。

意识，树立一个具有实用价值的传统观，从而达到以具有强烈道德意识的文学经典来启迪人的心智的目的。

最后，利维斯文学批评的其他局限也只有置于他的文化观、社会观和人生观中才能得到说明。由于他首先关心的是维护传统①，因此，他臧否作品的标准往往以道德即生活的严肃性为出发点。这种排斥多元论的文学批评将道德判断置于形式之上，有益于生活、激发生命创造的作家和作品得到褒扬，而具有幽默搞笑色彩的作家和作品遭到贬抑。因此，在利维斯那里，纯粹游戏式、洛可可风格、装饰性、讲究美感、形式主义的艺术成了奚落的对象，唯情论、灵感、辞藻等一向遭到他的贬损。他的文学批评对“审美问题”“诗篇布局”之美往往视而不见，正如他自己所说，“技巧只能根据它所表达的感受力来加以研究和判断”，否则它“就是一种无益的抽象概念”②。这样利维斯就成了一位着眼于道德和社会问题的批评家，他的文学批评则成了社会批评和文化批评。

第八节 开放、争鸣、多元的狄更斯研究

一 繁荣的“狄更斯产业”

第二次世界大战以来70余年的狄更斯研究经历从业余批评到职业批评、从传统批评到后现代批评两次转向之后，至20世纪80年代进入繁荣期。近万篇论文、几十部传记、上千部批评专著构成了“狄更斯产业”③。劳伦斯·W. 麦泽诺指出：“没有哪位维多利亚时代的小说家享有狄更斯那么多的评论。”④ 事实证明他所言不虚。英美当代七十余年的狄更斯研究，从社会历史、心理、文化等各个维度对狄更斯的作品进行了全方位的深入挖掘。这里仅举两个数字说明这一点：J. 唐·凡（J. Don Van）1969年编写的《狄更斯批评目录，1963—1967》，时间跨度虽然仅5年，但足足有

① 利维斯的传统首先指的是文学传统和社会传统。

② F. R. Leavis & Q. D. Leavis, *Dickens, the Novelist*. London: Chatto & Windus, 1970, p. 113.

③ Lyn Pykett. Charles Dickens. Critical Issues Serials. London: Palgrave, 2002, p. 2.

④ Laurence W. Mazzeno, *The Dickens Industry: Critical Perspectives* 1836—2005. Camden House, 2009, p. 1.

23 页。2006 年特里·哈瑟勒（Terri Hasseler）撰写的《近来的狄更斯研究：2004》对一年的研究专著综述就达 80 页。

第二次世界大战后“狄更斯产业”的繁荣主要表征在：狄更斯的作品一再出版，有关狄更斯的研究著作、论文、综述和批评集大量涌现。

（一）各种版本的狄更斯小说、非小说、书信的出版发行

狄更斯小说的种种版本在他生前不久就已经面世，第二次世界大战后在安德鲁·郎、乔治·吉辛和吉·基·杰斯特顿等专家的指导下发行了几十种狄更斯小说集。20 世纪 60 年代，一批英国学者与牛津大学达成协议发行加了注释的小说版本，形形色色的盗版更是难以统计。20 世纪末至 21 世纪初，对狄更斯非小说的研究成效卓著，约翰·德鲁（John Drew）与米歇尔·斯莱特合编的四卷本《狄更斯新闻登特统一版》（*Dent Uniform Edition of Dickens' Journalism*, 1996－2000）第一次全面分析了狄更斯的新闻作品，并构成一个独立的文献体系。在哈姆雷·豪斯、凯瑟琳·蒂洛森的倡导下，1965 年狄更斯书信朝圣版本第一卷面世。马修贝·维斯（Matthew Bevis）的《见风使舵的狄更斯》（*Temporizing Dickens*, 2001）研究狄更斯作为议会作者、报社记者的经验对其早期作品的影响，荣膺英国评论随笔奖。大卫·帕鲁瓦森 1985 年出版了《狄更斯书信选》，2006 年与德鲁创办“狄更斯杂志在线”，读者在互联网上可以使用狄更斯周刊《家常话》《一年四季》的摹本，可以搜索有关杂志的学术研究名录等。

（二）研究者还编写了种种狄更斯词典、百科全书和指南

吉尔伯特·皮尔斯（Gilbert Pierce）的《狄更斯字典》，托马斯·伊夫（Thomas Fyfe）的《狄更斯作品中的人》，诺曼·佩奇（Norman Page）的《狄更斯指南》（1984）及《狄更斯编年史》（1988），弗雷德·列维特（Fred Levit）的《狄更斯词汇表》（1990），唐纳德·霍斯（Donald Hawes）的《狄更斯作品中的人》（1997），乔治·拜纳姆（George Bynum）的《狄更斯作品中的谚语表达：狄更斯作品中的谚语导论》（1997），菲利普·博尔顿（H. Philip Bolton）的《戏剧性的狄更斯》（1987），乔治·纽林（George Newlin）的《狄更斯作品中的事》（1996）、《狄更斯作品中的人》（1995），米歇尔·斯莱特、尼克拉斯·本特利和韦纳·伯吉斯（Vina Burgis）合编的《狄更斯索引》（1988），保罗·施利克（Paul Schlicke）的《牛津读者狄更斯指南》（1999）以及约翰·乔丹的《剑桥指南之查尔斯·狄更斯》（2001）等。

（三）诞生了几十部狄更斯传记

简·科恩（Jane Cohen）的《查尔斯·狄更斯和最初的插图作者》（*Charles Dickens and His Original Illustrators*，1980），迈克尔·艾伦（Michael Allen）的《查尔斯·狄更斯的童年》（*Charles Dickens's Childhood*，1988），悉尼·莫斯（Sidney Moss）的《查尔斯·狄更斯与美国的争论》（*Charles Dickens's Quarrel with America*，1984）等，其中四部传记被公认为堪与约翰·福斯特的《狄更斯传》（1872）比肩，这就是艾德加·约翰逊的《狄更斯——他的悲剧与胜利》（1952）、弗雷德·卡普兰的《狄更斯》（1988）、彼得·阿克罗伊德的《狄更斯》（1990）、米歇尔·斯莱特的《狄更斯》（2009）。

（四）有关狄更斯研究的综述著作和批评集大量问世

乔治·福特的《狄更斯与读者》（1955）是对狄更斯的接受和声誉最具影响的研究，它对狄更斯研究作了条分缕析的分析，探讨了狄更斯声誉的成因，被当作1836—1940年狄更斯声誉的研究权威而被引用。乔治·福特与洛里亚·烂（Lauriat Lane）合编的《狄更斯批评家》（1961）第一次以一卷本的形式选择迄当时为止所最有影响的狄更斯批评，斯蒂芬·瓦尔（Stephen Wall）的《狄更斯：批评选集》（1970）重印了狄更斯在世时种种小说版本序言，凯瑟琳·奇蒂克（Kathryn Chittick）的《对狄更斯的批评接受1833—1841》（1989）及《狄更斯与1830年代》（1990）研究狄更斯在同代人中奠定声誉的第一个十年，补充了福特和柯林斯的著作，迈克尔·霍灵顿（Michael Hollington）汇编的《狄更斯：批评评价》（1995）是规模宏大的批评论集，从英美之外的国家选择批评资料，大大拓宽了狄更斯研究的视域。弗雷德里克·卡尔的《最近的狄更斯研究》（2003）回顾了20世纪末21世纪初的狄更斯评论，对狄更斯声誉的历史和地位提出了更深刻的洞见。劳伦斯·W. 麦泽诺（Laurence W. Mazzeno）的《狄更斯产业：批评视角，1836—2005》（2009）对狄更斯自1836年发表《博兹札记》以来直到2005年的有价值的评论作了条分缕析的梳理。

繁荣的背后必然有着深刻的原因，其原因可以从两个方面来看。

(一）狄更斯研究的体制化

1. 学院派别批评的重大影响

狄更斯逝世后不久，开始出现“专业研究”。查尔斯·肯特（Charles Kent）的《作为读者的查尔斯·狄更斯》（*Charles Dickens as a Reader*, 1872）是最早的专业研究之一。肯特的研究用文献证明狄更斯作为娱乐高手的一生，提醒后来的读者，狄更斯声名远播，不仅仅在于他创作了小说，而且通过戏剧性阅读使小说还原为生活，吸引了大量的英美读者。但是学院派批评经历了一个极其缓慢的发展过程，直到第二次世界大战后，由于新批评的影响才渐成气候。强调文本的语言、言语结构的新批评对狄更斯研究的主要贡献之一是建立了公认的职业批评模式和文学批评学科。第二次世界大战后在文学批评专业化的背景下，狄更斯研究从业余批评转向职业批评，文学研究成了大学教授的职业，诞生了一批著名的狄更斯研究专家，如哈姆雷·豪斯、菲利普·柯林斯、K. J. 菲尔丁、艾德加·约翰逊、利维斯夫妇、希利斯·米勒①、凯瑟琳·蒂洛森、乔治·福特、爱德华·瓦根内克特等。可以说，学院派别批评直接促成了狄更斯产业的生成。

2. 专门研究狄更斯的杂志

除了1905年创办的《狄更斯研究者》以外，第二次世界大战后又创办了《狄更斯研究》(1963)、《狄更斯研究年鉴》（1970）、《狄更斯研究通讯》(1970)，众多的专业杂志为展示狄更斯研究成果提供了园地。

3. 从小学到大学的英语教学大纲

狄更斯一直是座上宾，他的不少作品是英文教材的必读书目，在本科生和研究生中开设了狄更斯研究课程。另外，有促进、支持狄更斯研究的学会如狄更斯协会（the Dickens Society），有联络狄更斯研究人员的国际性组织如狄更斯国际基金会（the International Dickens Fellowship）等。

① 以解构主义大师著称的希利斯·米勒的文学研究生涯是从研究狄更斯开始的，《狄更斯：他的小说世界》的引用率在同一类型的著作中是最高的。

职业批评模式和文学批评学科的形成，再加上在英美成立了专门的狄更斯协会、有定期出版的狄更斯研究杂志和刊物，每年举办狄更斯学术研讨会，因而狄更斯研究已逐渐演变成一门学科——狄学，研究成果汗牛充栋，在英美及全世界都产生了巨大的影响。

（二）开放、争鸣、多元的学术学理探究

通过勾勒英美学界当代七十余年（1940—2015）狄更斯研究的演进轨迹，剖析与评述具有代表性的学者的研究视角、方法、研究成果及其影响，不难发现，西方的狄更斯研究从一开始就在学术学理探究层面进行。当代西方七十余年的狄学研究主要围绕两个方面进行争鸣，一是狄更斯的声誉，二是对狄更斯的作家定位。

1. 关于狄更斯的声誉之争

第二次世界大战爆发后，英国大众在狄更斯的小说中寻找慰藉，狄更斯成了英国民众对抗疯狂战争的手段。由于乔治·奥威尔与艾德蒙德·威尔逊的开拓，经过狄更斯协会以及哈姆雷·豪斯、爱德华·瓦根内克特等批评家的评论，狄更斯的声誉得以复苏。奥威尔称狄更斯是创造刻骨铭心的人物和环境的大师，认为狄更斯的作品打破了现实主义规则，因而值得读者认真关注。艾德蒙德·威尔逊高度肯定狄更斯作品中的象征风格和类似“实验”小说的手法。但这并不说明狄更斯的声誉已经固若金汤。20 世纪 40 年代，F. R. 利维斯的巨著《伟大的传统》贬抑狄更斯，将狄更斯仅仅看作一个娱乐高手，以生活的严肃性为标准，将狄更斯排斥在英国文学传统之外。

1970 年狄更斯逝世一百周年时，英美各界以种种方式隆重进行纪念，有关狄更斯的研究专著和论文大量出版，狄更斯的声誉上升到了无以复加的程度。先前极力贬抑狄更斯的利维斯夫妇这时彻底改变了对狄更斯的态度，他们合著的《小说家狄更斯》（1970）称狄更斯为“小说中的莎士比亚”①。狄更斯与布莱克一样，是一位“精神——即生命的守护者”②。但是即使在狄更斯的声誉处于顶峰时期也并非安然无恙。凯特·米莱特的《性政治》（1970）从女性主义角度出发，抨击狄更斯对待妇女的态度，认

① F. R. Leavis & Q. D. Leavis. *Dickens, the Novelist*. London: Chatto & Windus, 1970, p. xi.

② Ibid., p. 274.

为他的作品存在歧视女性的现象，发出了反抗父权制意识形态的呐喊："狄更斯的作品令人沮丧的缺陷之一是，他的小说中所有严肃的妇女仿佛都是按照罗斯金的女皇镌刻出来的天使。"①

2. 关于狄更斯的作家定位

自从狄更斯的作品问世180年来，对他的价值定位一直没有中断过，从而产生了种种"主义"之争。根据笔者掌握的资料，大致可以概括出以下几种情况。

（1）狄更斯是一位浪漫主义或理想主义作家。这种看法早在1859年就已经出现。这一年，大卫·马森（David Masson）在《英国小说家及其风格》（*British Novelist and Their Styles*，1859）中称萨克雷为"写实派小说家"，称狄更斯为"理想派或浪漫派"小说家，并对二者进行了对比。第二次世界大战后，理查德·莱蒂斯（Richard Lettis）和哈理·斯通加入这一争鸣之中，进一步深化了狄更斯是浪漫主义或理想主义作家的讨论。莱蒂斯在《狄更斯美学》（*The Dickens Aesthetic*，1989）及其姐妹篇《狄更斯论文学：对狄更斯美学继续研究》（*A Continuing Study of His Aesthetic*，1990）中认为，狄更斯的艺术观从根本上来说是浪漫主义的，因为伟大的艺术必须唤起感情，模仿生活，抑制伤感，精心构思，不管哪种媒质都是如此。莱蒂斯指出，尤其重要的是，狄更斯认为伟大的艺术应当是肯定生活。

（2）狄更斯不是现实主义者。这一观点的主要代表是欧内斯特·贝克、乔治·奥威尔、阿诺德·凯特尔、马里奥·普拉兹、朗索瓦·巴希、V. S. 普里彻等。马里奥·普拉兹在《维多利亚小说黯然失色的英雄》（1956）中认为"不能将狄更斯纳入真正的现实主义作家之列，部分原因在于他的戏剧化倾向，部分原因在于维多利亚人讨厌一切粗俗的内容"②。狄更斯小说中的现实主义仅仅是生动描写所带来的快感，当他扭曲现实呈现一个真正恐怖的世界时，真正杰出的狄更斯诞生了。

（3）狄更斯的作品是感伤主义和现实主义的结合，这一观点的代表人

---

① Kate Millett, *Sexual Politics*. Garden City, NY: Doubleday, 1970, p. 90.

② Mario Praz, "Charles Dickens." In *The Hero in Eclipse in Victorian Fiction*, translated by Angus Davidson, 140 - 88. London, New York: Oxford UP, 1956, p. 149.

物是弗雷德里克·卡尔（Frederick Karl），他在《小说时代：19 世纪英国小说》（*The Age of Fiction*：*The Nineteenth Century British Novel*，1964）中认为，狄更斯最伟大的天赋在于将英国小说的两股主流趋势，即卢梭的感伤人文主义和现实主义趋势统一起来。

（4）狄更斯是象征主义者。这一说法的代表人物有多萝西·凡·根特、阿诺德·凯特尔、希利斯·米勒、加勒特·斯图尔特、艾德蒙德·威尔逊。加勒特·斯图尔特的《狄更斯与想象试验》称狄更斯式的人物为“意象派”人物，指出了狄更斯的小说有四个独特的风格：喜剧的、讽刺的、抒情的、神经质的风格。美国左翼批评家艾德蒙德·威尔逊强调狄更斯作品中的恐怖或者野蛮成分，建议我们在狄更斯的作品中寻找象征主义、诗意以及实验小说家的种种手段，而不是苛责狄更斯作品缺乏现实主义。

（5）狄更斯是一位喜剧作家。这一说法的代表人物有杰斯特顿、约翰·凯里、V. S. 普里彻。其中 V. S. 普里彻最为典型。他在《狄更斯的喜剧世界》中指出，我们首先是在喜剧性的狄更斯身上发现了一位艺术家，“狄更斯的名望和成就建立在他喜剧性的作品，特别是在他对人生的喜剧感上面。喜剧世界自成一体”。“他的作品是形象化的、戏剧性的、哥特式的。”“我们不可能把喜剧性的狄更斯从义愤填膺的、爱说教的、感情夸张的、革命的或者杀气腾腾的狄更斯分割开来，因为在狄更斯的作品中，喜剧性因素并不只是用来作为调剂的喜剧场面。”① 在他看来，即使严肃的狄更斯也不是一个现实主义者。

（6）狄更斯是表现主义者。这一说法主要是约翰·格劳斯。他在自己主编的论文集《狄更斯与二十世纪》的序言中指出：“综艺节目、梦魇、民间故事——无论我们选择什么术语来描绘狄更斯世界，都表明他的地位总是与伟大的表现主义大师联系在一起的。”②

（7）现代主义或后现代主义的狄更斯。约翰·罗斯金、瓦尔特·本雅明、米歇尔·霍灵顿、朱莉安·沃尔弗雷斯等认为，狄更斯的作品具有现

① 罗经国：《狄更斯评论集》，上海译文出版社 1981 年版，第 208 页。

② John Gross and Gabriel Pearson，eds.，*Dickens and the Twentieth Century*. London：Routledge and Kegan Paul，1962，p. xiv.

代性。约翰·罗斯金认为，狄更斯“是一位纯粹的现代主义者”[①]。

美国梵得比尔大学的詹伊·克莱顿教授在《19世纪文学》发表的《狄更斯与后现代主义谱系学》认为，“作为作家的狄更斯不仅生产了现代主义的社会现象，如开明的、自主的自我，而且生产了后现代主义的社会现象，如虚拟和被解构的主体”[②]。叙事方法与怪诞的人物是狄更斯与后现代主义最明显的联系。狄更斯不仅娴熟地运用大众化的叙事，而且掌握了碎片化的叙事，后现代主义小说家托马斯·品钦、盖蒂斯、里德、布鲁克·罗斯笔下的一些漫画式人物无疑是狄更斯的这些寓言式的人物类型的近亲。狄更斯作品中的狂欢化以及对戏拟的热衷，将地位和财富特别富于魅力的意象变成讥讽的对象，预示了后现代主义戏拟的出现。

综上所述，西方的狄更斯研究领域，由于相互挑战和激烈争鸣，“传统”观点与“现代”观点交织在一起，从来就没有一致的看法，在历代不同流派的批评家笔下，狄更斯呈现迥然不同的面貌。

早在1926年奥洛·威廉斯（Orlo Williams）在《一些伟大的英国小说家》中抱怨道，研究狄更斯已经没有什么可说的了，“从泰纳到杰斯特顿，狄更斯已经被批评、谴责、欣赏完了”[③]。可是90年过去了，出版了上千部专著，发表了近万篇论文，这就充分证明说不完的狄更斯还要继续说下去。因为一代又一代人都会从狄更斯那里发现对自己有价值的东西。可以预料的是，狄更斯产业的未来依然一片光明，研究成果不可能下降。因为在英美狄更斯几乎无处不在，以他的人物和景观命名的企业、专门讨论狄更斯及其作品的网站多得难以数计，他一直出现在从小学到大学的教学大纲中，他对当代圣诞庆典的重大影响，好莱坞和英国的广播公司几乎将狄更斯的所有作品改编成了电影或电视连续短剧，成千上万的人不是直接从文本中了解狄更斯，而是从视觉享受中了解狄更斯。这些对于阐释狄更斯

① Collins, Philip A. W., ed., *Dickens: The Critical Heritage.* London: Routledge & Kegan Paul, 1971, p. 443.

② Jay Clayton, Dickens and the Genealogy of Postmodernism, Nineteenth-Century Literature, Vol. 46, No. 2 (Sep., 1991), p. 188.

③ Orlo Williams, *Some Great English Novelist: Studies in the Art of Fiction.* London: Macmillian, 1926, p. 26.

及其所描写的世界提供了大有可为的研究话题。

2012 年是狄更斯的二百周年诞辰，西方研究 19 世纪文学的学者开展了隆重的庆祝活动，撰写了大量的文章、书籍、评论、综述、博客条目，拍摄了系列电影电视，以之纪念狄更斯。例如，由吉姆·克里（Jim Corey）主演的《圣诞欢歌》的高新技术动画版由迪斯尼发行，并在美国多个城市的列车旅行活动中促销。“狄更斯 2012”网站也可登录观看。

二 学术学理探究：西方狄更斯研究的价值取向

从价值取向角度看，西方的狄更斯研究自始至终从学术学理层面进行深入探究挖潜，以其独立自由的学术精神、开放争鸣的学术姿态从多方面揭示了狄更斯的价值与意义，彰显了文学自身的独立价值和艺术魅力，无论不同时代的接受者还是在同一时代的接受者对狄更斯的接受皆呈现出见仁见智的特点，在众声喧哗中形成多元对峙的局面。

西方 180 余年的狄学研究，呈现出“诗代文变”的演进轨迹。狄更斯的声誉随文学潮流而潮起潮落，对他的评价褒贬不一，歧见纷出。狄更斯在世时，正是浪漫主义与现实主义大行其道的时候，围绕他的创作的真实性，即现实主义与非现实主义特性而争论不休。狄更斯逝世以后，自然主义和唯美主义的兴起，文艺潮流转向，狄更斯的声望下降。自然主义要求运用科学的方法书写社会和遗传，用所谓的“自然法则”解释社会和个人行为，无法容忍狄更斯作品中的夸张手法和感伤情调。唯美主义者要求艺术完善自身，文艺要远离整个物质世界的污染，基于艺术至上的原则将纯艺术与文艺的大众化截然对立起来，否认艺术能迎合大众的特质，从而拒绝狄更斯。1918 年布卢姆斯伯里文社的成员利顿·斯特雷奇出版了《杰出的维多利亚人》激起了大众对维多利亚文学的贬低，狄更斯的声誉也随之下降。19 世纪末 20 世纪初的现代主义者轻视狄更斯，将狄更斯看作传统的伤感主义小说家。19 世纪 30 年代马克思主义的狄更斯批评盛行，有利于奠定狄更斯的批评声誉。必须指出的是，30 年代的马克思主义批评，感兴趣的不仅仅是狄更斯作品的政治信息，它同样关注作品的艺术价值。20 世纪中期我国的狄更斯研究受政治的影响为社会历史批评所主宰，专注于文本之外的社会历史语境，撇开文本自身的语言、结构、文体修辞等美学内涵，而英美的批评界盛行的形式主义批评和新批评，着重探讨狄更斯作品的主题、结构和风格等美学现象。在 80 年代的理论大潮中，狄更斯再度受到指责。新历史主义者认为狄更斯虽然猛烈抨击社会秩序，但是他十分满足于现状，是一个十足的守旧者，通过探索狄更斯与时代的关系，新历史主义者强调揭示狄更斯作品中反动的意识形态，认为他的作品支持了居于支配地位的社会权力结构。以爱德华·萨义德为代表的后殖民主义批评认为狄更斯参与了殖民书写，他的作品有着根深蒂固的沙文主义和帝国主义倾向。

西方的狄学研究同样存在社会政治层面的诉求，只不过相较学术学理层面的探究而言，社会政治层面的诉求显得微乎其微。例如，《雾都孤儿》触及了当时颁布的贫民法，引起了维多利亚女王的关注，她建议大臣墨尔本勋爵阅读该书。墨尔本勋爵读后说："我不喜欢小说里展现的这些内容，它无助于提升道德观念；我不喜欢对人类的贬低。我希望能避免这些，在现实里我不喜欢这些事实，所以我也不希望他们在小说中被再现出来。我们要读的文学应当是纯洁、催人上进的，我想即使是席勒和歌德读到这些事情也会感到震惊的。"① 卡利斯尔女士说："我知道有像扒手和流浪汉之类的不幸人，我对他们的遭遇和生活方式感到非常遗憾和震惊，但是我不希望这些事被宣扬出去。"② 再如，在第一次世界大战和第二次世界大战战火纷飞的时代，英国大众在熊熊大火前开怀大笑地欣赏狄更斯的小说，打发漫漫长夜，在他的作品中寻找慰藉，狄更斯成了"舒适的使徒"。威廉·沃尔特·克罗奇（William Walter Crotch）在《狄更斯的秘密》（*The Secret of Dickens*，1919）中宣称，狄更斯不仅是伟大的艺术家，而且是伟大的爱国主义者。"再度唤起大众对现代最伟大的小说家的兴趣，我觉得我正在用西方文明反对可恨的德国反动分子"，"狄更斯研究意味着在精神上武装人民争取民主。"③

---

① Queen Victoria, From Her Diaries, 7 April, 1839, p. 79.

② *Chronicles Holland House* 1820 - 1900, ed. Earl of Ilchester, 1937, p. 245.

③ William Walter Crotch, *The Secret of Dickens*. London: Chapman and Hall, 1919. Reprint, New York: Haskell House, 1972, pp. xiv - xv.

从根本上说，西方 180 余年的狄学研究，弥漫着丰富而新颖的“对话”，而这种对话在一个又一个挑战中反映出来。挑战也许是西方的学术传统，但是，对话和挑战精神在狄更斯批评中尤其醒目。后代的批评家热衷于挑战权威，挑战前辈的批评观点。挑战前辈者，自己又被后辈挑战。例如，牛津大学教授哈姆雷·豪斯的扛鼎之作《狄更斯世界》极力反对狄学泰斗吉克·杰斯特顿所创造的狄更斯肖像，并挑战流行的观念：狄更斯不是成熟的思想家或社会改革家，他利用自己的经验尤其是童年经验来安排小说情节，暴露社会罪恶。该书后来成了狄学研究的经典。但是希利斯·米勒的《狄更斯：他的小说世界》以挑战豪斯的《狄更斯世界》为鹄的，他认为，豪斯将把狄更斯的小说仅仅当作社会文本来解读是完全错误的，从而提出了研究文学作品与作者关系的第三种方法——现象学意识批评，这种批评观不是将狄更斯的小说看作维多利亚社会的镜子，而是解读为作者世界观的表征。希利斯·米勒解读狄更斯的方法成为以后几代学者的基本范式，但是它也遭到不少学者的挑战。柯林斯批评希利斯·米勒随意误解小说中的段落，其历史意识没有控制自己对小说的反映。凯瑟琳·蒂洛森认为希利斯·米勒虽然勇敢且富于远见，但是他的方法和结论都是不堪一击的。艾德加·约翰逊批评希利斯·米勒忽视了狄更斯小说中对立的结构。正是对话和挑战精神，才诞生了一批杰出的狄学专家：哈姆雷·豪斯、菲利普·柯林斯、K. J. 菲尔丁、艾德加·约翰逊、利维斯夫妇、希利斯·米勒、凯瑟琳·蒂洛森、乔治·福特等；正是对话和挑战精神，狄学研究中截然对立的分歧观点比比皆是。

再如，对于狄更斯的创作发展，西方评论家们持两种不同的看法。一部分评论家推崇他前期的作品，另一部分评论家推崇他后期的作品。E. B. 哈姆利声明：“我们更喜欢您是《匹克威克外传》《老古玩店》《马丁·朱述尔维特》的作者，而不是《荒凉山庄》《小杜丽》的作者。”①菲茨詹姆斯和特罗洛普等人从思想上、艺术上否定了狄更斯的后期创作。特罗洛普认为《小杜丽》歪曲地描写了英国官僚机构；美国作家亨利·

① E. B. Hamley, Remonstrance with Dickens, *Blackwood Magazine*, April 1857, pp. 490 – 503.

詹姆斯也认为狄更斯的后期创作已经“陷入永久性的才智枯竭”。而罗斯金、萧伯纳、林赛和普里斯特莱等人对于狄更斯后期的创作给予了高度评价。

从比较的角度看，我国的狄更斯研究则呈现出截然不同的价值取向，也就是说，我国的狄更斯研究在社会政治诉求层面展开。社会政治诉求层面的接受着重强调文学的政治功利价值，导致我国百年的狄更斯研究的一体化诉求，定狄更斯为现实主义于一尊。

我国从社会政治诉求层面对狄更斯的研究与中国的现代化进程密切相关，在特殊的时代氛围对其作品的译介从来就不是纯粹的学术研究，而是意识形态、社会改造运动的一部分。在晚清“别求新声于异邦”① 的思想启蒙运动中，梁启超、严复、夏曾佑等有识之士师法域外文学，把小说作为社会启蒙的工具。为配合维新派改良群治的运动，1902 年梁启超在《论小说与群治之关系》中正式提出“小说界革命”，“欲改良群治，必自小说界革命始；欲新民，必自新小说始”。② 之后小说从不入流的小道一跃而为最上乘的文学。梁启超提高小说地位的理论主张由于顺应了小说应有益于世道人心的传统文学观念而应者云集，故而出现了域外小说翻译热潮，1902—1907 年，翻译小说的数量甚至超过了原创文学。林纾的翻译尤其关注与当时的社会现实有关的小说。狄更斯的小说因为契合了当时的社会现实特别受到林纾的青睐，短短的几年时间他就翻译了狄更斯的五部小说。他在《贼史·序》中指出：“迭更斯极力抉摘下等社会之积弊，作为小说，俾政府知而改之……顾英之能强，能改革而从善也。吾华从而改之，亦正易易。所恨无迭更斯其人，如有能举社会中积弊者为小说，用告当事，或庶几也……果能出其余绪，效吴道子之写地狱变相，社会之受益，宁有穷耶。”③ 林纾的译介直接呼应了梁启超改良群治的小说功能观，同时林纾的揭露社会时弊、促进社会改良的现实主义的小说观为“五四”之后的“平

① 鲁迅：《呐喊·自序》，《鲁迅全集》第 7 卷，人民文学出版社 1981 年版，第 417 页。

② 陈平原：《二十世纪中国小说理论资料》（1897—1916）第一卷，北京大学出版社 1997 年版，第 53—54 页。

③ 同上书，第 353—354 页。

民文学”奠定了基础。与林纾相比，孙毓修更是强调小说的社会功能，甚至夸大到了无以复加的程度。“百年以前，英国政治之不公、风俗之龌龊为欧洲最。帝王之力不能整，宗教之力不能挽，转恃绘影会声之小说，使读者人人自愧，相戒毋作此小说之主人翁。政治风俗渐渐向善，国富兵强，称为雄邦。是则 Charles Dickens 之所为也。”①

“五四”时期的写实文学延续了清末民初的文学启蒙功能观。五四文学革命从批判“文以载道”开始，提出“人的文学”“血与泪的文学”，要求文艺与时代相呼应并以“人的文学”为武器。鲁迅以小说为改造国民性的利器。“第一要著，是在改变他们的精神，而善于改变精神的是，我那时以为当然要推文艺。”新文化运动领袖陈独秀将狄更斯列为值得中国文学界豪杰之士学习的楷模。他在《文学革命论》一文中呼吁中国“文学界豪杰之士”能“不顾迂儒之毁誉，明目张胆以与十八妖魔宣战”，能“自负为中国之虞哥左喇桂特郝卜特曼狄铿士（即狄更斯——笔者注）王尔德者”② 茅盾在《“大转变时期”何时来呢?》指出：“文学是有激励人心的积极性的。尤其在我们这时代。我们希望文学能够担当唤醒民众而给他们力量的重大责任。……现代的活文学一定是附着于现实人生的，以促进眼前的人生为目的的。”③

在“红色的 30 年代”，一系列血腥的政治事件也决定了这个时期文学的政治品格。恽代英、萧楚女、沈泽民等在《中国青年》提出“无产阶级艺术”和“革命文学命题”，要求以文学为武器配合单命斗争，要求文学艺术参加革命斗争，积累革命经验，培养革命感情，再进行文学创作。

抗日战争时期，由于全民投入救亡运动，社会政治生活发生突变，文艺的使命由启蒙过渡到救亡，30 年代以阶级意识为主体的左翼文学转向以民族意识为主体的抗战文学。茅盾说：“目前我们的文艺工作万般趋向于一个总的目的，就是加强人民大众对于抗战意义之认识，对于最后胜利之

---

① 孙毓修：《司各德、迭更司二家之批评》，《小说月报》1913 年第 4 卷第 3 期。

② 陈独秀：《文学革命论》，《新青年》1917 年第 2 期。

③ 茅盾：《“大转变时期”何时来呢?》，《文学周报》1923 年 12 月 31 日。

确信。”王无生直陈小说对于救亡图存的作用：“当今四国协约之后，人人有亡国之惧，以图存救亡为心者颇不一其人。夫欲救亡图存，非仅恃一二才士所能为也，必使爱国思想，普及于最大多数之国民而后可。求其能普及而收速效者，莫小说若。”①

新中国成立后，国内评论界对狄更斯小说的研究一般集中在社会批判的一面。在特定的历史环境下，由于强调阶级斗争，要求文艺从属于政治，成为整个革命机器的一颗螺丝钉。我国在政治、经济、意识形态上紧跟苏联老大哥，高尔基从现实的政治斗争需要出发提出的“批判现实主义”成为我国界定狄更斯的定律，《辞海》、杨周翰等主编的欧洲文学史也称狄更斯为英国批判现实主义作家。“他的创作生动地反映了19世纪英国资本主义的发展过程；为我们认识资本主义社会提供了丰富的材料。”②

1985年之后，由于世界空间的敞开，西方批评理论的“拿来”，我们在思想上追随西方启蒙主义价值观和西方人文主义传统，在文艺观上高扬作家的主体性，在方法论上提倡情感表现，在具体的批评实践中热衷于审美结构分析，社会批评让位于文本和审美批评，批评方法的多样化，再加上历经80余年的学术积累和沉淀，为日后的发展奠定了基础，按理说，我国的狄更斯研究应当百尺竿头，更进一步，走上学术学理探究的良性发展轨道，但令人遗憾的是，结果却不尽如人意。其最大的问题在于批评主体性的丧失，对内缺少不同观点的交锋、争辩，对外缺少与国际狄更斯研究主流话语的深度对话与交流。赤裸裸的拿来主义者没有深入理解和阐释他人的立场、观点与方法。发表论文虽然十分规范，大量引证西方学者的理论来支撑自己的观点或加以详细讨论，但是批判性较之以前大大降低，表现出对西方学术权威的盲目膜拜。因此，这一时期我国的狄更斯研究在多元化背景下的众声喧哗合奏的却是一种同调之音，即西方学术权威之音，缺乏自己独立的声音。

我国百年狄更斯研究的精神谱系一直是将狄更斯看作现实主义作家，

---

① 王钟麒：《论小说与社会改良之关系》，《月月小说》1907年第一卷第9期。

② 朱维之：《外国文学简编·欧美部分》（修订本），南开大学出版社1994年版，第257页。

这种价值取向在当时的历史语境是无可厚非的。政治教化、社会认知、思想启蒙的文学功能观把小说作为启蒙和改造社会的工具。在当时文艺与政治的结合也不是没有其积极意义。在 19 世纪末以及 20 世纪前五十年，中国陷入水深火热之中，研究者不能无视内忧外患的社会现实，坐拥书城。在落后挨打而发奋图强的时代氛围中，强烈的使命责任感驱使研究者们以深沉的忧患意识和启蒙意识，为民族、民主和民生而摇旗呐喊。每一个有精神追求的民族，无论在哪个时代都按照自己的价值取向和方式去理解和选择世界文学。诚然，对狄更斯作品的社会价值的强调，也是因为其作品中的现实主义品质、人道主义思想和改良主义主张契合了中国的时代需求。

但是，辩证地看，过分强调文学的社会功利性，过于使文学服从现实，而完全忽视了文学的艺术性，使得以往对狄更斯的诠释不尽符合，甚至歪曲了其文本实际。因而，狄更斯的现实主义价值和意义发挥得淋漓尽致，而学术学理探究层面的狄更斯研究则显得十分薄弱。

三　比较视域中的狄更斯学术史研究的意义

从学术史研究的角度，梳理和审视英美狄更斯研究的成果，不仅为我们借鉴和吸收优秀文明成果、为中国文学及文化的发展提供有益的“营养”，为中国今后的狄更斯研究提供了坚实的基础，而且对于我们提升文学研究的价值坚守意识，培养我们跨文化接受的成熟心态，具有重要的借鉴价值和启迪意义。

（一）在系统梳理考察和深度把握英美狄更斯研究的基础上，与中国百年狄更斯研究的现状进行比照，对中西狄更斯研究的文化姿态、社会功能、选择标准的演进和变迁进行历史性的考察，以自己独立的眼光与尺度发现存在的问题与不足，纠正其偏颇，最终达到提升中国的狄更斯研究之目的。在比照中我们不难发现国内的狄更斯研究虽然取得了较大的成绩，但存在的问题不可等闲视之，这主要表现在以下几个方面。

1. 由于功利色彩太浓，对研究材料的理解不到位，在文学史著作及学术论文中常常出现知识性错误

金嗣峰的《维多利亚盛世的实录——读狄更斯〈大卫·科波菲尔〉

札记》① 多处提及“狄更斯是十九世纪美国伟大的资产阶级作家”，这让读者感到费解，因为狄更斯生于英国卒于英国，他只去美国访问过两次，第一次是1842年，第二次是1867年，并且每次访问的时间都不太长。濮阳翔的《浅论狄更斯的〈双城记〉》② 一文指出，狄更斯是一位勤于写作的多产作家，一生共写了二十几部长篇小说。这一表达极不严谨，狄更斯的全部小说，加上未完成的《艾德温·德鲁德之谜》一共是15部。至于张晋军的《狄更斯：张天翼文学的基石——论张天翼对狄更斯影响的接受》③，文章的标题和结论就很有问题。“英国作家狄更斯是张天翼接受外来文学影响最早且最深的外国作家，狄更斯的小说及其艺术风格促进了张天翼现代小说观念和讽刺幽默艺术审美倾向的形成，成为张天翼文学创作的第一块坚实基石。”众所周知，作家的创作首先来自生活，是对生活的独特体悟，是生活的冲动促使作家拿起笔来进行创作。其次，必须明确的是，张天翼的创作是深深植根于中国社会现实土壤上，浸润着中国深厚的传统文化血脉的。外来的影响再大，也只能通过内因才能发挥作用。

2. 研究重点扎堆，重复研究现象十分严重

从已有的研究成果来看，我国对狄更斯小说的研究相对集中在社会批判色彩较浓、人道主义思想较为突出的几部作品上，如《匹克威克外传》《大卫·科波菲尔》《艰难时世》《双城记》等四部作品，特别是《双城记》，1978—1996年仅人大复印报刊资料上面收录的文章就有18篇之多。而对狄更斯的艺术创新比较突出的《我们共同的朋友》《艾德温·德鲁德疑案》由于对这方面的译介十分欠缺则罕见研究，至于《尼古拉斯·尼克尔贝》《巴拉比·拉奇》《马丁·朱述尔维特》等小说我国学界至今尚无人问津。

---

① 参见金嗣峰《维多利亚盛世的实录——读狄更斯〈大卫·科波菲尔〉》札记》，《武汉大学学报》（社会科学版）1981年第5期。

② 参见濮阳翔《浅论狄更斯的〈双城记〉》，《北京师范大学学报》（社会科学版）1980年第1期。

③ 参见张晋军《狄更斯：张天翼文学的基石——论张天翼对狄更斯影响的接受》，《太原教育学院学报》2011年第2期。

3. 喜好宏观的综论泛论，深入掘进的论文罕见

我国的狄更斯研究，对作者的创作进行全面介绍的文章居多，这种宏观研究综合性强，是其优点，但是反过来看，优点也是缺点，即深入度不够。濮阳翔的《浅论狄更斯的〈双城记〉》[①] 单单介绍狄更斯的生平及《双城记》的历史背景就占了三个版面。杨耀民的《狄更斯的创作历程与思想特征》一半以上的篇幅是对狄更斯的创作历程的论述，研究论文分析面铺得很广，只能浮光掠影，难以深入掘进。

4. 机械地搬用国外批评理论，原创性匮乏

我们的一些论者面对令人眼花缭乱的西方批评理论，一概奉若神明，或者囫囵吞枣，或者穿靴戴帽，生搬硬套，缺乏自己的立场和批判眼光。如张月娥的《〈远大前程〉中的“距离”美学》[②] 先陈述韦恩·布斯的“审美距离”理论，然后分三个方面：其一，叙述者的成年皮普和小说中人物少年皮普之间的距离；其二，读者和叙述者皮普之间的距离；其三，隐含作者和角色皮普之间的距离。从小说《远大前程》中找些例子进行说明。用“审美距离”理论分析《远大前程》的学理基础何在？它的意义和价值何在，能够解决哪些问题？文章连一点交代的文字都没有，这样的论文有价值吗？《〈老古玩店〉的生态批评解读》[③] 的分析与生态批评理论简直是毫不搭界。作者在介绍生态批评（ecocriticism）的理论和源流之后，认为《老古玩店》体现了狄更斯的绿色思维和生态思想，从三个方面展开：其一，对工业与科技批判：吐伦特老头为了让外孙女过上幸福的生活，却不幸落入了高利贷者暴发户丹尼尔·奎尔普的魔爪中；其二，欲望批判：吐伦特老头受欲望驱使去赌博，一而再、再而三地受别人引诱，最后甚至发展到偷钱来赌博的地步。欲望的突出代表者奎尔普，为了吞没老人的财产，处心积虑地把吐伦特老头引上赌博的道路；其三，狄更斯在《老古玩店》中歌颂美丽的大自然。分论点“对工业与科技批判”“欲望批

---

① 参见濮阳翔《浅论狄更斯的〈双城记〉》，《北京师范大学学报》（社会科学版）1980 年第 1 期。

② 张月娥：《〈远大前程〉中的“距离”美学》，《太原城市职业技术学院学报》2011 年第 2 期。

③ 王红：《〈老古玩店〉的生态批评解读》，《哈尔滨学院学报》2007 年第 1 期。

判”与“绿色思维和生态思想”是一种什么关系？论文中没有交代，更没有分析，第二部分完了之后，没有结论，没有要解决的问题。这种没有问题意识，将西方的批评理论硬套到文本之中的做法在近二十年来我国的狄更斯研究论文中触目皆是。

5. “炒冷饭”现象司空见惯

“炒冷饭”在我国的狄更斯研究领域是一种极为普遍的现象，只要检索 1949—2010 年的狄更斯研究论文，可以说是触目皆是。大多数文章大同小异，时隔若干年后，甚至连标题都原封不动。我国的狄更斯研究历经百年，狄更斯小说的批判现实主义与人道主义思想被讨论了上百年。一代代地“炒”下去，不仅了无新意，而且会出现以讹传讹的现象。兹略举数端如下。

郝露的《狄更斯〈雾都孤儿〉中的批判资本主义》[①] 看其摘要便知其内容：“查尔斯·狄更斯是英国文学史上杰出的现实主义作家，《雾都孤儿》是他的代表作之一。小说以资本主义社会为背景，描写了贫苦儿童的悲惨生活，本文通过小说典型环境中的典型人物描写分析，让我们进一步认识到资本主义的黑暗，同时也对狄更斯在《雾都孤儿》中批判现实主义有了更加深入的了解。”摘要中的每一句话都可以在教科书中找到，文章中的每一句话都令人耳熟能详，作者提出了一个新鲜的名字“批判资本主义”，文章中却不见交代。龚好玲的《狄更斯作品中的人道主义思想分析——从人物形象入手》[②] 其摘要说：“狄更斯作为一位著名的现实主义作家，他讽刺意味浓厚的现实主义作品的背后有着浓浓的人道主义情怀。而能够表现他人道主义思想的文学元素莫过于他笔下鲜活的人物形象。本文在分析了狄更斯作品中的人道主义思想的起源的基础之上，通过对于狄更斯作品中的典型人物形象的剖析，对狄更斯作品中的人道主义思想进行深入的研究。”文章虽然说试图对“狄更斯作品中的人道主义

① 郝露：《狄更斯〈雾都孤儿〉中的批判资本主义》，《湖北成人教育学院学报》2010 年第 3 期。

② 龚好玲：《狄更斯作品中的人道主义思想分析——从人物形象入手》，《咸宁学院学报》2010 年第 7 期。

思想进行深入的研究”，但读完全文，不见深入研究，只有老生常谈的综合。王萍的硕士论文《论狄更斯的幽默艺术》（2004）是赵炎秋的专著《狄更斯的长篇小说研究》第十七章“幽默：狄更斯小说魅力的重要源泉”的扩展版，内容大同小异，只是补充了一些例子。董晓宇的《双城记——英国批判现实主义的代表作》，全文只有狄更斯的生平以及《双城记》的内容介绍，并未从学理上说明为什么《双城记》是英国批判现实主义的代表作。

1985 年之后的三十年狄更斯研究论文例行赤裸裸的拿来主义（材料、观点、结论、概念范畴的直接挪用）已经不是个案，而是成了触目惊心的现象。大量的重复生产、学术泡沫使得本来应该属于科学研究大家庭一员的人文学术研究成为粗制滥造的匠人行为。虽然偶尔有优秀的成果问世，但是被淹没在伪劣产品的汪洋大海之中。

（二）英美的狄更斯研究是一面批评之镜，借助这面镜子，我们可以看到自己的不足。研究狄更斯学术史，以之为借鉴和参照系，有助于我们进一步反思并妥当地处理好学术学理探究层面与社会政治诉求层面的关系。

西方 180 余年的狄学研究自始至终在学术学理探究层面展开，社会政治层面的诉求显得微乎其微。而百年中国狄更斯研究的精神谱系是从现实主义到批判现实主义，社会政治层面的诉求居于主导地位。由于深受政治的影响，我国的狄更斯研究长期以来以思想内容为主，在思想内容方面，又侧重社会政治层面的分析。其重点集中在三个方面：狄更斯作品中的人道主义思想；狄更斯作品对社会的批判；狄更斯对下层人民的同情。政治因素过于浓厚，批评方法单一，仅仅局限于社会历史批评，导致我国的狄更斯研究长期以来只听到一种声音，即仅仅肯定狄更斯作品中的社会批判意义，夸大了狄更斯作品对社会现实反映的一面，将其定位于现实主义于一尊，从而忽视了狄更斯创作的其他方面，如他作为通俗作家的一面，他的作品的娱乐性和大众文化特质，狄更斯及其作品中所具有的现代性因子，等等。

“从功利和道德的观点看待文学，对文学作品的意义和价值就总是提出唯一的解释和唯一的标准。承认阐释自由使我们能够摆脱这种狭隘观念，充分认识到鉴赏和批评是一个百花盛开的园地，那儿艳丽缤纷的色彩都各有价值和理由。"① 文学研究探讨的是文学之所以为文学的质的规定性，探讨那些能够引起历代读者共鸣的、具有超时空普适价值的因素，更多的是审美范畴的研究。"艺术作品是一个由各种价值构成的整体。"② 狄更斯的作品包括思想性、现实性、宗教性、艺术性等诸多方面。过去我们的狄更斯研究将社会历史批评定于一尊，将文学研究变成了庸俗的阶级分析和政治分析，遮蔽了狄更斯艺术世界的丰富内涵，将本来应当是学术学理探究层面的狄更斯研究涂抹上浓厚的政治色彩，文学研究的自律性和独立地位受到妨碍。新时期以来，随着西方各种新潮的文学理论的纷至沓来，我们的狄更斯研究又走上另一个极端，出现了用张扬文学研究的独立价值来消解社会历史批评的倾向，在某种程度上造成了批评个性、批评主体精神的丧失。显然，这两个极端都是不成熟的表现。经过历史的迂回曲折和中国狄更斯研究者的辛勤努力，"让学术与政治之间的沟通能够建设性地进行，从而达到'价值探讨'的典型意义"③，这才是文学研究的理想目标。

（三）重构批评主体意识。

无论是在社会政治诉求层面还是在学术学理探究层面，更为深刻、多元的挖潜狄更斯的价值与意义，以便越来越多的中国狄更斯研究者走向世界，让世界狄学界听到来自中国的声音。

在西方对狄更斯的接受无论在不同时代的接受者还是在同一时代的接受者皆呈现出仁者见仁、智者见智的特点，而在我国则基本上呈现一边倒的现象：狄更斯是批判现实主义作家。其关键就是中国批评者主体性的丧失，没有多少创造性发挥。中国百年的狄更斯研究一直在西化—苏化—西化之间飘忽不定，缺乏与西方不同的视角、立场和观点，缺少原创性。这种模式迫使我们的研究者以西方人的观点看待文学。因此，这样的文学批

---

① 张隆溪：《诗无达诂》，北京师范大学出版社1986年版，第479页。

② ［美］雷纳·韦勒克：《批评的概念》，张今言译，中国美术学院出版社1999年版，第48页。

③ ［德］韦伯：《学术与政治》，钱永祥等译，广西师范大学出版社2004年版，第147页。

评，无论具有多么浓厚的本土色彩，都必然是西方文化触角的延伸，导致批评个性乏善可陈。我们的学术研究是为论文而论文，认为目迷五色的名词轰炸、新鲜术语的杂耍就是创新，仿佛没有这些新名词、新术语和新范畴，文章就显得不“前卫”，就无法表达自己的思想。长期沿用从西方舶来的学术语言、概念范畴，使得我国包括狄更斯研究在内的外国文学研究在国际学界长期处于沟通和解读的失语状态。易丹在《超越殖民主义文学的文化困境》（1994）一文中尖锐地批评了对外国文学经典和西方文化的全面接受是“缺乏独立的哲学思想和方法论、缺乏主动的批判精神所致”①。事实上，根本原因在于，我们的研究论文喜欢分析面铺得很广的面面俱到的论述，喜欢全面综合的介绍，不喜欢深入挖掘，至于不同观点的交锋、争辩，与国际狄更斯研究主流话语进行深度对话与交流的论文则更是踏破铁鞋无觅处。触目可见的是机械地用狄更斯的作品印证某种时髦理论的工具，将文学作品的解读沦落为理论的附庸。

文学精神方式的内核是对话、挑战与争鸣。当前我国研究界的有识之士已经意识到这一点，李伟昉在《接受与流变：莎士比亚在近现代中国》一文中指出：“在消费文化盛行、喧嚣炒作普遍、价值迷失、思想缺席的语境里，学界对外来文学批评理论和作家作品的接受缺乏必要的碰撞和争鸣，显得拘谨，没有活力。多元开放的时代不仅需要百花齐放，更需要百家争鸣。争鸣是观点的对峙，碰撞是思想的交锋。价值和意蕴总是在接受者不断的碰撞与争鸣中逐渐得以敞开和确立的。任何共识和真理的达成都是碰撞争鸣的结果。”② 在切磋中求进，在质疑中求达，从中国文学发展的内在文化需求和思想精神史的互动、互渗、互斥、互化的角度，去认识、研究和接受狄更斯，从而拓展狄更斯研究的内在对话空间，实在是当务之急。

在对话与争鸣中张扬自我，弘扬批评的主体意识。文学批评不是以某个标准来框定研究对象，因为，文学毕竟不同于科学，它没有一个绝对的标准，不仅美学风格多种多样，而且它所蕴含的思想也存在价值相对的现

① 易丹：《超越殖民主义文学的文化困境》，《外国文学评论》1994 年第 2 期。

② 李伟昉：《接受与流变：莎士比亚在近现代中国》，《中国社会科学》2011 年第 5 期。

象。文学批评所立足的关系是一种“主客”关系，它要求批评者把作品和自己所坚持的标准都置于理性反思之中，都成为反思的对象，在此意义上，批评者的批评对象不仅是作品，而且包括自我。法朗士说：“为了真诚坦白，批评家应该说：‘先生们，关于莎士比亚，关于拉辛，我们所讲的就是我自己。’”[①] 这并不是说研究者应该放弃批评标准，而是说在批评的过程中，要悬置先入之见，让“自我”也成为反思的对象，这种由作品所激发的反思是有着自我意识、自我主见的批评。唯其如此，批评主体才能展示出各具特色的风格。

（四）从具体的阅读中砥砺心智表达自己的一孔之见。

在主体意识确立之后，方法就成为真正次要的东西。方法取决于主体意识，主体意识之可贵，恰在于它是从整体上昭示出无限丰富性，因为每一批评个体的主体意识的构成是千差万别的，这种差异表明文学批评所使用的方法往往是见仁见智的。但是在精神分析、女权主义、结构主义、解构主义、后现代和后殖民主义等诸种理论泛滥蔓延的氛围中，我们的文学批评往往远离文学文本而侈谈理论，不读文学文本也能洋洋洒洒地挥写，文学研究变成了研究理论自身。“现在一些批评文学的批评往往却脱离文学本身，试图把文学的批评方法从批评文学本身转而批评文化甚至是文明，从而使新的批评方法背离了它坚持批评文学的本意。这种倾向是假借新的批评方法的外衣，把对文学的具体的批评变成了美学的、哲学的抽象的分析。文学的批评论文变成了哲学论文、美学论文”[②]，这种作泛论概论、说空头大话的论文导致了文学研究的异化，以至深入浅出的论述、推理严密的逻辑、明白晓畅的文字已经久违了读者。我们必须明白的是，理论并非万能，歌德有言：“理论是灰色的。”伊格尔顿指出：“哲学一直过分关心概念而忽视实在的材料，因而它一直是在最脆弱的基础上建筑它那头重脚轻、摇摇欲坠的知识体系。”[③] 我们必须有火眼金睛才能识别灰色理

---

① ［法］阿尔贝·蒂博代：《六说文学批评》，生活·读书·新知三联书店1989年版，第123页。

② 聂珍钊：《文学伦理学批评：文学批评方法新探索》，《外国文学研究》2004年第5期。

③ ［英］特里·伊格尔顿：《二十世纪西方文学理论》，伍晓明译，北京大学出版社2007年版，第54—55页。

论的陷阱，比如说，萨义德的后殖民主义批评理论虽然揭示了19世纪的英国小说不自觉地为帝国主义意识形态所左右，参与了殖民书写，但是从根本上来说，它是一种欧洲中心主义、文化精英主义理论。我们的论者在运用这一理论时很少对这一理论陷阱持警惕和怀疑的态度，更鲜见有意识的批判。

从自己的独特体悟臧否文学作品从而表达自己的一孔之见是比侈谈理论更有价值的成果。著名的钱学专家钱水照在评价钱锺书时说："自发的简单见解正是自觉的周密理论的根本。"① 钱锺书自青年时代起就以具体现象的研究作为治学的一个基本向度。他曾说：

> 许多严密周全的哲学系统经不起历史的推排销蚀，在整体上都已垮塌了，但是它们的一些个别见解还为后世所采取而未失去时效。好比庞大的建筑物已遭破坏，住不得人也唬不得人了，而构成它的一些木石砖瓦仍然不失为可资利用的好材料。往往整个理论系统剩下来的有价值的东西只是一些片断思想。②

木石砖瓦、片断思想在钱锺书那里是价值连城之宝，这是他治学一生的真知灼见。剑桥学派的代表人物F. R. 利维斯自称为"反哲学家"（anti-philosopher），曾经激烈地反对文学批评的"哲学化"倾向。他的文学批评宁要具体的实例分析，也不愿对有关的标准问题作出理论答复，他特立独行的方法是在实例之间进行判断。钱锺书和F. R. 利维斯的治学之道对于狄更斯研究很有启迪意义。我们的一些研究者看不起"自发的简单见解"，看不起片断思想，看不起零星的思想火花，以为创新就是宏阔的理论，就是花样翻新的名字和术语的轰炸。殊不知，举世公认的批评大家钱锺书和F. R. 利维斯的成就皆是以具体文学作品的解读为基础的。

比较视角提供了一隅新的观世眼光和审美方式，催生着我国的狄更斯

① 王水照：《对话的余思——记钱锺书先生的闲谈风度》，李明生、王培元编：《文化昆仑：钱锺书其人其文》，人民文学出版社1999年版，第100页。

② 钱锺书：《七缀集》，生活·读书·新知三联书店2002年版，第34页。

研究从一元的研究传统中脱胎而出，走向全球化和现代化。如何在21世纪的文化转型过程中，既积极参与世界文化与文学交流，在“地球村”的大合唱中努力发出自己的声音，同时在这种话语的交流中又不迷失自我、保持传统的民族风貌，最终使我国的外国文学研究彻底摆脱“西方中心论”的阴影？笔者认为，在中西互释、互证、互补的双向对话和交流中，沟通中西、穿越古今、跨越学科，致力于人文学科的广泛对接和汇通，从而“使不同文化、不同语境下的现象观念与文化话语，都在话语空间占据它固有的位置，立足于各自的视角和立场发出自己的声音，并与他者互识互补，共同映现人类文化和文学的普泛之规律和本质”①，以中国文学的现代化、民族化、本土化为主旨，探寻外来文学资源的创造性转化，从而以多元借鉴和自我更新的方式，在跨文化的人学层面上合理审视中外文学交流和对话，为21世纪全球化时代的文化交流贡献我国外国文学工作者的独特智慧。

本章小结

本章从历史的维度，对第二次世界大战后英美的狄更斯批评进行研究之研究，并从中国文化的立场臧否其得失。在系统梳理的基础上对希利斯·米勒、纳博科夫、詹姆斯·M. 布朗、雷蒙·威廉斯的狄更斯研究以及西方狄更斯研究的道德批评传统进行比较深入的探讨；从经验、记忆与闲逛的角度，探讨本雅明眼中的狄更斯，挖掘狄更斯作品中的现代性；从空间叙事的角度，探赜狄更斯作品中对“异托邦”异质空间的营造。

在本雅明之前，传统批评将狄更斯与现实主义联系在一起。本雅明的《拱廊街计划》用文学蒙太奇的方法探索狄更斯、城市化以及资本主义发展之间的关系，从经验、记忆、闲逛等维度发现了狄更斯的现代性，重铸了狄更斯的形象，即狄更斯的小说用具有碎片意义的话语表述了现代城市经验的非连续性、转瞬即逝性和记忆的空间化，洞悉了现代性的本质。

---

① 季进：《钱锺书与现代西学》，上海三联书店2001年版，第52—53页。

希利斯·米勒是从新批评和现象学意识批评走上解构主义的。意识批评又称现象学文学批评，主题批评或深度精神分析批评等，其声誉主要来自米勒的批评实践。他的《狄更斯的小说世界》被美国批评界公认为现象学文学批评的力作。米勒的意识批评，将狄更斯的小说解读为作者世界观的表征，将意识作为作者与读者的会合点，提出了客观现实和主观心理融合的文学观念，颠覆了时代精神与文学作品之间的因果关系，成为解构主义或者后现代批评的先声。

纳博科夫的批评大量征引小说文本，逐句逐段地解读评点，以简洁明晰的语言深入浅出地提出自己的独特体悟，从品评作品的结构、风格、意象、体裁、语言、叙事人称等文学形式入手，具体赏析作品的艺术个性，彰显作品在艺术上的成败得失及其生成原因。

詹姆斯·M. 布朗的马克思主义批评从经济视角，将狄更斯置于文学市场来透视狄更斯的现实主义，探讨了作为社会批评者与作为成功的受人欢迎的作家之间的矛盾在他的小说中所产生的冲突和张力。布朗认为，狄更斯之成功，根本原因在于迎合了当时“主宰文艺趣味”的中产阶级读者，千方百计地在形式、内容和道德伦理上与中产阶级社会的传统习惯保持一致，只有依赖中产阶级价值观，狄更斯才能保持他在文学市场中的地位。

马克思主义批评家雷蒙·威廉斯主要是从城市主题的角度切入狄更斯研究的。他认为，狄更斯开创了一种能够“表达独特城市经验”的新型小说，即城市小说，只有在城市经验的维度上才能理解狄更斯的天才。狄更斯的城市小说创造了“文学伦敦”，塑造了闲逛者意象，率先用小说捕捉了工业化和城市化浪潮中稍纵即逝的景观以及人们由此而生的迷惘和困惑，人们虽然身居闹市，却倍感冷漠和孤独。

“异托邦”的概念虽然到20世纪后半叶才由福柯提出，但是早在19世纪中期，英国最杰出的作家狄更斯在其小说中就开始了对“异托邦”异质空间的叙事，如作为偏离异托邦的监狱，作为异化社会“异托邦”的屋顶花园，作为虚拟空间先兆的镜像“异托邦”等。狄更斯的“异托邦”空间叙事与福柯的空间思想相距百年的对话，一方面为我们审视经典作家狄更斯的空间叙事提供了一扇特殊的视窗；另一方面亦以创造性的方式回应着福柯的空间诗学中的基本难题。

西方狄更斯研究的道德批评存在两支脉络，一是沿着柏拉图的道德理想主义传统，从善恶二元论来研究狄更斯世界的道德内涵；二是与人生相联系的泛道德主义批评传统，狄更斯的创作严格遵循维多利亚主义的道德规范，契合中产资产阶级的审美理想。一方面，反映了善总会战胜恶的乐观主义精神；另一方面，他的小说力图反映中产阶级的高雅体面，竭力回避性描写。

最后一节在系统的梳理、考察英美狄更斯研究的基础上分析了“狄更斯产业”繁荣的原因：狄更斯研究的体制化和开放、争鸣、多元的学术学理探究。西方的狄更斯研究自始至终从学术学理层面进行深入探究挖潜，以其独立自由的学术精神、开放争鸣的学术姿态从多方面揭示了狄更斯的价值与意义，彰显了文学自身的独立价值和艺术魅力，在众声喧哗中形成多元对峙的局面。联系我国百年狄更斯研究现状，从比较的角度探究了我国狄更斯研究以社会政治诉求层面为主导的价值取向，导致我国百年狄更斯研究的一体化诉求．定狄更斯为现实主义于一尊。从比较视域挖潜狄更斯学术史研究的意义：以英美的狄更斯研究作为借鉴和参照系，可以看到自己的缺陷与不足，有助于我们进一步反思并妥当地处理好学术学理探究层面与社会政治诉求层面的关系。提出了提升中国狄更斯研究的方法：远离侈谈理论轻视文本的倾向，从自己的独特体悟臧否文学作品，从而表达自己的一孔之见；在中西互释、互证、互补的双向对话和交流中，沟通中西、穿越古今、跨越学科，致力于人文学科的广泛对接和汇通。

附录　重要文献目录

一　英文文献

（一）专著

［1］Gross，John and Pearson，Gabriel eds.，*Dickens and the Twentieth Century*. London：Routledge and Kegan Paul，1962.

［2］Hollington，Michael. *Charles Dickens Critical Assessment*，Robertsbridge，Helm Information Ltd，1995.

［3］House，Humphry. *The Dickens World*. London：Oxford Up，1941

［4］Williams，Orlo. *Some Great English Novelist*：*Studies in the Art of Fiction*. London：Macmillian，1926.

［5］Edgar Stoll，Elmer. *From Shakespeare to Joyce*，New York，1944.

［6］Warner，Rex. *The Cult of Power*. London：J. Lane，1946.

［7］Leavis，Q. D. *Fiction and the Reading Public*. London：Chattox Windus，1932.

［8］Leavis，F. R. *Education and the University*. London：Cambridge University，1943.

［9］Zabel，Morton D. *Craft and Character*：*Text*，*Methods*，*and Vocation in Modern Fiction*. New York：Viking，1957.

［10］Engel，Monroe. *The Mature of Dicken* s. Cambridge，MA：Harvard UP；London：Oxford UP，1959.

[11] Pope-Hennessy, Una. *Charles Dickens*, 1812 – 70. London: Chyatto and Windus, 1945.

[12] Lindsay, Jack. *Dickens: A Biographical and Critical Study*. London: Dakers; New York: Philosophical Society, 1950.

[13] Symons, Julian. *Charles Dickens*. New York: Roy; London: Barker; Toronto: McClelland and Stewart, 1951.

[14] Miller, J. Hillis. *Charles Dickens: The World of His Novels*. London: Oxford University Press, 1958.

[15] Mazzeno, Laurence W. *The Dickens Industry: Critical Perspectives* 1836 – 2005. Camden House, 2009.

[16] Johnson, Edgar. *Charles Dickens: His Tragedy and Triumph*. New York: Simon and Schuster; Toronto: Musson, 1952.

[17] Collins, Philip A. W. *Dickens and Crime*. Macmillian; New York: St. Martin's Press, 1962.

[18] Collins, Philip A. W. *Dickens and Education*. New York: St. Martin's; London: Macmillian, 1963.

[19] Karl, Frederick R. *The Age of Fiction: The Nineteenth Century British Novel*. New York: Noonday Press of Farrar, Straus and Giroux, 1964.

[20] Marcus, Steven. *Dickens: From pickwick To Dombey*. New York: Basic Books; London: Chyatto and Windus, 1965.

[21] Davis, Earle R. *The Flint and the Flame: The Artistry of Charles Dickens*. Columbia: U of Missouri P, 1963.

[22] Garis, Robert E. *The Dickens Theatre: A Reassessment of the Novels*. Oxford: Clarendon Press, 1966.

[23] Spilka, Mark. *Dickens and Kafka: A Mutual Interpretation*. Bloomingon: Indiana UP, 1963.

[24] Smith, Graham. *Dickens, Money and Society*. Berkley: UP of California, 1968.

[25] Monod, Sylvere. *Dickens the Novelist*. With an Introduction by Edward Wa-

genknecht. Norman: UP of Oklahoma, 1968.

[26] Chapman, Raymond. *The Victorian Debate: English Literature and Society 1832 – 1901*. London: Weidenfeld and Nicolson, New York: Basic Books, 1968.

[27] Dyson, A. E. *Dickens: Modern Judgements*. Toronto: Macmillian, 1968.

[28] Wing, George D. *Dickens*. Writers and Critics Series. Edinburgh: Oliver and Boyd, 1969.

[29] Hobsbaum, Pillip. *A Reader's Guide to Charles Dickens*. New York: Farrar, Straus, and Giroux, 1972.

[30] Tomlin, Eric. W. F. ed. *Charles Dickens* 1812 – 1870: *A Centennial Volume*. London: Weidenfeld and Nicolson, 1969.

[31] Partlow, B. Jr Robert ed. *Dickens the Craftsman: Strategies of Presentation*. Carbondale and Edwardsville: Southern Illinois UP, 1970.

[32] Hardy, Barbara. *The Moral Art of Dickens*. London: Athlone, 1970.

[33] Lucas, John. *The Melancholy Man: A Study of Dickens Novels*. London: Methuen, 1970.

[34] Peter Sucksmith, Harvey. *The Narrative Art of Charles Dickens: The Rhetoric of Sympathy and Irony in His Novels*. London: Oxford UP, 1970.

[35] Leavis, F. R. & Leavis, Q. D. *Dickens, the Novelist*. London: Chatto & Windus, 1970.

[36] Daleski, H. M. *Dickens and the Art of Analogy*. New York: Sckocken, 1970.

[37] Dyson, A. E. *The Inimitable Dickens: A Reception of the Novels*. London: Macmillian, 1970.

[38] Welsh, Alexander. *The City of Dickens*. Oxford: Oxford UP, 1971.

[39] Kincaid, James R. *Dickens and the Rhetoric of Laughter*. Oxford: Oxford UP, 1971.

[40] Hornback, Bert G. *Noah's Arkitecture: A Study of Dickens's Mythology*. Athens: Ohio UP, 1972.

[41] Thurley, Geoffrey. *The Dickens Myth: Its Genesis and Structure.* New York: St. Martin's, 1976.

[42] Gold, Joseph. *Dickens: Radical Moralist.* London: Oxford UP, 1972.

[43] Carey, John. *The Violent Effigy: A Study of Dickens's Imagination.* London: Faber and Faber, 1973. Reprinted as *Here Comes Dickens: The Imagination of a Novelist.* New York: Schocken, 1974.

[44] Oddie, William. *Dickens and Carlyle: The Question of Influence.* London: Centenary, 1972.

[45] Guerard, Albert J. *The Triumph of the Novel: Dickens, Dostoevsky, Faulkner.* New York: Oxford UP, 1976.

[46] Westburg, Barry. *The Confession of Fictions of Charles Dickens.* Dekalb: Northern Illinois UP, 1977.

[47] Stone, Harry. *Dickens and the Invisible World: Fairy Tales, Fantasy and Novel Making.* Bloomington: Indiana UP, 1979.

[48] Arac, Jonathan. *Commissioned Spirits: The Shaping of Social Motion in Dickens, Carlyle, Melville, and Hawthorne.* New brunswick, NJ: Rutgers UP, 1979.

[49] Kurrik, Maire Jaanus. *Literature and Negation.* New York: Columbia UP, 1979.

[50] Schwaribach, F. S. *Dickens and the City.* London: Athlone, 1979.

[51] Caserio, Robert. *Plot, Story and the Novel.* Princeton, NJ: Princeton UP, 1979.

[52] Stewart, Garret. *Dickens and the Trials of Imagination.* Boston, MA: Harvard UP, 1974.

[53] Walter Crotch, William. *The Secret of Dickens.* London: Chapman and Hall, 1919. Reprint, New York: Haskell House, 1972.

[54] Cunningham, Valentine. *Everywhere Spoken Against: Dissent in the Victorian Novel.* Oxford: Oxford UP, 1975.

[55] Garrett, Peter. *The Victorian Multiplot Novel: Studies in Dialogical Form.*

New Haven, CT and London: Yale UP, 1980.

[56] Horton, Susan. *The Reader in the Dickens World*. Pitsburgh, PA: UP of Pitsburgh, 1981.

[57] Brooks, Chris. *Signs for The Times: Symbolic Realism in the Mid-Victorian World*. London: Allen and Unwin, 1984.

[58] Elizabeth, Langland. *Society in the Novel*. Chapel Hill: U of North carolina P, 1984.

[59] Docherty, Thomas. *Reading (Absent) Character: Towards a Theory of Characterization in Fiction*. Oxford: Clarendon Press, 1983.

[60] Hollington, Michael. *Dickens and the Grotesque*. London: Helm, 1984.

[61] Higbie, Robert. *Character and Structure in the English Novel*. Gainesville: UP of Florida, 1984.

[62] Stewart, Garrett. *Death Sentences: Styles of Dying in British Fiction*. Cambridge, MA: Harvard UP, 1984.

[63] Larson, Janet L. *Dickens and the Broken Scripture*, 1985. Athens: UP of Georgia, 1984.

[64] Flint, Kate. *Dickens*. London: Harvester, 1986.

[65] Jaff, Audrey. *Vanishing Points: Dickens, Narrative, and the Subject of Omniscience*. Berkelry: UP of California, 1991.

[66] Morgan, Nicholas H. *Secretary Journeys: Theory and Practice in Reading Dickens*. Granbury, NJ: Associated UP, 1992.

[67] Mcknight, Natalie. *Idiots, Madmen, and Other Prisoners in Dickens*. New York: St. Martin's, 1993.

[68] Rosenberg, Brian. *Little Dorrit's Shadows: Character and Construction in Dickens*. Columbia: UP of Missouri, 1996.

[69] Millett, Kate. *Sexual Politics*. Garden City, NY: Doubleday, 1970.

[70] Rainsford, Dominic. *Authorship, Ethics and the Reader: Blake, Dickens, Joyce*. London: Macmillian; New York: St. Martin's, 1997.

[71] Vlock, Deborah M. *Dickens, Novel Reading and the Victorian Popular*

Theatre. Cambridge, 1998.

[72] Alber, Jan. *Narrating The Prison: Role and Representation in Charles Dickens, Twentieth-Century Fiction and Film*, Cambria Press, 2007.

[73] Vlock, Deborah M. *Dickens, Novel Reading and the Victorian Popular Theatre.* Cambridge, 1998.

[74] Barickman, Richard. *Corrupt Relations: Dickens, Thackeray, Trollope, Collins, and the Victorian Sexual System.* New York: Columbia UP, 1982.

[75] Slater, Michael. *Dickens and Woman.* London: Dent, 1983.

[76] Cummings, Katherine. *Telling Tales: The Hysteric's Seduction in Fiction and Theory.* Stanford, CA: Stanford UP, 1991.

[77] Ingham, Patricia. *Dickens, Woman and Language.* London: Harvester, 1992.

[78] Zwinger, Lynda. *Daughters, Fathers and the Novel: The Sentimental Romance of Heterosexuality.* Madison, WI and London: UP of Wisconsin, 1991.

[79] Milbank, Alison. *Daughter of the House: Modes of the Gothic in Victorian Fiction.* New York: St. Martin's, 1992.

[80] Ayres, Brenda. *Dissenting Women in Dickens's Novels: The Subversion of Domestic Ideology.* Wesptort, Ct: Greenwood, 1998.

[81] Lenard, Mary. *Preaching Pity: Dickens, Gaskell, and Sentimentalism in Victorian Culture.* New York: Peter Lang, 1999.

[82] Williams, Raymond. *The English Novel: From Dickens to Lawrence.* New and London: Oxford UP, 1970.

[83] Sedgwick, Eve Kosofsky. *Between Men—English Literature and Male Homosocial Desire*, 180 - 200. New York: Columbia UP, 1985.

[84] Chase, Karen and Levenson, Michael. *A Spectacle of Intimacy: A Public Life for the Victorian Life.* Princeton, NJ: Princeton UP, 2000.

[85] Robson, Catherine. *Men in Wonderland: The Lost Girlhood of the Victorian Gentleman.* Princeton, NJ: Princeton UP, 2001.

[86] Dowling, Andrew. *Manliness and the Male Novelist in Victorian Literature.* Aldershot, England; Ashgate, 2001.

[87] Campbell, Elizabeth. *Fortune's Wheel: Dickens and the Iconography of Women's Time.* Athens: Ohio UP, 2003.

[88] Chase, Karen. *Eros Psyche: The Representation of Personality in Charlotte Bronte, Charles Dickens, and George Eliot.* New York: Methuen, 1984.

[89] Frank, Lawrence. *Charles Dickens and the Romantic Self.* Lincoln: UP of Nebraska, 1984.

[90] Boheemen, Christine Van. *The Novel as Family Romance: Language, Gender, and Authority from Fielding to Joyce.* Ithaca, NY and London: Cornell UP, 1987.

[91] Welsh, Alexander. *From Copyright to Copperfield.* Cambridge, MA and London: Macmillian, 1987.

[92] Kucich, John. *Repression in Victorian Fiction: Charlotte Bronte, George Eliot, and Charles Dickens.* Berkelry: UP of California, 1987.

[93] Watkins, Gwen. *Dickens in Search of Self: Recurrent Themes and Characters in the Work of Charles Dickens*, Macmillan Press, 1987.

[94] Dark, Sidney. *Charles Dickens.* London: T. Nelson, 1919. Reprint, New York: Haskell House, 1975.

[95] Duncan, Ian. *Modern Romance and Transformations of the Novel: The Gothic, Scott, and Dickens.* New York: Cambridge UP, 1992.

[96] Sadrin, Anny (ed.) . *Dickens, Europe, and the New Worlds.* London: Macmillian, 1999.

[97] Suchoff, David. *Critical Theory and the Novel: Mass Society and Cultural Criticism in Dickens, Melville and Kafka.* Madison: UP of Wisconsin, 1994.

[98] Miller, Andrew H. *Novels Behind Glass: Commodity, Culture, and Victorian Narrative.* Cambridge: Cambridge UP, 1995.

[99] Palmer, William J. *Dickens and the New Historicism.* New York: St. Martin's

Press, 1997.

[100] Pointer, Michael. *Charles Dickens on the Screen*. Metuchen, NJ: Scarecrow Press, 1996.

[101] Clayton, Jay. *Dickens in Cyberspace: The Afterlife of the Nineteenth Century in Postmodern Culture*, Oxford University Press, 2003.

[102] Hughes, Robert. *The Fatal Shore: The Epic of Australis's Founding*. New York: Knopf, 1987.

[103] Dickens, Charles. *Dombey and Son*. Harmondsworth: Penguin, 1970.

[104] Fry, Northrop. *Selected Poetry and Prose of Blake*. New York: Random House, 1953.

[105] Daldry, Graham. *Charles Dickens and the Form of the Novel: Fiction and Narrative in Dickens's Work*. Totowa, NJ: Barnes and Noble, 1986.

[106] Parker, David. *The Doughty Street Novel*. New York: AMS Press, 2002.

[107] John, Juliet. *Dickens's Villains: Melodrama, Character, Popular Criticism*. Oxford: Oxford UP, 2001.

[108] Woloch, Alex. *The One Vs. the Many: Minor Characters and the Space of the Protagonist in the Novel*. Princeton, NJ: Princeton UP, 2003.

[109] Friedman, Stanley. *Dickens's Fiction: Tapestries of Conscience*. New York: AMS Press, 2003.

[110] Drew, John M. L. *Dickens the Journalist*. London: Palgrave Macmillian, 2003.

[111] Andrews, Malcolm. *Charles Dickens and His Performing Selves*. New York: Oxford UP, 2006.

[112] Kaplan, Fred. *Dickens: A Biograph*. London: Hodder and Stoughton, 1988; Reprint, Baltimore, Md: Johns Hopkins UP, 1998.

[113] Murray, Brian. *Charles Dickens*. New York: Continuum, 1994.

[114] Smith, Grahame. *Charles Dickens: A Literary Life*. New York: St. Martin's, 1996.

[115] Moss, Sidney P. *Charles Dickens's Quarrel with America*. Troy, NY:

Whitson, 1984.

[116] Newson, Robert. *Charles Dickens Revisited*. New York: Twayne, 2000.

[117] Smiley, Jane. *Charles Dickens*. New York: Viking, 2002.

[118] Hornback, Bert. "*The Hero in My Life*": *Essays on Dickens*. Athens: Ohio UP, 1981.

[119] Lambert, Mark. *Dickens and the Suspended Quotation*. New Haven, CT and London: Yale UP, 1981.

[120] Hill, Nancy K. *A Reformer's Art*: *Dickens's Picturesque and Grotesque Imagery*. Athens: Ohio UP, 1981.

[121] Thomas, Deborah. *Dickens and the Short Story*. Philadelphia: UP of Pennsylvania, 1982.

[122] Walder, Dennis. *Dickens and the Religion*. London: Allen and Unwin, 1981.

[123] Newey, Vincent. *The Scriptures of Charles Dickens*: *Novels of Ideology*, *Novels of the Self*. Aldershot, Eng. and Burlington, VT: Ashgate, 2004.

[124] Kucich, John. *Excess and Restraint in the Novels of Charles Dickens*. Athens: UP of Georgia, 1981.

[125] Magnet, Myron. *Dickens and the Social Order*. Philadelphia: UP of Pennsylvania, 1985.

[126] Schlicke, Paul. *Dickens and Popular Entertainment*. London: Allen and Unwin, 1985.

[127] McMaster, Juliet. *Dickens the Designer*. Totowa, NJ: Barnes and Noble, 1987.

[128] Stone, Harry. *Dickens's Working Notes for his Novels*. Chicago: UP of Chicago, 1987.

[129] Conway, Moncure. *Autobiography*, *Memories and Experience*. London: 1904.

[130] Newcomb, Mildred. *Imagined World of Charles Dickens*. Columbus: Ohio State UP, 1989.

[131] Pykett, Lyn. *Charles Dickens*. *Critical Issues Serials*. London: Palgrave,

2002.

[132] Armstrong, Frances. *Dickens and the Concept of Home*. Ann Aebor, MI: UMI Research Press, 1990.

[133] Polhemus, Robert M. *Comic Faith: The Great Tradition from Austen to Joyce*. Chicago and London: U of Chicago P, 1980.

[134] Stone, Donald. *The Romantic Impulse in Victorian Fiction*. Cambridge, MA: Harvard UP, 1980.

[135] Gilmour, Robin. *The Idea of the Gentleman in Victorian Novel*. London: Allen and Unwin, 1981.

[136] Carlisle, Janice. *The Sense of an Audience: Dickens, Thackeray and George Eliot at Mid-Century*. Athens: UP of Georgia, 1981.

[137] Lerner, Laurence. *The Literary Imagination: Essays on Literature and Society*. Totowa, NJ: Barnes and Noble, 1982.

[138] Qualls, Barry. *The Secular Pilgrims of Victorian Fiction*. Cambridge: Cambridge UP, 1982.

[139] Williams, Raymond. *The Country and the City*. London: Oxford University Press, 1973.

[140] Ford, Boris. *English Literature from Dickens to Hardy*. British Penguin edition, 1958.

[141] Cohan, Steve. *Violation and Repair in the English Novel: The Paradigm of Experience from Richardson to Woolf*. Detroit, MI; wayne State UP, 1986.

[142] Ford, George H. *Dickens and His Readers: Aspects of Novel Criticism Since* 1836. Princeton, NJ: Princeton Up, 1955: New York: Norton, 1965.

[143] Guy, Josephine M. *The Victorian Social-Problem Novel*. London: Macmillian, 1996.

[144] Baumgarten, Murray and Daleski, H. M (eds.). *Homes and Homelessness in the Victorian Imagination*. New York: AMS Press, 1998.

[145] Sanders, Andrew. *Dickens and the Spirit of the Age*. Oxford Clarendon Press, 1999.

[146] Wolfrey, Julian. *Writing London: The Trace of the Urban Text from Blake to Dickens*. London: Macmillian; New York: St. Martin's, 1998.

[147] Robinson, Alan. *Imagining London* 1770 – 1900. London: Palgrave Macnillan, 2004.

[148] Sicher, Efraim. *Rereading the City: Rereading Dickens*. New York: AMS Press, 2003.

[149] Reed, John R. *Dickens and Thackeray: Punishment and Forgiveness*. Athens: Ohio UP, 1995.

[150] Gager, Valerie. *Shakespeare and Dickens: The Dynamics of Influence*. Cambridge: Cambridge UP, 1996.

[151] Bookman. Extra Number: *Charles Dickens*. London: Hodder & Stoughton, 1912.

[152] Eagleton, Terry. *The English Novel: An Introduction*. Malden, MA: Blackwell, 2005.

[153] Tamblin, Jeremy. *Dickens, Violence and the Modern State*. London: Macmillian, 1995.

[154] Connor, Steven. *Charles Dickens*. Oxford: Blackwell, 1985.

[155] Raina, Badri. *Dickens and the Dialectic of Growth*. Madison: UP of Wisconsin, 1986.

[156] Bodenheimer, Rosemarie. *The Politics of Story in Victorian Social Fiction*. Ithaca, Ny and London: Cornell UP, 1988.

[157] Morris, Pam. *Dickens's Class Consciousness: A Marginal View*. London: Macmillian, 1991.

[158] Morris, Pam. *Imagining Inclusive Society in Nineteenth-Century Novels: The Code of Sincerity in the Public Sphere*. Baltimore, MD: Johns Hopkins UP, 2004.

[159] Nunokawa, Jeff. *The Afterlife of Property: Domestic Security and the Vic-*

torian Novel. Princeton, NJ: Princeton UP, 1994.

[160] Suchof, David. *Critical Theory and the Novel: Mass Society and Cultural Criticism in Dickens, Melville, and Kafka.* Madison: UP of Wiconsin, 1994.

[161] GRAMSCIA. *Selections from Prison Notebooks.* edited and translated by HOARE Q and SMITH G N. London: Lawrence and Wishart, 1971.

[162] Waters, Catherine. *Dickens and the Politics of the Family.* Cambridge: Cambridge UP, 1997.

[163] Piggott, Gillian. *Dickens and Benjamin: Moments of Revelation, Fragments of Modernity.* Farnham: Ashgate, 2012.

[164] Benjamin, W. *One Way Street and Other Writings*, New Left Books, London, 1979.

[165] Jennings, Michael (ed.), *Walter Benjamin: Selected Writings*, 4 Vols, Cambridg, MA, London: The Belknap Press of Harvard University Press, 1996 - 2003.

[166] Foster, John. *The Life of Charles Dickens.* Dutton New York: Everyman's Library, 1966.

[167] Chestertton, G. K. *Charles Dickens.* New York: Schocken Books, 1965.

[168] Benjamin, Walter. Charles Baudelaire: A *Lyric Poet in the Era Of High Capitalism*, Trans by Harry Zohn and Quintin Hoare, London: L. L. B, 1973.

[169] Collins, Philip A. W., ed. *Dickens: The Critical Heritage.* London: Routledge & Kegan Paul, 1971.

[170] Lemon, Lee T. And Reis, Marion J. (eds.). *Russian Formalist Criticism: Four Essays.* Lincoln: University of Nebraska Press, 1965.

[171] Miller, J. Hillis. *The Form of Victorian Fiction: Thackeray, Dickens, Trollope, George Eliot, Meredith and Hardy.* Notre dame, IN: UP Notre Dame, 1968.

[172] Brown, James M. *Dickens: Novelist in the Marketplace.* London: Mac-

millan, 1982.

[173] Ackroyd, Peter. Dickens, London: Minerva, 1990.

（二）论文

[1] Orwell, George. "Charles Dickens." *Inside the Whale*, 9 – 85. London: Gollancz, 1940.

[2] *Peter Parley's Penny Library* (1841), quoted in Dickensian, xix (1923).

[3] *Letters of Edward Fitzgerald*, ed. J. M. Cohen (1960).

[4] Van Ghent, Dorothy. "The Dickens World: A View from Todgers", Sewanee Review, LVIII, Summer 1950.

[5] Wagenknech, Edward. "White Magic." *Cavalcade of the English Novel*, 173 – 268. New York: Holt, Rinehart and Winston, 1943.

[6] Wilson, Edmund. "Dickens: The Two Scrooges." *The New Republic*, March 1940.

[7] Noyes, Alfred. "The Value of Dickens, Here and There." Dickensian 35 (June 1939).

[8] Steiner, George. "F. R. Leavis" (1962) in his Language and Science: Essays on Language, Literature, and the Inhuman. New York: Atheneum, 1967.

[9] Leavis, F. R. " 'Scrutiny' Retrospect", in *Scrutiny XX*: "*Retrospect*", *Index*, *Errata* (London: Cambridge University Press, 1963).

[10] Maugham, W. Somerest. "Charles Dickens." *Atlantic Monthly* 182 (July 1948): 50 – 56. Reprinted as "Charles Dickens and *David Copperfield.*" *Ten Novels and Their Authors.* London: Heinemann, 1954.

[11] Churchill, R. C. "Dickens, Drama and Tradition." Scrutiny10 (April 1942): 358 – 375. Reprinted in *The Importance of Scrutiny*, edited by Eric Bentley. New York: Stewart, 1948.

[12] Bush, Douglas. "A Note on Dickens's Humour." In *From Jane Austen to Joseph Conard*; *Essays Collected in Memory of James T. Hillhouse*, edited by Robert *C.* Rathburn and Martin Steinmann, Jr., 82 – 91, 1958.

[13] Cox, C. B. "In Defense of Dickens", *Essays and Studies* 11 (1958).

[14] Wilson, Authur H. "The Great Theme in Charles Dickens." Susquehanna University Studies 6 (April-June 1959).

[15] Aldington, Richard. "The Underworld of Young Dickens." Four English Portraits, 1801 - 1851, 147 - 89. London: Evans, 1948.

[16] Praz, Mario. "Charles Dickens." In *The Hero in Eclipse in Victorian Fiction*, translated by Angus Davidson, 140 - 88. London, New York: Oxford UP, 1956.

[17] Collins, Philip A. W. "Dickens and the City", in William Sharp and Leonard Wallock (eds.), *Vision of the Modern City*, Baltimore and London, 1987.

[18] Sussman, Herbert L. "The Industrial Novel and the Machine: Charles Dickens." *Victorians and the Machine: The Literary Response to Technology*, 41 - 76. Cambridge, MA: Harvard UP, 1968.

[19] Frye, Northrop "*Dickens and the Comedy of Humors.*" In *Experience in the Novel*, edited by Roy H. Pearce, New York: Columbia UP, 1968.

[20] Cockshut, A. O. J. "Sentimantality in Fiction." *Twentieth Century* 161 (April 1957).

[21] Empson, William "The Symbolism of Dickens." In *Dickens and the Twentieth Century*, edited by John Gross and Gabriel Pearson 13 - 15. London: Routledge and Kegan Paul, 1962.

[22] Pearson, Gabriel. "Dickens and His readers." Universities and Left Review 1 (Spring 1957).

[23] Stone, Harry. "Dickens and Interior Monologue." Philological Quarterly 38 (January 1959).

[24] Hardy, Barbara. "*Martin Chuzzlwit*", From *Dickens and The Twentieth Century*, London: Routledge and Kegan Paul, 1962.

[25] Buckley, Jerome H. "Dickens, David, and Pip." *Season of Youth: The Bildungsroman from Dickens to Golding*, 28 - 62. Cambridge, MA: Harvard UP; 1974.

[26] Bronzwaer, W. J. M. *Implied Author, Extradiegetic Narrator and Public Reader: Gérard Genette's Narratological Model and the Reading Version of Great Expectations*, Neophilogus, LXII, January 1978.

[27] Pattern, Robert. "A Surprising Transformation: Dickens and the Hearth." In Nature and the Victorian Imagination, edited by U. C. Knoepflmacher and G. B. Tennyson, 153 – 70. Berkeley: UP of California, 1977.

[28] Morris, Christopher D. "The Bad Faith of Pip's Bad Faith": Deconstructing *Great Expectations*. ELH 54. 4 (Winter 1987).

[29] Kucich, John. "Charles Dickens." In *Columbia History of the British Novel*, edited by John Richetti et al., 381 – 406. New York: Columbia UP, 1949.

[30] Senf, Carol A. "*Bleak House.* Dickens, Esther, and the Androgynous Mind." Victorian Newsletter 64 (Fall 1983).

[31] Michie, Helena. " 'Who is this in Pain?': Scarring, Disfigurement, and Female identity in *Bleak House* and *Our Mutual Friend.*" *Novel* 22, 1989.

[32] Michie, Helena. "Theorizing Fiction/Fictionalizing Theory: The Case of *Dombey and Son.*" *Victorian Studies* 35 (1992).

[33] Lukacher, Ned. "Dialectical Images: Benjamin/Dickens/Freud." *Primal Scene: Literature, Philosophy, Psychoanalysis*, 275 – 336. Ithaca, NY and London: Cornell UP, 1986.

[34] Claudia, L. Johnson. F. R. Leavis: The Great Tradition *of the English Novel and the Jewish Part* in Nineteenth-Century Literature, 2001, University of California Press.

[35] Hamley, E. B. Remonstrance with Dickens, *Blackwood Magazine*, April 1857.

[36] Sell, Roger D. "Dickens and the New Historicism". in *The Nineteenth-Century British Novel*, edited by Jeremy Hawthorn. London: Edward Arnold, 1986.

[37] Poovey, Mary. "Reading History in Literature: Speculation and Virtue

in Our Mutual Friend" . In *Historical Criticism and the Challenge of Theory*, edited by Janet Levarie Smarr, 42 – 125. Urbanna-Champlain: UP of Illinois, 1993.

[38] Bradbury, Nicola. Dickens and the Form of the Novel, From *The Cambridge Companion to Charles Dickens*, Shanghai: Shanghai Foreign Language Education Press, 2003.

[39] Stein, Richard L. "Dickens and Illustration", From *The Cambridge Companion to Charles Dickens*, Shanghai: Shanghai Foreign Language Education Press, 2003.

[40] Eisenstein, Sergei. "Dickens, Griffith, and the Film Today" in *Film Form: Essays in Film Theory.*

[41] Marsh, Joss. "Dickens and Film", From *The Cambridge Companion to Charles Dickens*, Shanghai: Shanghai Foreign Language Education Press, 2003.

[42] An Unsigned Article. "Reviews of *Pickwick Papers.*" Nos. I – IX, *the Athenaeum*, 1836.

[43] Queen Victoria, From Her Diaries, 7 April, 1839.

[44] Jackson, Rosemary. "The Silenced Text: Shades of Gothic in Victorian Fiction." *The Minnesota Review*, No. 13, Autumn 1974.

[45] Kucich, John. "Dickens's Fantastic Rhetoric: The Semantics of Reality and Unreality in *Our Mutual Friend.*" *Dickens Studies Annual* 14 (1985), 1985.

[46] Topinka, Robert J. Foucauh, Borges, Heterotopia: Producing Knowledge in Other Spaces. Foucault Studies, 2010 (9).

[47] Baldick, Chris. "The Galvanic World: Carlyle and the Dickens Monster." *In Frankenstein Shadow*: Myth, Monstrosity and Nineteenth Century Writing, 103 –20. Oxford and New York: Oxford UP, 1987.

[48] Levine, George. "*Little Dorrit* and Three Kinds of Science." *Darwin and the Novelist*: Patterns of Science in Victorian Fiction, 153 – 76. Cambridge, MA and London: Harvard UP, 1998.

[49] Fulweiler, Howard W. "Here a Captive Heart Busted": Studies in the Sen-

timental Journal of Modern Literature. New York: Fordham UP, 1993.

[50] Craig, David M. "The Interplay of City and Self in *Oliver Twist*, *David Copperfield* and *Great expectations*." *Dickens Studies annual* 16 (1987).

[51] Shaw, George Bernard. "On Dickens." *Dickensian* 10 (June 1914): 150 – 51. Reprinted in The *Bookman* Extra Number (1914).

[52] Shaw, George Bernard. "Introduction." Hard Times. Waverly edition. London: Waverly Book Co. 1913.

[53] Philpotts, Trey. Review of Jeremy Tambling, *Dickens*, *Violence and the Modern State*. *Dickens Quarterly* 13. 3 (September 1996).

[54] Eagleton, Terry. "Editor's Preface." *Charles Dickens*, by Steven Connor. Oxford: Blackwell, 1985.

[55] Clayton, Jay. Dickens and the Genealogy of Postmodernism, Nineteenth-Century Literature, Vol. 46, No. 2 (Sep., 1991).

[56] Nabokov, Vladimir. "Bleak House (1852 – 3)" In *Lectures on Literature*, edited by Fredson Bowers, 62 – 124. New York: Harcourt, Brace, Jovanovich, 1980.

二 中文文献

(一) 专著

[1] [美] 雷纳·韦勒克:《近代文学批评史》第六卷，杨自武译，上海译文出版社 2009 年版。

[2] [美] 雷纳·韦勒克:《近代文学批评史》第五卷，杨自武译，译文出版社 2002 年版。

[3] [英] F. R. 利维斯:《伟大的传统》，袁伟译，生活·读书·新知三联书店 2002 年版。

[4] [美] 德加·约翰逊:《狄更斯——他的悲剧与胜利》，林筠因、石幼珊译，天津人民出版社 1992 年版。

[5] [英] 大卫·洛奇:《小说的艺术》，卢安丽译，上海译文出版社 2010 年版。

[6] [英] 查尔斯·狄更斯：《我们共同的朋友》，智量译，上海译文出版社 1986 年版。

[7] [美] 约·劳逊：《电影语言四讲（四）：电影与小说》，齐宙译，中国电影出版社 1961 年版。

[8] [美] 爱德华·W. 萨义德：《萨义德自选集》，谢少波、韩刚等译，中国社会科学出版社 1999 年版。

[9] [美] 爱德华·W. 萨义德：《文化与帝国主义》，李昆译，生活·读书·新知三联书店 2003 年版。

[10] [美] 理查德·利罕：《文学中的城市——知识与文化的历史》，吴子枫译，上海人民出版社 2009 年版。

[11] [德] 马克思、恩格斯：《马克思恩格斯全集》中文第 1 版第 10 卷，人民出版社 1965 年版。

[12] [苏] 伊瓦肖娃：《狄更斯评传》，蔡文显译，广东人民出版社 1983 年版。

[13] 罗经国：《狄更斯评论集》，上海译文出版社 1981 年版。

[14] [英] 特里·伊格尔顿：《二十世纪西方文学理论》，伍晓明译，北京大学出版社 2007 年版。

[15] [苏] 高尔基：《论文学》，人民文学出版社 1978 年版。

[16] [美] 弗雷德里克·詹姆逊：《政治无意识》，王逢振、陈永国译，中国社会科学出版社 1999 年版。

[17] 陈众议：《塞万提斯学术史研究》，凤凰出版传媒集团、译林出版社 2011 年版。

[18] 陈平原：《“清道夫”与“建筑工”——余三定著〈新时期学术发展的回瞻〉序》，《云梦学刊》2005 年第 2 期。

[19] [德] 瓦尔特·本雅明：《发达资本主义时代的抒情诗人》，王才勇译，江苏人民出版社 2005 年版。

[20] [德] 瓦尔特·本雅明：《发达资本主义时代的抒情诗人》，张旭东、魏文生译，生活·读书·新知三联书店 1986 年版。

[21] [英] 查尔斯·狄更斯：《老古玩店》，许君远译，上海译文出版社

1980 年版。

[22] [法] 夏尔·波德莱尔:《作品集》第一卷，郭宏安译，上海译文出版社 2009 年版。

[23] [英] 查尔斯·狄更斯:《雾都孤儿》，何文安译，译林出版社 1999 年版。

[24] [英] 查尔斯·狄更斯:《大卫·科波菲尔》，张若谷译，上海译文出版社 1980 年版。

[25] [英] 查尔斯·狄更斯:《荒凉山庄》上册，黄邦杰、陈少衡等译，上海译文出版社 1981 年版。

[26] [德] 瓦尔特·本雅明:《驼背小人——一九〇〇年前后柏林的童年》，徐小青译，上海文艺出版社 2003 年版。

[27] [英] 赫·皮尔逊:《狄更斯传》，谢天振等译，浙江文艺出版社 1985 年版。

[28] [美] 纳博科夫:《文学讲稿》，申慧辉等译，生活·读书·新知三联书店 2005 年版。

[29] [英] 拉曼·塞尔登:《文学批评理论——从柏拉图到现在》，刘象愚、陈永国等译，北京大学出版社 2003 年版。

[30] [德] 马克思、恩格斯:《马克思恩格斯全集》第 4 卷，人民出版社 1972 年版。

[31] [德] 恩格斯:《英国工人阶级状况：来自亲身的观察和第一手材料》，莱比锡出版社 1848 年版。

[32] [英] 特里·伊格尔顿:《文化的观念》，方杰译，南京大学出版社 2003 年版。

[33] [英] 雷蒙·威廉斯:《文化与社会》，高晓玲译，吉林出版集团有限责任公司 2011 年版。

[34] [英] 戴维·弗里斯比:《现代性的碎片》，卢晖临译，商务印书馆 2003 年版。

[35] [美] 爱德华·W. 苏贾:《后现代地理学——重申批判社会理论中的空间》，王文斌译，商务印书馆 2004 年版。

[36] [英] 查尔斯·狄更斯:《小杜丽》,金绍禹译,上海译文出版社 1993 年版。

[37] [法] 米歇尔·福柯:《规训与惩罚》,刘北成、杨远婴译,生活·读书·新知三联书店 2012 年版。

[38] [挪威] 诺柏格·舒尔茨:《场所精神——迈向建筑现象学》,施植民译,(台北) 田园城市文化事业有限公司 1995 年版。

[39] [美] 汉娜·阿伦特主编:《启迪》,张旭东、王斑译,生活·读书·新知三联书店 2008 年版。

[40] [美] 乔弗雷·巴钦:《网络空间的幽灵》,原载罗岗、顾铮主编《视觉文化读本》,广西师范大学出版社 2003 年版。

[41] 季进:《钱锺书与现代西学》,上海三联书店 2001 年版。

[42] 殷企平、高奋、童燕萍:《英国小说批评史》,上海外语教育出版社 2001 年版。

[43] 朱虹:《英国小说的黄金时代》,中国社会科学出版社 1997 年版。

[44] [英] 戴维·洛奇:《二十世纪文学评论》上册,葛林译,上海译文出版社 1987 年版。

[45] 鲁迅:《呐喊·自序》,《鲁迅全集》第 7 卷,人民文学出版社 1981 年版。

[46] 陈平原:《二十世纪中国小说理论资料》(1897—1916) 第一卷,北京大学出版社 1997 年版。

[47] 朱维之:《外国文学简编·欧美部分》(修订本),南开大学出版社 1994 年版。

[48] 张隆溪:《诗无达诂》,北京师范大学出版社 1986 年版。

[49] [美] 雷纳·韦勒克:《批评的概念》,张今言译,中国美术学院出版社 1999 年版。

[50] [德] 韦伯:《学术与政治》,钱永祥等译,广西师范大学出版社 2004 年版。

[51] [法] 阿尔贝·蒂博代:《六说文学批评》,生活·读书·新知三联书店 1989 年版。

[52] 杨乃乔:《比较文学概论》,北京大学出版社 2002 年版。

[53] 王水照：《对话的余思——记钱锺书先生的闲谈风度》，李明生、王培元编：《文化昆仑：钱锺书其人其文》，人民文学出版社 1999 年版。

[54] 钱锺书：《七缀集》，生活·读书·新知三联书店 2002 年版。

（二）论文

[1] 孙毓修：《司各德、迭更司二家之批评》，《小说月报》1913 年第 4 卷第 3 期。

[2] 陈独秀：《文学革命论》，《新青年》1917 年第 2 期。

[3] 茅盾：《“大转变时期”何时来呢?》，《文学周报》1923 年 12 月 31 日。

[4] 王钟麒：《论小说与社会改良之关系》，《月月小说》1907 年第一卷第 9 期。

[5] 赵炎秋：《论狄更斯的道德观在其长篇小说人物塑造中的作用》，《陕西师大学报》1987 年第 4 期。

[6] 易丹：《谈纳博科夫〈文学讲稿〉》，《外国文学评论》1993 年第 2 期。

[7] 肖锦龙：《意识和文学叙写模式——米勒〈查尔斯·狄更斯：他的小说世界〉意识批评之得失浅议》，《清华大学学报》（哲学社会科学版）2009 年第 2 期。

[8] 易丹：《超越殖民主义文学的文化困境》，《外国文学评论》1994 年第 2 期。

[9] 李伟昉：《接受与流变：莎士比亚在近现代中国》，《中国社会科学》2011 年第 5 期。

[10] 聂珍钊：《文学伦理学批评：文学批评方法新探索》，《外国文学研究》2004 年第 5 期。

[11] 金嗣峰：《维多利亚盛世的实录——读狄更斯〈大卫·科波菲尔〉札记》，《武汉大学学报》（社会科学版）1981 年第 5 期。

[12] 濮阳翔：《浅论狄更斯的〈双城记〉》，《北京师范大学学报》（社会科学版）1980 年第 1 期。

[13] 张晋军：《狄更斯：张天翼文学的基石——论张天翼对狄更斯影响的接受》，《太原教育学院学报》2011 年第 2 期。

[14] [法] M. 福柯：《另类空间》，王喆译，《世界哲学》2006 年第 6 期。

[15] 张月娥:《〈远大前程〉中的"距离"美学》,《太原城市职业技术学院学报》2011年第2期。

[16] 王红:《〈老古玩店〉的生态批评解读》,《哈尔滨学院学报》2007年第1期。

[17] 郝露:《狄更斯〈雾都孤儿〉中的批判资本主义》,《湖北成人教育学院学报》2010年第3期。

[18] 龚好玲:《狄更斯作品中的人道主义思想分析——从人物形象入手》,《咸宁学院学报》2010年第7期。

[19] [德] 瓦尔特·本雅明:《拱廊街计划之N:知识论、进步论》,郭军译,汪民安主编:《生产》第1辑,广西师范大学出版社2004年版。

后　记

七年前，当我考上赵炎秋老师的专业由他作导师的博士时，他当场就告诉我，考上他的博士，题目就定了，叫作《当代英美狄更斯学术史研究》。他还告诉我，要写出这本书，至少要阅读上百部英文著作。说实话，我当时头都大了，我只是高中学了三年英语，我能行吗？但是，一向自我感觉良好、喜欢挑战的我毫不迟疑地答应了。

从一进校，我就告别了方块字，天天与斜体字为伍。我给自己定下了硬任务：一个星期读完一本。斜体字线条细，又比方块字小，看得眼睛发麻发酸，还常常泪流不止。读完一本又一本狄更斯批评著作，我发现，第二次世界大战后到今天虽然只有七十余年，“狄更斯产业”却非常兴旺，有近万篇论文、上百部传记、上千部批评专著。其次，西方学界对狄更斯的批评既有正面的声音，也有负面的指责，各种挑战、争鸣的声音不断。再次，这也是一个理论的大花园，传记批评、社会历史批评、人文主义批评、主题研究、比较研究、新批评、原型批评、现象学意识批评、解构批评、读者反应批评、马克思主义批评、心理批评、女性主义批评、对话批评、新历史主义批评、后殖民主义批评、视觉文化批评、影视文化批评、网络文化批评、跨学科研究、性别研究等无所不有，无论是传统的文学理论，还是现代主义、后现代主义的批评理论等都绕不开狄更斯的文本。在西方的狄更斯研究领域，不仅有诸多职业的狄更斯研究专家如哈姆雷·豪斯、多萝西·凡·根特、爱德华·瓦根内克特、菲利普·柯林斯、希尔维瑞·莫诺德、史蒂芬·马库斯、格雷厄姆·史密斯、A. O. J. 科克香、

F. R. 利维斯、米歇尔·斯莱特、希利斯·米勒、芭芭拉·哈代等，而且职业作家乔治·奥威尔、记者艾德蒙德·威尔逊的狄更斯批评也很有影响，理论家弗莱、雷蒙·威廉斯、爱德华·萨义德、伊格尔顿、詹姆逊对狄更斯也有精彩的论述。

面对浩瀚的狄更斯批评材料，初入这一园地，让我感到一团乱麻没有头绪，好在乔治·福特和洛里亚·烂合编的论文集《狄更斯批评家》、约翰·格劳斯与加布里埃尔·皮尔逊合编的论文集《狄更斯与 20 世纪》、米歇尔·霍灵顿汇编的论文集《狄更斯：批评评价》(四卷本)、约翰·乔丹汇编的《剑桥指南之查尔斯·狄更斯》以及劳伦斯·W. 麦泽诺撰写的《狄更斯产业：批评视角，1836—2005》为我提供了入门的向导。本人对于论文集中同时入选的篇目、劳伦斯·W. 麦泽诺重点介绍的专著和传记进行反复细读，找出贯穿其间的主线。

平心而论，我只是高中学了三年英语，后来因为考研自学了一点英语，在硕博学习期间因为养家糊口做了一点英语翻译，这与海归博士或者在海外访过学的博士相比，只能算是“土包子”，无论是外语能力还是知识结构都没有可比性。虽然深研细读了百余部英文版狄更斯批评专著，力图厘清狄更斯批评的演进脉络，深度把握众多批评家的立场，攫取最有代表性的观点。但由于水平所限，不尽人意之处在所难免。正因为如此，虽然获得了湖南省 2014 年的优秀博士论文，但本人对该著的出版，一直有一种“战战兢兢，如履薄冰”的感觉。博士毕业四年来，虽然出版了《多彩贵州的文化蕴含研究》(云南大学出版社 2014 年版)，完成了国家课题“亚鲁王的文学人类学研究”，但是一直不忘积累、阅读有关狄更斯的英文材料，生怕漏掉重要批评家的批评观点，或在什么地方出错。

博士论文开题时，朋友提及选择一个什么题目，我说写狄更斯。这位朋友听后大吃一惊！写狄更斯？你就不能写一个前沿一点的吗？我说，在中国研究狄更斯，就是一个前沿的话题，狄更斯的作品中有现实主义、现代主义，也有后现代主义，但我们迄今为止只是谈了现实主义，对于他的现代主义和后现代主义，我们还没有谈。由于该著主要是从学术史角度展开的，加之篇幅的限制，对于狄更斯的现代主义和后现代主义元素无法充分展开。说不尽的狄更斯，我还要继续说下去，当然这是下一本书的话题了。

本人天资鲁钝，能进入赵炎秋老师门下求学深感荣幸。该书的写作，在构架、逻辑行文和立论等诸多方面赵老师皆提出了极富启迪意义的指导，中肯地指出了论文中的不足。赵老师不仅治学严谨，教学不厌，而且为人低调，处事沉稳，待人以诚。跟随赵老师三年来我不仅学会了治学之道，而且学会了做人之道，这将让我终生受益。如今赵老师已经年过花甲，还废寝忘食地阅读和写作，创造力不减，为我的治学树立了榜样。

从论文开题，到预答辩和正式答辩，肖明翰老师、詹志和老师、谭桂林老师、张文初老师、曾艳钰老师、张旭老师、吴晓都老师、蒋洪新老师、邓颖玲老师对我的论文提出了不少建设性的意见和建议，在此一并表示衷心的感谢！

还要衷心感谢年迈的父母对我的支持！他们都是年逾八旬的老人，不仅在生活上自食其力，从来不要我照顾和赡养，而且鼎力支持我的学业。每次回家超过两天，母亲就说：“你在家里待这么久，学校的事情做好了吗？”让我痛心的是，一向健康的母亲在2011年12月15日永远离开了我。母亲在逝世前还牵挂着我的工作和学业。谨以此著告慰母亲的在天之灵！

蔡熙谨识

2016年6月于贵阳花溪